세상의 모든 부모에게 쓰는 내내,
끝난 후에도 참 많이 미안했다.

하지만 분명한 것 하나,
나도 누구도 결국은 부모들이 걸어간
그 길 위에 놓여있다는 거다.

전혀 다른 길 위에 놓여있는 게 아니라.

노희경 애비다
2016. 7.

디어 마이 프렌즈

2

노희경 대본집

디어 마이 프렌즈 2

초판 1쇄 발행 2016년 7월 20일
초판 9쇄 발행 2024년 5월 30일

지은이 | 노희경
펴낸이 | 金湞珉
펴낸곳 | 북로그컴퍼니
주소 | 서울시 마포구 와우산로 44(상수동), 3층
전화 | 02-738-0214
팩스 | 02-738-1030
등록 | 제2010-000174호

ISBN 979-11-87292-19-7 04810
ISBN 979-11-87292-17-3 04810(세트)

노희경 대본집

디어 마이 프렌즈

2

북로그컴퍼니

우리가 사랑하는, 사랑했던,
순간은 버리고 싶은 우리 부모들의 이야기

작가가 되어서 이렇게 잔인해도 되나. 드라마의 결말을 쓰며, 내 잔인함에 내가 소름이 돋았다. 아무리 포장해도 이 드라마의 결론은, 부모님들 자식들에게 의지하지 마세요, 우리 살기 바빠요, 그러니 당신들은 당신들끼리 알아서 행복하세요, 우리는 이제 헤어질 시간이에요, 정 떼세요, 서운해하지 마세요, 어쩔 수 없잖아요, 그것 아닌가 싶었다. 그래서 세상의 모든 부모에게 쓰는 내내, 끝난 후에도 참 많이 미안했다.

하지만, 분명한 것 하나, 나도 누구도 결국은 부모들이 걸어간 그 길 위에 놓여 있단 거다. 전혀 다른 길 위에 놓여 있는 게 아니라.

드라마를 함께한 친애하는 나의 늙은 동료 배우 선생님들, 완이를 내세워 내뱉은 살벌한 작가의 꼰대 뒷담화에 맘도 아리셨을 건데, 너그러이 괜찮다 받아주신 것, 눈물 나게 감사한 마음이다. 더러는 아파서, 불편해서, 이 드라마를 보고 싶지 않다고 하는 시청자도 있는데, 당신들은 당신들의 불편한 얘기를 온몸으로 마주하고 서서, 표현하면서, 얼마나 막막하고 두려우셨을까. 가슴이 먹먹하다. 그리고 배운다. 나도 당신들처럼 어떤 미래가 닥쳐도 내 앞에 주어진 길을 피하지 않고 당당하고 치열하게 걸어가리라. 도망치지 않으리라. 웃음도 잃지 않으리라.

혼자서도 빛나는 길 마다하고, 기꺼이 이 힘든 드라마의 짐꾼이 되어준 고현정 씨에게 고마운 마음이다.

어른들 잘 모셔준 홍종찬 감독님, 김윤창 님, 이승규 님, 김순용 님, 이병성 님, 진효승 님, 이강현 님, 홍수희 님, 최인희 님, 박인철 님, 신숙 님 외 젊은 나의 동료들, 그리고 제작사와 방송사에게도 감사한 마음 전한다.

노희경

일러두기

1. 이 책의 편집은 노희경 작가의 드라마 대본 집필 형식을 최대한 따랐습니다.

2. 드라마 대사는 글말이 아닌 입말임을 감안하여, 한글맞춤법과 다른 부분이라 해도 그 표현을 살렸습니다.

3. 말줄임표는 두 개, 세 개, 네 개 등으로 다양하게 표현되어 있습니다. 이는 대사 시 호흡의 양을 다양하게 표현하고자 한 작가의 의도를 반영한 결과입니다.

4. 쉼표, 마침표 등과 같은 구두점도 작가의 의도를 따랐습니다.

5. 드라마에서 장면을 나타내는 '씬'의 경우, 표준국어대사전에는 '신'으로 등록되어 있지만 여기서는 작가의 집필 형식에 따라 '씬'으로 사용했습니다.

6. 이 책은 작가의 최종 대본으로, 방송되지 않은 부분이 포함되어 있습니다.

차례

끝나지 않았다, 살아 있다!
황혼기 청춘들의 인생 찬가!

어른과 노인의 차이가 대체 뭘까? 이 질문은 이 드라마의 출발점이었다.

작가는 드라마를 위해, 청춘들의 어른에 대한 시각을 취재했다. 그들은 가차 없이 자신의 윗세대를 어른 아닌 다만 노인으로 폄하하며, 몇몇 부정적 단어로 그들을 규정지었다.

꼰대, 불편, 의무, 부담, 뻔뻔, 외면, 생색, 초라, 구질, 원망, 답답 등등. 사회적 관계에서 만나는 어른은 그렇다 쳐도 부모조차도 가차 없었다. 말은 완곡했으나 '조용히 살아주셨으면'은 공통된 견해였다.

부디, 굳으로 자립해주시고, 굳으로 스스로 건강 챙겨주시고(과다한 건강 염려는 볼썽사나우며 불편하니 사양), 굳으로 자식에게 무한히 사랑을 베푸시며, 굳으로 시체처럼 사시길, 당신들에 대한 죄송함은 훗날 내 자식에게나 혹은 죄책감으로 갚을 테니, 지금은 우리의 외면을 제발 대범히 기꺼이 받아주소서가 결론이었다.

작가는 이런 부정적 시선이 어디서 기인했나 고민했다. 청춘의 인색함일까? 역지사지 못 하는 무지일까? 다만 싸가지가 없어서일까?

작가는 청춘들의 이러한 시각이 어른들에 대한 정보의 부재, 관찰의 부재에서 온 것이라 결론지었다. (어른들이 청춘의 아픔에 갖는 무지 역시 같은 이유일 것이다) 그도 그럴 것이, 드라마 속과 언론 속 시니어는, 참으로 재수 없지 않은가. 돈에 목매고, 남의 자식 상관없고 내 자식에만 목매고, 기존의 질서에 목매고 변화를 두려워하며, 결코 사회적 문제를 약자의 편에서 사고치 않으며(사회복지를 노인복지로 국한지어 규정하는), 사유치 않으며, 젊은이를 경쟁 상대로 여기거나 방해하며, 자기만 옳다고 주장하면서 나이로 권력으로 생색내는 자, 끝없이 훈계만을 늘어놓는 지혜 없는 다만 늙은 자.

작가는 이번 드라마에서 노인의 이야기가 아닌 어른의 이야기를 하려 한다. 그래서 제목처럼 청춘과 어른이 '친애하는 친구'가 되는 관계가 되길 바라는 마음이다.

한 번도 시도된 적 없는 도시 시니어들의 리얼하고도 유쾌한 이야기!

본격적인 도시형 시니어 드라마가 될 것이다

드라마 선진국에선 이미 주인공이 시니어인 경우가 많다. 그들의 관록과 그들의 인생에 귀 기울이는 계층이 많다는 의미다. 그러나 우리는 이미 숫자상으로 두터운 시니어 그룹이 증명되었음에도(시청자 층도 두텁다) 그 시도는 미비하다. 주인공들의 고난에 방해되는 인물로만 그려지는 것이다. 또 시골을 배경으로 그려지는 시니어 드라마는 있지만, 수십 배 더 많은 시니어 인구가 사는 도시 배경의 시니어 얘기는 없다. 무학의 시니어는 있으나, 배운 시니어 얘기는 없다. 육칠십 년형의 노인 이야기가 존재할 뿐이다. 〈디어 마이 프렌즈〉는 한 번도 시도된 적 없는, 리얼하고도 유쾌한 도시 시니어들의 이야기가 될 것이다.

젊은 세대가 동요하고, 공감하는 시니어 드라마를 만든다

젊은 세대를 취재하며 그들이 노인 문제에 전혀 관심이 없는 것이 아님을 발견했다. 영화 〈님아, 그 강을 건너지 마오〉가 수백만 젊은 관객을 동원하고, 〈국제시장〉이 천만 관객을 모은 건, 시니어 그룹 이야기의 희망을 보여준다. 그들은 다만 새롭고, 재밌고, 유익하다면(자신들의 노후에 대한 방향 제시, 부모에 대한 이해, 훈계가 아닌 감동으로) 언제든 시니어 이야기에 대한 관심을 표출할 준비가 되어 있다. 이야기의 스피드, 신선함, 구성의 새로움들로 젊은 세대가 공감하는 드라마를 만들 것이다.

새로운 드라마 장르를 선보인다

이미 젊은 층은, 고졸 이상의 시니어들은 단일 주인공의 이야기에 신물을 느낀다. 다양한 소재, 다양한 매체, 다중의 주인공이 등장하는 미국식 이야기에 길들여진 이들에게, 산만한 티브이 매체가 아닌 휴대폰과 인터넷으로 집중력 있게 시청하는 이들에게, 허술한 한 사람의 인생 이야기는 닳고 닳은 방식으로 느껴지기 때문이다.

다양한 입체적 관계 속에서 좀 더 유기적이고 사색적으로 드라마를 선보일 시대가 분명 도래했음에도, 제작 관계자들은 여전히 수구적이다. 극본 완작으로 좀 더 치밀하고 완성도 높은 반사전 제작 형태를 취하면서, 도전적이면서도 실험적인 장르를 선보이려 한다. 공격적인 창작물을 지향하는 tvN에 부합하는 작품이 될 것이다.

등장인물

조희자 ⚘⚘ 사차원 독거노인 (김혜자)

"니 엄마, 혼자 살 수 있어. 행복하렴, 엄마도 행복할게."

소녀처럼 수줍음 많고 조신하지만, 때때로 쓸데없는 고민거리를 만들어내 속을 앓는다. 남부러울 것 없이 살던 어느 날, 남편이 죽었다. 그러자 상상도 못 했던 세상이 펼쳐졌다. 자식들은 "암것도 할 줄 모르는 어머니가 아버지보다 먼저 돌아가셨어야 하는데..."라고 말하지를 않나, 혼자 잘 살아보고자 마음을 다잡는데 망상 장애라는 진단을 받질 않나, 이렇게 사느니 차라리 깔끔하게 저세상 가자 싶어 자살을 시도하는데 번번이 목덜미를 잡혀 실패하질 않나. 모든 게 다 화가 나고 외면하고픈 일뿐이다.

문정아 ⚘⚘ 세계 일주를 꿈꾸는 주부이자 석균 부인 (나문희)

"난 이제 새 될 거야.. 자유롭게 살 거야.. 훨훨."

긍정적이고 따뜻하고 털털한 성격이다. "불알도 안 달린 여자가 무슨!"이란 말을 서슴없이 내뱉는 남편을 큰소리 한번 없이 살뜰히 챙기며 칠십 평생을 살았다. 왜 그녀라고 속이 터지지 않았겠는가. 그저 딱 하나, 결혼할 때 남편이 자신에게 한 약속, 은퇴 후 세계 일주를 가겠다는 그 약속 하나 때문에 아무 말 않고 시부모님 봉양하고, 팔 형제나 되는 시동생들 밥해주고 결혼까지 시켜주며 이 날 이때껏 살아왔다. 그런데 이 썩을 놈의 남편이 여행은 무슨 여행, 지랄하고 자빠졌단다! 그래? 그럼 뭐, 안녕, 잘 있어. 나도 더 이상은 못 살아!

장난희 ⚘⚘ 대박 중국집 주인이자 완이 엄마 (고두심)

"이제 다 컸다고, 어른들 구박하고, 그럼 못써, 년아."

생활력 강하고 매사에 거침없다. 꼭지(?)가 돌면 눈에 뵈는 것 없이 돌진하는 여장부. 초등학교 선후배들의 일을 제 일처럼 챙긴다. 장사도 잘 되고, 자식도 다 키웠고, 친구들과 콜라텍도 다니니 걱정 하나 없을 것 같은데, 사실 그녀의 속은 썩어 들어간다. 진짜 사랑하는 여자는 딴 년이라고 말한 남편, 구박 좀 오래 하며 살려 했는데 사고로 객사했다. 게다가 엄마라면 얼굴부터 찡그리는 하나밖에 없는 딸년이 유부남과 사랑에 빠졌단다. 아, 엿 같은 세상!

오충남 카페 주인 (윤여정)

"내가 왜 꼰대니?! 난, 처년데!"

말 많고, 대차고, 화끈하다. 죽는 것보다 늙는 게 더 무섭다. 꼰대랑은 어울리기도 싫다. 그런데 그놈의 정 때문에 동문들만 못 끊는다. 가난한 집안의 열두 형제 중 막내로 태어나 제 힘으로 야간 중학교까지 마쳤지만, 그 이후부턴 생활 전선에 뛰어들어 안 해본 일이 없다. 그러다 전국적인 땅 투기에 합류, 젊은 나이에 큰돈을 거머쥐었다. 하지만 그 돈, 그때나 지금이나 일가친척들에게 퍼주기 바쁘다. 제 집안 가난의 원인이 모두 못 배운 탓이라 믿어 젊은 대학교수들하고만 어울린다.

이영원 배우 (박원숙)

"나는 지금껏 사람이 몸이 늙지, 맘은 안 늙는다고 생각했다.
근데.. 오늘 보니까, 맘도 늙드라."

시원시원하고 유머 있고 속 깊고 정 많다. 배우로 승승장구하다가 유부남인 배우 선배와 사랑에 빠져 유명세고 뭐고 다 버리고 미국으로 야반도주했는데, 선배가 떠났다. 부인이 약을 먹었다면서. 홀로 미국에 남아 큐레이터 사업을 성공으로 이끌며 돈도 많이 벌었다. 하지만 유방암, 난소암 등으로 죽음의 문턱을 수없이 넘었다. 그리고 만나 결혼한 연하남은 오로지 자신의 돈만 쓰다가 떠나버렸다. 미국에 정이 뚝 떨어져 얼마 전 한국으로 돌아왔다. 그리고 한때 절친이었지만 옛날 그 사건(?)으로 틀어져버린 난희를 만났다.

오쌍분 농부이자 난희 엄마 (김영옥)

"내가 낼모레 죽을 누무 거, 왜 저것도 하나 못 사?! 저거 사줘!"

입은 걸어도 매사에 긍정적이다. 일자무식으로 평생을 살다가 칠십 넘어 초등학교에 입학해 죽어라 졸업을 했다. 열다섯에 육 형제의 장남에게 시집와 고생깨나 했다. 호랑이 같은 시어머니에 하루걸러 주먹질인 남편, 추락 사고로 하반신 마비가 된 늦둥이 아들, 남편 잃고 홀로 된 딸 등 참 하나하나 들여다보면 그녀의 팔십 인생 기구하다. 그래도 늙으니 개망나니 남편도 토끼처럼 순해지고, 아들딸 모두 제 인생 잘 살고 있어 살 만하다. 이제는 맘 편히 죽을 날 기다리면 되겠지, 했는데 웬걸. 늘 밝고, 가족 잘 챙기는 딸, 난희가 아프단다.

이성재 ❦ 전직 판검사이자 현재 로펌 고문 (주현)

"나는... 지금껏, 니가 살아줘서 참 고맙다."

유머 있고, 다정하며, 남자답다. 법대 나와 남들 부러워하는 수순 다 밟아가며 돈도, 명예도 얻었다. 하지만 몇 년 전 아내가 쓰러졌다. 간병에 최선을 다했지만 아내는 끝내 그의 품에서 눈을 감았다. 성당에 다니라는 아내의 말이 떠올라 아내가 다녔던 성당에 나가고 있다. 그런데 거기서 코흘리개 첫사랑 희자를 만났다. 자길 못 알아보는 희자에게 장난을 좀 쳤더니 집적대지 말란다. 여전히 톡톡거리네. 가슴 설레게. 희자 덕분에 다른 동문들과도 연락이 되어 사는 게 더 재밌어졌다. 무엇보다 희자 때문에 두근두근 살맛이 난다.

김석균 ❦ 경비원이자 정아 남편 (신구)

"지랄 방구를 뿡뿡 낀다, 지랄 방구를 뿡뿡 껴."

짠돌이에 잔소리 많고 성질도 버럭버럭인 꼰대 중의 꼰대. 무능한 부모 밑에서 구 남매 중 장남으로 태어나 평생 철공소에서 일했고, 현재 아파트 경비원으로 일하고 있다. 부모님과 동생들을 건사하면서 세 딸 대학 공부까지 다 시켰다. 누가 뭐래도 스스로는 열심히 잘 살았다 자부하는 인생이다. 그런데 아내 정아가 문제다. 나중에 은퇴하면 세계 일주를 시켜주겠다는, 수십 년도 더 된 약속을 정아가 잊어먹질 않는다. 그러면서 자꾸만 언제 여행을 떠날 거냐고 묻는다. 자신은 새처럼 훨훨 날고 싶다며. 아, 진짜, 얼라리 뿅짝 개쇼를 한다!

박완 ❦ 작가이자 난희 딸 (고현정)

"야, 진짜 꼰대들 염치없다! 나는 저렇게 늙지 말아야지!"

털털하고 독선적이지만 따뜻한 구석도 있고 정도 많다. 엄마의 애원에 엄마 동문회에 같이 간 게 실수였다. 그날 이후 그녀는 엄마와 엄마의 늙은 친구들 인생에 휘말려버렸다. 그런데 엄마가 그들의 이야기를 소설로 써보란다. 아니 늙은 꼰대들의 얘기를 누가 돈 내고 읽어? "불알도 안 달린 게 차는 몰고, 꼴값을 떤다."며 막말을 하질 않나, 배가 아프다고 아무 데서나 차 세우고 똥을 싸질 않나, 시도 때도 없이 불러내 운전을 시키질 않나, 늙어서도 서로 머리카락 쥐어뜯으며 싸우질 않나… 완전 개막장이잖아. 아, 정말 싫어!

서연하 ⁂ 만화가이자 완의 전 남자 친구 (조인성)

"버릴 만.. 해, 나라도.. 버려.. 미안해 마."

발랄하고, 솔직하고, 따뜻하다. 슬로베니아에 거주하는 유명 만화가로, 완이를 알고부터 단 한 순간도 그녀를 사랑하지 않은 적이 없다. 하지만 그때 그 사건(?) 이후 완이가 떠났다. 그냥 친구로만 남겠단다.

한동진 ⁂ 출판사 대표 (신성우)

"우린 그냥 이렇게 어색하게... 아쉽게,
시작도 그랬듯, 끝도 좀 모자라게.. 그게 어울려."

진중하고 조용하고 다정하다. 완이와는 캠퍼스 커플이었는데, 다른 여자 때문에 헤어졌다. 그리고 완이가 번역 일을 하면서 다시 만났다. 그런데 이상하게 완이만 보면 마음이 흔들린다. 아내도 있고, 아이도 있는데 이 마음을 어쩌지?

기자 ⁂ 콜라텍 웨이터 (남능미)

"여기서 나보다 고생한 년 있음 나와보라 그래!"

남 이야기 하는 걸 좋아하며, 궁금한 것을 못 참는다. 희자와 정아의 초등학교 동창이고, 남편과는 사별했다. 남편은 '개차반', 시집살이는 '개집살이'였다. 괜한 자격지심에 친구들에게도 "내가 못살아 무시하냐?"고 덤빈다.

유민호 ⁂ 희자의 막내아들이자 자동차 정비소 주인 (이광수)

"엄마도 엄마가 있었어?"

욱할 때도 많지만 마음이 여리고 다정다감하다. 혼자 사는 엄마를 모시고 싶지만 집에는 중풍으로 드러누운 장모가 있다. 아버지 떠나보낸 엄마가 그래도 사는 동안 행복했으면 더없이 좋겠다, 생각한다. 하지만 엄마가 아프단다. 뭘 어떻게 해야 할지 모르겠다.

용어정리

씬	장면(Scene)이라는 의미. 같은 장소, 같은 시간 내에서 이루어지는 일련의 행동이나 대사가 한 씬을 구성한다.
(O. L)	오버랩(Overlap). 현재의 화면이 사라지면서 뒤의 화면으로 바뀌는 기법이다. 대사에서 O. L은 앞사람의 말을 끊고 틈 없이 말을 할 때 쓰인다.
(E)	대사와 음악을 제외한 효과음(Effect)을 뜻하며, 보통 등장인물은 보이지 않고 소리만 나는 경우에 사용한다.
점프컷	연속성이 없는 두 장면을 붙이는 편집 방식이다.
플래시컷	화면과 화면 사이에 들어가는 순간적인 장면. 극적인 인상이나 충격 효과를 주기 위해 삽입되는 매우 짧은 화면을 지칭한다.
플래시백	회상을 나타내는 장면. 지금 일어나고 있는 사건의 인과를 설명할 때 쓰이기도 하고, 인물의 성격을 설명하기 위해 쓰이기도 한다.
DIS.	디졸브(Dissolve). 앞의 장면이 사라지는 동안 새 장면이 페이드인 되는 것으로 기능은 오버랩과 거의 같다. 차이가 있다면 두 화면을 깊게 겹친 것이 오버랩이고 얕게 겹친 것이 디졸브이다. 디졸브는 보다 짧은 시간의 경과나 보다 가까운 장소의 이동을 나타낼 경우에 많이 쓰인다.
풀 샷	원근에 구애받지 않고 목표 피사체 전체를, 사람의 경우 전신을 카메라 앵글에 담는 촬영 방법이다.
인서트	화면의 특정 동작이나 상황을 강조하기 위해 삽입한 화면. 인서트 화면이 없어도 장면을 이해하는 데에는 별다른 지장이 없으나 인서트를 삽입함으로써 상황이 명확해지는 한편 스토리가 강조된다. 인서트 화면으로는 대개 클로즈업을 사용한다.
클로즈업	배경이나 인물의 일부를 화면에 크게 나타내는 것을 말한다.
몽타주	따로따로 편집된 장면들을 짧게 끊어서 붙인 화면을 말한다.
F. I.	페이드인(Fade-In)을 의미한다. 어두웠던 화면이 점차 밝아지는 상태를 말한다.
F. O.	페이드아웃(Fade-Out)을 의미한다. 화면이 점차 어두워지면서 장면이 바뀌는 것을 말한다.
(N)	내레이션을 지칭하는 용어로, 장면 밖에서 들려오는 목소리를 나타낸다.
부감	높은 곳에서 피사체를 내려다보며 촬영하는 것을 말한다.

dear my friends

9 부

~

디어 마이 프렌즈,
인생 정말 아름답지 아니한가

씬 1. 난희의 집 안, 낮.

난 희　(완이만 보며, 참고) 사귀지, 니들? 그지?

완　(보면)

난 희　내 보기에 니들은 분명히 사귀었어. 근데, 연하랑 왜 헤어졌니? 설마.. 그놈도 바람폈니, 전에 동진이 새끼처럼?

완　(연필을 깎으며, 안 보고, 담담히) 장애인 됐어. 장애인이랑 결혼하지 말라며, 엄마가.

난 희　(먹먹한, 마음이 쿵 하는, 이게 무슨 소리지 싶은) ?!...

완　그래서 헤어졌어.. 아니, 버렸지, 내가. 나 엄마 말 잘 듣잖아.

난 희　(연하가 장애인 됐단 소리가 맘 아픈, 참담한, 완이를 낯설고, 멍하게 보는) ...

완　(연필 깎다 말고, 보며, 담담히) 이제 취재 시작할까, 그때는 어때?

난 희　?

완　엄마 이야기의 시작은.. 내가 여섯 살 때, 할머니 집에 갔을 때, 그때부터.

난 희　(뭔 소린가 싶은)

완　(눈가 붉어지지만, 담담히) 기억 안 나? 나는 너무나 또렷이 기억나는데.. 그 때 일,

난 희　?

완　엄마.. 그때 왜.. 나 죽일라고 그랬어?

난희 (가슴이 쿵 하는, 그때 일을 기억하나 싶어 당황한, 미동도 않지만, 가슴이 뛰는) ?!

완 (눈가 붉지 않은) 들판에서...

난희 (당황한 것 감추고, 짐짓 대수롭지 않게, 순간 버벅대다, 일어나 나가며, 짐짓 더 버럭하는) 들판은 무슨.. 지, 지랄... 너 미쳤냐?! 별 그지 같은 말 같지도 않은 소릴 해대고.. (현관까지 갔다 돌아와, 버럭대는) 너 동진이 정말 안 사귀었어?! 근데 입은 왜 맞춰?! 왜 껴안어?! 미치지 않고서 유부남을 왜 껴안어?! 이게 어디서 거짓말을..

완 (말꼬리 자르며, 담담하게 안 보고) 그건 실수야.

난희 (완이 얘기에 맘이 불편한 걸, 화로 덮으려는, 버럭) 실수?! 말이 좋다, 기집애야! 그리고 뭐, 니가 엄마 말을 잘 들어? 내 말을 그렇게 잘 들어서 유부남이랑 처놀아! 미친년아?! 웃기고 있어! (하고, 나가는데)

완 (참담하지만, 짐짓 담담히, 연필 깎으며) 기다릴게.

난희 (나갔다가, 들어와, 문 쪽에서 악에 받쳐 소리치는) 에미 알길 길바닥 개똥만큼도 안 여기는 년! 니 애비가 엄마한테 한 짓거릴 몰라, 니가 그 짓거리야?! (비아냥) 실수?! 실수?! (맘 아픈) 뚫린 아가리라고, 함부로 지껄이고 있어, 기집애가! (하고, 문 쾅 닫고 나가는)

완 (그대로 가만있는, 참담하지만, 물러서지 않겠단 맘이다, 연필만 깎는)

씬 2. 난희의 가게 안, 낮.

손님이 물밀듯 들어오는, 난희, 바쁜,

난희 어서 오세요, 어서 오세요! (상 치우는 팔달에게) 팔달아, 안쪽 상 좀 치워! 손님 들어가신다! (하고, 앞의 손님에게, 웃으며, 전표 보고) 탕수육 하나, 짬뽕 셋 드셨죠? (들어오는, 손님에게) 어서 오세요! (밥 먹고 나오는 손님에게) 잠시만요.. (하고, 카드를 긁는)

씬 3. 난희의 가게, 주방, 낮.

난희, 열심히 탕수육을 튀기는, 완이 생각에 얼굴이 어둡다,
상숙, 경북 엄마, 팔달, 설거지를 하는, 경북 아빠, 양배추 채 써는, 모두 열심이지만, 난희 눈치가 보이는,

난 희 (구시렁, 땀 나는, 튀긴 탕수육 할 고기를 체로 받쳐 들었다 놨다 하는) 지 년이 뭘 잘했다고, 에미한테 뱀 대가리 쳐들듯 대가릴 꼿꼿이 쳐들고.. 에미한테 눈 찢는 건 대체 어디서 배워먹은 버릇이야, 받자받자하니까, 기집애가... 끝 간 줄을 모르고... (하며, 건진 고기를 다시 기름에 확 놓다가, 기름이 튀는) 앗, 뜨거! (하며, 얼굴을 만지는)

팔달 외 (모두 일하다, 놀라 보는데, 눈치 보여, 다가서지도 못하는) ?

팔 달 (얼른, 냉장고에서 얼음 가져다 난희 주면)

난 희 (속상해, 얼음으로 기름 튄 얼굴 문지르고, 고기 건져놓고) 오늘 삼십 명 단체 오는 거 알지? (앞치마 벗어 정리하며) 이거 초벌한 거니까, 구분 잘해놓고.. 나, 퇴근한다. (하고, 나가는)

경북 아빠 (일하며) 내가 튀긴다니까..

팔달, 상숙 (서로 싫은 기색하며, 동시에) 오늘 저녁 장사, 우리들끼리 죽었네..

경북 엄마, 경북 아빠 (일하며, 버럭) 말할 시간에 일해!

씬 4. 마트 안, 낮.

난희, 식품점에 가서, 이것저것 물건을 고르는, 시계를 보면, 다섯 시가 넘어가는, 완이가 이젠 갔나 싶은, 다시 물건을 고르는,

***점프컷, 만두 같은 걸 시식하는 시식대, 앞 》**
사람들, 줄을 서 맛보고, 난희, 괜히 줄을 서서 또다시 시계 보는데, 전화기의 문자 수신음이 삐꾹 하고 크게 울리는, 난희, 놀라는, 사람들 뭔가 싶어 보고, 난희, 제 핸드폰을 보며, 구시렁대고 읽는,

난 희 어머니.. 동진입니다. 오해가 있으신 거 같은데, 저 완이랑.. 어머니가 염려하시

는 관계.. 아닙... 아내랑 곧 미국에 들어갑니다. (짜증 난, 끄고, 구시렁) 미친 놈! 염병 지랄! 병 주고 약 주는 것도 아니고! 미국에 여편네랑 처들어갈 놈이 왜, 개***, 내가 이걸 며가질 콱! (하고는, 시식대의 것을 맛보고, 점원에게, 화난 듯) 이거 몇 묶음씩 말고, 낱개론 안 팔아? 하나만 사고 싶은데..

점 원 (반말에 짜증스런, 난희 보면)

난 희 손님이 묻잖아? 하나는 안 파냐고! 팔어, 안 팔어!

점 원 (짜증스런) 이거는 묶음으로만..

난 희 왜 짜증이야? 손님한테 왜 짜증이야?!

뒤 손님 (답답한) 다짜고짜, 반말하시니까.. 그러죠!

난 희 (할 말 없는, 그냥 가다, 돌아와, 점원에게) 미안해요. (하고, 그냥 가는, 완이 생각에 속이 상한)

씬 5. 산동네 길, 낮.

험한, 오르막 길이다,
부동산 업자, '조금만 더 가면, 됩니다, 조금만' 하며 앞서가고,
희자, 뒤에서 숨을 깔딱대며 가고, 정아, 희자 앞에서 힘들지만 다부지게 가는,

희 자 정아야..

정 아 (못 듣고)

희 자 정아야..

정 아 (그제야 돌아보며) 뭐한다고 따라와서, 사람을 불러. 성당이나 가! (가며) 그저 사람을 귀찮게...

희 자 (서운하게 보다, 뒤를 돌아보면, 돌아갈 길이 까마득한, 되돌아가기도 뭐한, 그냥 따라가는) 정아야..

씬 6. 산동네 집, 방 안 + 마당, 낮.

정아, 문을 여는데, 잘 안 열리는, '왜, 안 열려, 이게' 하며, 힘을 쓰는데, 순간, 문짝이 정아에게로 뚝 떨어지고,
정아, '엄마야!' 하고 놀라, 주저앉는, 희자, 그 모습을 보고, 전경을 휘둘러보고, 심드렁하게 평상에 앉는,

정 아　(놀란 맘 추스르고, 문짝을 다시 들어, 한쪽에 놓는)
희 자　귀신 나오겠다..
정 아　(웃으며, 일어나 흙 털고, 주변 구경하며) 경관은 좋은데..
희 자　(어이없이 보며) 나이 들어 이 산길을... 삼십 분씩 걸어서.. 너 늙어, 못 다녀.
정 아　(깔깔대고 웃으며) 살 빼고 좋지 뭐. 마을버스 있대. (하고, 수돗가 물을 틀어보고) 물은 잘 나오네.
희 자　여긴 안 돼.
정 아　(희자 보는) ?
희 자　여긴 나한테 둘째 있는 필리핀보다 멀어. 거긴 차 타고 비행기 타면 가지만... 여긴...
정 아　(버럭) 우리 동네에서 얻을라는데, 니가 니네 동네서 얻으라며... 그래서, 굳이 굳이.. 여기까지 왔는데.. 뭔 소리야, 그게 또?! 필리핀이 멀지, 어떻게 여기가 멀어! 그저, 너는 왜 싫은 것만 봐! 좋은 게 천진데!
희 자　암튼.. 여긴 내가 못 와. (하고, 나가며) 아저씨, 다른 집 좀 봐요!
정 아　(어이없는) 어라..

씬 7. 다른 산동네 집 앞, 낮.

희자, 정아, 부동산 업자 같이 나오며,

부동산 업자　(귀찮은) 오천에 이 정도면 굿이에요!
희 자　(멈춰 서서, 부동산 업자에게) 그렇게 굿이면 아저씨가 사세요. 나는 못 살어. (하고, 가는)
정 아　(희자 보며) 니가 살어? 또 어디 가?
희 자　(돌아보며) 그냥 나랑 살어?

정아　너 그냥, 집에 가, 나랑 댕기며, 파투 놓지 말고.
희자　(획 돌아서서 가는)

씬 8. 빌라 앞, 낮.

희자, 정아, 지하 방의 조그만 창문을 보며, 망연자실 서 있고, 부동산 업자, 화나, '아, 더는 집 못 보여줘요, 이게 전부야, 전부..' 하며 가는,

희자　(조그만 창문 보며) 운치는 있다. 나 신혼 때 이런 데서 살았는데... 근데 니가 두더지도 아니고.. 지하는..
정아　(보며, 담담한) 볕이.. 안 들라나?
희자　늙을수록 볕 받아야 돼, 골다공증 걸려. 우울증 생기고.
정아　(웃으며, 하늘 보며) 그러게 볕은 받아야 되는데.. (그때, 전화 오면 받는) 왜요?

씬 9. 아파트 앞, 낮.

석균, 쓰레기를 분리수거 하며,

석균　동태찌개. 고춧가루 많이 넣고! (하고, 전화 끊고, 일하는데)
주민 여자　할아버지, 이것 좀 들어주세요.
석균　(보면)
주민 여자　(차에서 큰 박스와 중간 박스를 꺼내는)
석균　(가는)
주민 여자　(큰 박스를 들고 가는)
석균　(작은 거라 좋은, 그걸 드는데, 허리가 아픈, 그래도 들고 가며, 힘든) 그건 뭐예요?
주민 여자　휴지요.
석균　(뭐지 싶은) 내 거는?

주 민　(가며) 집에 장식할.. 벽돌이요.

석 균　(화나는 것 참고) 벼락 맞을 여편네..

씬 10. 빌라 앞, 낮.

희 자　석균 씨, 뭐래?

정 아　동태찌개 먹고 싶대.

그때, 지하의 창문 열리고, 자다 깬 듯한 험악한 남자 나타나,

남 자　뭐야? 썅! 할망구들이..

희자, 정아, 그 남자를 눈을 끔뻑거리며 아무렇지 않게, 내려다보고, 그냥 돌아서서, 가며,

희 자　썅, 할망구.. 간만에 욕 들어본다.

정 아　니가 곱게 산 거지.

희 자　이제 어디 가?

정 아　동태 사러.

희 자　석균 씨랑 언제.. 헤어져?

정 아　집 얻고 나면..

희 자　동태찌갤 해주지 말든가, 이혼을 말든가, 너도 참 볼수록 신기하다.. 근데, 이혼 도장 찍고 말하고, 집 나와야 하는 거 아냐? 이렇게 불쑥 그럼 석균 씨 놀랄 건데.

정 아　(가며, 담담히) 놀라라 그래. 말함 뭐 달라지나, 시끄럽기만 하지.

희 자　애들한테는 말했어? 애들 놀랄 건데.. (하고, 사탕 주면)

정 아　(사탕 받아먹으며) 아까 첫 집이 난 좋든데.. (멈춰 서며) 너, 집에 가, 나 그 집 한 번 더 보고 갈게. (하고, 돌아서서, 가는)

희 자　사거리에서 동태 사서 기다릴게. (하고, 가는)

정 아　(걸어가며, 혼자 구시렁) 한강도 보인 거 같은데..

씬 11. 난희의 집 앞 + 차 안, 낮.

난희, 차에서 내려 시장 본 것 들고, 집으로 들어가려다, 멈춰 서서, 제 집을 올려다보면, 거실에서 완이의 모습이 어른거리는, 가슴이 쿵 하는,

완 (E) 엄마, 왜 그때 나 죽일려고 그랬어?

***플래시컷, 회상 》**

젊은 난희, 어린 완에게 요구르트 주며,

젊은 난희 먹.. 어.

어린 완 (울먹이며, 먹는)

***점프컷, 현실 》**

난 희 (가슴이 콱 막히는 것 같은, 짐짓 아무렇지 않은 듯하지만, 맘 아픈, 집으로 들어가려다가, 차마 못 들어가고, 차로 다시 가며, 전화하는)

씬 12. 난희의 차 안, 낮.

난 희 (충남의 카페로 전화하며, 짐짓 편하게, 그러나 불편함이 가득한, 집을 올려다보면, 완이가 청소를 하는 모습이 보이는, 착잡한, 통화되면 짐짓 아무렇지 않은 척, 밝게) 어, 충남 언니, 어.. 주영이구나, 고몬?

씬 13. 충남의 집 안, 낮.

충남, 박 교수와 양 교수, 이 교수(여자)의 작품들을 테이블 가득 펼쳐놓고 신

나게 얘기하는, 충남, 사진을 골똘히 보고, 서로 와인을 마시며,

박 교수 누님 양 교수가 이즘 한껏 물이 올랐어요... 사진에 스토리가 천 개 만 개야. 돈 있었음, 내가 샀어요. (양 교수 보며) 반값에 나 줄래?

양 교수 (웃으며) 그만해. 가난이 나를 키울 뿐이다.

이 교수 예술가의 가난은 흉도 아니네.

박 교수 (웃으며) 그건 그런데.. 요즘은 그런 철학이 없어.. 다 돈이야, 다 돈. (하며, 술 마시고, 양 교수에게) 근데, 너 진짜 작품 좋다.

양 교수 내가 빚 얻을 데만 있었어도, 자기 청자 항아린 내가 샀을 거야.

그때, 주영, 전화기 들고 들어와,

주 영 (교수들 싫은, 충남에게 퉁명스레) 고모, 난희 고모.

충 남 (사진을 심각하게 보며) 죽고 살 일 아니면, 나중에 하라 그래.

주 영 (화나는, 충남만 보며, 전화하는) 고모, 우리 고모가 죽고 살 일 아니시면, 나중에 하시라는데요? 젊은 교수 친구들 오셔서, 늙은 친구들은 관심 없으신가 봐요?

충 남 (주영 보며) 야!

주 영 (짜증, 버럭) 뭐?!

씬 14. 난희의 차 안, 낮.

난 희 (짐짓 편하게) 죽고 살 일은 아니지만, 주영아, 고모한테 늙은 친구도 친구라고 전해라. (하고, 끊고, 희자에게 전화하려다, 가만 보다 귀찮다 싶은, 영원에게 전화하는)

영 원 (E) 어, 난희야..

난 희 술 한잔 사주라?

씬 15. 야외 촬영장, 낮.

영원, 자기 분량의 촬영이 막 끝난 듯, 대본 들고 나오며, 전화 받는,

영 원 어쩌냐, 촬영인데? (웃으며) 술은.. 낼 마심 안 될까? (하다, 순철 와서, 한쪽 가리키면, 그쪽 보는)

씬 16. 난희의 차 안, 낮.

난 희 뭐 나는 맨날 노냐? 일해. (하고, 전화 끊고, 집을 올려다보면, 완이가 빨래를 해서, 너는 게 보이는) 빨래는 왜 해.. 지 집에 안 가고... (하고, 차를 운전해 가며, 속상한) 연하가 딱 좋았는데.. 왜 장애인이 됐어.. (맘 아픈)

씬 17. 윗동네 아닌 아랫동네 사거리, 낮.

정아, 희자를 찾다가, 없어서, 희자에게 전화를 하며, 두리번거리며, 구시렁대는,

정 아 얘는 어디를 갔어.. 여기서 기다린다며.... 동태는 산 거야, 만 거야....

씬 18. 거리, 낮.

희자, 가다가, 나무의 꽃 보고, 좋은,

희 자 이뻐라.. (하고, 길 앞쪽에 강아지 가는 걸 보고, 따라가며) 어머.. 넌 어디 가니? 엄마는? 엄마 어딨어? 너 두고 어디 갔어? 얘 너 어디 가?

씬 19. 건물 앞, 낮.

쌍분, 쪼그려 앉아 있고, 영원, 그 앞에 같이 쪼그려 앉아, 쌍분을 보며, 귀여운 듯, 어이없는 듯 보는,

영 원　여기서 내둥.. 엄마가 날 어떻게 기다려? 밤새 촬영인데.. 일어나서, 내 차 안에 가 있으셔, 어? 어? 엄마!

쌍 분　(땅만 보며) 답답해.

스태프　선생님, 촬영 들어가요!

영 원　곧 가! (하고, 쌍분 보며) 차에 가.

쌍 분　...

영 원　아이고, 고집.... 늙어서 고집 피면 미운 거 몰라?

쌍 분　(못 듣고, 오락만 하는)

영 원　(답답하게 보다, 가며, 순철에게) 순철아, 어머니 의자랑 마실 것 좀. (하고, 대본 보고, 쌍분 보고 가는)

씬 20. 난희의 집 안, 낮.

완, 담담히 설거지 끝내고, 싱크대를 정리하고, 난희에게, 전화하는,

완　어디야?

씬 21. 달리는 난희의 차 안, 낮.

난 희　할머니네 가.

씬 22. 난희의 집 안, 낮.

완　(담담한, 차분한) 내가 집에서 기다리는데.. 할머니넬 왜 가?

씬 23. 달리는 난희의 차 안, 낮.

난 희 (버럭) 니가 기다리거나 말거나, 내가 가고 싶음 가는 거지, 내가 뭐 할머니네 가는 것도 니 허락을 받아야 가?! 니가 언제부터 날 챙겼어! (하고, 스피커폰 끄고, 착잡하게 운전해 가는)

씬 24. 난희의 집 안, 낮.

완, 전화 끊고, 청소기를 돌리는,

씬 25. 희자의 집 앞, 낮.

성재, 초인종을 누르는, 그러나, 안에서는 아무 소리 안 나는, 조바심 없이, 잠시 있다가, 또 누르는, 그때, 정아, 오며,

정 아 성재 씨?
성 재 (정아 보며, 반가운) 어.. 정아... 씨?
정 아 (걱정스레) 희자 없어?
성 재 (웃으며) 있어. 근데, 안 열어주네.
정 아 얘가 돌았네.... 진짜.... 왜 사람을 밖에 두고.. (하고, 옆의 화분을 들어, 열쇠를 꺼내 대문 열고, 들어가는)
성 재 (들어가는)

씬 26. 희자의 집 안, 낮.

희자, 묵주를 만들며, 문소리에 고개 들어 들어오는 정아와 성재를 보는,

희 자　(이상한) 니가.. 왜?

정 아　(화나는, 답답한) 니가 왜는.. 니가 왜는? 너 사거리서 동태 사서 나 기다린다 했어, 안 했어?

희 자　(만들던 묵주 놓고, 아차 하며, 손뼉 치며) 어머!

정 아　어머? 어머? 돌은 할마씨 저거 저거...

성재, 그 사이에 혼자 알아서 물을 마시고, 소파에 앉는,

정 아　(버럭) 동태는?!

희 자　(일어나, 냉장고에서 꺼내주며) 샀지, 샀지.. 그거 샀는데... 갑자기 길가에 꽃이.. 참, 강아지가 엄마를 잃고...... (주먹을 들어 보이며) 요만한 게.. 개 따라오다 보니.. 집이드라구.. 어쩐지 내가 동탤 왜 샀나 했네..

정 아　(동태 봉지를 획 낚아채며) 사람이 갑자기 없어짐 걱정을 얼마나 해? 전화는 왜 안 받어?

희 자　밧데리가 없었나?

정 아　밧데리도 챙기고, 정신도 좀 챙겨! 나는 누구야?

희 자　(그런 걸 왜 묻지 싶은, 이상한) 정아.

정 아　정신 멀쩡하면서 왜 그래?! (하고, 나가다, 희자 보며) 성재 씨 문은 왜 안 열어줘?

희 자　.. (성재 보고, 정아 귀에 대고) 충남이..

정 아　(짜증 나는, 맘에 안 드는, 성재 보며) 성재 씨, 나중에 봐.

성 재　(반말하던 관계라, 존대가 어색한) 그래.. 요..

정 아　(나가며, 희자에게) 정신 챙겨! 좀! (하고, 가고)

희 자　(정아 미안하게 보다, 성재 보며) 가요.

성 재　(가방에서, 묵주 만들 것 꺼내려다, 옆에 있는 시시티브이를 문 쪽으로 돌리는)

희 자　그걸 왜 돌려요?

성 재　이걸로 날 왜 찍어, 문 쪽에 두고, 나쁜 놈 들어오나 안 들어오나 찍음 되지?

희 자　(할 말 없는) ..

성 재　(묵주 만들 것 꺼내놓고) 이거 갖고, 묵주 만든 거 줘.

희자 (보면)

성재 (화나는) 성당에서 가져오래! 나도 여기 오기 그랬는데, 신부님이 너 무사한가, 가보래고, 신도님이.. 묵주 만든 거 가져오래잖아. 묵주 재료, 그게 다 성당 재산이야. 너같이 묵주 만든다고 가져가서 팔아먹는 늙은이들이 많은지.. 꼭 챙겨 오래!

희자 (묵주 만든 걸, 주섬주섬 챙겨, 주는)

성재 (희자가 주는 묵주 보따리 받으며) 백 개 맞아?

희자 (묵주 보따리 뺏으며) 세볼게..

성재 (그냥 뺏어서, 가방에 넣고, 가는)

희자 (조금 서운하지만, 말 안 하고, 묵주를 만드는)

성재 (나가다, 돌아서서 희자 보며) 좋냐? 이렇게 안 웃고, 남처럼... 할 말만 딱딱하고.. 내가 획 가니까, 속이 편하고 시원하냐?

희자 (묵주만 만들며) 안 불편해.

성재 (버럭) 내가 너랑 살재냐? 놀재지? 애인하재, 친구하재지?!

희자 (묵주만 만드는)

성재 맨날 집구석에서, 이러고 있느니.. 차 타고 드라이브라도 하면 좀 좋아? 햇빛 받음 좀 좋아!

희자 정아도 운전해요.. 가끔 둘이 드라이브해.

성재 ... 꼬박꼬박 말대답은... 관두자. 관둬. (하고, 가는)

희자 (묵주 만들다, 잠시 생각하며) 참.. 내가 정아한테.. 동탤 줬나?

씬 27. 민호의 자동차 정비소 안, 낮.

민호, 일하고 들어와, 핸드폰으로 시시티브이를 연결하다, 문 쪽만 보이는 걸 보고 이상한, 핸드폰으로 시시티브이를 돌리면, 정아, 성재가 온 게 보이는, 성재가 시시티브이를 돌리는 게 보이는,

민호 (기분 별로인) 이 아저씨가..

하늘 (와서, 핸드폰 뺏어서, 돌려 보고, 그사이 짜장면 먹는, 민호에게, 친구처럼) 엄마 친구네.. 정아 이모도 계시고.. 잘됐어, 맨날 이거로 엄마 보고 속상해하

고.. 앞으론, 엄마가 이 문을 하루에 한 번도 안 나가실 때, 그때 걱정하면 되겠다. 근데, 너는 니 엄마냐, 나냐?

민호　(짜장면 먹으며) 너 담에 엄마.

하늘　우리 애 낳으면?

민호　(짜장면 먹으며, 담백하게) 너, 엄마, 애기.

하늘　애 낳았다고 애한테만 정신 팔면 죽는다.

민호　애 그따위로 키우면 싸가지 없어져. 엄마가 그랬어. (하고, 마구, 먹는)

하늘　(순간, 민호 머리통 치며) 또 엄마지!

씬 28. 쌍분의 집 안, 낮.

난희, 호진, 국에 밥 먹고, 난희, 호진에게 고기를 후후 불어, 주면, 호진, 받아먹는, 인봉, 벽에 기대 화가 난 얼굴로 앉아 있는,

난희　(밥을 먹으며) 넌 진짜 안 먹어?

인봉　...

난희　(고기를 집어서, 인봉 입에 대고) 소고기. (달래는) 좀 먹어봐, 이거 등심이야. 부드러, 먹어.

인봉　(난희 손을 탁 치고, 고기를 떨어뜨리고 나가는)

난희　저거 저거 저거, 싸가지 봐, 싸가지! (하고, 고길 먹다가, 문 쪽 보며) 누나, 낼 새벽 시장 가야 돼! 설거지하고 가게, 밥 먹어! 인봉아?!

호진　(난희 손으로 툭 치고, 나가보라고 하는)

난희　진짜... (하고, 일어나며) 아버지, 꼭꼭 씹어. 모간지에 걸리면, (숨 막히는 시늉하며) 캑캑한다.. 조심해.

호진　(먹다, 캑캑대는)

난희　에헤! (하고, 등 쳐주며) 칵 해, 칵!

씬 29. 들판, 낮.

난희, 인봉 찾아서, 두리번거리며 걸어오다, 앞을 보면,
인봉, 나무에 서서 소변보는,
난희, 팔짱 끼고, 그런 인봉 보며, 서서, 편하게,

난 희　집 놔두고, 길가에서.. 사내구실은 잘하겠다.

인 봉　(볼일만 보며, 퉁명스레) 왜, 다리병신은 밤일도 안 될까 봐?

난 희　(안쓰럽고, 화나는) 걱정되지, 누난. 남의 딸 데려다가... 너 허리 못 쓰고 똥오줌 받아내던 게 엊그제야! 칠 년 누워 있다가, 걸어 다닌 지, 이제 이삼 년도 안 되잖아.

인 봉　(볼일만 보는)

난 희　얌마, 자끌린은 너 안 좋아할지도 몰라? 돈만 이천 쓰고, 여자 날르면? 재 너머 아재도 여자가 돈만 갖고 날랐다며? 여자 돈으로 사는 거 아냐.

인 봉　(안 보고, 바지춤 챙기는) 자끌린도, 나 좋아해.

난 희　?

인 봉　(속상해, 버럭대는) 내가 다리병신이래도.. 농사도 짓고, 나무도 패고, 밭도 가는데! 왜, 장애인은 여자가 좋아하면 안 되냐? (하고, 가는)

난 희　야, 인봉아!

완　(E) 장애인 됐어. 장애인이랑 결혼하지 말라며, 엄마가.

***플래시컷 》**

완　그래서 헤어졌어.. 아니, 버렸지, 내가. 나 엄마 말 잘 듣잖아.

***점프컷, 현실 》**

난희, 맘 아프지만, 짐짓 아무렇지 않은 척, 가는 인봉에게 소리치는,

난 희　야, 자끌린은 말도 안 통하잖아!

인 봉　(가며, 안 보고) 돈 주기 싫음 말어! 쓸데없는 소리 말고!

난 희　(가는 인봉 보며, 답답한) 얌마, 내가 돈을 얼마나 많이 버는데... 설마, 그 돈이 아깝겠냐? 결혼하면 애도 낳아야 할 건데.. 엄마도 누나도 생각이 많지! 너는 아프고... 인봉아, 인봉아! (하다가, 답답해, 돌아서는데, 들판(어린 완이

와 약 마시던)이 보이는, 가슴이 쿵 하는)

＊인서트, 플래시컷, 회상 》
우는 어린 완이를 이끌고, 들판을 걸어가는 젊은 난희,

＊점프컷, 현실 》

난 희 (그 장면이 맘 아파, 획 외면하고, 조금 빠르게 생각 많게 걸어가는)

씬 30. 영원의 촬영장, 낮.

영원, 쌍분과 의자에 앉아, 마주 보고 얘기하는,

영 원 (어이없어, 웃으며) 엄마 내가 잘나가는 대배우야, 돈 이천 정도는 전화로 하지.. 뭐하러 노친네가 여길 와, 버스 타고 버스 타고 몇 번을 버스 타고..

쌍 분 (미안한, 못 보고) 너, 암 걸려 돈 들잖어.

영 원 (어이없고, 고마운, 애 보듯 짠하게 보며) 참내... 그래도 그 돈은 있지. 그리고, 난희 뒀다 뭐해? 엄마, 난희 사장님이야, 사장님. 설마, 개가 엄마 돈 안 줘?

쌍 분 (눈가가 붉어져, 먹먹히, 영원 못 보고, 길가 보며) 맨날 줘도 모잘라.. 전봇대서.. 떨어진 인봉이 새끼, 숨만 깔딱거리는 거 살린다고... 재작년까지.. 수술을 열두 번을 하고... 억에 억을 더 쓰고.. 사시사철 비싼 보약 해대고.. 아부지... 뻭함 응급실 가고.... 장사 잘됨 뭐해.. 옆에서 다 써 조지는데... 나는 안 죽고.

영 원 (그제야 알겠는, 짠한, 그래도 가볍게) 엄마가 죽긴 왜 죽어!

쌍 분 (길가만 보며, 난희가 안쓰러, 눈가 붉은, 손등으로 쓱 닦고, 담담히) 에미 애비 동생이 아니라 돈 쓰는 구신들이야. 나 죽음 화장하고, 선산 팔어서 너 가져. 그리고 돈 줘. 난희한테 말하지 말고. 어차피 조카들 낳으면 반은 또 난희.. 몫이야. 미친놈, 씨를 못 뿌리게 내가 아주 아랫도릴 묶어버릴 거여.

영 원 (쌍분이 안쓰럽고, 좋은, 깔깔대고 웃는) 인봉이 아랫도릴 뭘로 묶게! 쇠사슬로 묶게! 노친네 진짜!

쌍 분 (고개 숙여, 땅 보며, 덤덤히) 평생 돈 걱정이다, 이누무 팔자는. (하고, 가는)

영 원　엄마, 내 차 타고 가. 운전하는 애 있어!

쌍 분　(그냥 가는) ..

영 원　(안쓰럽게 웃음 짓고, 순철에게) 순철아, 할머니, 차로 모셔다 드려! (하고, 다시 촬영 가는)

씬 31. 석균 정아의 주방, 밤.

석균, 국그릇의 동태탕의 동태를 손으로 집어서 쪽쪽 소리 나게 발라 먹고, 수저로 헤집으며, 냉동실에서 이것저것 다 꺼내 앉아 정리하는 정아에게 말하는,

석 균　동태 눈알이 어딨냐?

정 아　(일어나, 냄비로 가서, 국자로 동태 머리를 가져다, 국그릇에 놔주는)

석 균　(맛있게, 동태 머리를 쪽쪽 빨며) 동태는 눈알이지!

정 아　(담담히) 그지, 동탠 눈알이지. (하고, 의자에 마주 앉아, 옆의 수건으로 석균의 입가를 닦아주는)

석 균　(좋은) 서비스가 좋다? 내가 그렇게 냉장고 정리하래도 안 하드니, 그것도 하고...?

정 아　(석균만 물끄러미 보며, 담담히) 잘해줄라고.

석 균　(밥 먹으며) 왜?

정 아　(담담히 보며, 안 미운) 볼 날.. 얼마 안 남아서.

석 균　(깔깔대고, 웃으며) 니가 진짜 이제야 철이 드는구나.. (밥 먹으며) 잘 생각한 거야.. 우리가 이제 살아봤자, 얼마나 사냐? 오손도손.. 오손도손.. 부부는 그게 최고지! 넌 왜 안 먹냐?

정 아　당신 돈 아껴줄라고.

석 균　(웃으며) 그래, 살도 좀 빼고!

그때, 식탁에 있던 정아의 핸드폰 울리는, 보면, 충남이다,

정 아　(전화 받으며) 그래, 내가 전화했었어. 기다려. (석균에게) 밥 먹고, (비타민 주

며) 이거 드셔. 오래 산대. (하고, 일어나 핸드폰 들고 방으로 들어가는데)

석균 (동태 빨며) 삼십 년은 더 살겠네..

씬 32. 충남의 야외 카페, 밤.

박 교수, 양 교수, 이 교수, 노랠 부르며, 술 마시며 즐거운,
충남, 멀리서, 와인을 가지고, 걸어오며 전화를 하는,

충남 다짜고짜, 누구랑 있냐니? 교수 친구들이랑 있어, 왜? 뭐 하긴, 와인 먹지.

씬 33. 석균 정아의 방 안, 밤.

정아 (덤덤한, 따지지 않는) 어, 잘하네. 너는 젊은 교수들이랑 와인 먹고, 희자는 혼자 방구석에서 묵주 만들고.

씬 34. 충남의 야외 카페, 밤.

충남, 멈춰 서며,

충남 (안 지고) 희자 언닌, 언니 있잖어.

씬 35. 석균 정아의 방 안, 밤.

정아 너는 성재 씨한테 미련 있고?

씬 36. 충남의 야외 카페, 밤.

충 남 (조금은 속상한) 있.. 다면?

씬 37. 석균 정아의 방 안, 밤.

정 아 (담담히) 니가.. 접어야지.

씬 38. 충남의 야외 카페, 밤.

충 남 (조금 서운한)

*교차씬 》

정 아 (안쓰럽지만, 할 말 하는) 둘이 좋다는데.. 니가 접는 게 맞지.

충 남 (속상한, 서운한, 눈가 조금 붉어지는)

정 아 희자, 성재 씨랑 나댕기며 놀게 해. 나는 애들 집, 일 봐준다고 나댕기기도 하고.. 너는 카페에, 조카들도 끼고 살고, 와인 마실 친구들도 많고... 그런데, 그거는.. 매일, 방구석에서.. 테레비만 보고.. 정신 안 놓칠라고 혼잣말만 하고... 을마나 그게 심심했으면 묵주를 사흘 만에 백 개를 만들었대.. 젊은 애들도 못하는데..

충 남 재주 좋네.

정 아 (안쓰럽지만, 괜히 양말을 만지며) 정말.. 못 접어? 언니가.. 이런 말해, 서운해?

충 남 ....

정 아 (안된, 따뜻하게, 편하게) 너는.. 성재 씨랑 담 생에 만나, 어?

충 남 (담담하게) 담 생에도 그 인간은 희자 언닐 만나겠지. 됐고, 언닌 이혼이나 잘해. (하고, 전화 끊고, 가서, 자리에 앉아, 노래하는 박 교수에게 박수 장단을 치며) 아싸, 아싸!

*점프컷 》

정 아　(답답하게 전화 끊는)

석균, 이 쑤시며, 들어오며,

석 균　가계부!
정 아　(아무렇지 않게, 옆의 작은 상과 가계부를 가져와서 옆에 앉는)
석 균　(가계부 들춰 보며) 이번엔, 영수증이 다 있네?
정 아　(담담히, 주머니에서 이만 원 꺼내놓으며) 이거는 내가 지난주에 희자랑 햄버거 먹은 거.

씬 39. 희자의 집 근처, 밤.

택시 와서 서고, 박 교수, 충남 내리는,

박 교수　(웃으며) 누님.. 이번 작품 사주셔서, 정말 감사. 모르긴 몰라도, 그게 나중에 엄청 돈값 좀 할 겁니다. 제가 지난달에, 한국도자기전,
충 남　(말꼬리 자르며) 우수상 받은 거 알고 있지만, 그건 별로야, 엇그제 선물로 준 게 좋지.
박 교수　누님 같은 친구가 있어서, 내가 얼마나 기쁜지 모르죠?
충 남　친구? 함부로 친구 친구 하지 마라. 나한테 친구는 애인도 주는 건데. (하고, 가는)
박 교수　애인을 줘요?
충 남　(가며) 젊으면 싸울 건데.. 줄라고... 나보다 늙은 친구한테...
박 교수　(충남 보고, 웃으며) 누님보다 더 늙은 친구면 대체 얼마나 늙은 거야?
충 남　(째려보면)
박 교수　(깔깔대며, 웃고, 다시 기다리던 택시 타고 가는)
충 남　(걸어가, 희자의 집 앞에서, 초인종을 누르며) 언니, 나, 젊은 친구 충남이!

씬 40. 난희의 집 앞, 밤.

난희, 짐을 들고, 제 집을 올려다보면, 완이, 베란다 문 열어놓고, 차를 마시다, 문득 아래의 난희를 내려다보는,

완 (담담히 보는)
난희 (조금 머뭇대다가, 붙자 싶어, 올라가는)
완 (착잡하게, 난희 보다, 거실로 가는)

씬 41. 난희의 집 안, 밤.

난희, 짐들을 식탁에 부려놓고, 불편한 맘 숨기려, 짐짓 화난 척, 짐을 챙기며, 집 보면, 집이 잘 정리된, 꽃꽂이도 되어 있는,

난희 (물건 정리하며, 꽃을 보고) 이렇게 집구석을 잘 치워놓으면서, 지 집구석은 왜 늘 개장난으로.. 웬일이야, 안 하던 짓을 하고,
완 (냉장고에서 물 꺼내 마시며, 아무렇지 않게) 안 하던 짓은, 어려선 잘하던 짓이지. 기억 안 나? 여섯 살 때부터 내가 방 치우고, 설거지하고, 엄마 웃으라고 들풀 꺾어, 꽃꽂이하고.. 다 커서, 그게 질려서 안 했지..
난희 (싱크대 수납장에 사 온 물건 정리하며, 안 보고, 퉁명스레) 그때가 그립지.
완 (냉장고에 기대서서, 정리하는 난희 안 보며, 담담히) 뭐가 그리워, 난 그때 매일이 조마조마였는데, 엄마가 도망갈까, 아님 나한테 또 약을 먹일까...
난희 (정리하다, 마음이 쿵 하는, 참고, 정리를 대충 하고, 싱크대에서, 소파로 옮겨가 앉고 티브이를 켜며, 완이, 들으라고 구시렁) 대체 어제부터 알지도 못할 소릴 왜 저렇게 해대.. 가, 기집애야, 꼴 보기 싫어. 그리고, 동진이,
완 (어느새, 와서, 리모컨 뺏어서, 티브이 끄고, 난희와 마주 보게(난희와 테이블을 사이에 두고 떨어져 앉은 상태), 티브이 앞에 앉으며, 난희를 보는데, 담담한) 엄마, 앞으로 내 인생에 끼어들지 마.
난희 (보며, 가슴이 막막한, 가만 이삼 초 보다, 서운하고 화나는, 조금 격앙되는)

끼어들면, 끼어들면! 엄마가 니 인생에 (옆의 쿠션을 던지며, 버럭) 끼어들면 어쩔 건데! 니가, 이 기집애야!

완 (쿠션 맞은 채, 미동도 않고, 가만 난희를 보는)

난희 내가 동진이, 만나지 말란 게, 니가 나를 그렇게 웬수 보듯 쏘아볼 일이야?! 그게 그럴 일이야?!

완 (난희를 담담히 보며, 짐짓 차분히) 내가 동진 선밸 왜 만났는데,

난희 어허, 그것도 내 탓이네?!

완 (담담한) 그럼, 엄마 탓이지. 막가고 싶었거든. 내가 동거까지 한 연할 왜 버렸는데...

난희 (동거란 말에 멍한, 눈가가 그렁해지는) 도.. 동거?

완 (눈가 그렁하지만, 미동 없이, 난희를 빤히 보며) 난 엄마 거니까. 엄마가 하지 말란 짓은 못 하지. 엄마가 장애인 싫댔지. 그래서, 다친 애 놔두고, 한국 왔어. 당시에 엄마가 쓰러졌고, 핑계도 좋았지.

난희 ?!

완 (눈가 붉어져, 또박또박 말하는) 여섯 살 때, 할머니 집 앞 들판에서.. 약 먹을 때 내가 분명히 알았거든, 나는 엄마 거구나... 그러니까, 무서워도, 약을 먹으라면 먹어야 하는구나..

난희 (눈가 그렁해, 맘 아픈, 과거 일을 기억하는 게 두려운, 내색 않으려 하지만, 잘 안 되는)

완 (맘 아픈, 눈빛 안 흐트러지고, 참담하게) 내가 연할 버린 건 다 엄마 탓이야.. 미치게 사랑한 남자, 아프다고 버리고 나니까, 내 안의 내가 그러드라. 나쁜 년, 막살아버려, 그냥! 양심도 버리고 막살아, 그냥! 그래서 막살라고, 동진 선배.. 내가 꼬셨어.. 그러니까, (눈물 흐르는) 모든 게 다 (하며, 쿠션을 난희에게 던지며) 엄마 탓이지!

난희 (쿠션을 맞고, 멍한) ?

완 (소리치는) 잘못했다 그래, 나한테! (옆의 노트북을 들어, 내팽개치며) 잘못했다, 그래!

난희 (이게 뭐지 싶은) ?

완 (앉은 채, 맘 아프게 따지는) 내가 엄마 거야?! 엄마가 낳았으니, (꽃병 들어, 방바닥에 던지며) 엄마가 죽여도 돼?! (난희를 보며, 맘 아픈, 비아냥, 땅바닥을 주먹으로 치는, 그 바람에 깨진 유리 조각이 손에 박히는, 그러나 모르고

소리치는) 내가 엄마 거야?! 말해, 나한테 왜 그랬어?!

난희, 맘이 불안하고 아픈 와중에도, 다친 완이의 손이 보이는,

완　(옆에 있는 크리넥스 통을 던지며) 말해! 내가 왜 엄마 거야?!

난희　(크리넥스 통을 맞는, 하지만 아랑곳없이, 얼른 뛰어와, 완이를 뒤에서 팔을 못 쓰게 안고, 강하게) 당연히, 넌 내 거지!

완　(몸을 빼려 하지만, 이를 앙다물고, 악에 받쳐 소리치는) 내가 왜 엄마 거야? 내가 왜 엄마 거야?! 왜 그랬어, 나한테!

난희　(완이가 못 움직이게 뒤에서 꼭 안고, 이를 앙다물고, 맘 아파, 오기스럽게, 완이가 다칠까 있는 힘을 주는, 오직 완이 다칠 것만 생각하며, 눈가가 그렁해도, 힘 있게 말하는, 처지지 않는) 넌 내가 낳았는데, 나 죽을 생각하면서, 널 어떻게 두고 가! 널 어떻게 두고 가!

＊플래시컷, 회상 》

1, 난희의 집 안, 밤.

젊은 난희, 완이 부가 숙희를 안고 웃으며 뒹구는 걸 보는, 멍한,

＊점프컷, 현실 》

완　(품에서 떨어지려 하며, 발버둥치며, 이를 앙다물고, 격앙된) 이거 놔, 놔! 나는 정말 엄마, 너무 싫어! 나는.. 정말.. (울며, 악쓰는) 엄마가.. 이해 안 돼! 지겨워, 지쳐! 끔직해! 난 정말... 엄마가 너무 싫어!

＊플래시컷, 회상 》

2, 쌍분네, 마당, 밤.

술 취한 호진, 쌍분의 머리채를 끌고, 기둥에 처박는,

그걸 문 밖에서 멍하니 보고 있는 젊은 난희와 어린 완(난희 눈치 보는), 젊은 난희, 멍하니 보다, 돌아서는, (어린 완의 시점)

***점프컷, 현실 》**

난 희　(오직 완이가 다칠까, 죽을힘을 다해, 안고, 기운이 빠지지만, 이 앙다물고, 버티며, 맘 아프지만, 크게) 알았어, 넌 엄마 싫어. 이제 내가 다 알았어.. 싫으면 싫어해. 누가 뭐래.... 근데... 다쳐, 완아, 다쳐, 이러지 마... 이러지 마..

완　놔, 놔, 이거 놔!

***플래시컷, 회상 》**

3, 들판, 밤.

젊은 난희, 약 탄 요구르트를 먹고, 어린 완이 마시는 걸 보다, 못 마시게 탁 치고, 그냥 밤하늘을 올려다보는, 어린 완, 젊은 난희를 보다, 뛰어가며, 멀리 오는 완이 부를 보고 '아빠!' 하는,

젊은 난희　(밤하늘만 보며, 피를 토하는, 멍한) ...

***점프컷, 현실 》**

완이와 난희의 실랑이 위로, 완이의 발버둥 위로,

완　(N) 비열하고 비겁한 박완. 왜 너는 삼십 년 동안 묻어둔, 그 얘길 이제야 이렇게 미친년처럼 터트리는 건데... 정말, 그때 그 일이 니 평생의 한이었다고? 그때, 그럴 수밖에 없었던 엄마를 단 한순간도 이해한 적이 없었다고? 아니. 너는 알고 있어. 그때, 엄마가 잘한 짓은 아니어도 그럴 만했던 걸. 너는 그때도 엄마를 이해했고, 지금도 엄마를 이해해. 근데, 왜 너는 지금 엄마를 이렇게 원망하는 건데?

***플래시컷, 회상 》**

뛰어가며, 좋아하던 연하와 완이, 이후, 사고 장면의 연하,

***점프컷, 현실 》**

난희와 완이 실랑이하는,

완 내가 연하랑 헤어진 건 다 엄마 탓이야! 내가 이렇게 된 건 다 엄마 탓이야! 다 엄마 탓이야! 다! 다!

난희 (여전히, 등 뒤에서 완이 안고) 진정해, 그만해, 다 알았으니까, 그만해.. 피나.. 그만해!

실랑이하는 난희와 완이의 그림 위로,

완 (N) 그때, 알았다. 나는 연하를 버린 나를 용서할 수가 없었다. 연하를 버린 게.. 내 이기심만은 아니었다고.. 이유가 있었다고, 변명하고 싶었다. 내 탓만 하기엔 너무나 힘이 들어서, 누구 탓이라도 하고 싶었다. 그게.. 만만한.. 엄마였다. 나는 연하가.. 너무나도.. 보고.. 싶었다.

씬 42. 희자의 집 안, 밤.

충남, 잔치 국수를 먹으며, 주방 쪽을 보면, 희자, 온통 어질러놓은 채, 잡채를 한 그릇 해서, 들고 오는,

충남 먹다 죽어? 국수 먹는데, 잡채는... 이게 구색에 맞냐?

희자 (좋은, 웃으며, 잡채를 테이블에 놓으며) 한 젓가락만 먹어.

충남 손도 커.. (잡채 먹는) 맛은 좋네. 그래도, (젓가락 놓으며) 더는 못 먹겠어. 애들 갖다줘.

희자 (웃으며, 잡채 먹으며) 안 해, 그런 짓.

충남 ?

희자 애들은 그저 내가 지들 눈에 안 띄는 게 최고야.. 뭐 갖다 주는 거 싫어해.

충남 그럼 택배로 보내. 얼려서.

희자 자식들은 집에서 온 택배도 싫어한대.

충남 (물로 가글하며) 왜?

희자 택배 상자 안에, 혹시라도 지 부모가 들어 있을까 봐.

충남 (어이없는) ?! 그 말 언니가 지어냈지?

희자　(웃으며, 먹으며) 난 이해해, 젊을 땐 괜히 사는 게 골이 아프니까. 힘들잖어.

충남　(웃으며) 그러다 부모 죽음 후회하고..

희자　(웃으며) 나중에 죄책감으로 퉁치고..

충남　(웃으며) 약은 애새끼들... (하고, 전화하며) 어, 성재 오빠?

희자　?

충남　오빠 낼 차 갖고 아침에 희자 언니네로 와서, 둘이 놀러 가!

씬 43. 성재의 집 안, 밤.

성재, 자다가 전화 받은,

성재　뭐?

씬 44. 희자의 집 안, 밤.

충남　못 들었어? 그럼 말어. (하고, 전화 끊는)

희자　얘, 너 왜 그래?

충남　내가 성재 오빠 양보하는 거야, 언니한테. (문자 오면 보는)

성재　(E) 감사하다, 충남아.

충남　(순간 서운해, 전화기 확 놓는)

희자　난 싫어. (하고, 먹는)

충남　여행 갈라 그랬었잖아, 튕겨?

희자　(먹으며) 그건 그냥... 순간적으로.. 근데, 늙어서 주책이야. 이상해. 늙은이들 둘이서... 여행 가는 거.

충남　언니, 우리 나이엔 이 순간 국수 먹다 갑자기 꽥! 해도 하나도 이상할 게 없는 나이야.

희자　(웃으며) 그지, 늙은이들 그렇게도 갈람 가지..

충남　우리가 오늘 갑자기 죽어도.. 이상할 게 없는데, 죽기 전에 남자 좀 만난단 게 뭐 이상해? 여행 간다는 게 뭐 이상해? 아, 저 늙은이들이 죽기 전에... 마지막 불꽃을 태우나 보다... 하고... 이해받을 일이지.

희자　(웃고) 그런가... (아무렇지 않게, 먹으며, 보며) 근데 니가 좋다며, 성재 씨?

충남　(진심은 아니지만, 가볍게) 싫어졌어. 그 인간이 언니 좋대서. 정이 뚝 하고 떨어졌지. 진짜루. 여행 가방 챙기자. (하며, 자기 가방에서 팩 꺼내며) 이것도 하고.

희자　(가만 보다) ... 같이 갈까?

충남　그건 우리가 지금 이 순간, 한꺼번에 동시에 접시 물에 코 박고 죽는 거보다, 더 이상하네.

＊점프컷 》

충남, 얼굴에 팩 하고, 잘 이불을 정리하고, 희자, 얼굴에 팩 하고, 방 안에서 제법 큰 가방을 가져와, 충남 앞에 놓고 보여주는,

충남　집 나가? (하고, 가방을 뒤져보면, 커다란 사탕 봉지, 초콜릿 봉지가 나오는, 답답한)

희자　(팩을 떼고, 스킨으로 얼굴 닦으며) 당 떨어질까 봐.

충남　반씩만 넣어. (다시, 가방을 열어, 큰 봉지 꺼내는, 보면, 온통 약이다, 고개 젓고, 다시 큰 봉투를 꺼내 열어보면, 그 안에서 또 봉지가 나오고, 열면 또 봉지가 나오는, 또 열면 봉지가 나오고, 짜증 나는, 희자 보며 말하는) 이거 뭐야?

희자　내가 요실금이라..

충남　(봉지를 열어 꺼내며) 기저귀네?!

희자　(웃는, 거울 보며, 로션 바르고)

충남　태어나자마자 기저귀 차고.. 갈 때 되니, 또 기저귈 차고.. (하고, 다시 가방에 넣으며) 아우, 추저분 인생..

＊점프컷 》

희자 잘 자리 옆에 충남, 희자가 입을 옷을 예쁘게 펴서, 세팅해서 놓고, 옆의, 조그만 가방을 희자에게 주는,

희자, 그 가방을 보며, 옆의 기저귀를 보는,

희자 저거.. 넣어야 되는데.

충남 오빠한테 한 시간에 한 번씩 화장실 가야 한다 그래. 여자는 그래야 한다고 그래. 화장실 세워주기 싫다고 빽빽대면, 그길로 여행 끝내고 돌아와.

희자 그래도....

충남 이성재가 웃어! 그 매너가, 희자야, 내가 가방 들게 하다가... 어라, 이게 덩친 큰데 왜 이리 가벼워 하고.. 언니 없을 때, 대체 여자 가방엔 뭐가 있나 하고 열어봤는데, 가방에 기저귀가 한가득 떡하니... 놀란다..

희자 이래서 내가 어디 안 가는 거야... (하고, 가방을 한쪽에 놓고) 어디 한번 갈라면.. 뭘 바리바리 한도 끝도 없이 싸야 되고, 불편해. (눕는)

충남 (안된, 이불을 덮어주고 눕는) 걸어는 다니잖아.. 좋게 생각해. 근데, 언닌 맬 거실에서 자?

희자 (충남 보고) 어, 방 안이 좀 무서. 넌 안 무서, 혼자 자는 거?

충남 혼자 자는 건 괜찮은데, 혼자 자다 죽을까 봐.. 사후에 시체 처리는 빠를수록 좋거든. 사람이 죽음 냄새가 많이 나요. 신속 정확하게 처리할 사람은 주변에 뒀음 싶지.

희자 (웃고) 으이그.. (머리카락 만져주며) 너, 이뻤는데? 어려선. 똘망똘망.

충남 자..

희자 나도 이뻤지?

충남 지금도 나이 칠십 먹은 노인 중엔 단연 (엄지손가락 쳐들며) 갑이지.

둘이 웃겨 웃는,

씬 45. 몽타주.

1, 성재의 욕실, 아침.

성재, 신나게 노랠 부르며, 머릴 감고, 샤워 물을 틀다, 뜨거운 물 나와, 놀라, '앗 뜨거, 앗 뜨거!' 하고, 다시 샤워 핸들 돌리면, 찬물 나오고, '앗 차가, 앗 차가!' 하는,

2, 성재의 집 안, 아침.

성재, 휘파람을 불며, 로션을 바르고, 기분 좋게, 머리에 흑채를 뿌리는,

3, 희자의 거실, 아침.
희자, 립스틱을 바르고, 충남을 보는,
충남, 고개 젓는,
희자, 립스틱을 지우고, 다른 걸 바르는,
충남, 고개 젓는,
희자, 립스틱을 지우고, 충남 보면, 충남, 엄지를 드는, 그리고, 제 가방에서 스카프를 꺼내 둘러주며,

충 남 목주름은 좀 가리자. (하고, 희자의 몸을 돌려, 거울을 보여주는) 오빠랑 여행 가니까, 좋지?

희 자 (자길 물끄러미 보며) 하루 시간 떼우게 되니.. 좋지..

씬 46. 달리는 성재의 차 안(오픈카), 낮.

즐거운 음악이 흐르는,
성재, 노래를 흥얼거리는,
희자, 그런 성재가 못마땅한, 먼지가 날리는지, 제 앞을 손으로 휘젓는,

성 재 (노래만 부르는)

희 자 (밖 보며, 싫은 티 되도록 안 내려 하며) 성재 씨, 차 뚜껑 좀 닫아요.

성 재 왜, 바람 좋은데...

희 자 나는 싫어서.. 차 뚜껑 좀 닫아.

성 재 바람 맞아, 봄바람은 약이야.

희 자 (손으로 눈앞에 먼지를 털듯, 하다, 버럭) 아, 닫어! 흑채 날려!

성 재 ?

희 자 (참다 터진) 와이셔츠에 까만 가루가... 버글버글...

성 재 (제 옷 보며, 민망한, 흑채가 날려 까만)

희 자 그러게 좋은 말로 차 뚜껑 닫으랬잖아.. 나도 이러기 싫다고, 노망난 여자처럼

버럭대기.. 그런데, 흑채가 날리잖어요! 꽃가루처럼!

성 재　(민망한, 뚜껑 닫고, 운전하며, 대범하게 웃으며) 미안, 미안.. 미안합니다. (하고, 네비의 음성을 높이는, 여자 음성의 안내 음성이 들리는) 자, 이제 우리 박 여사가 안내하는 길로 가볼까나..

희 자　(성재 미안하게 보다, 창가 보는)

성 재　아이고, 박 여사가 속도를 줄이라네... 아이고, 착한 박 여사 음성도 좋지.. 나긋나긋..

희 자　(어이없이 웃고 마는, 창가 보는) ...

성 재　(말하는 네비에게) 아 네, 박 여사.. 오른쪽이라.. 알겠습니다.. 오른쪽으로 가죠... 아주, 안내를 잘하셔 이분이..

희 자　(창가 보는, 바람 쐬러 나온 게 좋은지 웃는)

씬 47. 난희의 집 안, 낮.

난희, 밥하는, 국 끓이며 간을 보는,
그때, 완이, 방에서 나와선, 가방을 챙기는, 머리가 젖은 채다,

난 희　(조금 눈치가 보이고, 어색한, 밥솥 보며) 오 분만 있음, 밥 돼..

완　(가방을 챙기고, 싸하지 않게, 담담한) 갈래, 급한 원고 있어. (하고, 가는)

그때, 밥 다 됐단 신호 들리면,

난 희　(현관으로 뛰어가) 완이야, 밥 다 됐다, 먹고 가.

완　(신발 신고, 그냥 나가는)

난 희　완이.. (하고, 부르려다가, 돌아와 앉아, 한쪽에 둔 컴퓨터의 전원을 눌러보는데, 되는) 어머.. 되네..

완　(다시 들어와선) 엄마, 노트북 줘.

난 희　(혹여 성질낼까, 서둘러) 어어.. (하고, 벌떡 일어나, 주면)

완　(들고 나가는)

난 희　(맘이 슬픈, 그래도 돌아서서, 주방 가서 밥 푸는, 주걱으로 밥 먹는)

씬 48. 석균 정아의 집 안, 낮.

정아, 이불 홑청을 다 뜯는,
석균, 그 옆에서 집 전화로 전화를 하는,

석 균 (기분 좋은) 아이고, 잘됐네, 나는 혹시라도 이번에 당숙 어른이 못 오실까, 걱정했는데... 네네, 담 주... 월요일 밤입니다, 네네, 당숙 어른.

***점프컷 》**
정아, 빨래를 걷어와, 개는, 제 할 일만 열심이다, 그 그림 위로, 석균의 신나는 목소리 들리는,

석 균 야, 삼포리 당숙까지 오시는데, 니가 안 오면, 제를 어떻게 지내냐? 야, 이누무 새끼야, 배 하루 안 띄우면 뭐 하늘에 구멍이 뚫리고, 땅이 꺼지냐? 니가 왜 이렇게 하는 일마다 안 되는 줄 알어?! 조상을 안 모셔 그래! 내가 왜 그 말을 취소해, 내가 왜 그 말을 취소해! 이 천하에 버르장머리 없는 놈아!
정 아 (일만 하는)

***점프컷 》**
석균, 전화하는,
정아, 구석구석 걸레질하는, 전화하는 석균을 툭 치면, 석균, 엉덩이만 들고, 정아, 말없이 그런대로 닦고, 두 사람 서로 제 할 일만 하며 교차되며,

석 균 (신난) 아닌 말로 내가 살면 얼마나 더 삽니까. 마지막 어머니 제사라 생각하고, 떡 벌어지게 차려드릴라고.... 낄낄낄... 아이, 지난해는 약했지, 그건 제사상이 아니지.. 내가 그땐 아파가지고.. 이번엔 잘 차릴라고.. 아주아주 크게 잘 차릴라고.. 형수도 오시라 그러고요.... 아, 금남 아재도 오시라고 해요.. (이어지는 느낌)
정 아 (걸레질하며, 편하게, 구시렁) 사돈에 팔촌까지 부르네.. 살아 있는 지 마누란

누룽지 먹는 게 아깝고.. 죽은 지 에미 제상은 떡 벌어지게.. 어머닌 죽어서도 신나시겠네.... (그러다, 전화 오고 받는) 어, 충남아.. (따뜻하게) ... 잘했네. 우리 충남이.. 착해. 내가 뭐 해줄까, 너 해달란 거 다 해줄게.

씬 49. 충남의 카페 안, 낮.

충 남 먼저 죽지나 마. (하고, 전화 끊고, 노래 들으며, 창가 보는)

씬 50. 허허벌판, 낮.

성재의 차, 달려와서 서는,
성재, 난감하게, 차 밖으로 나와, 어디로 갈지 모르는지, 둘레를 두리번거리는, 난감한, 희자, 차 안에서 나와, 주변 보며,

희 자 (조금 힘든) 여기가.. 어디야? 화장실 가재니까. 강으로 갔다 들로 갔다 여긴 또 어디예요?

성 재 (두리번거리며) 박 여사가 분명히 여기랬는데.. (차 쪽 보며) 박 여사 저년이, 못쓰겠네, 저거. 요사스런 목소리로 요리 가라 조리 가라 사람을 꼬드기더니.. 결국 길을 잘못 안내하고.. 여시 같은 년이 목소리만 좋고...

희 자 늙으면 이 사람 저 사람 시비 붙다, 나중엔 귀신하고도 시비 붙는다더니.. 고문 변호사가 기계보고, 이년 저년..

성 재 (미안한) 어쩌냐.. 화장실 급해? 내가 저기 가 있을게, 여기서 대충....

희 자 (어이없게 보다가, 주변 보고, 포기하는) 가요, 저리..

성 재 미안하다... 아, 참... (하고, 난감해하며, 멀리 가는)

희 자 (자신이 참담한, 차 뒤로 가, 성재가 안 보게 앉아, 볼일 보며) 집을 나서는 게 아니지.. 누굴 탓해...

성 재 (멀리서, 소리치는) 희자야, 여기 맞다, 맞다! 제대로 왔어, 제대로!

희 자 (소리 난 쪽 보는)

씬 51. 돌다리가 있는 개울, 낮.

개울을 앞에 두고, 성재, 바짓단을 걷는, 희자, 그걸 어이없이 보고, 멀리 개울 너머를 보는,

성 재 (차 쪽을 보고, 바짓단을 접고, 신발을 벗어들고) 박 여사 저게... 뭘 모르진 않네... 길이 났을 줄 알았는데.. 여적 돌다리 길이네.. 히히... (희자 보며) 우리 예전에 놀러 왔던 데... 왜, 집에는 너랑 나랑 성당서 놀러 간다고 뻥치고 와서... 첫 키스한 데. 여기 건너서 갔잖아... 이거 건너고, 산길 지나.. 그 오두막 같은 집이 아직 거기 있나 가보자..

희 자 거기 갔다, 집에 가면 몇 신데?

성 재 신발 벗어. 젖어. (하고, 옆에 두었던 희자 가방과 제 가방을 드는)

희 자 (신발을 벗고, 양말 벗는, 맘에 안 드는) 오늘 집엔 가는 거죠?

성 재 업고 갈까? 예전처럼?

희 자 (신발 들고) 제 몸이나 가눠. (하고, 앞장서서 돌다릴 걷는)

성 재 (좋은, 뒤뚱뒤뚱 돌다릴 걸으며) 야야야, 조심해, 조심, 늙은이 넘어지면 도가니 나간다.

희 자 (돌다리만 보며) 조용히 좀 해, (돌아보며) 내 도가니 걱정 말고 그쪽 도가니나 걱정해요. 말하다, 일 나.. (하고, 돌다릴 걷는)

성 재 야야, 웃기지 말어, 나는 끄떡없어, 끄떡없어. (중심 잡아가며, 걸어가며) 내가 얼마나 중심을 잘 잡는데.. 나는 이 돌길 정돈 아직도 휙 하니 휙 하니 바람처럼 왔다 갔다 뛰어다니고도 남아. 왜 이러셔.. 암만, 뛰어갔다 뛰어오고도 남지, 내가 업어줄게... 예전처럼... 너는 그때나 지금이나 솜털 같아서, 업어도 업은 거 같지도 않을걸..

희 자 (앞서가며, 흔들흔들하지만, 중심 잡고 가며, 작게 구시렁) 솜털은.. 무슨.. 아줌마처럼 말도 많네.....

성 재 좋다, 돌다리가.. 아주 든든하네, 든든해.. 야, 천천히, 천천히, 그러다 넘어.. (져.. 하다가, 중심 잃고, 물에 빠지는)

희 자 (조금 멀리서, 그 모습 보고, 가만 보다, 덤덤히) ... 알아서 와요... 나는 못 도와줘... (하고, 가는)

성 재　(물에 빠져, 일어나며, 민망한) 조심히 가... (하고, 가는)

*점프컷 》

희자, 앉아서, 양말 신는데, 성재(맨발 차림), 가방에서 셀카봉을 꺼내, 장착하고, 희자를 일으켜 세우며,

성 재　인나봐봐, 여기서 한 방 찍자.

희 자　(일어나며, 가려는) 싫어.

성 재　(제 말만 하는) 아, 좋아? 그럼 찍어야지.. 뭐든 증거를 남겨야 돼. 자, 그럼 찍습니다..... (하고, 등 뒤에서 희자를 안고, 돌며) 저기 봐라, 저기 화면 봐, 화면. 웃고, 웃고,

희 자　(어지러운, 억지로 돌며) 어지러, 어지러요.

성 재　(화면 보고, 희자 안고, 돌며, 웃으며) 그러니까, 돌아, 셀카봉은 돌아야 맛이야, 어서, 웃자, 웃어! 안 웃으면 여기서 날 새요.

희 자　정말... (하다, 웃으며, 돌며) 됐어, 됐어..

성 재　(깔깔대며, 웃고, 셀카 찍고)

희 자　(성재 웃음에 덩달아 웃는) 어지러..

씬 52. 오두막집 안, 낮.

희자, 집 안이며, 돌절구 같은 걸 구경하며, 향수에 젖은 듯, 집 안을 돌아다니는, 기둥도 만지는,

희 자　주인은 죽어도.. 집은 여전하네..

씬 53. 오두막집 앞, 낮.

주인아저씨가 나가며,

주 인　그럼 부인이랑 잘들 쉬세요.

성 재　(맨발에 신발을 신고, 바짓단은 걷은 채, 집 안에서 따라 나오며) 네네, 아우, 고맙습니다, 정말..

주 인　(가고)

성 재　조심히 가세요! (하고, 들어가다, 주변 풍광 보며) 더없이.. 좋네..

씬 54. 오두막집 마당, 낮.

성재, 대문에서 들어와 도끼를 들고 장작을 패는,
희자, 구경하다 그걸 보며,

희 자　왜, 장작을 패?

성 재　(장작을 패며) 몸이 추워.

희 자　주인이 패래?.. 저녁 먹고 가야지?

성 재　(장작만 패며) 못 가.

희 자　?

성 재　야, 내가 다섯 시간을 넘게 차를 운전했어.. 가다 사고 나.. 늙어서 운전 오래 하는 거 아냐.. (하고, 장작을 패는)

희 자　(맘에 안 드는) 대리 불러요. 그럼 되잖아.

성 재　(장작만 패며) 서울서 여기까지 대리?... 누가 오냐?

희 자　(영원에게 전화하는데)

성 재　(뺏으면, 그때 영원에게 전화 오고)

희 자　(전화를 다시 뺏어서, 다른 데로 가며) 영원아, 여기 **인데 너 운전해서 나 좀 데리러 와. 성재 씨랑 놀러왔는데.. 집에 못 간대. 늙어서, 운전을 못 한댄다. 말이 되니?

씬 55. 달리는 영원의 차 안 + 예쁜 레스토랑 앞, 낮.

스피커폰으로 전화하고 있는, 착잡한,

영 원	말이 되지. 꼰대들 운전 오래 하는 거 아냐, 언니. 자구 와. (하고, 끊고, 차를 길가에 세우는, 레스토랑 안을 보면)

*점프컷》
대철, 혼자 차를 마시는,

*점프컷》
영원, 차 안에서 대철을 가만 보다가, 맘이 착잡해지는, 가만 보기만 하는, 그리운 듯 작게 웃지만, 맘 아픈,

씬 56. 오두막집 부엌, 해 질 녘.

성재, 아궁이에 불을 지피는,
희자, 문 옆에서, 성재 보며,

희 자	다.. 계획적이지.. 옛날 그때처럼..
성 재	(불만 지피며) 남잔 뭐든 계획적이어야 해. 무계획적으로 사는 놈, 별로다, 그거.
희 자	저기 건넌방부터 불 때요, 그럼. 난 거기서 잘래.
성 재	(안 보고) 장작이 없네요. (하고, 불 때고)
희 자	(어이없는) 그럼 한방에서 자?
성 재	(불만 때며) 주인이 우리가 부분 줄 알어. 이불도 한 채밖에 안 줬어.
희 자	아니라고 하지.
성 재	이상하잖어, 너랑 나랑 부부도 아닌데.. 같이 댕기면.. 그러는 거 아냐.
희 자	아, 난 같이 자기 싫어. (하고, 나가는)
성 재	(불만 때며, 노래를 부르는)

그때, 천둥 치며, 비 내리고,

성 재　아이고, 비까지... 좋다... (불을 때며, 두 손으로 장단 맞춰가며, 노랠 부르는)

씬 57. 오두막집 건넌방 안, 밤.

희자, 쪼그리고 앉아 있는, 빗소리 들리는,
성재, 문 열고,

성 재　(따뜻하게) 비 와, 비 봐. (하고, 자기는 마루에 앉고, 문을 열어놓는)
희 자　(비를 보는, 아직 맘이 안 풀린)
성 재　저 방은 따뜻한데..
희 자　혼자 가서 자.
성 재　(비를 보는, 차분하고, 좋은)
희 자　(비를 보고 싶은지, 고개를 빼다, 나와서, 옆에 앉으며) 비 보러..
성 재　(희자 이쁘게 보고, 제 웃옷을 벗어서 희자 어깨에 걸쳐 덮어주는)
희 자　(성재 보면)
성 재　비 봐.. (하고, 비 보며, 휘파람을 부는)

그렇게 차분히 편안한 얼굴로 비를 보는 두 사람,

씬 58. 완이의 집 안, 밤.

완, 노트북을 앞에 두고, 의자에 쪼그려 앉아, 화면의 연하를 보고 있는, 교차되어 보이는,

연 하　(따뜻하고, 안쓰럽게 완을 보는)
완　(차분히, 담담히, 연하가 그리운) 왜, 대답이 없어? 니가 사고 후에 병원에서 퇴원하고.. 나는 잠깐 엄마 보러 서울 나와선, 너한테 아직도 돌아가지 않고 있는데... 왜, 거기에 대해 너는.. 삼 년 동안 아무 말이 없냐고? 울 엄만 벌써 다 나았고.. 나는 돌아가지 않는데..

연하 (차를 마시고, 보며, 따뜻하게 웃으며, 맘 아파도 짐짓 안 그런 척) 다.. 아니까..

완 (그립게 연하를 보며) 뭘.. 다 아는데...

연하 (맘 아프지만, 그리운) 니가... 날 떠난.. 거?

완 (그리운, 맘 아픈) 정확히 말해.. 내가.. 널 버린 거야. (눈물이 그렁해지는, 맘 아픈, 담담히 눈가 닦고, 안 보고, 창가 보며) 미안해.. 많이.. 오늘에서야 너한테 사과할 용기가 난다... (화면 보고, 맘 아프지만, 짐짓 담담히) 미안해.

연하 (눈가 붉어져, 맘 아픈, 애써 웃고, 화면 위에 둔, 이동 카메라로 제 다리를 보여주고, 다시, 이동 카메라로 제 얼굴을 보게 하며) 버릴 만.. 해, 나라도.. 버려.. 미안해 마. (하고, 애써 담담히, 화면 끄는)

완 (눈물 흐르는, 맘 아파, 눈 감는, 그렇게 가만있는, 혼잣말) 보고.. 싶어...

씬 59. 완이의 집 계단, 밤.

난희, 반찬 가방 들고, 담담히 계단을 오르다가, 잠시 서서 생각하다, 다시 내려가는,

＊점프컷 》

완이의 우편함 앞에 서서 주머니에서 완이 핸드폰을 꺼내 넣고, 가는, 그러다, 다시 돌아와, 그 핸드폰을 꺼내 들고 올라가는,

씬 60. 완이의 집 안, 밤.

완이, 어색하게 문을 여는,
난희, 눈치 보이지만, 아무렇지 않은 듯 들어오며, 핸드폰을 주며,

난희 이거.. (하고, 반찬을 냉장고에 정리하는데, 집 안을 보면, 정리가 말끔한, 슬쩍 보고, 할 일 하다, 연하와 완이의 사진을 오래 보는, 연하가 장애인이 된 게, 맘이 짠한, 일만 하는)

완　　(그사이, 컴으로 가 일하는)
난희　(밑의 싱크대 수납장 열면, 빈 반찬 통이 가지런한, 그걸 가져온 반찬 가방에 싸며, 눈치 보면서도 아무렇지 않은 척) 앞으론 늘 이러고 살어.
완　　(일만 하는) ...
난희　(할 말이 없는, 완이 쪽에 찻잔 없는 걸 보고는, 괜히 물을 꺼내 마시며) 차가 없네... 차 줘?
완　　..
난희　엄마.. 갈게.. (하고, 가방 들고, 가려 하면)
완　　(일만 하며) 차 줘.
난희　(얼른 가방 놓고, 주방으로 가며) 허브?
완　　허브..

*점프컷 》

완, 차를 마시는, 난희, 괜히 창가 보며, 차를 마시는,

난희　(어색한, 안 보고, 조심스런) 동진이 일은.. 엄마가 오해라 다행이야...
완　　(일만 하며, 담담히, 그러나 앙심 없는) 미안하다고 좀 그래봐.
난희　(창가만 보며) 여기 야경이 괜찮다.. (차 마시고, 미안한) 연하 일은,
완　　엄마 때문 아냐.
난희　(맘 아프게, 보면) ?
완　　(일만 하며, 담담히) 내 이기심.. 때문이지. 자신 없었어.. 삼촌 누워 있을 때 할머니, 엄마 고생한 거... 봤잖아... 자신이 없었어..
난희　(맘 아픈, 차 마시고, 창가 보며, 담담히) 삼촌.. 결혼하고 싶대.
완　　(보면) ?
난희　(찻잔의 입 댄 곳을 괜히 닦으며) 좋아하는 애가 있대..
완　　(진심으로 편하게, 작게 웃으며) 잘됐다.
난희　(창가 보는) ...
완　　(컴 보며, 차 마시며) 연하 일.. 엄마 때문에 아냐..
난희　(보면) ?
완　　(컴만 보며) 말이 안 되지.. 내가 무슨 그렇게 엄마 말을 잘 들었다고.. 동거도 내 맘대로 했으면서.. 다 핑계야.. 신경 꺼.

난희 (안쓰런, 미안한)

완 그리고, 미안해.. 동거한 거.

난희 (맘이 쓰린, 애써 편하게) 그 나이에.. 딸이 처넌 거 보단.. 나. 세상 에미들 다 그럴걸. (하고, 나가려는데)

완 (가는 난희의 손을 잡는)

난희 ?

완 (안 보고, 서랍에서 밴드를 꺼내, 자신을 말리다 다친 난희 손등의 작은 상처에 밴드를 붙이는, 자신도 붙이고 있는)

난희 (그런 완이를 물끄러미 보는데, 짠해지는)

완 (안 보고, 컴을 보며, 일하며) 가요.

난희 (걸어가, 가방 들고, 문 열고, 나가는, 이내 다시 들어와서, 조심스레) 완이야.. 너.. 엄마한테..

완 (일만 하며) 우리가 뭐 한두 번 싸워.. 어색하게.. 왜 그러셔요... 가세요...

난희 (눈가 붉은, 맘이 푸근해지는, 애써 아무렇지 않게) 게장은 빨리 먹어. 싱싱할 때, 간다. (하고, 나갔다, 다시 문 열고 보며, 밝게) 참 정아 이모 이혼한대. 웃기지. (하고, 가는)

완 (어이없어, 웃고, 맘 짠해지는, 일하던 거 놓고, 차 마시고, 일어나, 창가로 가는)

***점프컷, 창 밖 》**

난희, 가는 게 보이는, 난희, 가다, 신발을 벗어, 깽깽이 발로 서서는, 돌이 꼈는지, 신발을 탁탁 털고 다시 신고 가는,

***점프컷 》**

완, 난희가 가는 걸 안쓰럽게 보며, 짠하고, 편한, 다시 책상으로 와, 앞을 보면, 벽에 종이가 붙여져 있는 게 보이고(늘 그렇게 있었던), 그걸 떼면, 사진 있는, 연하와 둘이 커플링을 끼고 가운데 손가락을 들어 보이며, 익살스레 사진을 찍은, 그리고 실에 사진 속의 완이 반지를 묶어, 걸어놓은 게 보이는, 완, 그걸 집어서, 손가락에 껴보는, 그러다, 문득, 생각나는, 달력을 꺼내, 날짜를 체크해보는, 그리고, 연하의 사진을 보며,

완 (그리운) 보고 싶... (그러다, 생각하는, 갈까 싶다, 의지가 생기는, 담담히) 으면.. (정리된) 가면.. 되지.. 그지? (작심하고, 전화하는, 조금 조급해지는) 편집장님, 나, 원고 마감 언제랬지? (달력 보며, 난감한) 아.. 표지가 늦어져? (전화하며, 긴장된, 서둘러 가방을 챙기고, 옷장에서 옷을 꺼내는) 얼마나 늦어지는데? 사흘? 그럼 나 원고 마감 오 일만 늦추자?

씬 61. 길거리, 밤.

완, 크지 않은 가방, 두서너 개를 들고 마구 뛰어가며, '택시, 택시!' 하는, 택시 서면, 타고,
바로, 달리는 택시 전경 위로,

완 (E) 기사님, 인천공항이요!

하는 데서, 엔딩.

dear my friends

10 부

복수의 칼날을 갈며 1

씬 1. 일우의 편의점 앞, 밤.

일우, 파라솔 앞에 앉아, 기타를 치고 있는, 그러다, 무심히 한쪽을 보는데, 난희가 듣고 서 있었던, 둘이 눈이 마주치면, 난희, 박수를 몇 번 쳐주고, 일우 앞으로 와서, 앉으며,

난희　(편하게) 잘하네.
일우　(수줍게 웃으며) 백 번은 연습했는데.. 잘 안 돼요. 나이 들어 배우니까.
난희　(편하게 웃으며) 결혼했어요?
일우　(어색하게 웃으며) 사별했어요. 오 년 됐어요,
난희　?!
일우　대학 다니는 사내놈 하나 키우고 있어요. (하고, 기타를 치는)
난희　(짠해 보다, 편히 말하는) 나도 사별인데.
일우　(기타 치며, 편히 난희 보면)
난희　아주 오래전에.. 지금은.. 혼자. 사십 다 돼가는 딸 하나. 아, 엄마, 아버지, 동생... 이런 혼자가 아니네.. 내가.. (하며, 따뜻하게 웃는)
일우　(웃고, 기타 치는)

씬 2. 인천공항 앞, 밤.

택시, 달려와 서고, 완이, 기사에게 '수고하셨어요, 좋은 하루 되세요!' 하며 내려선, 가방 들고, 출입구로 마구 뛰어가는, 그때, 기사, 나와서,

기 사　손님 카드요, 카드!
완　(가다 돌아보며) 어머머머.. (하고, 뛰어가는)

씬 3. 데스크 앞, 밤.

항공사 직원과 완이 서 있는,

직 원　(컴을 검색하고 있는)
완　(조바심 나는, 시계 보고, 직원 보는, 애타는) 티켓 없어요? 없으면 안 되는데..
직 원　(웃으며, 검색하고, 미안한) 비즈니스석 뿐인데..
완　(난감한, 잠시 생각하다, 단호히) .. 주세요..

***점프컷 》**
완, 티켓을 들고, 빠른 걸음으로 가는데, 전화가 오는, 전화 받으며 뛰는,

완　어?
난 희　(E) 정아 이모 이혼한단 거 내가 너한테 말했니?
완　(목적지만 생각하고, 가며) 했어.
난 희　(E) 어떻게 생각해?
완　(마음 없이, 게이트만 보며, 건성으로 대꾸하는) 이모가 드디어 복수의 칼날을 빼 들었군, 신난다, 뭐, 그 정도! 근데 설마 하겠어?

씬 4. 난희의 집 안, 밤.

충남, 소주를 따고, 와인 잔에 따르며, 난희를 보는,

난 희　(싱크대 앞에서, 수세미며, 걸레들을 챙기며, 웃으며, 재밌다는 듯 전화로 완이와 얘기하는) 설마는... 정아 이모 벌써 살 집 구했대, 석균 아저씨 모르게.. 그래서 낼 청소하러 갈 건데, 같이 가자구.

씬 5. 공항 안, 밤.

완　(뛰어가며, 조금은 짜증스럽게, 편하게 버럭하는) 또, 또, 또! 엄마랑 화해한 거 후회되게 할래, 진짜?! 엄마 남잘 만나라, 그냥! 맨날, 가게랑 집구석에서 딸만 밝히고 있지 말고, 어?! (하고, 전화 끊고, 시계 보고 서둘러 뛰어가는)

씬 6. 난희의 집 안, 밤.

난희, 편하게, 전화를 끄고, 장식장으로 와서, 뒤지며,

난 희　집 청소를 할라면 또 뭘 가져가야 되나...
충 남　(소주를 마시며 난희 보며) 완이랑 얘기가 잘됐나 보다?
난 희　(웃으며, 세제며, 유리창 청소 도구를 찾아놓으며) 유부남은 오해였대..
충 남　나만 미친년 됐네.
난 희　빌밀 제공한 년이 나쁜 년이지, 언니가 뭘?! 덕분에 딸년 머리 뜯고 났더니, 시원해. (충남 쪽으로 와서, 술 한 잔 먹으며, 웃으며) 글쎄 완이 년이 악을 쓰며, 날 싫다고 하드라, 언니?
충 남　(뭔가 싶은) ?!
난 희　(짐짓 밝게 대수롭지 않게) 화나서 하는 소리겠지, 나도.. 지 천날만날 이쁜 건 아니니까.. 통쳤어. (하고, 술 마시는)
충 남　(짠하지만, 담백하게) 엄마들의 착각과 달리, 대부분의 애들은 엄말 싫어해.
난 희　(낄낄 웃으며) 난 울 엄마 좋은데.

충남　그건 엄마나 너나 늙어서지, 젊어선?

난희　(크크 웃으며) 아우, 끔찍했지. 울 엄마, 진짜진짜.

충남　부모자식지간의 진정한 화핸, 죽기 전에나 가능해. 너 죽을 때 되면.. 완이가 널 무척 좋아하게 될걸. 피눈물을 토하며 울기도 할걸. 그날을 기다리며! (하고, 잔 내밀면)

난희　(깔깔대고, 웃고, 잔 부딪치고, 마시고, 보며) 어우, 딸년한테 사랑받을라면 곧 죽어야겠네. (웃으며, 술 마시다, 불쑥) 언니, 나 남자 만날까?

충남　내 말이!

난희　(빼기듯) 사실 나, 한 사람 있잖어? 열 살은 어린... 눈 너머로 보기만 하는데 괜찮드라고? (하고, 눈짓 보내며, 술 마시면)

충남　(귀엽단 듯, 어이없는 듯 보며, 술 마시며, 리듬 있게) 대박일세, 대박이야!

씬 7. 나는 비행기, 밤.

씬 8. 오두막집 전경, 밤.

비가 그친, 처마에서 빗방울 한두 방울만 떨어지는,

씬 9. 오두막집 부엌 안, 밤.

성재, 군고구마를 뜨거워하며, 까서는, 후후 불어서 희자를 주는,

성재　먹어봐. 저녁도 못 먹었는데..

희자　(받아 들고, 먹으며, 바깥 보며) 비가 더 오면 좋겠는데..

성재　(웃으며, 까서, 먹는데, 몹시 뜨거운, 먹으며, 말하는) 그러게.. 그게 비가 더 오면.. 좋겠구만.. 안 오고 지랄이네...

희자　(어이없게 성재 보는)

성재　(고구마만 까며) 아주 그냥 비가 무지기.. 이 집이 떠내려갈 만큼 와서는... 너

랑 나랑 둘이 여기서 오도 가도 못하게... 석 달 열흘 갇혀버려야 하는 건데... (먹고) 앗 뜨거.. (하며, 입에 있는 걸 뱉으며) 앗 뜨거!

희 자　(성재 보며, 어이없는) 먹든가, 말을 하든가, 하나만 해요.. 뭐가 급해서..

성 재　(웃으며, 입가 닦는데, 검정이 묻는) 그게... 니가 좋아서.

희 자　(보며, 어이없이, 웃으며) 참.. 좋겠다. 내가 좋아서.. (먹으며) 난 나이 드니까 좋은 것도 싫은 것도 없는데.. (하고 바깥 보며, 편한, 고구마를 먹는데, 검정이 묻는)

성 재　(희자를 예쁘게 보다, 손으로 희자의 입가를 닦아주는)

희 자　(보면) ?

성 재　(따뜻하게) 검정 묻었어. (하고, 먹는)

희 자　(성재를 담담히 보다, 성재의 입가를 닦아주며) 검정 묻었어.

성 재　(웃고)

희 자　(먹고)

성 재　(먹으며, 안 보고, 담담히) 예전에 우리 이러다가 입 맞췄는데..

희 자　우리 애들 아버지랑도 그랬어요..

성 재　(깔깔 웃으며) 아우, 센스 있어, 진짜.

희 자　(담담히, 웃으며, 고구마 먹는)

씬 10. 오두막집 안방(희자가 있던 방이 아닌), 밤.

희자, 이불 깔고 그 속에 앉아, 성재를 어이없이 보는,
성재, 희자의 맞은편 벽 쪽에 요를 까는(요를 깔고 겉옷을 덮고 자는 상황으로),

희 자　(어이없고, 답답한) 그래서, 기어이 거기서 잔다고?

성 재　(이불 깔고, 누우며) 아, 나랑 그렇게 한방 있는 게 싫음, 니가 아까 그 습습한 방으로 가든가.

희 자　(보면) ?

성 재　(베개 하나를 방 가운데에 놓고, 벽에 기대앉으며) 자다가 내 발이 그거 넘어가면,

희 자　내가 밖에 나가 나무 찍던 도끼 들고 와 깔 거야, 아주.

성 재　(크크 웃고, 희자만 지긋이 따뜻이 보며) 정철이 형.. 니 남편은.. 너한테 어떤 사람이었냐?

희 자　(창가 보며) 바람 한 번 핀 거 빼곤.. 좋은 사람.

성 재　두 번 세 번은 안 했나 보네?

희 자　그런 놈도 있어? 설마 성재 씨?

성 재　(웃고) 난 여자들이 좋아했지, 나는 아냐.

희 자　(보며) 부인은?

성 재　(희자를 따뜻하게 보며) 이쁜 사람...

희 자　(보며, 따뜻하게) 부인에 대해 말해봐요.

성 재　말했잖아, 이쁜 사람이라고.. 조금 예민하긴 했는데... 뭐, 그 정도야...

희 자　아내 아플 때 변호사 때려치고, 병 수발만 삼 년 들었다며?

성 재　(따뜻하게 웃으며) 그랬지... 그 시간이 참 좋았어. 내 휘파람을 좋아했지, 너처럼. (휘파람을 휘휘 부는)

희 자　(어이없게 웃으며) 그 휘파람으로 늙은 나 꼬시는 거 (손가락으로 하늘 가리키며) 본다. 저기서.

성 재　(희자만 보며) 응원할걸. 우리 남편 친구 생겼네, 하고.

희 자　지 멋대로네.

성 재　왜, 니 신랑은 싫어할 거 같냐?

희 자　부인한테 잘했어?

성 재　아프고 나서.. 그전엔 뭐, 데면데면... 남잔 지 마누라 아파야 철이 들거든.

희 자　(창가 보며) 등신들..

성 재　(웃는) 넌 살면서 언제가 젤 좋았냐?

희 자　(웃음 띤) 첫아들 낳았을 때.

성 재　언제 젤 슬펐냐?

희 자　(담담히) 첫아들 죽었을 때.

성 재　?

희 자　지금 첫앤 둘째.. (창가 보며) 그냥 열감기였는데..

＊플래시컷, 회상, 끝도 없을 것 같은 긴 길 》

젊은 희자, 죽은 아기를 업고 끝도 없는 길을 걸어가는(나중에 나옴), 눈가

붉어, 멍한, 걷기만 하는,

희 자 (E) 남편 고향 근처 살 때였는데... 남편은 출장 중이어서... 애 업고 혼자 병원에 갔는데, 이미... 갔다더라고.. 무슨 그런 일이 있는지.. 내가 죽은 앨 업고 고향의 긴 나무 길을 걷고 또 걷고..

***점프컷, 현실 》**

희 자 (창가 보며, 짠한 웃음 짓지만, 그닥 처지거나 슬프지 않게) 애가 참 이뻤는데, 나 닮아 쌍꺼풀이 깊고.. (성재 보고, 애써 밝게 웃으며) 그만하자. 보고 싶다. (하고, 누우며, 진심으로) 난요, 죽는 게 하나도 안 무섭다, 큰애, 남편, 그리운 사람 다 만날 거니까.. (하고, 눕는)

성 재 (희자를 보며, 따뜻하게 말하는데, 조금 졸린지 나른한) 너무 고와서, 별일 없이 산 줄 알았다. 하긴 누구라도 인생 만만찮지.

희 자 (성재 쪽 보고 눕고, 담담히) 근데.. 정말 내가 보고 싶었어?

성 재 (희자 쪽 보고, 모로 누워) 문득문득... 잘 사나 궁금했지..

희 자 솔직하네, 쭉이라 그럼... 안 믿을 건데...

성 재 (웃고) 근데, 늙는 게 참 그렇다. 젊어서 같으면.. 너한테 빰을 맞더라도, 도끼에 찍히더라도, 한 번 갈비뼈가 으스러지게 콱 안아라도 볼 건데... 크크... 졸려서, 못 안겠다..

희 자 자요...

성 재 (눈 감고) 낼 해돋이 보러 가자.

희 자 그래. (하고, 눈 감는)

씬 11. 석균 정아네 집 안, 밤.

석균, 코를 골며 자고, 정아, 가방에 옷가지 등을 담는,
석균, 자다 무호흡증 걸려 헉 하고, 깨며,

석 균 순영아!

정 아　(아무렇지 않게, 가서 석균의 등을 긁어주는) ..
석 균　(눈 떴다, 애기처럼, 웅크리고, 입맛 다시며, 자는)
정 아　(등 긁어주며, 석균을 담담히 보는) .....

씬 12. 해돋이 보러 가는 길, 새벽.

성재, 희자(스카프로 얼굴을 가린) 나란히 걸어가는,

성 재　추워?
희 자　아니.
성 재　힘들면, 내가 업고 갈까? 나 힘 좋아. 업어줄게.
희 자　(가는)
성 재　진짜루.
희 자　(멈춰 서며) 그럼, 업어봐봐.
성 재　(순간 자신 없는, 가며) 걸어와.
희 자　(어이없이, 보고 가며) ..
성 재　전엔 내가 너 업고 갔었는데..
희 자　(멈춰 서는)
성 재　(멈춰 보며) 기억 안 나? 내가 자는 널 깨워서, 딱 들쳐 업고 딱 저 산등성이를 넘어서는.. 딱 정상에 올라, 니가 먼저 나한테 키스를 딱!
희 자　(담담히) 부인이겠지.
성 재　(아차 싶은) ... 아!
희 자　(가며, 담담히) 우린 새벽에 싸워서, 그냥 각자 버스 타고 차 타고 집에 갔었어요. 근데 좀 그렇다. 나랑 왔던 델 부인이랑도 오고...
성 재　(가며, 미안한) 참, 마누라랑 온 덴 여기가 아니었네.. 미안하다....
희 자　괜찮아, 나도 가끔 정신도 기억도 뒤죽박죽이니까...
성 재　(웃고, 가는) 그러게.. 그러네..

***시간 경과 》**
해가 떠오르는,

성재, 희자 그걸 감격스레 보고 있는,
성재, 해를 핸드폰으로 찍는,

성 재 여기 해돋이는 정말...
희 자 (보기만 하며, 조용히 하란 뜻으로) 쉬.
성 재 (사진 찍고, 해를 보는)
희 자 (오래 해만 편안히 보다) ... 나 이런 데 데려와줘서 고마워요.
성 재 (해만 보며) 나는... 지금껏, 니가 살아줘서 참 고맙다. (하다가, 이상해, 아래를 보면)

희자가 손을 내밀고 있는,

성 재 (보면)
희 자 (해만 보며) 잡아.. 용기 냈는데, 민망하잖아.
성 재 (짠한, 희자의 손을 잡고, 해를 보는)
희 자 (눈가 붉어) 나중에, 또... 아니다... 안 와도 되겠다. 지금만으로도 좋다.
성 재 그래.. 지금만이래도 좋다..

씬 13. 난희의 방 안, 새벽.

난희, 자고, 충남, 자다가 졸린 얼굴로 카톡 소리에, 옆의 돋보기를 끼고 핸드폰을 보면, 성재가 보낸 해돋이 사진이다,

***인서트, 해돋이 사진 》**

다시 동영상이 와서 보면,

***인서트, 성재와 희자가 셀카봉 들고 찍은 동영상 》**

충 남 (덤덤한) 신났네. (하고, 문자 보면)

성재 (E) 충남아, 니 덕분에 좋은 시간 보냈다. 고맙다.
난희 (자다가, 동영상 소리 듣고) 뭐야?
충남 (난희에게 핸드폰 주고, 나가는)
난희 (핸드폰 보고, 웃다가, 충남이 걱정되는, 나가며) 언니, 샘나?!

씬 14. 난희의 주방, 새벽.

충남, 내린 커피를 마시려는데,
난희, 와서, 잔 뺏어서 먹으며,

난희 (안쓰럽지만, 짐짓 놀리듯) 샘나냐고?
충남 (가볍게, 아무렇지 않게) 거기 내가 있었어야 돼.
난희 (낄낄대고 웃고) 내 말이.. (하고, 충남 등짝 쓸어주고, 화장실로 가는) 오줌 싸러 간다.
충남 그냥 가, 꼭 말을 해. 지린내 나게.. (하고, 차 마시며, 창가로 가서, 해를 보는데, 맘이 조금 편안한)

씬 15. 터키 공항, 아침.

완, 가방을 들고 가며, 전화하는,

완 (신호 가다, 떨어지면) 너 어디?

씬 16. 연하의 집 안, 아침.

연하, 자다가 받은,

연하 (졸린) .. 집.

씬 17. 터키 공항, 아침.

완 (끊고, 기대에 차, 웃음 띤, 신나게 가며) 나보고 기절하면 어쩌지.. 기절하면.. 안 될 건데.. (설레서, 걷다가, 심호흡하고, 다시 시계 보고, 가며) 앞으로 세 시간만 더 가면... (설레서 웃고 가는) ..

씬 18. 달리는 성재의 차 안, 낮.

성재, 희자 타고 가는,

성 재 (운전하다, 놀란) 뭔 소리야, 정아 씨가 왜 이혼을 해?

희 자 (말하지 말라고, 손사래 치고, 민호와 전화하는, 답답한, 버럭) 니가 이혼 반대하면 뭐해?! 이모는 한대는데! 엄마가 니 의견 물어봤어? 이번 주 시간 되냐고 물어봤지? 알았어, 스케줄 봐서 전화해. (하고, 끊고, 다시 민호에게 전화하는)

성 재 희자야, 정아 씨가 왜?

희 자 (전화하며 민호에게 말하는) 민호야, 엄마가 너 몸조심하라고 말했어?

성 재 (희자 보는) ?

희 자 안 했구나.. 몸조심하고, 하늘이 잘 챙기고. (하고, 전화 끊는)

성 재 (놀람과 걱정이 섞인) 야, 말 좀 해봐? 정아 씨가 왜 이혼을 해? 석균이 형님도 합의한 거야? 난 그런 말 들은 적이 없는데..

희 자 (성재 보며) 누구 편?

성 재 뭔 편?

희 자 나는 언제나 정아 편. 입 꽉 닫아요. (하고, 창가 보며) 참 좋다..

성 재 (무슨 소린지 모르겠는, 운전하다, 다시 답답해, 희자 보며) 정말 이혼한대?

씬 19. 재래시장, 낮.

1, 배추 파는 곳.

정아(담담한), 수영(짜증 나는), 호영(화나는, 참는), 손에 바리바리 짐을 들고, 캐리어를 잡고 서 있고, 석균(빈손에 기분 좋은), 배추를 들어 보며, '아우, 좋다! 실하다!' 하고는, 정아의 캐리어에 배추를 서너 통 담는,

수영 (짜증 나는) 캐리어는 아버지가 끌어요.

석균 (못 들은 척, 배추만 싣고, 상인에게 돈 주고, 가는)

호영 (석균 보며) 꼴 보기 싫어.

정아 (캐리어 끌고, 석균 따라가며, 담담히) 고만들 투덜대.

2, 나물 파는 곳.

석균 (상인에게) 그 고사린 어디 거?

상인 북한산인데..

석균 (그냥 지나쳐 가는)

수영 아버지, 고사린 북한산도 좋아. 그냥 사요.

석균 (고사리 찾으러 다니며) 고사린 제주산이나 지리산!

정아 (힘들게 캐리어를 끌고 가다, 석균과 말했던 상인에게) 세 근 줘요.

석균 (돌아보며, 버럭) 고사린, 지리산이나, 제주산!

정아 (버럭) 고사리 북한산 샀다고 날 패 죽일람 패 죽이셔.... 에지간히 좀 하지, 진짜.. (답답하게 보며, 고사리 한 줄기 들어, 씹으며, 상인에게) 세 근 줘요.

***점프컷 》**

어시장의 상인, 대구를 포 뜨는, 석균은 가까이서 대구포 뜨는 걸 보고, 정아 외 모두 뒤에서 구경하는,

호영 아버지, 동태포 샀으면 됐지, 무슨 대구포까지 사.

석균 (상인에게) 세 마리 떠?

수영 (답답한) 두 마리만 사요.

정아 (석균이 안된) 냅둬, 마지막인데..

수 영　뭐가 마지막이야?

정 아　...

수 영　돈, 돈 하며 평생 엄말 쥐잡듯 잡으면서, (물건 산 거 보며) 제상엔 왜 돈을 안 아껴?

호 영　(석균 꼬나보며) 사돈에 팔촌까지 부르셨다잖아. 많이 해야지.

수 영　(석균에게) 아버지 일하는 사람 한 명 부르자, 우리끼리 이거 다 못 만들어요. 엄마 골병 나.

석 균　(보며, 버럭) 그래서 나흘 된데, 장 보는 거 아냐, 니 엄마 힘들까 봐.. 쉬엄쉬엄 하라고.. 니 엄마 팔뚝 봐, 힘이 장사야, 그렇게 먹어대며, 일 년에 너댓 번 제상 까짓걸 왜 못 만들어! 그리고, 니 엄마 음식 아님 니 조부모가 젓가락도 입에 대질 않으셨어! 알고나 말해! (하고, 포 뜨는 상인 보며) 얄팍하니, 떠!

호 영　(혼자 구시렁) 아무나 보면 반말이야? 왜 저래..

정 아　(담담한, 전화 오면 받으며, 조용한 데로 가며) 어, 난희야.

씬 20. 산동네, 정아의 새집, 낮.

난희, 영원, 충남, 청소를 하느라 정신이 없는, 모두 고무장갑을 끼고, 방을 닦고, 영원이는 마당에 꽃을 심는,

난 희　(일하다) 언니, 이 집 못 살겠어, 치워도 치워도 끝이 없어.

충 남　(전화 뺏어, 끄고) 언니의 복수전에 재 뿌리지 마. (하고, 일하는)

씬 21. 재래시장, 낮.

정아, 답답하게 전화 끊는데, 수영, 와서, 말 거는,

수 영　엄마, 아버지 닭 사러 간대, 돼지, 소 있는데, 웬 닭! 못 한다 그래 그만 사라 그래, 아버지.

정 아　(담담히) 니 아버지니까 니가 말려, 왜 나한테 그래.. (하고, 가는)

수 영　엄마 남편이잖아!

씬 22. 정아의 새집, 낮.

난 희　(답답한, 일하며) 그냥 언니한테 소송 붙으라 그럴까? 그럼 위자료로 이삼억은 받을걸? 그럼 아파튼 몰라도 빌라는 얻잖아? 나이 들어, 이 집은 심난해.

충 남　(일만 하며) 김석균과 사는 게 더 심난해.

난 희　그러니까, 위자료를,

영 원　(버럭) 야, 지금 누가 누구한테 위자룔 달래? 말은 바로 해, 위자룐 석균 오빠가 받아야 돼.

난희, 충남　(보면)

영 원　마누라랑 동생이란 년들이 몰래, 집 얻고, 집 치우고, 그 배신감이 오죽하겠니.. 위자룐 피해자가 받는 거야. 작금의 사태로 봤을 때 위자료 받을 사람은 정아 언니가 아니라, 석균 오빠야, 아니냐?

난 희　(맞다 싶은, 석균 걱정되는) 그러네... 백억짜리 위자료감이다. 이 정도면. (일하며, 심난한) 아이고 석균 오빠 어째..

충 남　(일하다, 주저앉으며) 어쩌긴 인과응보지. 정아 언니의 복수는 어쩜 이게 시작일걸.

난 희　아까부터 복수는 또 뭐니?

충 남　복수지. 그간 언니가 칼을 갈며, (칼 가는 시늉) 이를 득득 간 거지. 오늘을 기다리며. 쓱쓱쓱!

난 희　(웃으며 충남 치며) 아이고... (하고, 걸레를 놓으며) 근데, 아무리 생각해도 이건 아니다. 이혼이나 하고 집을 나오던가? 사람 뒤통수치는 것도 유분수지.

충 남　이혼하고 집 나오나, 집 나와서 이혼하나? 도낀개낀이야.

영 원　(일만 하다, 불쑥) 나, 대철 씨 봤다.

난희, 충남　(뭔 소린가 싶은, 놀라, 영원 보는) ?

영 원　(꽃만 심으며) 두어 달째 꽃만 보내드니, 엊그제 보자, 하고, 쪽질 보내서...

충 남　(걱정도 되고, 기대도 되는) 뭐래?

영 원　그냥 레스토랑 창 너머로 얼굴만 한 삼십 분.. 보다 돌아왔어.

난 희　여편네 살아 있음 안 보는 게 맞아.

충남 (보며) 죽었으니 왔겠지?

난희 (밉게 보면)

영원 (서글프게 웃으며) 근데 쪼금 많이 늙었드라. (하고, 꽃만 심는)

난희 (강조) 보지 마라. (하고, 청소하는)

충남 야, 이왕 나갔으면.. 차라도,

난희 (버럭, 충남에게) 마심 뭐해? 그깟 차!

충남 (버럭) 마시면 어때? 그깟 차!

영원 (둘을 보고, 웃고, 일하는) 근데 완이는 왜 안 와? 보고 싶은데..

난희 몰라, 전화도 꺼놓고. 집구석에서 맨날 뭔 짓거릴 하는지.. (하다, 영원 보며) 걔 연하랑 헤어진 건 맞지?

영원 (난희 보는데, 조금 찔리는, 일하며) .. 맞겠지..

난희 (일하며, 연하에겐 미안하지만, 답답한) 장애인은... 안 돼.. 나한텐 유부남이나 장애인이나야.

충남 (슬쩍 영원 보는데, 영원이 연하의 문젤 알고 있단 생각이 드는)

영원 (일하다, 충남 보며, 입으로만) 뭘 봐.. (하고, 일하는)

씬 23. 슬로베니아, 달리는 택시 안, 낮.

완, 설레는, 창가 보며, 후후 심호흡을 하며, 주변 전경을 보는, 모두가 그리운, 회상하는,

＊인서트, 회상 》
택시가 달리는 그 길을 연하가 달리고, 뒤에서 완이가 달려와 잡아, 헤드락 걸며, 장난치는,

＊점프컷, 현실 》
택시, 길거리 음식을 파는 점포를 지나면,

＊점프컷, 회상 》
그 점포에서, 완이와 연하가 길거리 음식을 먹으며, 뜨거워하고, 웃는,

＊점프컷, 현실 》

완, 설레는, 작게 후후 한숨 쉬는, 손을 보면, 연하와의 커플링을 끼고 있는, 반지를 초조히 설레서 만지다, 창가 보는,

씬 24. 연하의 집 근처 + 앞, 낮.

완, 꽃을 사서 들고, 길을 걸어가는, 설레고 기분 좋은, 그러다, 집 앞에 멈춰 서는, 그러고는 심호흡하고, 초인종을 누르는, 기척 없자, 다시 누르고, 잠시 후, 문을 여는 소리가 나는, 완, 뒤돌아, 기대에 차 서 있는,

잠시 후, 문이 열리고,

완, 뒤돌며, 꽃 내밀며, 밝게 '헬로!' 하는데,

연희, 조금 놀라고 어색하게 웃으며, 서 있는,

완　　(어색한 웃음) 연희야...

연희　　(어색한 웃음) 어떻게... 왔어....

완　　(어색한 웃음 지으며) 어.. 그게... 비행기 타고...

연희　　(어색한, 웃으며) 어..... 들어와. (하고, 가방을 뺏어 들며, 들어가는)

완　　(들어가며, 난감한, 그래도 짐짓 밝게) 잘 지냈어?

씬 25. 연하의 집 안, 낮.

완, 들어와, 꽃을 어색하게 한쪽에 놓고, 그립게, 주변을 둘러보면, 연하와 완이의 그림과 사진이 곳곳에 있는, 연희, 냉장고로 가서, 물을 따라 완이 주며,

연희　　연하는.. 자.

완　　아직?

연희　　밤샘 작업했거든. 유럽 쪽에 연재하잖아.

완　　(이해가 되는) 아... (하다, 뭔가 소리 나 방 쪽 보면)

그때, 연하가 휠체어를 타고 나오다, 이게 뭐지 싶게 멈춰 서서, 완을 보는,

완 (연하 보고, 연희가 모르게, 윙크하고, 연희 보고, 짐짓 밝게) 근데 넌 시집 안 가?

연희 (웃으며, 소파에 있는 옷을 입고) 넌 왜 안 가?

완 (당황스런) 나.. 는... (연하를 보며) 글쎄..

연하 (담담히, 연희 보고) 누나 나가.

연희 (따뜻하게 웃고, 옆의 가방 챙겨 들고) 회사 가 있을게. (완에게) 또 봐. (하고, 나가는데, 걱정스런)

완 (가는 연희에게) 안 가도 되는데.. (하고, 문 쪽 보고, 문 닫히면, 굳어서) 빈 말.. 안 가면 큰 나지. (하고, 웃으며, 연하에게, 다가가, 무릎 꿇고, 연하를 올려다보며, 가볍게) 삼 년 만에 날 보고 그 반응밖에 없는 건가?

연하 (가만 보는, 덤덤한) ..

완 (가볍게 떠보는) 설마.. 내가.. 괜히 왔나? 열여덟 시간이나 걸려서?

연하 (완이를 보며, 어색하게 웃으며) 밥은..

완 (연하의 반응이, 실망스런) 아직.

연하 (휠체어를 움직여, 주방으로 가서, 차를 준비하는) 밀크티 어때?

완 (주저앉은 채, 연하를 보며, 조금 삘쭘하고, 이상한) 내가.. 괜히 왔어?.. 말해 봐, 괜히 온 거냐고.. 나..

연하 (할 일 하며, 웃지만, 맘에 없는 듯, 덤덤히) 아뇨. 잘 오셨습니다.

완 (서운한, 그 마음 참고) 난.. 기대했는데.. 니가 나 오면 엄청 행복해하고, 좋아하고.. 기절할 줄 알았는데.. 착각했네?

연하 (안 보고, 찻잔을 준비하며, 짐짓 편하게) 아니.. 좋아.

완 (조심스런, 서운한) 아니라면서.. 반응이 이상하잖아? 마치 싫고 귀찮은 사람 왔는데, 어쩔 수 없이, 응대하는 거처럼... 너.. 지금 좀 쎄해....

연하 (완이 안 보고, 짐짓 편하게) 아닌데, 나 정말 좋아서.. 길길이 뛰고 싶은데.. (준비하던 것 놓고, 완이 보며) 진짜루... (하다가, 푸하하하 웃는)

완 (코피가 난, 모르고) ?

연하 (완이가 귀여워, 깔깔대고 웃으며) 코피 나, 너!

완 (이상한, 코를 만지고, 손바닥의 피를 보며, 속상한, 눈가 그렁해, 서운해, 소리

치는) 야 봐, 코피 나잖아! 내가 사흘을 엄마랑 디리디리 악쓰고 싸우고, 잠도 못 자고, 일하고.. 여길 비행기 타고 비행기 타고 버스 타고... 택시 타고.. 근데, 너는 반응이 그게 뭐냐고?! 그동안 나한테 서운했던 거 독 품었다가.. 복수하는 거처럼!

연하 (완이가 귀여운, 웃음 짓는)

완 (속상해, 눈물 그렁해, 일어나며, 화장실로 가는)

씬 26. 연하의 화장실 안, 낮.

완, 문을 벌컥 열면, 연하와 완이의 커플 샤워 가운이 보이고, 연하의 용품과 완이의 용품(칫솔, 로션 등)이 그대로 놓인, 눈물이 왈칵 나는, 참고, 문 닫고,

씬 27. 연하의 거실, 낮.

완 (눈물 그렁해, 속상한) 너 아까, 왜 그랬어?! 내 거 다 그대로 저기 있는데! 사진도 다 그대론데! 아까, 그 반응은 뭐냐고, 사람 놀라게! 간 떨어질 뻔했잖아!

연하 (완일 그립게 보는, 눈가 붉어, 벅찬, 참고, 두 팔을 벌리는)

완 (연하에게 걸어와, 무릎 꿇고, 앉아서, 연하를 꼭 안는, 눈 감는, 눈물 흐르는)

두 사람, 그렇게 꼭 껴안고, 가만있는, 그러다, 입을 맞추고,

완 (입 떼고) 열여덟 시간밖에 안 걸리드라. 너무 쉬웠어, 오는 길이.

연하 (짠한, 안아주는)

씬 28. 연하의 집 근처 바닷가, 아침.

가족들이 개를 끌고 운동하는 모습과, 연하의 집 전경이 보이는, 베란다에서

완이가 차를 마시는,

씬 29. 베란다, 아침.

완(속옷 차림에 수건을 두르고), 창가에서, 바닷가에서 노는 아이들을 편안하게 보며, 차를 마시다, 들어가는,

연하 공원에 나갈까?

완, 돌아서서 보면,
연하, 침대에 누워 있는,

완 (창가에 기대서서, 차 마시며, 연하를 보며, 작게 웃음 짓고) 아니. (하고, 침대에 누워, 연하 안고, 눈 감는)

연하 (시계 보며) 음.. 우리.. 음... 쉰두 시간 동안, 안 나갔어. (하고, 침대 밑을 보면, 피자며, 빵이며, 완이가 싸 온 만두 쪼가리, 순대 등이 너저분한) 더는 뭐 시켜서 먹을 것도 없고.. 니가 서울서 가져온 만두, 순대, 잡채도 바닥났어. 나가자.

완 (눈 감은 채) 난 이 침대가 넘 좋아. 잠이 너무 잘 와.

연하 (따뜻하게 웃으며) 나가자.

완 나가지 말자.

연하 서울 안 가?

완 가니까... 나가지 말자.

연하 그럼 좀 치우자..

완 그래, 치우지 말고, 나가자. (하고, 일어나, 휠체어를 가져와) 나가자.

연하 밖에? 그럼 옷.

완 (고개 젓는)

연하 (벗은 몸을 보며) 이대로?!

씬 30. 연하의 집, 발코니, 낮.

둘 다 맨발에 연하도 속옷 차림에 수건을 두르고, 휠체어를 탄, 완이가 밀고, 발코니로 나오는,
바닷가를 보는,
연하, 연인들이 뛰어다니는 걸 보는,

*** 점프컷 》**

완 (차를 마시며) 딴 생각 하지 마, 나 여깄어.
연하 (차를 마시며) 그래.. 넌 여깄어... 몇 시 비행기?
완 (차를 마시며) 몰라, 까먹었어. 그리고 난 지금 여기 너랑 있지.
연하 (웃으며, 차 마시며) 그래, 홀딱 벗고.
완, 연하 (깔깔대고 웃는)
완 (전화 오는 소리에) 전화 왔나 보다. (하고, 방에 들어가서, 전화기를 가져와, 연하 주고) 차 가져올게.. (하고, 들어가는)
연하 (전화 받고) 어, 누나..

씬 31. 거리, 낮.

연희, 걸어가며, 따뜻하게 전화하는,

연희 (웃고) 니가 즐거웠다니, 누나도 좋다. (웃다가, 차분해지며, 따뜻하게) 근데, 연하야, 완이... (멈춰 서서, 따뜻하게) 그냥 온 걸 거야.

씬 32. 연하의 발코니, 낮.

연하 (맘이 짠해지는, 짐짓 아무렇지 않게) .. 알아..

*교차씬 》

연 희　알지?.. 그냥 온 거.. 걔는... 엄마도 있고... 외동딸이잖아.. 그래서, 전처럼 그냥 다시 갈 거야..

연 하　(짠한, 애써 웃으며) 알아... 전처럼.. 그냥.. 갈 거야.

연 희　(연하가 안된) 아무런.. 기대하지 마. 동생.

연 하　어.. (하고, 전화 끊고, 바다를 보고, 완이가 뒤에 와서 안으면, 가만 바닷가를 보는) 언제 가..

완　(안은 채) 오후 비행기... 일곱 시간 남았나..

연 하　(말은 따뜻해도, 서글픈) 그럼.. 좀 걷자..

완　(가만 그대로, 안은 채, 고개 끄덕이는)

씬 33. 희자의 집 안, 낮.

희자, 문 열어주면, 성재 들어오는,

희 자　(어이없는) 아주 길 텄네, 길 텄어.. 전화도 안 하고, 불쑥불쑥.

성 재　(담담히) 아, 내가 잠이 안 오잖아, 석균 형님 때문에.

희 자　그 얘기할 거면 (밀며) 가요, 난 할 말 없어.

성 재　알았어, 안 해, 안 해.. (하고, 빵 봉투를 한쪽에 놓고, 그 봉투 안에서 그림책과 색연필을 꺼내 들고 소파로 가서 앉으며) 이리 와봐.

희 자　(앉으며) 뭔데?

성 재　(그림책 첫 페이지(자신이 이미 그린)를 펴 보이며) 이쁘지?

두 사람 아주 가까이 앉게 되는,

희 자　(좋은) 너무 이쁘다.

성 재　(다음 장을 펴며) 다음 장부턴 니가 그려. 치매 예방에 좋대, 그림 그리는 게. 뭐, 그런 거 아니래도 재밌어, 시간도 잘 가고.. 내가 어제 그림 그리다 니 생각이 딱! 나서는.. 이걸 딱! 줘야겠다, 싶어서, 딱! 왔지!

희 자　(책만 보며, 색연필을 꺼내 보며) 내가 할 수 있을까? (하고, 색연필을 꺼내는데, 빨간색이다)

성 재　(색연필을 뺏으며) 일단 연한 색으로 시작해. (하고, 다른 색을 꺼내 주는) 진한 색은 나중에 키포인트로, (강조) 딱!

희 자　(웃으며, 얼굴 닦으며, 성재의 팔을 치며) 침 튀겨, 그누무 딱 소린!

성 재　튀겼냐? 내가 닦아줄게.

희 자　(웃으며, 거부하는) 놔둬요, 내가 닦아.

둘의 실랑이하는 모습 위로, 민호의 목소리 들리는,

민 호　(조금 무거운) 엄마.

성재, 희자　?!

민호, 들어서며,

민 호　(기분 안 좋은) 문이 열렸드라고... 나 만나기로 한 거 잊었어? (성재 보며, 건성 인사하며) 안녕하세요.. (하고, 냉장고로 가서, 괜히 뭔갈 꺼내 먹는데, 기분이 안 좋은)

희 자　(조금 당황한, 버벅대는) 아... 그랬지.. 참, 민호야... 이 아저씬, 엄마, 아주아주 예전에 친구.. 정아 이모랑, 충남이, 영원이, 쌍분 엄마, 다 아는 사람,

성 재　(담담히 일어나) 엄마 초등학교 동문입니다. 막내?

민 호　(건성, 싫은) 예..

성 재　(희자에게) 가볼게, 성당에서 또 보자.

희 자　(성재 건성 보고, 민호에게) 엄마.. 옷 갈아입고 나올게. 밥 안 먹었음 아저씨가 사 온 빵 먹어. (하고, 방으로 들어가는)

성 재　(나가다, 등 돌리고, 먹을 것만 먹는 민호에게) 저기,

민 호　(성재 보면) ..

성 재　(손 내밀며) 또 봐요.

민 호　(악수 안 받고, 건성 인사하는)

성 재　(어색한 웃음 짓고, 민호의 어깰 툭 치고, 편하게) 키가 크네. (하고, 나가는)

민 호　(가는 성재 조금 짜증 나게 보고, 먹으며, 옆에 있는 빵 봉투를 보다, 빵을 먹

으려 꺼내다, 다시 봉투에 넣고, 옆의 쓰레기통에 버리는, 그때, 희자 나오면, 희자 보며, 담담히) 나와. (하고, 나가는)

희자 (휴지통의 빵 봉투를 보고, 조금 미안하고, 맘이 안 좋은, 나가다가, 다시 휴지통을 보고, 맘이 불편한, 빵 봉투를 들어, 그 안의 걸 보는데)

민호 (그새 밖에서 문 열고, 버럭) 버려!

희자 (놀라, 빵 봉투를 확 버리는)

씬 34. 길거리, 낮.

성재, 전화하며 걸어가는, 담담히 말하는,

성재 좋았지, 그럼.. 얼마나? 많이..

씬 35. 충남의 야외 카페, 낮.

박 교수 외, 학생들 모두 모여 한쪽에서 부어라 마셔라 하는,

충남 (멀찍이 떨어져 앉아서) 나한테 그런 말 하고 싶냐?

***교차씬 》**

성재 (따뜻하게 웃으며) 일부러 그러는 거야. 뜨뜻미지근 너 미련 갖게 하는 것보단 낫잖아.

충남 (웃고, 편하게) 전화 건 용건은?

성재 정아 씨 얘기 들었는데.. 야, 이건 아니잖냐? 석균 형님 몰래 집 팔아서,

충남 그 집 정아 언니 명의고, 오빠 집은 또 있는데, 뭐, 법적으로 문제 돼?

성재 (답답한) 법적으로야, 뭐가 문제 돼.

충남 만약 정아 언니랑 석균 오빠랑 소송 걸리면, 오빤 내가 산다. 정아 언니 변호사로. 오빠, 얼마면 돼?

성 재	(걷다 멈춰 서며) 얌마! 그걸 말이라고 하냐?! 그리고, 부부 사이에 서운한 게 있음 말로 풀어야지, 이건 문제 해결이 아니라, 혼란만 자초해.

충 남	굿이나 보고 떡이나 먹어.

성 재	형님, 울어, 임마.

충 남	그 눈물 오빠가 닦아줌 되겠네.

성 재	야, 우리 다 낼모레 죽을 사람들이야. 석균 형님 생각해봐라, 그 나이에..

충 남	석균 오빨 많이 생각하네.. 그럼 석균 오빠랑 오빠랑 둘이 살어. 오손도손, 늙은 남자 둘이 징그럽게. (하고, 끊고)

성 재	(전화기 보며, 가며, 석균과는 못 산단 뜻으로) 그건 아니지...

***점프컷 》**

주 영	(화난, 영수증을 가져와, 충남 주면)

충 남	(영수증 받아서, 보면)

주 영	(박 교수네 가리키며) 저 인간들이.. 자그마치 술을 지금... 삼십만 원어칠 먹었어, 알어?!

충 남	(영수증 찢으며) 예술가가 무슨 돈이 있니? (하고, 가며) 술 달란 대로 줘.

주 영	(답답한) 고모!

충 남	고모 친구들한테 그렇게 인색하게 하는 거 아냐..

주 영	(충남 지나쳐 가며) 친구는 무슨.. 고몬 저 인간들한테 그냥 호구야?! 돈 쓰는 늙은 호구!

충 남	(앞서 가는 주영 보며) 저게 버릇없게... (하다, 배가 아픈지, 갑자기 앉으며) 아... (하다, 일어나 가며, 아무렇지 않게) .. 설사 나나..

씬 36. 이불 가게 안, 낮.

희자, 이불을 만지고, 베개를 만져보다,

희 자	이거 편할 거 같다, 이거 사자. 이불하고, 이 베게 두 개. 내 거까지.

민 호	(심드렁) 그러자.

희자 너 왜 말 그렇게 해?

민호 (맘에 안 들게 보며) 뭘?

희자 아까 그 아저씨 그냥 엄마랑.. 친구야. 뭐 다른 거 없고, 친구.

민호 누가 뭐래? (하고, 주인에게) 이 베개하고, 이불 한 채 하고 주세요. (하고, 희자 보며) 친구만 해. 어? 꼭 친구만. 자주 보지 말고.. (하고, 가는)

희자 그럼... 자주 안 봐.. (하고, 따라가는)

씬 37. 9부에 나왔던 지하 방 있는 빌라 근처, 낮.

민호, 이불 세트를 등에 지고, 힘들게 오고, 희자, 주변을 보며, 집을 찾다가, 지하 방을 발견하고, 가서는 창문 두드리면, 남자, 자다 깬 얼굴로 문 열고,

남자 뭐?

희자 왜 거깄어요, 아저씨가?

민호 (이상한, 남자에게) 여기, 아저씨 집이에요?

남자 미쳤나, 이것들이... (하며, 문 닫는)

민호, 희자를 보며, 답답한,

민호 이 집 맞어?

희자 (그제야 생각난 듯) 아.. 아니다.. (하고, 가며) 생각났어, 생각났어, 걱정 마.

민호 아, 진짜... 진짜 정신 안 차릴래, 엄마? 대체 어디야, 이 동네는 맞어?

희자 (가다, 조금 당황해, 돌아보며) .. 민호야, 엄마, 잘.. 모르겠어...

민호 (답답한, 희자가 눈치 보는 게 안된, 한숨 쉬고, 이불 내리고, 땀 닦고, 희자 보고, 희자의 머리 위에 살짝 입 맞추고) 그럴 수 있어.. 그럴 수 있지, 뭐.. 내가 정아 이모네 전화해볼게. 당황하지 마. 괜찮아. 사랑해. (하고, 전화하는) 어, 정아 이모, 나 민호요.

희자 (주변 보며, 여기가 어디지 싶은)

씬 38. 석균 정아의 집 안, 낮.

집에 석균의 동생들과 온통 어른들이 가득 모여 술상을 놓고, 부어라 마셔라 하는, 석균, 아주 신이 났다, 여자라곤 수영, 호영뿐이다, 둘이서 주방 가득 잡채를 무치고, 전 등을 부치고 난리 북새통이다,

석 균 순영아, 여기 술 줘라, 술!
수 영 (일하다, 술병 들고 가고)
석 균 잡채도!
호 영 (잡채 퍼 담으며) 가요! (하다) 엄마! (수영에게) 엄마 어디 갔어?
수 영 (일만 하며, 화장실 보며) 화장실에서 자나.. 엄마, 음식 하느라 밤샜어.. 냅두자, 엄마 쓰러져..
석 균 (술상 머리에서) 순영아! 순영아!
수 영 아빠, 왜요?
석 균 (아랑곳없이) 순영아?

씬 39. 석균 정아의 화장실 안, 낮.

정 아 (변기 위에 그냥 앉아, 힘든, 핸드폰으로 정아 모 얼굴과 정아 모의 뼛가루를 뿌린 바다와 새를 물끄러미 보는)

그때, '순영아, 순영아!' 하며 석균, 들어오며,

석 균 넌 똥도 안 싸면서, 변소에서 뭐 해?
정 아 (핸드폰을 접고) 좀 쉬어.
석 균 화투판 어딨냐?
정 아 테레비 밑에.
석 균 니가 찾어! 어서! (맘에 안 드는) 쯔쯧쯧.. (하고, 나가려다, 욕실에 놓인, 가방 보고) 저건 뭐냐?
정 아 (아무렇지 않게) 내 옷 가방. (하고, 나가는)

석균 (정아 나가면, 이상한, 가방을 열어보면, 온통 옷이며, 쓰다만 로션 등이 들었다) 뭐야.. 버릴 건가... (하고, 욕실에 함부로 던져놓고, 나가며, E) 자자자자, 술상 한쪽에 밀고, 고스톱으로, 바꿔요! 점당 이백이고, 방식은 우리 동네 방식!

씬 40. 슬로베니아, 숲길, 낮.

완이, 연하의 휠체어를 밀고, 가는,
완이, 땅에 떨어진 나뭇잎을 보고, 예뻐하며 그걸 하나, 연하의 머리에 올려놓고, 밀고, 가고, 연하, 편하게, 가는,

완 (걸으며) 동진 선밴 가서 만나기로 했어.. 올 때 문자 넣었거든... 미국 들어간대.. 나 때문은 아니고, 언니가 외롭다나 봐, 잘됐지, 뭐.. 참, 그리고 내가 쓰려는 (농담처럼) 꼰대들 소설 어때? 재밌을 거 같애? 칙칙하지 않을까?

연하 (담담히) 어른들 캐릭터가 웃기던데.....

완 첨엔 쓰기 싫었는데... 엄마 얘길 한번 하는 건 좋겠드라고.. 모든 작가들의 꿈이겠지만. 이모들 얘기도 생각보다, 얘깃거리가 있을 거 같고.... 머릿속으로 대충 구상은 끝났고, 취재 좀 더 하고... 단행본으로 내보게....

연하 차 마시자.

완 그러자..

씬 41. 야외 카페, 낮.

연하, 트레이를 무릎에 올려놓고, 차 두 잔을 잘 가져오고, 완이, 그 모습을 보며, 기특해서 웃고, 연하, 차를 완이에게 주면, 받아서, 먹는, 의자 옆에 완이 가방이 놓인,

완 (차 마시고) 훌륭하다.

연하 뭐가? 차가? 아니면 내 휠체어 다루는 솜씨가..

완　　둘 다.

연하　(담담한) 평지니까..

완　　(뭔가 쎄한 느낌이다, 조금 이상하게 연하를 보는)

연하　(담담히, 차 마시고, 풍경 보는)

완　　(연하 보다, 짐짓 다시 편하게) 지금 번역하는 책이랑, 엄마랑 이모들 소설 쓰면.. 열 시간씩 일할 경우, 완성까지 아마.. 서너 달? 늦으면 오륙 개월.. 정도 걸릴 거야, 그런 다음엔 서울 정리하고 돌아올(게),

연하　(말꼬리 끊으며) 약속 같은 거 하지 말고, 그냥 가.

완　　(보면) ?

연하　(거리 보며) 이번에 니가 온 건.. 여기 슬로베니아를 잊을 수 없었나 보다고 생각할게.

완　　(가만 보며) .. 내가 여기 온 게.. 니가.. 아니라.. 슬로베니아?

연하　(보며, 담담히) 넌 충동적이고, 날.. 좋아하고, 그래서 불쑥 여기 왔겠지만... 이번이 마지막인 걸로 해.

완　　(보는, 참담한, 마음이 쿵 하는)

연하　(차 마시는)

완　　(이것 봐라 싶은, 진심이 전해지지 않는단 생각이 드는, 화나는, 팔짱 끼고, 눈가 붉어지는, 참으려 거릴 보다, 다시 연하를 보며) 그럼 넌 여기서 계속 날 기다리고 있냐?

연하　(서글프게 웃고) 그냥 있지, 기다리는 게 아니라. 여긴 내 직장도 있고, 풍경도 좋고... 여자 생기면.. 만날 수도 있고. 니키타는.. 안 맞았지만.

완　　그 꼴 못 봐. 돌아올래.

연하　지금은.. 내가 내 다리를 보면서, 그냥 참 많이 불편하구나, 그 정도지만, 니가.. 이번에도 온다고 하고선 안 오면.. 그땐.. 내 다리가 정말 싫어질 거 같애. (다리 보며) 이것 때문에... (완이 보며, 담백하게) 니가 또 떠났네, 하면서. 난, 이 다리로 평생 살아야 돼. 배려심 좀 가져, 나한테.

완　　(연하 보며, 화난 맘 삭이고) 입 닫어.

연하　(완 보는, 지지 않는) 말 조심해.

완　　(눈 피하지 않고, 보며) 내가 여기 온 게 뭐, 충동? 야, (서운해, 눈가 붉어지는, 짐짓 차분하려 하며) .. 삼 년을 참고, 비행기 타고 비행기 타고 버스 타고 장장 열여덟 시간이야.

연하 (가만 보며) 박완,

완 (눈가 붉어졌지만, 차분해도, 단호히 말하는) 우리가 다른 이유면 몰라도 니 다리 때문에 헤어질 일은 없어. 넌, 혼자 다닐 수 있고, 돈도 벌고, 난 힘이 좋아, 널 케어 하는 데 문제없고, 키도 커서, 선반 위에 물건들은 손쉽게 꺼내니까. 근데, 사랑한다고 하니까, 갑자기 니가 갑 같애?

연하 (화나 보는)

완 내가 온대잖아, 그럼 넌,

연하 (진지한, 지지 않고 보며, 격앙돼 말꼬리 자르고) 내 다리가 불편해도 니가 날 사랑해주니까, 아, 감사합니다, 그래야 되나?! 니 멋대로 가고, 니 멋대로 와서, 다시 니 멋대로 가는데! (하다, 주변 사람 보며, 슬로베니아 말로) 우리 싸워요! 싸우는 거 첨 봐요?!

완 (연하 보며, 안 지고) 당연히 그래야지. 감사합니다, 해야지.

연하 못 하겠다면?!

완 (가방 들고 가려다, 앉고, 차 마시고, 다시 팔짱 끼고, 가만 보며) ... 너 똑똑히 알어! 난 엄마가 이제부터 뭐라고 하든 너한테 올 거야. 난 이미 여기올 때 그러기로 결정했으니까. 그리고 난 더는 너를 핸드폰이나 노트북 동영상으로만 보는 건 싫어, 그리고 또 알아둬. 내가 너를 다시 만나면, 넌 지금보다 훨씬훨씬 더 열심히 살아야 돼! 상체 운동도 지금보다 더 열심히 해야 하고 하체 운동도 지금처럼 내버려두지 말고, 꼭! 해야 돼.

연하 (눈가 그렁해, 맘 아픈, 버럭) 지금도 충분해!

완 더 해야지! 나랑 살려면!

연하 (지지 않고 보는데, 눈가 그렁해지는) ..

완 (지지 않고 보며, 또박또박 말하는) 우리 삼촌은 칠 년을 누워 있다가 걸었어. 한 쪽 다릴 끌지만, 걷는다고. 너도 해야지, 그렇게. 나랑 살 건데.

연하 (보면, 단호한) 난.. 안 되는, 케이스야,

완 (말꼬리 자르며, 눈가 그렁하지만, 지지 않고) 안 돼도, 해. 되는 것만 어떻게 하면서 살어, 안 돼도 해. 적어도, 내가 장애인은 절대 안 된단 엄마한테, 세상에 나밖엔 없는 엄마한테, 널 선택한 이유에 대해 당당히 말할 수 있게! 엄마, 그는, 포기를 몰라요, 세상 누구보다 강해요, 그렇게 당당히 말할 수 있게.

연하 (먹먹한, 완이의 맘이 전해지는)

완 (차를 마시려다가, 눈물 나는, 훌쩍이다, 휴지 꺼내 코 푸는)

연하 (완일 보는데, 코에 휴지가 묻은, 순간, 웃긴, 어이가 없는)

완 (담담히, 연하를 보는) 소설 끝나는 날 올게. 엄마한테 책 선물로 주고. 그게 그녀의 소원이거든.

연하 (차 마시고, 가만있다, 작심하고, 맘 아픈, 처지지 않게) 안 오면.. (완 보고, 따뜻하지만, 강하게) 죽는다, 진짜.

그때, 경적 소리 나고, 보면, 조금 멀리에, 연희, 차를 가져온,

완 (연희 보고, 연하에게) 눈치 없어. (턱짓으로 연희 가리키는)

연하 (완이만 보고, 손잡는, 완의 반지를 만지는)

완 ...

연하 (손을 놓고, 완이가 모르게 완이 코에 붙은 휴지를 슬쩍 떼주는, 담담히 보며) 가.

완 (일어나, 가방 들고, 차로 가서, 타려다, 다시 와서, 연하의 볼에 입을 살짝 맞추고, 귀에 대고) 또 봐. (하고, 차로 가서, 타는, 차 떠나는)

연하 (차를 마시고, 트레이에 찻잔 놓고, 가져다주러 가는)

씬 42. 달리는 연희의 차 안, 낮.

연희, 운전하고, 완, 뒷좌석에서, 앞만 보고, 가는,

연희 (룸미러 보면, 걱정스런)

완 연하, 하체 운동시켜. 여기저기 재활 치료 찾아보면, 있을 거야.

연희 니네 엄마는..

완 (말꼬리 자르며) 전에 엄마 핑계 댄 건 미안해. 난 와.

연희 (룸미러 보고, 잠시 보다, 단호한 완이를 느끼고, 웃으며) .. 좋아, 기다려보지.

완 다시 오면, 넌 시집가고 없는 거다. (하고, 창가 보며, 편하게 웃는)

연희 (웃고, 차 운전하고 가는)

씬 43. 충남의 방 안, 밤.

충남, 화장실에서 나오는데, 땀이 범벅인, 참고, 책을 펴다가, 제 이마를 만져 보는, 땀 나는, 잘 참고, 책 보다가, 눈앞이 흐려져, 책이 흐릿한,

충 남 (아파도, 차분히) 안 되겠네, 비상인데 이거.... 오충남.. 넌 젊어.. 늙은이처럼... 당황하지 말고... (심호흡하고는, 핸드폰을 들어서, 눈을 똑바로 뜨고, 종식일 찾아, 전화하는, 통화가 가는)

씬 44. 노래방, 밤.

종식, 주영, 친구들과 난리를 치며, 노랠 부르는, 충남에게서 전화 오는, 핸드폰 울리지만, 모르는,

씬 45. 충남의 방 안, 밤.

충남, 전화하고 있는,

순 철 (E) 이영원 선생님 지금 촬영 중이신데요?

충 남 (너무 힘든, 전화 끊고, 난희에게 전화하는)

씬 46. 난희의 가게 안, 밤.

난희, 손님들이 넘쳐나서, 홀 서빙까지 하는,
카운터에서 핸드폰 울리는,
난희, 핸드폰 소리 못 듣는,

씬 47. 충남의 방 안, 밤.

충남, 전화를 끊고, 심호흡하며, 정신을 차리려 하며,

충 남 희자 언니는 너무 늙었고, 정아 언니도.. 너무 늙었지.... 아무리 급해도 노친네들은 안 돼.. (하다가, 핸드폰으로 박 교수를 찾아, 전화하는) 박 교수 나다, 너 어디니?

씬 48. 길가, 5부에 나왔던 술집 근처 + 술집 안, 밤.

박 교수, 술집으로 걸어가며, 전화 받는,

박 교수 119 부르시지... 어디가 아프신데? 난, 지금... (머리 굴리며) 애들이 미국에서 나와서, 마중 가는데... 아이고, 죄송해요.. 어서, 119 불러요, 어서! (그때, 양 교수 보며, 끊고)

양 교수 왜 이렇게 늦어? (하는데, 전화 오는, 보면, 충남이다)

박 교수 받지 마.. 아프대. (하고, 식당으로 들어가려 하면)

양 교수 아프면 전활 해봐야지?

박 교수 목소리가 꼬장꼬장해. 조카들 있는데 뭔 걱정이야? 다들 왔지? (하고, 술집으로 들어가, 5부에 나왔던 늙은 교수 보고, 악수하며) 아우, 교수님!

씬 49. 충남의 방 안, 밤.

충남, 너무나 힘든, 땀이 비 오듯 나는, 땀이 콧등을 타고, 떨어지는,

충 남 (정신 차리려 하며, 힘들게 일어서며) 일단 옷을 입고, 119를 부르고, 병원을 가자... 할 수 있어, 오충남, 정신 놓지 말고, 이대로 가면 다행이지만, 안 가면 병신 된다.. (하며, 옷장에서 옷을 꺼내다가, 쓰러지며, 손에 든 핸드폰을 놓치면서, 손등으로 핸드폰의 쌍분 전화번호를 자기도 모르게 쳐서, 통화가 되는,

기절한)

씬 50. 촬영장 일각, 밤.

영 원 (난희와 통화 중인) 무슨 일이니, 나한테도 전화 왔었는데, 다시 거니까, 안 받아서, (사이) 너도?

씬 51. 난희의 가게 안, 밤.

난 희 (핸드폰으로 영원과 통화 중인) 야, 이거 무슨 일 있다.. (그때, 쌍분의 전화가 오는) 야, 끊어봐. (다시, 전화 받으며) 어, 엄마.

씬 52. 국도, 밤.

쌍분, 사발이를 타고 가는,

난 희 (E) 엄마가 거기가 어디라고 사발일 타고 가?

씬 53. 쌍분의 집 안, 밤.

인봉, 전화하는, 호진을 씻기던 중인,

인 봉 내가 갈랬는데.. (아픈 다리 보며) 다리가..

씬 54. 성재의 집 앞, 밤.

성재, 서둘러 전화를 하며, '알았어, 희자야, 나 간다, 가' 하며, 나와, 전화 끊고, 차를 몰고 가다가, 나오는 차와 꽝 부딪치는,

씬 55. 인천공항, 밤.

완, 전화하며 뛰는,

난 희 (E, 버럭) 엄마가 오늘 단체 손님 받아서, 못 가잖아! 그럼 너라도 가야지.. 늙은이 혼자 있다, 죽음 어떡해?! 니가 책임질 거야!

완 (어이없고, 답답한) 무슨 빽하면 죽고 살고야, 엄만!

난 희 (E) 늙은이들은 그래! 모든 게 죽고 살고야! 갈 거야, 말 거야, 기집애야!

완 (가며, 참고, 달래는) 알았어, 간다고, 지금요! (끊고, 뛰어가며, 걱정스런) 무슨 일이야..

씬 56. 국도, 밤.

달리는 119 구급차,

씬 57. 병원 응급실 앞, 밤.

구급 대원들, 들것에 기절한 충남을 싣고 급하게 뛰어선, 응급실로 들어가는, 쌍분, 사발일 타고 와선, 시동 끄고, 그 모습을 멍하니 보는, 덤덤한,

씬 58. 석균 정아의 집 거실, 밤.

＊인서트, 시계, 열두 시를 가리키는 》

석균 외, 남자들 모두 정장으로 갈아입고 서 있는,

석균, 먼저 정중히, 제상에 절을 두 번 하는, 그리고, 잔을 들고 있으면, 석균 동생, 술을 따라주는,
정아, 화장실에서 가방 들고 나가는,

씬 59. 석균 정아의 집 앞, 밤.

수영, 호영, 슬리퍼 차림으로 벽에 기대서 있는,
정아, 가방 들고 나와서, 한쪽에 놓고, 벽에 기대서는,

수 영 엄마는 왜 나와?

정 아 여자니까.

호 영 여자는 재수 없다고, 제사도 못 보게 하고,

수영, 호영 (얼굴 보고, 동시에) 그러면서 여자가 만들어준 제사 음식은 재수 없게 왜 먹나? (하며, 정아를 동시에 보고, 바닥의 가방 보고) 웬 가방?

정 아 (벽에 기대 앞만 보며, 덤덤한) 엄마, 니 아버지랑 갈라서게.

수 영 (농담인 줄 아는, 어이없이 웃으며, 앞만 보며) 잘 생각하셨어.

호 영 (가방 보고, 대수롭지 않게) 버릴라고? 잘 생각했어. 엄마, 제발 뭐 좀 버려가며 살어.

정 아 (앞만 보며, 편한, 처연하지 않은) 엄마 진짜 집 얻었어. 혼자 살 거야. (딸들 보며) 놀러 와.

수영, 호영 (농담) 어.

호 영 (시계 보며) 아, 언제 가, 집에. 젯밥 먹고 나시면, 또 삼촌들이랑 어른들 나 왜 이혼했냐고, 물은 거 또 묻고, 또 묻고 하실 건데.. 지겨워들, 진짜.

수 영 (웃으며) 담엔 왜 이혼했냐, 그러면, 안 했다 그래. 아마, 기억도 못 하실걸들.

호 영 (웃고) 그럴까, 진짜?

정 아 (바깥만 보며) 니 아버지한테 잘해들.

수 영 (웃으며, 대수롭지 않게) 엄마 남편이니까, 엄마가 잘해. (전화 오면) 어, 여보.. 몰라, 나도, 언제 갈지.. 똘레는 자?

정 아 (바깥만 보는, 멀멀한)

씬 60. 석균 정아의 방 안(텅 빈, 모두 간), 밤.

정아, 옷을 다 입은(외출복 차림), 서랍에서 속옷을 꺼내 나가는,

씬 61. 석균 정아의 거실, 밤.

화장실 쪽에서 석균이가 노랠 부르며, 샤워하는 소리가 들리는,
정아, 빈 거실에서 거실 등을 끄고(주방 등만 켜진), 속옷을 화장실 앞에 가지런히 두고, 밖으로 나가는, 잠시 후, 석균, 욕실 문 열고, 씻은 얼굴을 거실 밖으로 내밀며,

석균 순영아, 속옷! 순영아! 순영아! (하다가, 나가려다, 문 앞의 속옷을 보고, 맘에 드는지, 웃으며, 방 쪽에 대고) 처자냐?! (하고, 속옷 들고, 안으로 들어가고, 문 닫는)

씬 62. 석균의 집 전경 + 안방, 아침.

석균, 꿈을 꾸는지, 좋은, 그러다, 무호흡으로 헉 하고 깨는, 입맛을 다시고,

석균 (옆에 보며) 순영아. (하지만, 아무도 없는, 밖에 대고) 순영아!

씬 63. 빈 화장실 안, 아침.

방 안에서 '순영아!' 하는 소리만 들리는,

씬 64. 석균의 거실, 아침.

아무도 없는 거실에서, '순영아!' 하는 소리만 들리는,

씬 65. 석균의 안방, 아침.

석균, 누운 채, '순영아, 물! 순영아, 순영아, 물! 물 줘라, 물!'

완 (N) 순하디 순한 정아 이모는, 결국 석균 아저씨를 오십여 년 만에 혼자 남겨두고, 진짜 떠나고 말았다.

씬 66. 정아의 새집, 아침.

정아, 방문을 열어두고, 대자로 뻗어, 코를 드르렁거리며, 잘 자는, 참새 한 마리, 마당에서 놀다, 코 고는 소리에 놀라, 날아가는,

씬 67. 병원, 아침.

충남, 환자복을 입고, 힘들게 눈을 껌벅이고, 병원을 확인하고, 한쪽을 보면, 쌍분, 의자에 앉아, 빤히 충남을 보는, 난희와 희자, 걱정스레 보고 있는, 영원, 서서, 충남의 발을 주무르고 있는, 완이는, 한쪽에서 자는,

희 자 맹장. 수술은 잘됐대. 나한테 전화하지.

영 원 (희자에게) 언니, 그건 아니야.

난 희 맹장 수술에, 온 친구들이 대거 출동... 아이고.. 진짜...

영 원 엄마가 완전 똑똑했어.

충 남 (천장을 보는, 슬픈)

쌍 분 암만 내가.. 똑똑하지. 니가 전화가 왔는데.. 다시 하니 안 받아서, 119 불러놓고, 난 여기로 왔다? 너 내가 살렸어, 나한테 효도해.

충남, 천장을 보는데, 그때, 카톡이 오고, 완이 자다가, 그 소리에 일어나 제 머리맡에 있던 충남의 전화를 주면,

충 남 (톡을 확인하는데)

***인서트, 톡 사진 》**

박 교수, 늙은 교수와 양 교수 등과 술에 취해, 웃으며, 사진 찍은 게 보이고, 문자 온,

박 교수 (E) 이 교수 너, 없어도 우린 지금 너무 신난다.

충 남 (얼굴 굳는)

완 (카톡을 뺏어 보고) 술 먹고 잘못 보냈나 보네. 자, 이모.. (하고, 전화를 충남 손에 주고, 다시 자는)

충 남 (천장만 보다, 서글픈)

친척들 (E) 충남아, 아가씨, 야,

충 남 (놀라, 옆을 그제야 돌아보면)

충남의 일가친척이 있는 병원이다, 모든 늙은이들이 충남을 보며, 동시에 모두 아파하며 걱정스레, '괜찮아?' 하는, 충남의 멍한 얼굴 위로, 쌍분 대사,

쌍 분 너 외롭지 말라고, 특별히 이 병원을 택했다. 잘했지?

충 남 (참담하고, 막막한, 그들의 모습과 제 모습이 같단 생각이 드는, 눈가 붉어져, 괜찮단 듯 따뜻하게 고개 끄덕여주고, 천장을 다시 보며, 손에 쥔 핸드폰을 꽉 잡고)

완 (N) 그리고 결정적 순간, 젊은이를 좋아하던 충남 이모의 곁엔 늙은 친구들과 더 늙은 일가친척들만 가득히 남았다. 복수의 서막이 평범하디 평범한 그 아침에 조용히 시작됐다.

충 남 (작게 구시렁대는) 이 새끼들... 죽었어, 니들.

그런 충남의 모습에서 엔딩.

dear my friends

11 부

복수의 칼날을 갈며 2

씬 1. 정아의 새집, 아침.

정아, 방문을 열어두고, 대자로 뻗어, 코를 드르렁거리며, 잘 자는,

석 균 (E) 순영아, 밥! 순영아, 순영아, 너 어딨냐? 밥!

씬 2. 석균의 화장실 안, 아침.

석균, 화장실 문을 벌컥 열고,

석 균 (얼굴 디밀며) 야, 밥!

텅 빈, 화장실 안,

석 균 순영아! (아무렇지 않게 부르며, 문 닫는)

씬 3. 석균의 주방, 아침.

석균, 주방 가스레인지에서, 솥의 뚜껑을 열어보면, 잔뜩 끓인 곰탕이 보이는, 옆의 전기밥솥을 열어보면, 예약해놓은 밥이 다 된, 그걸 주걱으로 퍼서 먹는, 그 바람에 입가에 밥알이 붙어도 모르고,

석 균 밥은 뭐한다고 이렇게 많이 했어... 먹고 배 터져 죽으라고 했나... (주걱에 붙은 밥 먹으며, 괜히 다시 불러보는) 순영아! 순영아!

씬 4. 충남이 입원한 병원 공원 일각, 낮.

쌍분, 의자에 앉아 오락에 전념하고, 충남(오로지 교수들에게 할 복수만 생각하는 듯, 골똘한), 보조기를 의지해 서 있는, 주변에, 희자, 난희, 영원, 완, 앉거나 서거나 해서 편하게 얘기하고 있는,

완 (약간의 놀람과 흥분을 섞어, 박수 한 번 치고 엄지를 들며) 완전 대박! (다시 박수 한 번 치고, 엄지를 들며) 완전 대박! 야, 멋있다, 진짜, 정아 이모! (영원 보며) 그지, 그지, 복수는 이렇게 하는 거지, 아주 석균 아저씨 뒤통수를 제대로 (뒤통수를 치는 시늉하며) 탁! 그지, 이모?!

영 원 (완이 맘에 안 드는) 그지는 뭐가 그지야?

충 남 (제 생각에만 빠져, 퉁명스레, 완에게) 걔는 반대. 나는 찬성.

완 (충남 보다, 난희 보며) 엄만?

난 희 (물에 약을 타, 쌍분을 주며) 늙어 이혼함 뭐해? (쌍분에게) 기력 챙기게 드셔.

완 (고개 획 돌려, 쌍분 보며) 할머닌 정아 이모랑 석균 아저씨 이혼 어떻게 생각해?

쌍 분 (난희가 준 약을 먹고, 다시 오락에만 집중하는) 지 알아 했겠지.

그때, 희자의 전화가 울리고 희자, 전화기 보면, 석균이다,

난 희 (희자 보며) 전화 받어?

희 자　(핸드폰 액정만 보는, 난감한지 가만있는)

영 원　(전화기 뺏어 보며, 조금 이상한) 오빠네? 이 아침에 웬일? 전에도 언니한테 아침에 전화한 적 있어?

희 자　(걱정스런) 한 삼십 년 전에...

영 원　(기가 막힌) 그게 기억이 나? 잊고 살어, 힘들어.

완　(영원에게) 이모, 설마 정아 이모 튀었나?

난 희　설마 이 아침에? (하고, 충남 보면)

충 남　더 이상 우리한테 설마는 없어.

희 자　(영원에게서, 전화를 다시 받아서, 끄고, 정아에게 전화 걸면, 안 받는)

난희, 영원, 완　안 받어?

희 자　(전화 끄고) 정아 집 나갔다, 설마가 아닌가 봐... 영원아, 나 택시 탈 거니까, 걱정 말어. (하고, 가는)

완　이모, 주말에, 인터뷰!

영 원　(충남에게) 몸조리 잘하고, 방귀 뀌면 전화(해),

충 남　(말꼬리 끊고, 방귈 힘주어 뀌는)

난희, 영원　(박수 치며) 아우, 잘했네, 아우, 잘했어.

완, 쌍분　(웃고)

영 원　(웃으며, 쌍분의 볼에 입 맞추고) 엄마, 나 가. (하고, 가는)

완　이모 주말, 인터뷰!

영 원　(가며) 어!

난 희　(쌍분에게) 저런 딸 두고 싶지?

쌍 분　내가 너 이뻐해, 년아. (하고, 오락만 하는)

난 희　(웃고) 맨날 딸한테 이년 저년은,

완　엄마는? 나한테 쌍년이라며?

난 희　(눈 흘기며) 잊어!

영 원　(E) 글쎄 난 모르겠는데..

쌍분 외, 모두, 영원 쪽 보면,

＊점프컷 》

영원　(가다가, 전화기를 들고, 완이 쪽 보며, 걱정스런, 입 모양으로 '석균 오빠.. 언니가 없대' 말하고, 정작 전화에 대고는 딴말을 하는) 오빠, 난 몰라, 언니 어디 갔는지?.. 나? 촬영하지? (하고, 송화구를 가리고, 쌍분 쪽 보고 말하는) 언니, 아침에 튀었나 봐? 웬일, 웬일? (하고, 가며, 이내, 전화에 대고 담담히, 연기하는) 왜, 언니가 어디 갔어?

＊점프컷, 시간 경과 》

난희　(석균과 전화하는, 답답한) 오빠 나는 몰라.. 아, 왜 나한테 전화해 오빠 마누랄 찾아?! 소리 지름 내가 아냐? 뭐 하긴, 장사하지, 장사꾼이!

완　(물 마시며, 그 모습 너무 재밌단 듯 보다, 난희 귀에 대고) 말해, 그냥, 이모 도망갔다고. 반응 좀 보자?

난희　(밉게 완을 보며, 완 패며) 점심 드셔요, 때 됐네.. 손님 왔어. (괜히 큰 소리로) 네, 어서 오세요! (하고, 전화 끊는데)

충남의 전화기 바로 울리는,

난희　받지 마.

충남　(받는) 왜, 오빠?

완　(작게, 장난스레) 이모... 말해.

충남　(말꼬리 끊으며, 덤덤히) 언니, 집에 없어? 그럼 뻔하네, 집 나갔네.

완　(물 마시다, 뱉는) 헉!

난희　(충남 보며, 버럭) 언니!

충남　언닌 오빠랑 이제 끝났어. 언니가 복술 한 거지, 오빠한테,

난희　(웃으며) 골질 하는 거 보니까, 낫네, 벌써! 엄마, 나, 일 가. (하고, 가고)

완　(충남에게, 엄질 드는)

충남　(담담히, 통명스레) 오빤 완전 새 됐어, 이제. 기분이 어떠셔? 언니가 오빠 두고 집 나가니까?

씬 5. 아파트, 쓰레기 분리수거장, 낮.

석균, 열심히 일하며, 귀에 전화기를 대고, 말하는,

석균 (안 믿는, 같잖단 듯, 웃으며) 너 혼자 살다 미쳤냐? 우리 마누라가 집을 왜 나가! 결혼이나 해! 미친 짓 작작하고! (하고, 전화 끊고, 웃으며, 일만 하며) 아이고... 어제 제사 한 번 지냈다고 아침부터 아주 천지 사방 돌아다니며 나랑 사네 못 사네 생색을 냈나 보네.. 아, 그렇게 제사하는 게 힘듦 여자로 태어나질 말든가?.. 어찌 됐든, 난 어젯밤 내 부모 잘 모셨다.. (노랠 흥얼대며 일하다, 다시 전화하며) 수영아, 니 엄마 니네 집 일 갔냐? 일 갔음 바꿔.

씬 6. 충남이 입원한 병원 공원 일각, 낮.

완 아저씨, 안 믿어?

충남 안 믿다 당하면.. 난 더 고소할 뿐이지! (그때, 전화 오고, 보면, 박 교수다) 니들은 나한테 이제 죽었어. (하고, 핸드폰 안 받고 주머니에 넣는)

완 누구? 어제 이모 따 하고 논 교수들?

충남 복수할 거야. (하고, 가며) 어머니 가셔요. 완이도 가, 개누무 조카 놈들 온대.

완 (가는 충남에게) 이모, 그건 아니다, 걔들 교수들은 그냥 잊어! 그냥 관곌 끊음 되지, 무슨 복수야 복수는! 복수할람 그 인간들 얼굴 또 봐야 될 건데.. 그러다 또 엮여! 걔들이 맘 약한 이모 구워삶는 건 식은 죽 먹기야. 어, 내 말 들어, 이모!

충남 (그냥 가는, 복수만 생각하는)

쌍분 (오락 끄고, 핸드폰 주머니에 넣고, 완이 안 보고, 앞만 보며) 니 삼촌 두 달 후에 결혼한대.

완 들었어, 이름이 자끌린이라며?

쌍분 늙은 니 할아버지랑 나 싫어함 우째?

완 (웃으며) 할아버진 말씀 안 하는데 싫을 게 뭐 있어. 할머닌 매력 있고. 좋아하게 만들면 되지?

쌍분 (보면) 어떻게?

완 (편하게, 맘 편하라 해주는 말) 돈 줘.

쌍분　(조금 속상한, 기죽은(?)) 빚내서?

완　적당히. 빚은 자식한테 유산인데, 안 되지.

쌍분　돈 주면서.. 밥도 같이 먹어?

완　돈은 통장으로, 밥은 같이 먹지 마. 먹재도 싫다 그래. 빈말이니까.

쌍분　(서운한) 아예, 내 얼굴을 봬주지도 마? 말은?

완　하지 마. 애들이 묻기 전엔.

쌍분　암 말도 하지 마?

완　되도록.

쌍분　(담담히) 그냥 꽉 입 닫어?

완　되도록.

쌍분　(버럭) 그럼 죽어, 그냥?! (하고, 가며) *년들이, 진짜..

완　(아차 싶은, 미안하고 속상한, 주변의 짐 챙기며, 말하는, 따라가려 하지만, 주변에 이것저것 먹을 것까지 널린 게 많아 따라가지 못하며) 할머니! 내 말은 ....

쌍분　(한쪽에 세워 둔, 사발이 타고 가버리는)

완　(물건 챙기다, 떨어지고, 주우며) 거기서 왜 죽는단 말이 나와! 나는 그냥 요즘 애들이 하는 말 하는 건데..

쌍분　(멈춰 서서, 완이 보며) 요즘 애들? 그럼 너는 어떤데? 너는 어떤데?

완　(순간 버벅대는) 그러니까, 나는.. 나는 할머니.. 어른들이..

쌍분　너도 나쁜 년이야! 자꾸는 날 싫어할 거야! (하고, 가는)

완　(답답한, 쌍분 보며, 스스로 다짐하며, 주변 정리하며) 이해하자.. 이해하자... 그래야 늙은이들 글 쓴다.. 이해하자... (짐 들고 가며, 고개 절레절레 저으며) 내가 설마 글 쓴다면서, 내 무덤을 판 건 아니겠지...

씬 7. 정아의 집 마당, 낮.

희자, 평상에 앉아, 방 안에서 자는 정아(집 나올 때 차림 그대로)를 보는데, 희자에게 전화 오고, 전화 받는,

희자　어, 수영아...

씬 8. 석균의 방 안, 낮.

수영, 방문 열고, 방 안을 살피며, 전화하는,

수 영 (이상한) 이모, 울 엄마 어딨어? 집에 안 계시네.

씬 9. 정아의 방 안, 낮.

희자, 들어와 문 닫으며, 전화하는,

희 자 니 엄마 아버지랑 못 살겠다고 집 나왔어.. 잠시만... (하고, 정아에게로 가서, 흔들며, 깨우는)

정 아 (코 골며, 자다, 눈떠 희자 보는) ?

희 자 (덤덤히, 정아에게) 김석균 씨도 난리 났고, (핸드폰 보여주며) 수영이 전화..

정 아 (졸린) 나중에.. 전화한다 그래.. (하고, 다시, 뒤돌아 누워, 코를 골며 자는)

희 자 (전화기를 보는)

수 영 (E) 이모? 이모, 우리 엄마가 집을 나갔다니 무슨 말이야, 이모?

희 자 (전화기를 보다, 끄고, 힘들어, 그냥 누워, 정아를 보는, 정아의 머리 만져주며, 안쓰럽게 보는)

씬 10. 충남이 입원한 병원 복도, 낮.

종식, 주영, 뒷짐 지고, 고개 숙이고, 미안한 느낌으로 서 있고, 충남, 의자에 앉아서, 전화 울리는 걸 보는, 정아 언니 딸 호영이라고 화면에 뜬,

충 남 (가만 전화기 보다, 그냥 끊고, 종식, 주영 꼬나보면)

종식, 주영 잘못했어, 고모.

충 남　얼만큼?

종식, 주영　(둘 다, 순간적으로 팍, 무릎 꿇는) 진짜, 미안해, 아픈지 몰랐어요. 정말.

종 식　노래방 이제 안 갈게요.

충 남　(담담히) 노래방은 가도 돼, 하지만, 전화는 받으랬지? 늙은이는 언제든 아플 수 있어. 카페 안 줘. 꺼져.

종식, 주영　(고개 숙인 채, 가만있는) ...

충 남　(일어나, 보조기를 들고 가는)

종식, 주영　(얼른 일어나, 부축하려 하면)

충 남　(손사래만 치며, 꼬나보며, 저리 가란 신호 보내는)

종식, 주영　(속상한, 서로 눈짓하고는, 병실 쪽으로 먼저 달려가, 무릎 꿇고 앉아 있는)

충 남　(둘을 보다, 보조기를 움직여 뒤돌아 가는)

씬 11. 성재의 집 안, 밤.

석균, 아무렇지 않게 티브이를 보며, 깔깔대고 있고,
성재, 앞치마를 하고, 식탁에 반찬 해놓고, 밥을 푸며,

성 재　형님, 거기 수저통의 수저 좀 놔요.

석 균　(이상한) 내가?

성 재　(담담히, 보다, 담담히, 제 밥그릇만 가져와 앉으며) 밥 퍼 와요. (하고, 수저통에서 젓가락을 꺼내 석균과 제 자리에 놓고, 먹는)

석 균　(뭐라 하고 싶지만, 참고, 밥통으로 가 밥을 퍼서, 식탁으로 와서, 먹으며) 너 콜레스테롤 있구나, 빨간 밥 먹는 거 보니까. 나도 그런데...

성 재　(밥 먹으며, 담담히) 정아 씨한테 가서 빌어요, 집에 들어오라고.

석 균　(밥을 맛있게 먹으며) 내가 왜?

성 재　(보면) ?

석 균　(밥을 맛있게 먹으며) 사흘이면 돌아올 거야. 밥도 한 솥, 국도 한 솥, 그거 떨어지면 돌아올 거야. 야, 충남이 말대로 순영이가 진짜 나랑 헤어질 거면 밥을 왜 하니, 국을 왜 끓여? 그래, 안 그래?

성 재　(담담히 보며) 정아 씨니까.

석균　(밥 먹으며) 뭐?

성재　착하니까. 마지막 만찬. 밥 먹고 국 마시고 이제 고만 자기한테서 뚝 떨어져라... 그 뜻이죠. 착하잖아, 정아 씨는.

석균　(웃으며, 안 믿는) 그럼 이혼 서류 왜 안 줘?

성재　(빤히 보는)

석균　(깔깔대고 웃으며) 내 말이 맞지? 너 병쪘지?

성재　(보는) ...

석균　순영이는 절대, 절대 나랑 이혼 못 해, 우리가 같이 산 세월이 반백 년이야. 너 보기엔 내가 진짜 못된 놈 같지? 아냐, 야, 나 잘해! 돈도 잘 벌어다주고, 이날 이때껏 바람도 안 피고, 넌 폈지, 바람?

성재　(석균 보며, 답답한) 정아 씨, 집 얻었대요.

석균　(낄낄대고 웃으며) 쇼지, 그건?! 지 가고 싶은 세계 일주 안 데려 가니까, 데려가달라고, 쇼야, 그건! 근데 야, 너도 생각을 해봐라, 우리가 이제 백 년을 살아요! 근데 세계 일줄 가서, 있는 돈 다 써서 조지면? 써서 조지면, 나중은 어쩔 거야? 늙은이들 둘이 길바닥에 나앉을 거야?! 어쩔 거야? 너는 변호사하고, 부모 잘 만나... 너 백억 있지?

성재　(답답하게 보며, 버럭) 백억이 뉘 집 개 이름이요?! 우리 부모님 재산은 당신들 병구완으로 다 쓰고 가셨어요. 그리고, 내가 사기꾼이요? 변호사지? 어떻게 정상적으로 일해서, 사람이 백억을 벌어?

석균　너 능력 없구나? 나는 임마, 너처럼 대학 나왔음 백억 벌었어?! 암만, 백억이 뭐야, 이백억도 벌지..

성재　(짜증 나는, 답답한)

석균　(밥 먹다, 보며) 너 밥 잘한다, 우리 순영이보다, 낫다야? 너 나랑 살래? 하하하하.. (하고, 밥을 마구 먹는)

성재　(답답하고, 얄미운, 석균 안 보게, 석균을 팰 듯이 시늉하며, 참자 싶어, 밥 먹는)

***점프컷 》**

석균, 화장실에서 문 열어놓고, 서서 볼일을 보는,
성재, 앞치마 한 채 그 모습을 보며, 조금 화나는,

석균 (웃으며) 아직 내 오줌발이 세지? (털고, 바지 지퍼 잠그고, 바지 앞섶이 젖은 걸, 손으로 탁탁 털고, 나가려는)

성재 (그 모습을 보다, 석균을 잡으며, 화나는 거 참고) 손 씻으셔.

석균 (손 냄새 맡으며) 괜찮아. (하고, 나가며) 야, 술 줘라. 너 양주 있지?

성재 (변기 커버를 내리고, 옆의 샤워기로 변기 주변의 오줌을 닦는)

씬 12. 출판사 안, 밤.

완이, 동진, 창가에 서서 차를 마시는,

동진 나는 거기서 작가 발굴하고 여긴 직원들이 일 잘하니까.. 연하는 너 간다니까, 좋아해?

완 (웃으며, 농담처럼) 난 정말 연하가 좋아할 줄 알았거든, 근데 좀 튕기드라. 자긴 부족함이 없대, 있는 그대로 완벽하대, 그러니까 오든지 말든지래.

동진 (깔깔대고, 웃고, 따뜻하게) 자식.. 늘 멋져.. 엄마는?

완 (서글프게 웃고, 보면)

동진 엄마는.. 괜찮으실 거야.. 힘드셔도, 잘 견디실 거야. 너만 행복하면.

완 (고마운, 편하게, 농담) 왜, 한 번 맞아보니까, 울 엄마에 대해 제대로 알겠어?

동진 (깔깔대고 웃으며) 어머니가 아주 힘이 장사시드라고..

완 (웃고) 그날 일, 내가 대신 사과할게. 미안해.

동진 두고두고 해라, 그 말. 한 번에 쫑 치지 말고.

완 책 써서 매출로 보상해줄게.

동진 (가만 보다) 가.

완 술 한잔하고 헤어지자, 이건 너무 그렇잖아, 맹숭맹숭.

동진 아내 와.

완 (미안한) 아...

동진 우린 그냥 이렇게 어색하게... 아쉽게, 시작도 그랬듯, 끝도 좀 모자라게.. 그게 어울려.

완 (깔끔하게) 맞다. 더 이상은.. 과해, 그지?

동진 (윙크하며) 이 정도가 적당하지.

완 (윙크하고, 담담하게 농담처럼) 반드시 행복하기. (하고, 가는)

동 진 (가는 완이를 가만 보다, 차 마시며, 자리로 가는) ...

씬 13. 정아의 집 안, 낮.

정아, 마루를 닦고, 희자는, 방 안에서, 수영과 호영의 눈칠 보는, 영원, 답답한, 마루에 앉아 있는, 수영, 호영, 서서, 소리치는,

수 영 (맘도 아프고, 속상한, 소리치는) 그게 말이 돼? 별로 힘든 것도 없다면서, 이혼을 한다는 게?!

호 영 (달래는) 엄마, 힘든 게 있음 말을 해서 풀어, 이게 뭐야? 이 집은 또 뭐고?

수 영 (정아의 걸레를 뺏어서, 버리며) 지금 걸레질할 때야!

정 아 (담담히, 수영 보다, 버려진 걸레를 들어서, 수돗가에서 빠는)

수 영 아버지가 밥을 할 줄 알어, 뭐를 할 줄 알어?!

호 영 (희자, 영원 보고) 이모 좀 말려봐요? 울 엄마 좀!

수 영 (속상해, 정아만 보고, 소리치는) 엄마는 뭘 그렇게 잘했니?!

영 원 (버럭) 야야야야! 주워 담지도 못할 말 할 거면, 스탑! 수영이, 너 지금 하는 말 찰랑찰랑, 도 넘쳐?!

희 자 (고개 젓는, 답답한, 옆의 테이프를 들어, 방바닥의 먼지나 찍는)

수 영 (영원 보며) 울 엄마도 잘한 거 없다고요?! 아버지 버릇 저렇게 들인 건 다 엄마라고요! (정아 보며, 울 것 같은) 딸들이 다 뭐랬어? 시집가기 전에 뭐랬어? 아버지 다 받아주지 말랬잖아?! 근데 엄마가 저렇게 살다 죽는 거라며? 그러면서, 엄마가 우리 딸년들 못됐다, 싸잡아 욕했지?! 근데 이제 와서, 엄마가 다 해놓고, 왜 이래?

호 영 (속상해, 부르는) 엄마, 엄마!

수 영 정 서방한텐 뭐라 그래?! 시댁엔 뭐라 그러냐고?! 우리 집은 첫째 언니도 둘째 언니도 엄마 아버지까지 다 왜 그러냐고?! 이혼하고, 이혼하고, 이혼하고?! 창피하게, 뭐냐고?!

정 아 (걸레만 빠는)

영 원 (답답한, 버럭) 걸레 빨어 조질래, 언니, 말 좀 해! 애들 목청 나가네!

*점프컷, 시간 경과 》

정아, 휴대용 가스레인지에 부침개를 부치고, 정아, 부침개를 찢어, 영원과 희자 주고, 두 사람 부침개를 받아서 먹는,

영 원　(먹으며) 아까 언니가 암 말 안 한 거는 잘한 거야.

희 자　말하면 생색 되고 애들하고까지 등지니까. (정아 보며) 그지?

정 아　(담담히 웃으며, 먹는)

영 원　이럴 땐 내가 편치. 부모 없어, 남편 없어, 자식 없어.

희 자　그래서, 충남이랑 너랑 부러울 때가 얼마나 많은데?

영 원　(농담, 웃으며) 근데, 내가 암인 거지.

희 자　그래서, 우리가 널 참 안쓰러워도 하는 거고. 우리 중 충남이가 젤 편타.

영 원　충남 언닌, 언니한테 (희자 몸에 두 손을 얹어, 힘 실으며) 들러붙어 사는 일가친척이 열댓. 병실에서 못 봤어?

희 자　(안된) 잊었다...

영 원　(웃으며) 인생 누구에게나 만만찮아, 그지, 언니?

희 자　(안쓰런, 영원의 머리카락을 귀 뒤로 넘겨주며) 치료 끝났어?

영 원　일단.

희 자　잘됐네.

정 아　(담담히 먹으며) 호박만 부쳐도 맛있네, 참 배추 잎 있는데, 잠깐만.. (하고, 부엌으로 가는)

영 원　(어이없이, 정아 가는 거 보며) 진짜, 정아 언니가, 고단수야.

희 자　무서운 애지. (하고, 부침개 찢어서, 영원 먹여주며) 내가 이런 말 했단 말 말고.

영 원　무섭단 말 전에도 했거든.

희 자　나는 왜 그런다니? 가끔.

영 원　(부침개를 희자 먹여주며) 가끔 아니고, 자주.

씬 14. 난희의 가게 안, 낮.

난희, 열심히, 서빙을 하고 있고, 완이, 한쪽에서 짬뽕을 맛나게 먹고 있는데, 테이블에 있는 난희의 전화가 계속 울리는,

완　(난희 보면, 서빙 하는 게 보이고, 서둘러 먹고, 무심히 전화를 받는) 네, 장난희 씨, 핸드폰입니다. (하다가, 순간 이상해, 전화기를 보면, 석균 오빠라고 쓰인, 아차 싶은, 싫은, 애써 아무렇지 않은 듯) 아.. 네, 아저씨, 웬일이세요? 전, 완이요.

씬 15. 아파트 경비실 안, 낮.

석균　(시시티브이에서 눈길을 안 떼며, 담담히, 아무렇지 않게 말하는) 아, 소설 쓰고 담배 피는, 쓸데없는 난희 딸년이구나?

***교차씬 》**

완　(순간 성질나는, 참고) .. 어쩐 일이세요?
석균　니 엄마한테 나 밥 좀 해주라, 그래라.
난희　(완이 쪽에 와서 보면)
완　(송화구 가리고) 엄마보고 와서 밥하래.
난희　(답답하고, 안된) 일 끝나고 간다 그래.
완　뭘 가?
난희　한 번은 가야지.
완　엄만 내 꺼야 한 번도 가지 마, 아까워. (하고, 전화기에 대고 말하는) 아저씨, 수영이 호영이 시키세요.
난희　(절레절레 고개 흔들며, 들어오는 손님 보고 인사하는) 어서 오세요?
석균　수영이 호영인 바빠, 그럼 니가 좀 와서 해라.
완　제가 왜요?
석균　야, 새끼야, 내가 너 본 게 사십 년 가까워, 니가 나 하루 밥 한 끼 못 해줄게 뭐야, 이 싸가지 없는 새끼야! 니 엄마랑 나랑 근 육십 년 지기야, 육십 년!
완　죄송해요, 지금 바빠서.. 전화 끊을게요, 아저씨. (석균, '야야야야' 하지만, 전

화기에 대고, 혀 내밀고, 끊는)

난 희 (그런 완을 보고 어이없어, 웃고 마는)

석 균 (버럭) 야야야야야! (끊긴, 전화기 보고) 이 개누무 새끼가! (충남에게 전화해서) 충남아, 너 와서 내 밥 좀 해!

씬 16. 충남이 입원한 병원, 낮.

충 남 (링거 맞는 팔 보며) 수술한 내가? 죽을래? 콱! (하고, 전화 끊는, 생각 많은, 그때 박 교수 전화 오면, 받으며, 화나는 것 참고) 어, 사랑하는 박 교수. 나? 괜찮지? 지금? 글쎄, 지금은 내가 안 보고 싶은데.. 담 주 어때? 내가 자기들한테 아주 큰 선물을 준비했는데.. 어, 아주 큰 선물이야..

씬 17. 석균의 집 안, 낮.

수영(똘레 업고), 속상해, 쌀을 꺼내 닦는, 호영, 밀대로 방을 닦고, 석균, 누룽지를 씹어 먹으며, 신문만 보는,

석 균 (신문만 보다, 수영에게) 빨간 쌀.

수 영 (밉게 보고, 쌀 씻다가, 빨간 쌀을 넣는)

***시간 경과 》**

석균, 식탁으로 와서, 앉으면,

수영, 반찬, 수저를 탁탁 놓고,

석 균 뭐 하는 짓이야? 탁탁!

수 영 (속상한, 조심히 놓는)

호 영 (방 안에서, 나오며) 아빠 나, 가요.

석 균 밥은?

호 영 (가며) 고객이랑 약속 있어요. (하고, 가는)

수 영　(식탁 앞에 앉아) 아버지, 엄마한테 가서, 빌어요, 네?

석 균　(꼬나보면)

수 영　엄마 그렇게 가고 싶어 하는, 세계 일주는 못 가도, 아시아 일주라도 해줘요, 네? 아니, 국내 일주라도 좀! (싫지만, 작심하고) 나랑 호영 언니가 돈 드릴게, 은행 빚내서라도, 드릴게, 어? 네?

석 균　돈 많다. 나 줘. (하고, 손 내밀면)

수 영　(속상한) 아버지, 아빠!

석 균　(버럭) 내가 왜 빌어?! 나이 칠십 넘어서 여적 일하는 게 미안하다고 빌어?! 뭘 빌어?!

수 영　엄마, 구박했잖아, 맨날 뭐 먹는다고! 종 부리듯 하고! 평생 물 한 잔 아버지 손으로 안 떠다 드셨잖아!

석 균　(버럭) 그럼 남자가 물 뜨냐? 남자가 밥해?!

수 영　(기가 찬)

석 균　길어야 한 달이야, 냅둬.

수 영　(속상한) 한 달이 일 년 되면 그땐 어쩌게?!

석 균　낼 저녁, 칼국수로 해.

수 영　나까지 이혼하는 꼴 보고 싶어요?! 내 남편 밥은, 내 남편 밥은?!

석 균　(버럭, 보며) 낼은 칼국수!

씬 18. 희자의 집 전경, 밤.

마크 손에 박스를 들고 집에서 나와, 자동차에 싣는데,
그때, 희자, 잠옷에 가운 입고, 슬리퍼 차림으로, 멍하니(?) 집을 나와,
걸어가는,

마 크　(희자 보고) 헤이?

희 자　(보면)

마 크　웨어 아 유 고잉, 나우?

희 자　(이상하단 듯 보고, 가다, 돌아서서) 아이 돈 노 유!

마 크　(웃으며) 이츠 미, 아임 마크.. (사진 찍는 시늉하는)

희 자 (기억 안 나는, 이상하단 듯 보는)

마 크 헤이? 희자?! 아임 무빙 아웃, 나우.

희 자 (그냥 가는)

마 크 (서운하게 보다, 차 안에 둔 박스 안에서, 희자의 사진(2부에서 찍은, 희자의 사진 중, 다른 것)을 하나 꺼내, 희자의 집 대문에 붙여주고, 그 사진 보고 웃고, 다시 짐 가지러 집으로 들어가는)

씬 19. 길거리, 깊은 밤.

희자, 걸어가는, 담담한,

씬 20. 석균의 꿈 + 석균의 방 안, 밤.

안개 낀, 철도, 달빛 있는 밤,
무서운, 분위기다,
누군가가, 아주 멀리서 걸어오는 실루엣만 보이는,
그러다, 순간, 안개가 걷히며, 남자(얼굴은 안 보이는)가 점프해서 툭 나타나는,

***점프컷, 현실 》**
석균, 땀 난, 자다 벌떡 일어나며, '순영아!' 하는,
그러나, 옷이며 물 잔이 여기저기 놓인 지저분한 방 안에 혼자다,

씬 21. 희자의 집 안, 새벽.

희자, 바깥쪽에서 문을 열고, 멍하니(?) 들어와(이 모습이 시시티브이에 찍히는), 거실에 깔아놓은 이불에서 자는, 그러다, 다시, 일어나, 아무렇지 않게 주방에서 밥과 국을 퍼 와, 테이블에서 먹다가, 졸린지, 그냥 누워 자는,

씬 22. 석균의 집 전경 + 거실 안, 다른 날, 낮.

석균, 소파에 앉아 대야에 물 받아서, 면도를 하고 있는, 집 안이 온통 개난장이다, 옷가지가 여기저기 널린,
초인종이 울리고,

석 균 문 열렸다.

영원, 충남 (들어오는, 충남, 조금 힘든)

석 균 (둘을 보고도 아무렇지 않은, 충남에게) 너는 왜 와? 안 아퍼?

영 원 (반찬 보따리를 들어 보이며) 오충남이가 전해주는 오빠에 대한 마지막 의리래.

충 남 (힘든, 면도하는 석균 옆에 앉으며) 오빠 좋아하는 게장.

석 균 (웃으며, 충남에게) 너는 참 싸가지가 있어.

충 남 (눈 흘기면)

석 균 (충남 보며, 싫은) 싸가지 없게.

영 원 (난장판이 된, 주방 보며) 언니 나가고 오 일이나 지났는데, 한 번도 설거지 안 했어? 이게 뭐야?

석 균 그거, 이틀 치야. 애들이 어제 오늘은 바쁘대.

충 남 (석균 빤히 보며) 설거질 안 할 거면 먹지를 마?

석 균 (못 들은) 뭐?

충 남 (대들 듯) 처자시지 말라고?! 귀먹었어?

석 균 (담담히) 니 말이 말 같지 않아, 안 들린다, 왜? (하고, 면도나 하는)

영 원 (팔 걷어붙이고, 설거지하는) 아우.. 진짜...

충 남 (백에서, 종이를 꺼내, 그 종이(좋은 남편 십계명)를 냉장고 문에 붙여놓는)

석 균 그게 뭔데?

충 남 보면 알지?! (하고, 영원에게) 빨리해.

영 원 보채지 마, 같이 늙어 가는데, 한두 살 갖고 이래라저래라 하지 마. 짜증 나니까.

충 남 (미안한) 쏘리다.

석균　(면도만 하며) 니들 나 땜에 귀찮지? 그럼 순영이 집에 들여보내? 안 그럼 내 뒤치다꺼리 니들이 다 해야 할 거다. 내가 매일, 매일 니들한테 전화할 거야. 하루에 열두 번씩.

영원　(설거지하다, 멈추고, 석균 보며) 오빠?

석균　왜?

영원　내가 또 올 거 같애, 여기? 오빠 설거지해주러? 배우가 일하다, 촬영하다, 올 거 같냐고?

충남　(영원 보며) 오기만 해.

영원　분명히 알어, 한 번이야. 오늘. 지금.

석균　내가 또 전화할 건데?

충남　(빤히 보기만 하며) 그땐, 스팸 처리 하지.

석균　스.. 팸?

영원　이건 아니야, 오빠 불편하면, 언니한테 가서 기어요. 이건 아니야.

석균　(버럭) 뭐가 아냐? 니들이 충동질했지? 혼자 사는 니들이, 괜히 암것도 모르는 늙은이보고, 이혼하라고? 여성해방 부르짖었지?

충남　그랬다!

석균　(보면)

충남　(화나는, 영원에게) 야, 나 밖에 있을게. 엊그젠 맹장 터졌는데, 오늘은 골 터질 거 같다. (하고, 나가는)

석균　(영원에게) 충남이 저게 집 얻어주고, 니가 돈 꿔줬지?

영원　(설거지하려다, 석균에게 와서, 허리에 손을 얹고, 담담히 보며, 그러나 진지하게) 나는 언니 말렸어. 하지 말라고. 얼마 남지도 않은 인생, 오빠 모시던 거 모시고, 그냥 살다 가라, 그랬어.

석균　그럼 넌 내 편이냐?

영원　근데 이제 안 할래. 내가 언니한테 너무 잔인했네. 나한테 이러면 언니한텐 오죽했을까, 얼마 남지 않은 인생, 한 번쯤은 언니 맘대로.. 잘됐다, 진짜. (하고, 주방으로 가, 설거지하며) 그리고 이제부턴 집안일 할 사람 필요하면, 오빠가 젤 사랑하는 동생들, 전 재산 나눠준.. 걔들 데려다 오빠, 수발들라 그래. 알았죠?

석균　걔들은 남자야!

영원　(석균 보며, 버럭) 나는 여자야! 그래서 뭐?!

석균 ?

영원 (다시 진지하게, 가라앉은) 조용히 해, 오빠, 시끄럽게 하면 나.. 가? 설거지 안 하고? 분명히 말하지만, 초등학교 후배는, 법적으로 남이야. 알았어? (강조) 우린 남이라고. (하고, 설거지하는, 속상한)

석균 (기 안 죽고) 니 언니 내가 데려올 거야, 전화 왔어, 나보고 지 보러 오라고.

영원 (설거지하며, 구시렁) 마지막 이별 통보네, 이 인간아..

석균 방도 치우고 가. (하고, 나가는)

영원 (고개 젓는)

충남 (그때, 들어와 널려진, 옷가질 개는)

영원 아픈 사람이 무슨 일을 해, 냅둬.

충남 어려서 김석균이가 나 때리는 애들 때려준 거 빚 갚는 거야. 염병 난 그런 게 왜 다 기억이 나. (하고, 치우며) 참, 너 내 복수 좀 도와줘.

영원 또 누굴 잡을라고?

충남 (일만 하며) 나, 따 시킨 교수 놈들.

영원 그래, 잡자, 기분도 안 좋은데.. 그놈들 잡아 조지자. 계획은 짰어?

씬 23. 정아의 집 가는 길, 낮.

석균, 땀을 흘리며, 전화하며,

석균 어디냐? 이제 파란 대문 지났는데, 어디야, 대체?

정아 고개 들어요.

석균 (고개 들어, 보면)

정아 (멀리, 축대 위에서, 누룽지를 먹으며, 편하게 보다, 가는)

석균 (힘든, 정아 따라가는)

씬 24. 정아의 방 안, 낮.

정아, 라면을 먹고 있고, 석균, 그 앞에서 화가 나 소리치는,

석 균 내가 부모 잘 모시는 게 뭐가 잘못됐냐? 내가 남도 아니고 동생들 돈 준 게 뭐 그리 잘못된 일이야? 말해봐라, 말해봐?

정 아 (라면만 먹으며, 아무렇지 않게) 잘못된 거 없어. (하고, 먹는)

석 균 차라리 이혼을 하지, 왜 가출이야? 왜, 이혼은 겁나서, 가출이야? 이렇게 니 맘대로 할 거면, 당장 이혼해!

정 아 (라면 그릇을 들고, 앉은걸음으로, 장롱으로 가서, 종이 하나 꺼내 주는, 그리고 계속 먹는)

석 균 (뭔가 싶은, 펴 보면, 이혼 서류다) ?!

정 아 (담담히) 이혼 서류.. 나는 도장 찍었어, 당신 도장 찍어서, 구청에 넣어.

석 균 (어이없는, 진짠가 싶어서, 순간 눈가가 붉은, 그래도 화가 나, 서류를 주머니에 넣으며) 좋다, 이혼해! 내가 이혼하고, 이 집, 내가 가질 거야! 니 명의래도 내 집이야, 이건?!

정 아 (라면 먹으며, 담담히) 소송 가게?

석 균 겁나냐?

정 아 그러든지.. (하고, 국물을 마시고) 가요, 이제. (하고는, 티브이를 켜서 보는)

석 균 (속상한, 일어나, 가려다 다시 앉아, 말하는) 내가 뭘 잘못했냐? 나는 부모님이 형제들 간수 잘해라, 니가 장남이니까, 그래야 한다, 유언하신 거 그거 지킨 거밖엔 죄 없다? 자식이 부모한테 효도한 게 죄냐? 내가 너 딸만 낳았다고, 부모님이 구박하실 때, 나 부모님 편 안 들고, 집 나왔다. 너 때문에 내가, 부모님을, 헌신짝 버리듯 버렸어!

정 아 (석균 덤덤히 보며, 담담히) 버리긴 뭘 버려. 옆집으로 분가해서, 내가 새벽에 가 밥하고, 점심, 저녁에 가서 밥하고, 빽하면 머리 뜯겼는데... 여보, 그건 버린 게 아냐, 말은 바로 해. 분가야, 그건.

석 균 헤어질 건데, 여보는 무슨 여보!

정 아 (티브이 보며, 덤덤히) 맞네, 여보는 아니네.. (석균 보며) 그럼 이제 뭐라 불러줘? 희자처럼 씨 해? 김석균 씨, 그래? (하고, 티브이 보는)

석 균 (부글부글, 화나는) .. 법정에서 보자. (하고, 나가는)

정 아 (티브이 보다, 방문 여는)

씬 25. 정아의 집 마당, 낮.

정아, 열린 방문으로 고개만 내밀어, 나가는 석균을 보며,

정아　조심해 가요, 가는 길이 험해..

석균　(다시 들어와, 정아 보며) 나는 너한테 잘못한 게 없어! 세계 일주 안 간 거? 돈 아껴 쓰라고 한 게.... 뭐 그렇게 큰 잘못이냐?!

정아　(답답한) 같은 말을 몇 번을 해, 당신 잘못 없어.

석균　(버럭, 가슴 치며) 내 평생, 부모가 일 순위, 형제가 이 순위, 그게 뭐가 잘못됐냐?!

정아　(속상해, 버럭) 부모님 담에 형제면, 형제랑 살면 되겠네, 그럼!

석균　..

정아　(버럭, 서서히 격앙되는, 눈가 붉은) 울 엄마가 죽으면서 나보고 이제 제발 맘 편히 살래드라. 그래서 집 나왔다, 왜?! 나 사는 게 힘들어, 늙은 엄마 요양원 보내고 결국은 바닷가에서 죽였지만... 울 엄마 마지막 유언은 내가 반드시, 들어줄 거야... (울며, 버럭) 너만 효자냐? 나도 효녀야?! (하고, 울며, 방문 닫는)

석균　(미안하고, 참담한, 눈가 붉은, 그래도 화나는, 돌아서는데)

완, 쌍분, 들어서는,

완　(어색한, 인사하고) 이모 보러 왔어요..

쌍분　(평상에 앉으며) 완이가 늙은이들 인생 얘길 쓴대, 너는 빼고! 그래서 우리 다 인따뷰한대.

석균　(쌍분 보다, 서운해, 완이 보면)

완　(난감한, 어색한 거짓말) 남자분은 대상이 아니라서..

쌍분　성재는 여자냐?

완　(난감한)

석균　(서운한, 가려 하면)

쌍분　순영이 저게(방 쪽 가리키며) 미친 *이다.

석균　(완에게) 너 어머니 하신 말씀 들었지, 니 이모한테 전해, 꼭! (하고, 가는)

완 (건성) 안녕히 가세요. (하고, 쌍분 옆에 앉으며) 오죽하면 이모가 그럴까?

쌍분 그러게, (석균 쪽 가리키며) 저놈이 미친놈이지.

완 (쌍분이 웃긴, 쌍분 볼에 입 맞추고) 이모, (방 쪽으로 가며, 정아가 안쓰런) .. 울어? 울지 마, 이모..

씬 26. 정아의 집 근처 길, 낮.

석균, 속상해서 걸어가는, 어떻게 해야 할지 모르겠는,

석균 (가다, 돌아서, 정아 집 쪽을 보고) 넌 뭘 그렇게 잘했냐?! (하고, 다시 가는, 속상한)

씬 27. 희자의 집 전경, 낮.

희자 (E) 내가 해요.

성재 (E) 너는 앉아 있어.

씬 28. 희자의 집 안, 낮.

성재, 과일을 야무지게 닦는, 희자, 재밌단 듯 그 모습을 보며,

희자 손이 야무지다.

성재 마누라가 가르쳤어. 죽기 전에 삼 년을 무섭게 혼내며 가르치더라구.

희자 (짠해 웃으며) 혼자도 지금같이 잘 살라고 그랬네.

성재 이렇게 닦고, 마지막엔.. (희자 보며) 식초?

희자 (싱크대, 수납장을 여는)

＊인서트, 수납장 안 》

온갖 게 섞여, 난리 바가지가 난,

∗점프컷 ≫

희자 (수납장 안을 보고 이상한) 누가 이랬어.. 드럽게.. (수납장 닫고) 소금으로 해.

성재 (얼핏 수납장을 본, 좀 이상하단 생각이 들지만, 이내 한쪽을 보고, 소금이 있는 걸 확인하고, 소금을 물에 넣고) 소금도 좋지. (하고, 과일을 닦는)

희자 참.. (하고, 소파로 가서, 색칠 그림책 가져와 보여주며) 이거 색칠 잘했지?

성재 (책 보고, 웃으며) 잘했네. 기특하네.

희자 시간이 잘 가요.

성재 시간 보내는 게 큰일이야, 늙으면. 잘했어.

그때, 충남, 들어서며,

충남 보기 좋다. (하고, 소파로 가 앉는)

희자 (충남 보고, 옆에 와 앉으며) 어떻게 들어왔어?

충남 걸어왔지, 낼모레 칠십이 담 넘었겠어?

희자 영원인?

충남 차 대.

희자 차 줄게. (하고, 주방으로 가고)

성재 (주방에서 일하고, 소파로 와 충남 옆에 앉으며) 너한테 가려다 차를 박아서, 못 갔다, 미안..

충남 (제 어깨를 주무르며) 언니한테나 잘해, 언니한테 못 함 죽는다.

성재 (웃고) 어깨 아퍼?

충남 며칠 보조기 들었더니..

성재 내가 좀 주물러줄게. (하고, 어깰 주무르는)

충남 (주무르는 대로 놔두고, 희자에게) 나, 언니 꺼 좀 빌려 쓴다?

희자 (웃으며) 니 꺼 해!

충남 (성재 보며) 내 꺼 하라는데 할까?

성재 (어깨를 주무르며, 웃고, 문소리 나면, 보고) 기자 왔냐?

*점프컷 》

완이를 앞에 두고, 쌍분, 희자, 정아, 성재, 기자, 충남, 영원, 난희가 빙 둘러 앉은 상태다, 완이는, 메모지와 펜을 들고 있고, 노트북을 켜놓고, 옆에 핸드폰 녹음 기능도 켜놓고 있는, 인터뷰 준비 중인, 그런 완이의 모습 위로, 어른들의 수다 같은 말들이 들리는,

모두들, 저마다 의견을 말하는, 쌍분, 오락에만 집중하는, 기자, '내 얘길 왜 니 맘대로 써?', 정아, '기자야, 그러니까 이게 소설이래', 기자, '야, 나는 바빠! 내 얘기 먼저 들어!', 난희, '연장자순으로 해! 여기 있는 사람 다 바빠! 뭐 언니만 바쁘니?', 영원, 난희에게 '아우, 조용히 좀 해! 완이 정신없어?! 이래서 얘가 글 쓰겠니?', 충남, '젊은 년이 뭐가 정신이 없어?! 정신을 똑똑히 차림 다 알아듣는 말이구만!', 희자, 완이에게 '그래서, 넌 내 얘길 어떻게 쓸 건데? 내가 주인공이면 내가 알아야지' 하는,

완 (정리하고, 답답한, 순간, 손뼉 두어 번 치면)

순간, 조용해지는,

기 자 (아랑곳없이) 나는 바쁘다! 빨리 나 먼저 해!

충 남 말할수록 늦어져. (하고, 기자 툭 치고, 완이 보라고 하며) 들어.

완 (희자에게) 이모, 아니, 이모들 (모두 보며) 내가 인터뷰 하려는 건, 책을 내기 위한 거예요, 내가 쓸 글은 이모들 한풀이가 아니라.. 엄연한 소설이라구요! 따라서 책을 내려면 아까 말했듯, 컨셉이,

충남, 기자 (성재 보며) 컨셉이 뭐야?

성 재 몰라도 돼.

충 남 몰라도 되는 얘길 왜 해?

완 (충남에게 눈 흘기면)

기자, 희자 그래서? 그래서?

완 (모두에게 주의 깊게 전달하기 위해, 애쓰는) 이 책의 주 고객층은 젊은 애들이에요.

희 자 젊은 애들이 주인공? 우리가 아니고?

성 재 (희자의 손을 잡는, 말하지 말란 뜻이다)

충남　(그런 성재와 희자 보고, 보기 좋아, 작게 웃고, 완이 보는)

완　젊은 애들은 어른들의 수다, 푸념, 한 많은 내 인생으로 시작하는 구구절절 한 신세 한탄은,

난희　(짜증 나는) 알어, 관심 없다 그거 아냐, 그러니까, 우리보고, 니가 묻는 말에만 대답하지, 하고 싶은 말 다 하지 말라는 거 아냐. 시간 없으니까.

완　맞아.

정아　(영원 보며) 그래도 지 엄마가 어떻게 살았나는 알고 싶지 않나?

영원　애가 없어 몰라.

희자　(충남 보면)

충남　뭘 봐, 난 처년데.

영원　(충남 보며, 답답한) 자식 없는 우린, 입 닫자. (완이 보며) 그래서, 니가 우리 한 사람 한 사람 저마다 주젤 정했다는 얘기 아냐? 나는 여배우의 순정, 사랑의 아이콘이 되고,

난희　난 친구 같은 엄마상. 맘에 들어. (완을 꼬나보며 말하는) 너랑 나랑 붙은 얘기 신랄하게 써. 가감 없이. 니가 나한테 쿠션 던진 것도.

쌍분 빼고 모두　(놀라, 난희 보고) 쿠션? 에미한테?

완　엄마가 나 머리 뜯고 줘 팬 것도 쓸 거야.

난희　(웃으며) 야, 나 로맨스, 멜로 그런 거 하나 써줌 안 되냐? 아님 엄마의 성은 어떠냐? 야하게.. (하고, 깔깔 웃는)

충남　(난희 보며) 딸하고 성적인 얘기 하고 싶니?

난희　하면 어때?

완　(빨리 끝내고 싶은데, 답답해서, 밉게 난희 보는)

희자　나는 아까 니가 말한 배려 많은 어머니, 싫어. 그 말은 나보고 앞으로도 쭉 배려하다 가란 소리잖아.

정아　(떨떠름한) 나도 완아, 희생의 아이콘인지 대명산지 뭔지.. 싫어. 그리고 우리 애들 이혼하고 맞고 산 얘긴 빼. 내 얘기만 써.

완　(황당한, 정아 보며) 이모한테 자식 얘기 빼면 뭘 써?

기자　(말꼬리 자르며) 나는 내가 말한 대로만 써, 니가 지어내지 말고, 오로지 내가 말한 대로만! 내가 말하는 거 토씨 하나라도 틀리면, 내 얘긴 책으로 내지 마! 정신대로 나간 이모 얘기부터 시작해서,

충남, 영원, 난희, 희자, 정아　또 또 흥분한다, 흥분해, 좀 천천히 말해.

완 (답답하고, 짜증 나는)

기 자 (아랑곳없이) 그 이모 때문에 정신이 오락가락하다 돌아가신 내 어머니 이야기, 징용 끌려간 얼굴도 모르는, 내 오라버니, 울 아버지 육이오 때 가슴에 총 맞으신 걸 우리 어머니가 업고, 피난을 갔던, 그 피눈물 나는, 그때가 말 들어보니 일사후퇴였는데, 바야흐로, 때는 봄이었다, 피 같은 벚꽃이 그저그저 길가를 흐드러지게,

영 원 (말꼬리 자르며, 버럭) 일사후퇸데, 어떻게 봄이니, 겨울이지! 구라 치지 마!

기 자 (버럭) 구라는... 엄마가 그랬어, 벚꽃이 폈다고!

난희, 희자, 정아 그럼 일사후퇴가 아니겠지?!

완 (화나, 노트 접고, 방으로 들어가는)

다 들 완아, 너 어디 가?

기 자 재 왜 저러니?

모 두 (기자에게) 언니 때문이잖아! 너 때문이잖아!

기 자 왜 나 갖고 그래, 다들!

성 재 (난희에게) 가봐라. (난희 일어나 가면, 모두에게, 웃으며) 좀 조용들 하셔, 좀.

씬 29. 희자의 방 안, 낮.

완, 잠시, 지쳐 벽에 기대선,
난희, 문 열고, 완 보며,

난 희 나와. 어른들 모셔놓고, 뭐 하는 거야?

완 (난희 보며, 담담히) 나가 있어, 오 초만 줘, 지금 나 토할 거 같애.

난 희 성질 머리 하곤 기집애, 진짜. (하고, 나가며, 어른들에게, E) 완이 화났어, 책 낼 거면 다들 이제부터 완이 말 들으셔.

기 자 (E) 완이가 성질이 좀 못됐구나.

충 남 (E) 좀 못됐냐, 많이 못됐지.

난 희 (E) 나 닮아 그래.

모 두 (E) 아 네.. (하며, 웃는)

완 (지친, 가만있다, 고갤 젓는)

씬 30. 희자의 거실 안, 낮.

완이와 모두가 앉아 있는,

모 두 뭐, 글을 안 쓴다고?

완 (가방에 짐 챙기며) 네.

난 희 (화나고, 어이없어, 완이 보는)

희 자 야, 이렇게 다 모여놓고 안 쓰면.. 그게 말이 되니?

정 아 그러게..

기 자 야, 너 왜 그래?

완 (답답한, 희자 보며) 내가 글 안 쓴다는 게 말이 안 되면, 그럼 이모가 한 말은 말이 돼? 나보고, 이모의 이십사 시간을 기록만 하라고? 그거 써 뭐하게? 자식들이 엄마 얼마나 심심한지 알게 하게? 내가 배려 많은 어른으로 이몰 포장해준다잖아요, 그럼 좋잖아? 책도 잘 팔리고, 자식들 보기도 얼마나 좋아? 엄마가 삼백육십오 일 매일 자식들을 생각하지만, 끝끝내 전화 한 통 안 하고, 그저 참고, 배려하고, 그러면서도 행복하고,

희 자 (단호한, 억울한) 그, 그건 가짜야. 난 애들이 괘씸해. 내가 아침부터 밤까지 얼마나 외로운지, 안 쓸 거면, 난 니 책에서 빼!

성 재 (희자 안쓰레 보는)

완 (답답한) 이모,

희 자 내가 이십사 시간 뭘 하는지, 내가.. 내가.. 내가.. (하는데, 생각 안 나는)

충 남 언니가, 이 집구석에서 얼마나 심심하면 사나흘 만에 묵주를 백 개나 만드는지, (완이 보며) 너 꼭 언니 자식들이 알게 해! 안 그럼 죽어?!

완 (황당하고, 짜증 나는)

희 자 나 이 작은 몸으로 남편까지, 남자 넷을 키웠어. 나 필요할 땐 다 가져다 쓰고, 이제 나 늙으니까, 여기 가두고,

영 원 (어이없는) 뭘 가둬, 언니가 같이 못 산다고, 안 산다고 했잖아! 완이가 자식들한테 복수하는 엄마 얘길 쓰려는 게 아니라, 그저 희생하고 배려하는 아름다운 엄마들 인생 얘기를,

기 자　(버럭) 인생은 안 아름다워!

정 아　(덤덤히) 그건 그래.

기 자　인생은 자식과 부모 간의 전쟁이야!

충 남　젊은 것과 늙은 것들의 전쟁이지!

정 아　(웃으며) 맞다, 전쟁이야.

난 희　(어이없이 정아 보며) 사랑과 전쟁이냐?

충 남　그래서 내 생각은, 우리 늙은이들끼리 다 같이 살자, 오십 년 전에 약속했잖아, 언젠간 같이 살자고, 어때?

성 재　(어이없는) 오십 년 전?

충 남　우린 빽함 사오십 년 전이야.

성 재　(깔깔대고 웃고)

영원, '난 좋지', 난희, '우리가?', 희자, '언제?', 정아, '난 별로네' 등등 동시에 말하는,

완　(화제가 다른 데로 가, 답답한) 제발 하시던 말씀 좀 끝까지 해요, 딴 말씀들 마시고!

기 자　(완이에게, 다짜고짜) 암튼, 일사후퇴 때, 피를 흘리는 아버지를 업고 어머니가 우리 형제 열을 덱고,

충 남　언니 형제는 셋!

기 자　사촌 조카까지 열이었어! 나는, 그 얘길 전해 들으며 얼마나 가슴이, (갑자기 울며, 소리치는) 어머니.. 내가 잘못했어요.. 나는 그 말을 전하려고 여기 나왔다... 한 많은 내 어머니!

모두들　(황당하고, 어이없이 기자 보고)

완　(난희 보면)

난 희　(입 모양으로 '그냥 들어' 하고)

기 자　(맘 아픈) 내가 먹고사는 일이 바빠도, 오늘 여기까지 온 건 내 얘기보단, 내 어머니 얘길 전하려고 내가 아침부터 가슴이 설레서 여길 왔어. (코 풀고, 쌍분에게) 잠깐, 내가 못된 우리 시어머니 얘기했나, 어머니?

쌍 분　(어이없이 보며, 주먹으로 머릴 쥐어박으며) 너 때문에 죽었잖아, 게임이! (하고, 다시 게임 하는)

완 (지치는)

기 자 (아랑곳없이, 완에게) 그래서 마저 얘길 하면, 내가 개고생하며 키운 자식들이 이제 지 자식까지 나한테 맡긴 그 구구절절한 내 얘길, 애들이 보면 가슴 아프게, 정말 가슴 아프게 써달라고, 참 우리 시어머닌 밥 먹는데 내 밥그릇도 뺏어서, 동네 개를 줬다. 그 얘긴 꼭 써!

완 그건 막장 드라마죠! 막장! 이모들이 하는 얘긴 전부 다 막장이야, 지금?!

성재 빼고, 동시에 모두 (성재, 이 상황이 웃긴, 나머지, 완에게 삿대질하며) 인생은 막장이야?!

완 (속상한, 버럭) 나는 내 소설에 나오는 어른들이 좀 이뻤음 좋겠어?! 애들도 읽고 편하게! 내가 왜, 구질구질한 얘길 써야 하는데요! 이모들, 신세 한탄, 잔혹 동화 같은 인생사, 외롭고, 칙칙하고, 짠하고, 속상하고, 일 분만 들어도, 가슴 아픈 그런 얘기만 구구절절, 재미없게,

충 남 (말꼬리 끊으며) 그게 진실이니까. 그게 우리 늙은이들 삶이니까.

완 (충남 보고, 순간 멍하지만, 맞다, 싶은) ? (희자 보면)

희 자 그게 사실이지.

완, 말하는 어른들을 하나하나 보는데, 진지해지는,

난 희 (답답한) 그러니, 니가 넌아, 지금껏 글을 못 쓰는 거야. 막장이 재밌는 거야, 원래가..

정 아 (담담한) 내가 내 맘대로 맥주 먹고 싶어, 집 나온 게, 왜 얘기가 안 돼? 나는 될 거 같은데...

완 (조금 차분해지는, 정아를 달래는) 이모, 난 아름다운 소설을.. 복수는 후져요.

정 아 (작게 웃으며, 따뜻하게) 누가 누굴 복술 해... 나는 그냥 편하게 살러 나온 거지, 누구 복수할 맘 추호도 없네.... 진짜야, 완아.

완 (또 맞다 싶은, 이거다 싶은)

정 아 (쌍분 보고, 웃으며) 어머닌, 아버지 쥐잡듯 잡는 얘기 써달라 그러셔. 복수극으로.

쌍 분 나는, 그래야지. 후져도 난 복수다.

완 (순간, 콘셉트가 떠오르는, 잊기 전에, 빨리 가서 정리하자 싶어, 맘이 급한,

이것저것 빠르게 가방에 챙기는)

기 자 (속상한, 버럭, 완이에게) 그래, 내 얘긴 구질구질하다. 넌 얼마나 잘났니?! 얼마나 잘났어!

성 재 (기자를 데리고 방으로 가며) 기자야, 넌 잠깐, 이리 와, 잠깐 이리 와.

기 자 (끌려가며, 완이에게) 구질구질이 난데, 그게 내 인생인데, 그럼 어쩌라고, 그럼 어쩌라고...

완 (서둘러 가방 챙기며) 할머니, 엄마, 이모들, 오늘은 이만할게요.. 내가 머릿속에 뭔가 떠오르는데.. 잊어버릴 거 같아서.. 연락드릴게요.. 나 가.. 일단 이모들은 굿이야! (하고, 서둘러 나가는)

희자, 정아 (모두) 야야야야.. 우리 얘기 지금 시작이야, 어디 가!

영 원 (희자 보며) 언니 땜에 가잖아.

희 자 나 땜에? 진짜? (하고, 충남 보면)

충 남 (희자 입가의 침 닦아주며) 깊이, 반성해.

희 자 어떡해...

씬 31. 달리는 완이의 차 전경 + 차 안, 낮.

완, 진지하게 운전하는, 완이가 녹음한 인터뷰 내용이 스피커폰으로 들리는, 완, 스피커폰으로 전화하고,

완 어, 혜미 씨 어디? 출판사? 오케이 나 그리로 당장 갈게. (하고, 운전하며, 다시 녹음 내용 듣는, 조금 자신감이 생기는, 진지한)

씬 32. 출판사 사무실 안, 낮.

혜미, 편집장, 직원들, 완 녹음된 내용을 듣는,

직원들 (깔깔대고 웃고)

완 (진지하고, 조금 흥분한) 괜찮지? 내 컨셉?

혜 미 (웃긴) 첨에 언니가 기획한 슬프고 아름다운 늙은이 얘기보다,

완 (말꼬리 끊으며) 늙은이들이 젊은이들에게 전하는 살벌한 잔혹 동화.. 컨셉이 낫지? 기자 이모의 시어머니가 돼지머리 좋아하는 것부터 며느리 밥을 동네 개한테 준 것부터 시작해서, 제사 차려주고 남편 제대로 뒤통수 깐 정아 이모, 왕따 시킨 교수들을 (의미심장하게) 무섭게 복수하는 숫처녀 할머니, 충남 이모!

직원들 정말 숫처녀셔?

완 아마도?

직원들 (깔깔대고 웃고) 어떡해.

완 그리고 우리 할머닌 또 어떤데?

직원 1 정말 할아버질 복수할라고, 지금까지 사신 거래요?

완 그렇다니까.

혜 미 근데, 로맨스 한 쪽 정도는 있어야 되지 않아요?

완 (박수 치며) 있어, 있어, 있어, 딱 있어? 변호사 성재 아저씨랑 사차원 희자 이모, 아니다, 로맨슨 영원 이모다.

혜 미 (웃으며) 그 배우 이모? 완전 대박이다?

완 말했잖아, 대박이라니까, 이건..

그렇게 신나게 이야기하는 게 이어지는 느낌,

씬 33. 콜라텍 안, 밤.

기자, 여자 고객에게 한쪽의 남자를 가리키며 말하는,

기 자 언니, 한 번만 손잡아주라, 사흘을 와서 저러고 있는데, 인심 좀 써라..

여 자 (싫지만) 아우, 진짜.. (하며, 따라가는)

기 자 (여자를 끌고, 남자에게로 가며) 아이고, 천당 가겠네, 천당 가겠어.. (전화 오면 받고) 밥? 거기 밥솥에 있잖어? 돈? 돈이 어딨냐, 할미가! (하고, 전화 끊고, 가는)

완 (N) 나는 결코 아름다워 보이지 않는 어른들의 인생을 있는 그대로 사실 대

로 쓰기로 했다. 고단하고 고단한, 마냥 구질구질한 인생이 어쩔 수 없이 진짜 인생이라면,

씬 34. 난희의 가게 안, 밤.

난희, 설거지를 열심히 하는, 힘든, '후' 한숨 쉬는,

완 (N) 어쩔 수 없는 거 아닌가. 나는 사실만 쓰기로 했다. 그들의 인생은 그들이 주인공이니까. 그들이 선택할 권리가 있다.

씬 35. 희자의 집 안, 밤.

희자, 묵주를 만들며 티브이를 보다, 조금 이상한, 아차 싶어, 주방을 보면, 가스레인지에 속옷 삶는 냄비가 타고 있는, 희자, 놀라, 그걸 들다, 손이 살짝 데는, '앗 뜨거!' 하며, 손을 찬물에 씻는,

***점프컷 》**
희자, 혼자 손에 약을 바르고, 티브이를 보며, 웃다, 전화하는,

희 자 완아, 자?

씬 36. 완의 집 안, 밤.

완 (글을 쓰다, 전화 받은) 뭔 소리야, 이모? 나, 맘 다 정했는데..

씬 37. 희자의 집 안, 밤.

희자　맘 정해도 바꿔줌 안 될까? 내가 밤마다 묵주 만드는 게 너무 처량해서 우리 애들이 넘 속상할 거 같음.. 그냥.. 외로워서가 아니라, 내가 봉사 정신이 강해서.. 묵주 만든다고.. 내가 에민데 애들 속상하게 하는 건 아닌 거 같아서..

씬 38. 완의 집 안, 밤.

완　(진지한, 안쓰런) 이모, 이모 인생은 이미 배려심이 넘쳐, 그러지 마! 이모 자식들은 알아야 해, 이모의 긴긴 밤 외로움을!... (달래는) 전화 끊고, 자, 이모.. (다시 기운 주듯) 홧팅이야! (하고, 끊고, 다시 전화 오면 받는) 왜 이모? (사이) 내가 낮에 한 말이 걸린다고?

씬 39. 정아의 어두운 방 안, 밤.

정아, 김치에 흑맥주를 마시며, 티브이 켜놓고 담담히 전화하는,

정아　나는 집 나온 게 복수가 아닌데... 니가 복수 같다니까, 흑맥주 한 병 먹다가... 그 생각하니, 입도 맘도.. 쓰네... 애들 얘기 하지 말란 건.. 상처잖아, 내가 아니라, 애들이... 나, 집 나온 얘긴 왜.. 글이 안 돼? 복수라? 나는 집 나온 게 진짜 복수 아닌데.. 그냥 그저.. 나 좋아하는 맥주 한 병 맘 편하게 먹고 싶어서..

씬 40. 완이의 집 안, 밤.

완　(강조해, 말하는, 진지한, 따뜻하게) 잘못했어, 이모.. 이모 집 나온 거 복수 아냐. 평생 시부모, 남편, 자식 챙기던 사람이 이제 와서 흑맥주 한 병 맘 편히 마시려는 게 무슨 복수야... 내가 낮에 이모한테 너무 말을 심하게 했어.. 내가 어려서.. (이어지는 느낌)

씬 41. 정아의 방 안, 밤.

정아, 맥주를 마시며, 멍하니, 여행 다큐(차가 사막을 달리는 느낌 같은)를 보는,

완 (N) 맞다, 이모의 삶에 복수는 없다. 평생 시부모, 남편, 자식 챙기다, 이제 비로소 흑맥주 한 병으로 자신을 챙기는 게 어떻게 복수가 되겠는가? 복수는 말이 안 된다.

씬 42. 충남의 카페, 낮.

충남, 접시(9부에 샀던, 도자기)에 화채를 담아, 박 교수, 이 교수, 양 교수가 있는 테이블에 놔주는,

박 교수 (이상한, 도자길 들며) 이거는.. 내 작품 아니에요?
양 교수, 이 교수 (놀라, 충남 보면)
충 남 (자리에 앉아, 담배 꺼내 물며, 불 켜려다 말고) 그게 접시로 딱이드라, 사십만 원짜리 접시에 담아 먹는 화채 맛이 어떤지, 맛봐?

그때, 쨍그랑, 병 깨지는, 소리 나는,
종식, 서빙 하다 꽃 담긴 꽃병(박 교수 작품)을 무심히 건드려 깨트린, 종식, 놀라 보고, 교수들, 모두 놀라 깨진 화병을 보고,

종 식 (진심으로, 울상 되어) 고모 미안.. 삼십만 원짜린데..
충 남 (박 교수 보며) 괜찮아, 버려. (종식 보며) 종식아, 백짜리 도자기 있지, 하얀 거, 그거로 갈아.
박 교수 (버벅대며, 놀란, 어이없고, 화난) 아, 아니, 아니, 그, 그건 내가 아끼는 건데..

그때, 주영, 사진 액자 한 무더기(스무 개 정도)를 가져오며,

주 영　고모... 여기.. (하고, 놓고 가면)

충 남　(이 교수와 박 교수 보며) 양 교수 껀데, 다들 돈 있음 사고 싶댔잖아. 그래서 내가 오늘 반값, 헐값에 팔라고, 살 맘 있어?

양 교수　어떻게 내 작품을 헐값에? (하며, 화나, 속상해, 가버리는)

박 교수　(화나, 버럭) 카드밖에 없소, 왜? 어떻게 내 혼 같은 작품을.. 화채 그릇으로! (하고, 더 말하려다, 화나, 가는)

충 남　(가는 박 교수 보고, 편하게) 십이 개월 할부해줄게, 가져가? 얘?! 사십 개월 해줄까?!

이 교수　서운하네요, 충남 언니 진짜.. (하고, 가는)

충 남　(담담히, 이 교수 보는, 그때, 영원 전화 오는)

씬 43. 영원의 숍 안, 낮.

한쪽에 있는, 외국인과 부티나는 한국인으로 보이는 사람들, 충남이 영원에게 준 사진과 도자기를 보며, 은밀하게 서로 얘기하고 있고,

영 원　(그들과 떨어져, 들뜬 맘 가라앉히며) 대박이다, 이거.. 언니 안목 죽인다야! 언니가 팔아달라던 박 교수, 양 교수 작품... 어떤 건, 오백, 천 단위도 나온다, 값이? 언니가, 돈은 진짜 붙는 인생이네?

씬 44. 충남의 카페 안, 낮.

충 남　(담담히) 남편, 자식 없는데 돈이라도 붙어야지, 팔지 마, 값만 알아본 거야.

씬 45. 영원의 숍 안, 낮.

영 원　뭔 말이야, 다 팔어?!

씬 46. 충남의 카페 안, 낮.

충남 다른 건 별로야, 진짜 좋은 것만 너 준 거야. 물론 본전 이상이지. 내가 누군데, 나 오충남이야. (하고, 전화 끊고, 가며, 구시렁) 지들이 얼마나 대단한 작간 줄도 모르는.. 진짜진짜 무식한 놈들... 지 자식 같은 작품을 돈 몇 푼에 죄다 팔고.. 교수면 뭐해.. 머리가 돌이고 눈이 해탠데.. (하고, 서빙 하는 주영 보고, 가며) 카페 안 줘!

주영 (웃으며, 가며) 네.

충남 (당당히 걸어가는 모습, 느린 화면으로 멋지게 보여주는)

완 (N) 그리고 까짓 복수 좀 하면 어떠랴? 구차한 육십 칠십 평생이, 한순간만이라도 가슴 뚫리게 시원해진다면,

씬 47. 쌍분의 집 안, 밤.

쌍분, 자는 인봉의 다릴 주무르며, 호진을 보면, 호진, '미안해' 라고 쓰고, 쌍분 보면,

쌍분 죽을 죌 지었어, 할멈도 써야지! 바부야!

호진 (연필에 침 묻히고 글을 쓰는)

쌍분 내 묘비에 고대로 새길 거야, 잘 써! 또박또박!

완 (N) 그래서, 칠팔십 힘든 인생이 조금이라도 위로받는다면, 보상이 된다면, 이들에게 복수가 뭐 그리 나쁜 거겠는가. 곧 죽을 인생이니, 곧 끝낼 인생이니... 그냥 살던 대로 조용히 살라는.. 어른들에 대한 젊은 우리들의 바람은 또 얼마나 잔인한가.

쌍분 (먹을 걸, 호진 주고) 또박또박. (하다, 속이 아픈지 배를 쓰다듬는, 그러다 왝 하고 인봉의 몸에 구토하는)

인봉 (자다 일어나, 보고, 놀라) 엄마, 왜 그래? 엄마?

씬 48. 완이의 집 안, 밤.

완, 글 쓰다, 피곤한, 인터폰 울리는, 완, 나가며,

완　　엄마? (하고, 문 열면)

영원, 꽃 들고 웃으며,

영 원　굿 이브닝?
완　　(꽃 받고, 안고, 좋은) 어쩐 일이야? 이모!

*점프컷 》
완, 영원 술 한잔 마시는,

완　　(술 마시다, 꽃 보고, 영원을 보며, 차분히, 조심히) 그럼 저 꽃도 그 아저씨가 보낸 거야?
영 원　(술 마시며, 따뜻하게 웃고) 어.
완　　이모 만나봐. 보고 싶어 했잖아, 그럼 봐야지..
영 원　봐서 실망하면?
완　　실망하면... 마는 거지.
영 원　(창가 보며, 편안하게) 그럼 내 인생은..
완　　(영원 보면) ?
영 원　내 인생도 실망스럽게 될걸 아마... 나 두 번째 결혼, 사실 대철 씨 잊을라고 한 거거든. 결국 못 잊었지만.
완　　그래서 두 번째 아저씨 돈 주며 헤어질 때, 그 사람은 잘못 없다 했구나. 맘속에 첫사랑 대철 아저씨 묻어둬서.
영 원　그 사람 나한테 갔다고 약 먹은 부인이라.. 헤어지지 않았으면 둘이 여적 살 건데... 보고 실망할까도 두렵고, 안 보자니 그립고... 나도 너무 늙었고, 안 이쁘고... 완아, 지겹지, 이 나이까지 사랑 타령은?
완　　(영원이 좋은, 편하게) 이쁜데?

영 원　(서글프게 웃으며) 만나볼까?

완　어. 완전 찬성. (하고, 영원의 술잔에 잔을 부딪치고, 마시고) 참 나, 연하 다시 만나, 지난주에 보고 왔어.

영 원　(차분히 보며, 걱정되지만, 짐짓 편하게, 일어나는) 갈란다, 이모. 밤 촬영 있어.

완　책 다 쓰면, 슬로베니아로 갈 거야. 엄마가 반대해도.

영 원　(못 들은 척, 안쓰레 웃으며) .. 전화해. (하고, 가는)

완　(그 맘 알겠는) 잘 가, 이모! (하고, 연하와 동영상 통화하며) 입.

연 하　(웃고, 입을 내밀면)

완　(전화에 입 맞추고, 심드렁하게) 갑자기 어지럽다... (하고, 눈 감는)

연 하　왜? 머리 아퍼?

완　(눈 감은 채, 담담한) 아니, 너무 보고 싶으니까, 보기 싫어. 괜히 봤어, 더 보고 싶게. 짜증 나.

연 하　(웃는)

완　(보고, 담담히) 웃을 일 아니다.. 나, 힘들어..

연 하　(깔깔대고 웃다가, 그립게 보는, 그러다, 사진 한 장을 꺼내 보여주는)

＊인서트, 아름다운 성당 내부의 사진 》

＊점프컷 》

연 하　(완을 따뜻하게 보며) 오늘 성당 갔었어.. 여기서 너랑 나랑,

완　(가만 그 사진을 보며, 눈가 붉어, 감동한, 엄지를 들어주고) 사진 내리지 마. 나 좀 보게... 진짜, 좋겠다.. 여기서 결혼하면....

씬 49. 석균의 꿈.

앞 씬과 같은, 장면,

씬 50. 석균의 집 안, 깊은 새벽.

석균, 땀을 흘리며, 자다, '헉' 하며 벌떡 깨는,

씬 51. 은행 안 + 밖, 낮.

석균, 수위 1과 기계 앞에서 통장을 찍어보는,

수위 1 월급 들어왔으니, 술 한잔하실래요?

석 균 (통장을 보고, 그냥 나가는)

수위 1 (따라 나가며) 술 안 하실래요? 그럼 나는 마누라랑 치맥 한잔해야지?

석 균 (수위 1이 치킨집 가는 걸 보고, 부러운, 집으로 가려는데, 문자 온, 보면)

수 영 (E) 아버지, 집에 반찬 해다놨어요. 낼모레 찾아뵐게요.

석 균 (짜증 나는, 가다가, 여행사를 보는, 각종 여행 광고가 보이는, 그리로 가, 그걸 보는)

***점프컷, 회상 》**

정아, '세계 일주 데려가나?' 하며 웃던, 2부 씬.

***점프컷, 현실 》**

석균, 여행 광고를 보며, 곰곰이 생각하는,

씬 52. 석균의 집 밖, 낮.

석균의 형제 내외 대여섯 명, 속상해, 가는,

카메라, 위로 올라가면, 석균, 그런 동생 내외들을 보면서, 생각 많은,

동 생 (E) 저희가 사정이 여의치 않아서, 형님 주신 돈 대부분 쓰고.. 얼마 안 남았어요.

제 수 (E) 저흰 집 나간 형님 맘 이해해요. 이거라도 형님 가져다드리면, 집에 오실 거예요. 아주버니, 형님 데리고 집에 오세요, 네?

동 생 (속상한, E) 말년에 형님 꼴이 이게 뭐예요! 늙어서 이렇게 살라고 형님이 그동안 그 고생한 건 아니잖아요! 형수님 모셔 오세요, 네, 형님!

씬 53. 석균의 거실, 낮.

석균, 창가에서 소파로 와 앉아, 거실에 놓인 집문서, 통장을 보고, 그걸 펴보다, 옆에 있는 여행 광고 종이를 펴서 보는, 그러다, 작심하고, 통장과 광고지 들고 나가려 옷 입는,

씬 54. 정아의 방 안, 낮.

정아, 담담히 통장을 펴서 보는, 석균, 화나, 의기양양하게 말하는,

석 균 이제 속이 시원하냐? 내가 너한테 백기 들고, 동생들 준 거 죄 뺏어다가, 너 주고, 세계 일주는 못 가도, 일본, 중국은 가자니까, 속 시원해?!

정 아 (통장과 광고지를 다 정리해 석균 옆에 놓아주며, 담담히) 가져가, 필요 없어요. (하고, 누워, 누룽지 먹는)

석 균 너 이게 돈이 얼만 줄 아냐? 이게 부스러기 같아도, 돈이, 현찰이, 육천이 넘어!

정 아 (눈 감고) 졸려.. 가요..

석 균 (황당하고, 속상하고, 어이없는, 정아 흔들며, 한 손에 통장을 들고) 야, 야, 너 이거 제대로 보고 하는 소리냐? 제대로 보고 하는 소리야, 필요 없다는 거?! 좀 보라구, 이걸, 좀! (정아의 감은 눈을 까며) 눈 떠서, 이거 제대로 보라구!

씬 55. 거리, 깊은 밤.

석균, 터덜터덜 걷다가, 뭔가 이상해, 보면, 밤안개가 자욱한, 슬픈, 오갈 데를 모르겠는,

씬 56. 성재의 집 안, 밤.

석균, 성재, 술을 마시는,

석 균 (취한, 슬픈, 차분한) 어떻게 더 기냐? 내가 그거한테 어떻게 더 겨?

성 재 (안된, 안쓰런) 형님, 많이.. 취하셨어.. 자..

석 균 (먹먹한, 술 취한) 문정아는 나쁜 년이야. 나를 지 없이 암것도 못하게 길들여놓고.. 울 어머니처럼 평생 다 해줄 거처럼 해놓고.. (눈가 붉어, 맘 아픈) 내가.. 내가.. 말이다.. 말로만 집에 오라 한 게 아니야.. 내가... (주머니에서 통장이며, 여행 광고지며를 다 꺼내놓으며) 내가.. 이걸, 이걸 다 다 줬는데도, 그게, (울며, 소리치는) 싫단다, 그게, 이깟 것 다 가져가란다, 그게! 그러며 잠이나 잔다, 그게! 그게 진짜 날 버리고 지 혼자 떠났다, 그게!

그런 석균의 모습에서 엔딩.

dear my friends

12 부

~

내가 알고 지은 죄, 백 가지,
내가 모르고 지은 죄, 천 가지 만 가지

씬 1. 석균의 꿈, 밤.

안개 속에서 철길을 걷는 남자, 얼굴이 안 보이는,

석 균 (신음 소리, E) 으... 으....

씬 2. 성재의 집 안, 밤.

석균, 땀을 흘리며 버럭 '순영아!' 하며 비몽사몽 벌떡 일어나는, 성재, 그 소리에 놀라 같이 '헉' 하며 벌떡 일어나 옆을 보면, 석균, 모르는 듯 다시 눕는, 성재, 답답하고 안쓰럽고 짜증 나게 석균을 보면,

석 균 (자면서) 순영아, 등.. 등....

성 재 (안쓰럽기도 하고 뭔 짓인가 싶기도 한, 석균의 옷을 들춰 등을 긁어주는, 그러다 등을 긁던 자기 손톱의 냄새를 맡고, 싫은)

석 균 더.. 더.. 긁어.. 더.

성 재 (등을 긁어주는)

씬 3. 수영의 집 안, 낮.

정아, 땀을 흘리며 걸레로 창을 닦는, 호영, 수영, 그런 엄마를 답답하게 지켜보는,

씬 4. 성재의 화장실 안, 아침.

석균, 변기 좌대 올리고, 바지춤을 열려 하면,
성재, 들어와, 변기 좌대를 내리는,

성 재 앉아서. 사방에 튀어요.
석 균 야, 남자가 자존심이 있지, 어떻게 앉아서,
성 재 앉아요! 난 사십부터 앉았어! 칠십 넘어 앉으면서.. 뭘.. 자존심을 찾고.. 앉아. (하고, 나가는)
석 균 (속상한, 앉는)

씬5. 수영의 집 안, 낮.

정아, 깍두기를 버무리는,
수영(아이를 안고), 호영, 그런 정아를 보며 답답한, 잔소리하는,

수 영 엄마, 아버지랑 화해해.. 이게 뭐야?
정 아 (깍두기 버무리다, 먹고, 하나 들어 보이며) 간 볼래?
수 영 (와서, 입으로 받아먹고, 달래는) 나, 어린이집도 안 돼 죽겠다고, 똘레 아빠도 회사 힘들다고.. 난리고,
호 영 (말꼬리 자르며, 수영에게) 난 엄마, 집 나온 거 찬성! 이혼해도 좋고!
수 영 (속상해 보며) 언니는 아빠가 안 부르니까, 그딴 소리 하는 거야?!
호 영 (화나는) 나도 엊그제 청소하러 갔거든.

정아의 일하는 모습 위로 두 딸들의 대화가 들리는,

수 영　(호영 보며) 언니는 어쩌다 한 번이지, 나는 빽하면 아빠가.. 우거지 말고 시래깃국 끓여라, 멸치 국수 먹고 싶다, 불러댄다고! (정아 보며) 엄마, 한 달, 아니 그게 싫음 백 일만 밖에 있다가, 집에 들어가, 어? 내가 아빠보고 엄마한테 용서 빌라 할게, 어?

호 영　(비아냥) 행여, 니 아빠가 용서를 빌겠다?

정 아　(아무렇지 않게, 반찬 통에 깍두기 넣고, 그릇을 씻는)

수 영　(호영 보며) 그럼 어쩌자고?!

호 영　어쩌긴 이혼하는 거지? 엄마도 여자야. (정아 보며) 내 말이 맞지, 엄마, 엄마도 여자지? 엄마도 남은 인생 여자로, 살고 싶지, 그지?

정 아　(일하다, 버럭) 아우, 내가 무슨 여자야?!

수영, 호영　?!

정 아　(답답하고 힘든, 주변 걸레질하며) 물혹으로 자궁 떼낸 지가 언젠데 내가 여자냐? 그리고 이 나이 들어, 내가 남자면 어떻고 여자면 어때? 지랄들 하고 있어, 아주들.. (하고, 설거지하는)

수 영　(버럭) 지랄 안 하게 생겼냐? 여적 잘 살다, 이렇게 집 나옴 엄마 인생 실패한 거밖에 더 돼?

호 영　엄마가 왜 실패야? 혼자선 암것도 못하는 아버지 인생이 실패지!

수 영　물론, 아버지가 나쁘지, 근데,

정 아　(말꼬리 끊으며, 속상한) 니들이 아버질 그렇게 말할 게 뭐 있어?!

수영, 호영　(정아 보는) ?

정 아　젊어선 니들 키운다고 철공소, 철물 공장 다니며, 한 푼이라도 더 벌려고 그 추운 겨울에도 귀가 얼고 코가 얼어도 밤 열두 시까지 야근하고... 나이 칠십 넘은 지금까지도 니들 덕 안 볼라고 일하는데! 니들한테 니 아버지가 뭘 그렇게 잘못했어! 반찬 해주기가 싫어?! 그럼 사다 줘! 천벌받을 년들아!

수영, 호영　(미안한, 달래는) 엄마, 그게 아니라..

정 아　(속상한) 아, 시끄러, 내 돈이나 줘! (손 내밀며) 오늘은 모기장까지 다 닦았으니까, 이만 원 더 줘.

수 영　(오만 원권 두 장 주며) 엄마, 이거 다 가져. 내가 이제부턴 십만 원 줄게. 그러

니까 아버지한테,

정 아　(돈 받고, 주머니에서 이만 원 꺼내 주며) 내가 왜 너한테 괜히 돈을 더 받어, 내가 니들 괴롭힐려고 집 나온 줄 알어? 보통 땐 육만 원, 오늘은 팔만 원이면 돼! (하고, 행주로 주변 닦으며, 속상한, 조금 차분한) 니들 속 모르는 거 아냐.. 근데, 아버지한테 그러는 거 아니고.. 나한테도 이제 따따부따 말하지 말어. 듣기 싫어.

씬 6. 희자의 집 안, 낮.

희자, 정아가 떡볶이 순대 등을 먹는 걸 보며,

희 자　(묵주를 만들며) 집 나오더니 돈 쓴다, 너?

정 아　(웃으며) 아주 펑펑 썼다, 펑펑, 맘껏, 팔천 원.

희 자　그게 소화가 돼?

정 아　(먹으며) 너는 맨날 집구석에 있으니까, 소화가 안 돼. 걸어 좀.

희 자　(정아의 입가를 닦아주며, 웃으며) 자꾸 배가 아퍼. 밥도 안 먹었는데, 똥을 하루에 세네 번을 싸고..

정 아　(먹으며 걱정하는) 왜... 그러냐?

희 자　(웃으며) 오늘 자고 가.

정 아　(웃으며) 그래.

희 자　니가 집 나오니까, 좋다, 자고도 가고.

정 아　(좋은) 애들 죄다 부를까? (하고, 전화 걸고, 연결되면) 난희야, 너 뭐 해?

씬 7. 라이브 카페 안, 낮.

난희, 희자, 정아, 영원, 와인을 마시며 음악을 듣는, 주변에 나이 든 사람들이 분위기 있게, 얘기하며, 음악을 듣는,
일우, 기타를 치는, 고급스런 분위기다,

정 아　별천지가 따로 없네.

희 자　그래서, 너랑 (일우 눈으로 가리키며) 저 남자랑 사귀어?

난 희　(웃으며) 그냥,

영 원　(턱으로 일우 가리키며) 그냥 지 음악 한번 들으러 오라 그랬대.. (하고, 일우 보며) 남자가 (난희를 턱으로 가리키며) 얘한테 낚싯대를 척 거는 거지?

희 자　(난희 보며, 담담히) 근데 니가 덥석 물었구나?

정 아　(일우를 보며, 덤덤히) 젊어선 뭐 하고, 죽을 때 다 돼서야, 그걸 물어.

영원, 희자, 난희　(와인 마시다, 동시에 낄낄대고 웃는)

정 아　(작게 웃고) 웃기는.. (와인 먹는)

희 자　(난희 보며, 애틋한) 너는 아직 너무 젊어, 연애도 하고 그래.

난 희　언니처럼?

영 원　성재 오빠랑 연애 잘돼?

희 자　(어이없는) 연애는 무슨.. 우린 그냥 보는 거..

영 원　언닌 그냥 보는 거고, 그럼 난흰,

희 자　(진지하게) 서로 막 만져도 되지? 뜨겁게. 못 만질 게 뭐 있니, 아직 살도 부들거릴 건데..

난희, 영원, 정아, 깔깔대고 웃는,

정 아　(희자 보며, 웃으며) 왜, 니 살은 안 부들대?

희 자　나무 거죽이지, 내 살은.. (정아의 가슴을 그냥 덥석 만지며) 넌 부들대겠다..

정 아　(희자 손 치며) 왜 이래? 남 보누만?

영 원　(가슴 가리며, 희자에게) 내 거 만지기만 해, (희자 만질듯) 콱 언니 거 주물러 터트려버릴라니까..

난 희　(재밌는, 웃으며) 별소릴 다해, 늙어서들.. (하며, 전화 오면 전화 받으며, 일우(난희 보고, 웃으며, 기타만 치는)와 눈 부딪치면, 웃는) 어, 언니. 우리 라이브 카페 왔지?

씬 8. 충남의 집 안, 낮.

충남, 돋보기 쓰고, 옷을 꿰매며, 전화하는,

충 남　(샘나는) 그래서, 영원이랑 언니들은 니가 좋아하는 놈 봤겠네. 나는 못 봤는데.

난 희　(E) 그러게 오랄 땐 귀찮다고 안 오고.. 샘나지?

충 남　나 없으니까, 다들 재밌게 놀지 말고, 일찍 헤어져. (하고, 전화 끊고, 바느질하다가, 다시 전화하고, 연결되면) 언니, 낼모레.. 우리 일단 맛보기로 하루 이틀, 살아보기로 한 거 안 잊었지?

씬 9. 라이브 카페 안, 낮.

정 아　안 잊었어, 갈게. 모레.

희 자　왜?

정 아　(희자 보며) 우리 같이 살자고.. 그 얘기해.

영 원　같이 살다, 머리 뜯고 쌈 나. (정아의 전화기에 대고, 충남에게) 헤이, 충남 언니, 정신 차려.. 우리가 잘 맞는 거 같아도 절대 안 맞는 거 몰라?

씬 10. 충남의 집 안, 낮.

충 남　누가 누구랑 안 맞어?

＊교차씬 》

영 원　언니랑 우리 모두. 언니, 그냥 혼자 살어, 이 나이에 뭘 맞춰까지 가며 살어?

충 남　싫어, 내가 이번엔 죽기 살기로 한번 맞춰볼 거야! 마지막 내 인생의 숙제 푸는 맘으로! 버킷 리스트 모르냐?

영 원　(웃는) 왜 언니 곧 죽게?

씬 11. 라이브 카페 안, 낮.

난 희 (정아의 전화기에 대고, 장난) 난 언니랑 살고 싶어.

희 자 (전화기 뺏으며) 나도... (충남 말 듣고, 사이) 그놈? (하고, 일우 보며) 이뻐.

난 희 누가?

희 자 (턱으로 일우 가리키며) 저놈. (하고, 충남에게) 잘났어. 젊고. 싱싱해.

난 희 (어이없는) 아이고, 참... 늙은이들 입 걸어 못 만나겠네..

이때, 기타 치는 일우, 난희를 보며, 난희 모르게 예쁘게 보며, 웃는,

영 원 (웃으며) 언니들이 집구석서 하루 진종일 걸레질만 하더니 입에 걸레 물었다, 야.

난 희 (웃고) 내 말이.. (그때, 전화 오고, 받고) 어, 인봉아? (하고, 나가며, 순간 걱정스레) 엄마가 왜 오바이틀 해?

일 우 (그때, 기타 치며, 난희 보는)

정 아 (희자에게) 어머, 재가 난희 봤다.

희 자 (전화에 대고) 끊어. 그날 봐. (하고, 끊고, 일우 보며) 진짜.. 좋아하나 보네.

씬 12. 충남의 집 안, 낮.

충 남 (바느질하면서) 난흰 좋겠네. 싱싱한 놈 만나고, 평생 처녀로 산, 내 분이 다 풀리네. (하다가, 생각하며 말하는) 만약 산다면... 일단, 한 달에 생활비는 일인당 삼십? 에구 너무 많네.. 이십이면 되나? 물세, 전기세, 가스비.. 포함하면... 설거지 당번, 청소 당번도 정해야 되는데.... (그러다, 종이 가져다 쓰는) 일단, 설거지 당번은.. 월요일은 희자 언니, 화요일은 정아 언니, 난희랑 영원인 일하니까, 빼고.. 그럼 다 내가 해야 되나.. 에우.. 염병..

씬 13. 달리는 완이의 차 전경 + 차 안, 낮.

완이, 운전하며, 긴장한 난희가 신경이 쓰이는,

완 엄마, 할머니 괜찮을 거야.

난 희 (쌍분이 걱정되는, 창가만 보는) ...

완 그리고, 어차피 한 번은 당할 일인데.

난 희 (째려보면)

완 (난희 맘 알겠는, 달래는) 사실 그렇잖아, 어차피 한 번은..... 할머니 나이가 구십인데.. 그럼 우리도 맘의 준비하는 게 맞잖아..

난 희 (버럭) 엄마 죽는데 딸이, 맘의 준비할 게 뭐 있어? 톱 들고 나무 베서 관짝이라도 짜리?! 너, 지금 니 엄마 아니고 내 엄마라고 함부로 말해? 하긴.. 넌 내가 죽어도 눈 하나 깜짝 안 할 거다, 독한 년. 오늘도 순순히 따라 나온 거, 니 글 쓸라 그런 거지?

완 (어이없는) 언젠 글 쓰라며? 말을 해도.. 꼭,

난 희 (화나 보며) 꼭 뭐?

완 (참자 싶은, 앞만 보며, 작게 구시렁) 진짜.... 안 맞아, 안 맞아.. 안 맞아도 너무 안 맞아.. (하고, 운전하는)

난 희 (쌍분만 생각하며, 걱정스런, 창가 보며, 가는)

씬 14. 석균의 집 안, 밤.

석균, 성재, 라면을 먹는,

성 재 우리 부부 사인 당연히 좋았죠.. 내가 마누라라면 끔찍했거든.. 나가면 나간다, 집에 들어가면 들어간다, 보고하고, 돈도 버는 족족 다 갖다주고, 시부모 땜에 힘들다 그러면, 당분간 부모님 제쳐두고 아내한테 매진하고.. 난 잘했어요. 그래서 내 마누라가 가면서, 나중에 다시 만나, 여보, 그랬잖아.

석 균 (부러운, 눈치 보는) 순영이도.... 그래주면 좋아할까? 전화하고.. 물어보고.. 그러면.. (하고, 라면 먹는)

성 재 (석균이 귀여운) 해보게?.. 좋아할 거야 여자들은.. 그런 거 다 좋아하거든.

석 균 (웃으며) 그래?

씬 15. 인적 드문 도심 거리, 밤.

희자, 정아, 손잡고 걸어가며, 〈솜사탕〉 노랠 부르는,
지나가는 몇몇 사람들 보지만 아랑곳 않고, 걸어가는, 그때, 정아 전화 오고, 받는,

정 아 네.

씬 16. 석균의 방 안, 밤.

석 균 (조심스레, 그러나 이건 먹히겠지 하며) 잘 자라.

***교차씬 》**

정 아 (건성) 예. (하고, 전화 끊으면)
석 균 (이상한, 다시 전화하면)
정 아 (전화 받고)
석 균 잘 자라고.
정 아 (왜 이러나 싶은) 알았다고. (하고, 전화 끊는)
석 균 (다시 전화하는)
정 아 (전화 받는)
석 균 나한테도 잘 자라 해야지...
정 아 (짜증 나는, 어이없는)
희 자 (걱정스런) 왜?
석 균 내가 너한테 잘 자라고 하면 너도 나한테 잘 자라고 해야 되는 게 맞는 거 아니냐? 내가 너한테 그 말 할라고 전화까지 했는데,
정 아 누가 전화하래? 전화한 게 그렇게 생색남, 전화 안 하면 되겠네. (하고, 전화 끊고, 전원을 꺼버리는)

석 균　순영아, 순영아? (전화 끊으며, 시무룩한) ..

＊점프컷, 거리 》

정아, 희자 손잡고 가며, 얘기하는,

희 자　그래도 석균 씨가 지 딴엔 너한테 잘해볼라고,

정 아　(답답한, 앞만 보고 가며) 언제, 내가 전화해달래.

희 자　넌 그럼 대체 석균 씨한테 원하는 게 뭐야?

정 아　.. 나도 몰라.... 밥해주는 게 그닥 싫은 것도 아니었는데.. 성질 별난 것도 모르는 거 아니고.. 안쓰럽지 않은 것도 아니고.. 근데, 지금은 그냥 다 싫으네.. 나도 내 맘이 왜 이런지 모르겠어.. 애들까지 애태워가며.... (그때, 웅덩이에 발이 빠져, 무릎이 접히는) 아우..

희 자　(얼른 부축하며) 어머.. 안 다쳤어?

정 아　(다리 절며) 모르겠네..

희 자　거기 앉아봐.

정 아　(한쪽 턱 같은 곳에 앉으면)

희 자　(정아 신발 벗기고, 발을 만져주며, 조심스레) 삤나?.. 괜찮아?

정 아　(발 보며) 늙으니, 자꾸 다리에 힘이 빠지네..

희 자　애들은 힘 빠지는 거 모르고, 우리 늙은이들 보고 정신 차리래잖아. 갓난쟁이들이 정신 차림 잘 건니?.. 그냥.. 나이가 그런 건데.. 좀 앉았다, 가.. 내가 힘이 있음 업고 갈 건데.. (하고, 정아의 옆에 앉아, 가는 사람들 보며, 담담히, 정아 안 보고) 우리가 이상해 보이겠다, 저 사람들은... 길바닥에 늙은 여자들이.. 잠도 안 자고 나돌아 댕기는 게..

정 아　(담담히 지나가는 사람들 보며) 김석균이랑은 이게 안 돼.

희 자　(정아 보면)

정 아　(거리 보며, 참담한) 같이 길 가다, 지금처럼 내가 힘들면.. 이렇게 쉬어가자 그러고, 다치면 너처럼 조심하라 하고... 그럼 될걸, 그냥 사람 쥐박듯.. 왜 그랬냐, 정신머릴 어디다 뒀냐? 어쩌구저쩌구... 내가 평생 같이 산 남자, 어디가 욕하는 것도 치사하고 구질스럽고....

희 자　(따듯하게, 웃으며) 욕해.

정 아　(눈가 붉어) 개.. 놈. (속상한) 평생 같이 산 놈이.. 젠장 기껏 개놈이네..

희 자　(안쓰럽게 보는)

정 아　(눈가 붉어) 어차피 지나 나나 이제 죽을 일밖에 없는데... 내가 이제 지한테 바랄게 뭐 있어...

희 자　(편하게, 대신 말해주듯) 남편도 됐고, 남자도 됐고.. 그냥 친구처럼 살다 가면 좋을 건데.. 나랑 너처럼.. 친구처럼, 그지?

정 아　(짠한 맘이 드는, 눈가 닦고, 신발 신고, 일어나며) 힘든 인생 살며, 짐스럽지 않은 친구 하나 갖기가 이리 힘들다.

희 자　(안쓰럽게 보고, 일부러 환하게 웃으며 일어나 정아의 손을 잡고, 가며, 손 흔들며, 노랠 부르는)

정 아　(희자 보고 고마운 웃음 짓고, 노랠 부르는)

씬 17. 촬영장, 영원의 차 안, 밤.

영원, 혼자서, 쪽지를 보는, 옆에 꽃 있는,

대 철　(E) 내가 다음 주에 미국 들어가야 할 거 같아... 목요일에 한 번만 보자.. 영원아.

영 원　(쪽지 접고, 룸미러를 보다, 가발을 벗는 초라한 자신의 모습을 보는, 그러다 착잡해지는)

씬 18. 길거리, 밤.

희자, 잠옷에 슬리퍼 차림으로 길을 걸어가는(집 가는 방향),

씬 19. 희자의 집 안, 밤.

희자, 들어와, 아무렇지 않게 주방에서 밥을 꺼내다, 거실에서 자는 정아를 보고, 가서, 흔들며,

희자　정아야.. 너 왜 여기서 자?
정아　(자다 보며) ?
희자　너 집에 안 가고 여기서 왜 자고 있어?
정아　(귀찮은) 지랄한다.. 또.. 자.. (하고, 돌아누워, 자는)
희자　(가만 이상한 듯, 정아를 보다, 이불 덮어주고, 밥을 먹으며) 쟤는 왜 여기서 잠을 자... 석균 씨랑 싸웠나?

씬 20. 시골 풍경, 낮.

1, 하늘을 나는, 새.
2, 풀잎에 맺힌 이슬.
3, 개구리 수영하는 모습.

그때, 개구리에게 작은 돌이 던져지고, 개구리 놀라 헤엄쳐 가면,
쌍분, 그 모습을 귀엽단 듯 보며, '저것도 살겠다, 도망을 치네.. 흐흐' 하고, 밭으로 가서, 일하는,
그때, 난희 오며,

난희　(속상한) 뭐 하냐, 여기서?
쌍분　(일하며) 일하지.
난희　어젯밤엔 나 보고도 자는 척하고.. 점심 때 됐는데, 일은.. 오늘 서울 가서 검사받자.
쌍분　(일하며) 죽으면 경사여. 암만 경사지. (보며, 웃으며, 편하게) 나 죽음 꽹과리 울려. 오쌍분 여사, 해방이네 하고, 나발도 불고, 꽃도 뿌리고, 돼지도 잡고,
난희　(속상한) 아우, 그걸 말이라고 해! 지금?!
완　(일복 입고, 호미 들고 오며, 편하게 말하는) 할머니, 홍어도 무쳐?
쌍분　이년아, 당연하지, 초상집은 홍어지!
완　좋다, 까짓, 내가 사랑하는 할머니 돌아가심 칠레산 홍어 말고 국산 홍어로 쏜다! 이 동네 말고, 저 동네 사람들까지 불러서.. (웃으며) 아줌마 아저씨들,

우리 집에 홍어 드시러 오세요! (하고, 일하는)

난희 (완이를 패며) 말이라고, 말이라고, 말이라고!

완 (난희의 팔을 잡고, 흔들며) 아이고, 진짜.. 힘도 없으면서..

난희 (화나) 이거 안 놔?

완 할머니가 죽었냐? 죽을병 걸렸어? 그냥 그제 밤에 많이 자셔서, 토한 거래잖아.

난희 저녁에도 토하고 아침에도 낮에도 토했다잖아!

그때, 인봉, 호미 들고 오며,

인봉 걱정 마, 누나, 엄만 안 죽어!

완 야, 내 말이 맞지? 할머니 안 죽지?

난희 야가 뭐야, 어려도 삼촌한테.

인봉 (일하며) 엄마는 이 동네 사람 다 죽어도 안 죽을걸. 명이 길어.

쌍분 욕을 해라, 새끼야!

완 (일하며) 사실이 그렇잖아, 할머니의 엄마, 할머니의 할머니까지 다 구십, 백까지 장수했다며? 나도 엄마도 그 피 받아서, 감기 한 번 안 걸리잖아.

난희 (팰 듯이) 입 닥쳐! (하고, 일하는, 쌍분에게) 병원 가.

쌍분 안 가.

난희 (크게 버럭) 그러다, 엄마 죽음, 아버지랑 인봉인?!

쌍분, 완, 인봉 ?!

난희 (눈가 붉어, 버럭) 내가 뭐 엄마 생각해서 그래? 나 생각해서 그러지? 나는 아버지 인봉이 덱고 못 살아!

인봉 (어이없는, 웃으며) 나는 자끌린이랑 잘 살 거거든. 아버지 모시고.

난희 입 닥어, 개**야!

인봉 ?!

완 (사태가 심각한 걸 느끼는, 인봉에게 눈짓하고)

인봉 (어이없어, 웃으며, 내가 지고 말지 하는 뜻으로) 잘못했어.. (하고, 일하는)

쌍분 (난희 보며) 왜, 개한테 욕을 해?

난희 (서운해, 눈가 붉어, 소리치는) 엄마가 내 생각을 눈곱만치라도 하면, 병원 가야지, 왜 안 가?! 과부 딸년한테 서방 맡기고 몸 불편한 아들 맡기고,

완　　(그 말에 속상한)

난 희　엄마 혼자 좋은 데 가면, 좋냐? 죽음 그뿐이야? 나도 그렇게 한번 막말해볼까? 죽음 좋겠다고! 말 같지도 않은 소릴.. 밥 먹어. (하고, 가며, 눈가 닦는, 속상한)

완　　(쌍분에게) 내가 혼날 줄 알았어, 병원 간다 그래.

쌍 분　(난희 눈치 보다) 돈 들잖어. 인봉이 결혼도 해야 하는데.. 오늘 낼 할 밭일도 천지고..

완　　(가는 난희에게) 엄마!

난 희　(돌아보며) 왜?

완　　할머니 병원 가신대요! 담 주에! 밭일하고, 엄마 쉴 때!

쌍 분　(완이 보면) ?

난 희　... (조금 풀린) 알았어, 적당히 하고 할머니 모시고 와, 수제비 끓일게.. (하고, 가는)

쌍 분　(완이 보며) 뭔 짓이야?

완　　(일하며) 울 엄마가 하람 하는 거야, 할머닌 다 좋은데, 말이 많어. 울 엄마 속 썩임 내가 미워한다? 떽! (하고, 일하는)

쌍 분　(완이 기특한, 흙 묻은 손으로 완이 머리 쓱 만지고) 니 엄마한테 잘해, 년아. (하고, 일하는)

완　　(웃고, 일하며) 삼촌아, 자끌린하곤 입은 맞춰봤냐?

인 봉　(수줍게 웃으며, 일하는) 두 번!

완　　(깔깔대고 웃는, 쌍분에게 입 쪽 맞추고) 쟤 자끌린이랑 이랬대.

쌍 분　(인봉 보며) 신났네, 아주! 개누무 새끼..

완, 인봉　(웃고)

씬 21. 충남의 집 안, 낮.

충남의 앞모습, 영원의 뒷모습이 잡히는, 둘이 마주 보고 선,

영원(가발 쓴, 뒷모습이 잡히는데, 속옷 입고 있어서, 등에 흉터가 보이는), 가슴에 뽕을 넣는,

충남, 그걸 심각하게 보다, 백에서 다른 뽕을 주며,

충 남　이 뽕이 낫겠다. 내가 한번 사 와봤는데..

영 원　와, 이건 너무 크다.

충 남　넣어.

영 원　(웃으며, 뽕 넣고, 두 손으로 가슴을 받치며, 장난) 아따, 크다. 감쪽같네.

충 남　(뽕 넣은, 영원 가슴 만지며) 만지진 못하게 해라, 만지니까, 가짜 티 난다.

영 원　별소릴 다 해.

충 남　(영원이 안쓰런) 언니들 오늘 오는 거 알지?

영 원　알지, (하고, 옷 입는) 빨리 올게.

충 남　늦게 와, 안 기다려. (영원 옷의 단추를 여며주며) 친구들은.. 언제든 보니까..

씬 22 . 주차장, 낮.

영원, 충남, 걸어와, 영원, 운전석에 타는,

영 원　부인.. 있겠지..

충 남　이혼하라, 그래. 한 여자랑 너무 오래 사는 거 아니라고 전해.

영 원　(웃으며) 언니가 좋아.

충 남　그러니까, 같이 살자고.

영 원　(편하고, 가볍게) 그 남자도.. 나처럼 설렐까?

충 남　아님 말라 그래. 매달리지 마.

영 원　다녀올게. (하고, 운전해 가는)

충 남　(가는 영원 보며) 저 이쁜 앨 왜 버리고 가고, 나쁜 놈... (하다가, 돌아서 가는데, 박 교수, 양 교수가 보이는) 왜 왔냐?

박 교수　(조심스런 머뭇대며) 저기, 맥이란 남자가 전화가 왔는데,

충 남　맥?

박 교수　제 작품을 사고 싶다고, 미국서 전시회 하고 싶다고.. 누님이, 배우 친구분 갤러리에 내다 판,

충 남　(팔짱 끼고, 이것 봐라 싶게 보는) 내 거 내가 내다 파는데, 문제 있냐?

양 교수　(미안한) 문젠 없죠.. 전혀.. 그냥 저흰.. 그 사람이 전시회 하고 싶어 하는데..

누님이 사신 우리 작품을 좀 팔거나 빌려주시면..

충 남　싫어. (하고, 가려 하면)

박 교수　(잡고, 싫지만, 참고, 진지하게) 누님 우리한텐 이게,

양 교수　평생 처음 온 기횝니다. 한 번만,

충 남　(박 교수 눈을 꼬나보듯 보며, 비웃듯, 담담히) 니들 어려서 참 이뻤는데.

박 교수, 양 교수　?

충 남　시간강사 할 때, 매일 여기 와서 밤새 작품 얘기하고 예술이 어쩌네 저쩌네 울며불며 떠들 때,

박 교수　그때 얘길 왜 해요?

충 남　나는 니들 진짜 이뻤다. 못 배운 내가 예술이 뭔지는 몰라도.. 지 배 곯아가면서도, 저렇게 즐겁게 하는 일이라면.. 예술은 정말 대단한 거구나 싶었지.

박 교수　본론만 말씀하셔, 누님.

충 남　지금 니들은 돈, 출세밖엔 관심이 없는 천하의 양아치야. (하고, 가는)

박 교수　(화나고, 속상한) 가자, 양 교수..

양 교수　(서운해, 소리치는) 누님 정말 그러는 거 아닙니다, 우리 작품 몇십만 원에 사서, 몇백씩 팔게 생겼는데, 고맙단 소린 못할망정... 그래요, 관둬요! (하고, 가는)

박 교수　(참담한, 가는 양 교수를 보고, 한숨 쉬고 가려는데)

충 남　(멈춰 서며) 저게 끝까지 돈, 돈 하네.

박 교수　(그 소리에 뒤돌아보면)

충 남　(뒤돌아, 박 교수 보며) 늙은 나 왕따 한 건, 니들이 지은 죄 중 아마 가장 작은 죌걸.

박 교수　?

충 남　니들이 지은 죄 중 가장 큰 죈, 니들 스스로 니들의 가칠 모른 거.

박 교수　?!

충 남　울며불며 청춘 받친 작품 함부로 파는 거 아니다.. 미국 전시회는 치르게 해줄게. (하고, 가는)

박 교수　(충남을 고맙고, 미안하게 보는, 감동이 되는, 편하게 작게 웃음 띠고 진심으로) ... 내가.. 누님이 십 년만 젊었어도... 프러포즈 했을 거요!

충 남　(가며, 담담히) 너는 십 년.. 나는 삼십 년이겠지! (따뜻하게 웃으며 가는)

씬 23. 레스토랑(앞 부에 나왔던) 앞, 낮.

대철의 차, 와서, 서면,
대철 동생, 운전석에서 나와, 차 뒷문을, 열어주고,
대철, 손에 읽던 책을 들고, 따뜻하게 웃으며, 내리는, 힘들지만, 참는 모습 잠깐 보이는,

동 생　(걱정스런) 형님, 제가 주차장에 차 대고,
대 철　아냐.. 전화할게.. (하고, 레스토랑으로 들어가는)
동 생　(걱정스레 잠시 보다, 차 가지고 가는)

씬 24. 레스토랑 안, 낮.

대철, 담담히, 책을 보고 있는, 그러다, 종업원이 가져다주는 차를 마시다, 바깥을 보면, 창 너머 영원이가 자신을 물끄러미 따뜻하게 보고 있는 게 보이는, 대철, 맘 짠하지만, 따뜻하게 웃고, 종업원에게,

대 철　허브 차 한 잔 더요.
종업원　(가고)
대 철　(창밖을 보면, 영원이 없는)

그때, 영원, 따뜻한 웃음을 짓고, 담담히 걸어와 대철의 앞에 와 앉는,
대철, 영원을 보는, 눈가 붉어지고, 환하게 웃는,

영 원　(맘 아파도 웃으며) 여전하네..
대 철　(웃으며) 여전하긴.. (하며, 차를 마시는데, 손이 떨리는)
영 원　(그런 대철의 손을 관찰하는, 많이 늙었다 싶은, 안쓰런)
대 철　(차를 마시는)
영 원　(대철의 입이며, 희끗한 머리카락, 목덜미를 관찰하며, 자꾸 안쓰러워지는, 웃

으려 하는데도, 눈물이 고이는, 들키지 않으려, 창가를 보는데, 눈물이 나는, 수건 꺼내, 닦고, 짐짓 아무렇지 않게, 보며) 부.. 부인은?

대 철 (눈가 붉어, 웃으며, 따뜻하게, 담담히) .. 너.. 건강은?

영 원 (눈물 참으며, 담담히, 작게 웃으며, 대수롭지 않게) 삼십 년도 넘었지, 우리 안 본 게?

대 철 (애써 웃으며) 아.. 마....

그때, 종업원 차를 놓고 가면,

영 원 (차를 마시고, 창가를 보는데, 대철의 모습이 비치는(대철은 모르는, 대철이 눈가 붉어져, 찻잔 보는 모습이 비친), 외로운, 순간, 그 모습을 가만 보다, 눈물이 왈칵 나는, 두 손으로 얼굴을 가리고, 우는)

대 철 (영원을 보는데, 맘이 아프고, 좋기도 한, 고개 떨구고, 한숨을 쉬다, 참고, 창가를 보는)

***시간 경과, 낮 》**

대철, 영원, 서로 눈가 붉어, 편안하게, 가만 보고 있는,

영 원 (가만 그립게 보다가, 시계 보고, 대철 보고 따뜻하게 웃으며) 가.

대 철 밥 먹고.. 술 한잔 같이,

영 원 (따뜻한 웃음 짓고, 맘 아프지만, 참고) 됐어.. 내가 밥 먹을 때 쩝쩝대.. 보여주기 싫어. 그냥 가요.. 잘 산 거 같아.. 보기 좋아.

대 철 (맘 아픈, 애써 웃으며) 밥이나 먹고 가.

영 원 (맘 아픈, 고개 젓고, 눈물 나지만, 애써 참고, 짐짓 밝게) 아니, 갈래. 나, 먼저 일어설게요. 늘 건강하고. (하고, 일어나 가는데, 맘이 아픈, 참고)

대 철 (가만 그대로 있다가, 창가를 보면, 영원이 지나가는 게 보이는, 사라질 때까지 보다가, 전화를 하는, 그의 뒷목에 땀이 흥건한) 동생.. (아픈지, 심호흡을 하고, 힘들게) 나 좀.. 데리러 와라.. (하고, 전화를 끊고, 꼿꼿했던 몸을 풀며, 의자에 기대는데, 눈가 붉고, 힘든)

씬 25. 완이의 집 안, 밤.

영원, 침대 밑에 주저앉아, 엉엉 울고 있는,
완, 외출 준비 다 한 모습으로, 창가 쪽을 보고 있는, 하늘을 보거나 하며, 생각 많은, 영원이 울 시간을 주는,

완 (N) 영원 이모가 그토록 설레하던 첫사랑과의 조우는 그렇게 허무하게 끝이 났다. 그를 만나니, 막상 왜 나를 버렸냐는 원망도, 너무 그리웠다는 고백도 필요 없더란다. 그러며 영원 이모가 말했다.

씬 26. 도로, 달리는 영원의 차 안, 밤.

영원, 차창을 보며, 담담히 웃으며 말하는, 완이, 운전해 가는,

영 원 완아, 나는 지금껏 사람이 몸이 늙지, 맘은 안 늙는다고 생각했다.

완 (앞만 보고, 운전해 가며) 근데..

영 원 오늘 보니까, 맘도 늙드라, 야. 밥 먹자는데.. 밥 먹으면 뭐? 술 마시자는데, 술 마시면.. 뭐, 달라져?.. 그런 생각이 들드라. 이게 맘도 늙는 거지... 뭐야.

완 바보..

영 원 (완이 보고, 웃고, 다시 창가 보며, 가는, 편안한)

완 (N) 그러나, 나중에 이모가 미국으로 돌아가며, 내게 한 말은 정반대였다.. 그때, 밥이나 먹고 올걸. 술 한잔 같이 마셔볼걸. 영원 이모는, 그날 결코 화려하지 않은 자기의 삶에 후회만 하나 더 만들었다.

씬 27. 충남의 집 밖, 전경, 밤.

충 남 (E) 언니, 니 말 그대로 곧이곧대로, 싹 다,

씬 28. 충남의 화장실 안, 밤.

영원, 세수를 하는,
충남, 그 옆에서 묻는,

충 남　믿어두 돼, 대철 씨 만나 좋았단 거?
영 원　(세수하며, 밝게) 당연히! 진짜, 좋았어, 좋았어!
충 남　됐어, 그럼.
영 원　(웃고, 세수하고)
충 남　(영원 걱정스레 보다, 나가는)

씬 29. 충남의 집, 거실, 밤.

희자, 정아, 난희 모여 티브이 연속극을 보며, 넋 놓고, 훈수하는,

희 자　저년이 나쁜가 봐?
정 아　(보며) 그 옆에 년이 더 나빠! 을마나 모진데.
난 희　아이고, 티브이 좀 보자! 뭔 말을 하는지 하나도, 들을 수가 없네.
희 자　(티브이 보며) 어머머머.. 또 머릴 뜯고 저러네, 또..

그사이, 충남, 화장실에서 와 주방에서, 과일 깎는 완이에게로 와서 거드는,

충 남　(완만 듣게) 영원이 안 좋았네?
완　이모가 그래?
충 남　세수하기 전에 보니 화장이 다 번졌어, 척 보면 알지. 그래도 지가 좋다니, 믿어주는 척했어.
완　(웃으며, 윙크하는) 잘했어.
충 남　(친구들 보며) 이제 티브이 시청 시간 끝! 꺼!
희자, 정아, 난희　좀만 더, 보자!
충 남　(와서 티브이 끄고, 가는)

난 희 뭐야?

희자, 정아 (충남 말리는) 얘, 얘..

***시간 경과, 점프컷 》**

충남, 뭔가 적은 쪽질 들고 있는,

희자, 정아, 난희, 영원, 완, 과일을 먹으며, 모두 황당하게, 충남을 보는,

충 남 (돋보길 끼고, 쪽질 보며) 우리 다 늙었어, 따라서 같이 살면 무조건 평등하게.... (희자, 정아 보며) 노친네 대접받을려고 하지 마.

희 자 난 안 그랬어.

난희, 영원 그럼 뭐 엄마 와도 밥 시킬래?

충 남 (버럭) 쌍분 엄마만 제외!

정 아 (과일 먹으며, 담담히 웃으며) 평등인데, 왜 난 생활비가 이십만 원이야, 니들은 삼십인데?

충 남 돈 많은 놈이 더 내는 게 평등이야, 평등의 뜻을 몰라.

정아, 희자 (서로 보며) 아..

완 (구경하며, 재밌는, 가끔 핸드폰 녹음기 되나 확인해보는)

충 남 (쪽지 보며) 밥 당번, 생활비 얘긴 했고, 그담엔 청소 당번인데,

난 희 (과일 먹다가, 쪽질 뺏으며) 오늘은 그냥 하루 같이 자보는 건데, 뭐 나중 일을 벌써 계획을 짜고 그래?! 그리고, 오늘 내가 한나절만 같이 있어봐도 알겠다, 우리랑 언니랑 안 맞는 거, 테레비 보는 것도 그래, 연속극 끝나고, 끄면 될걸, 그냥 지 맘대로 꺼버리고.. (하고, 과일 먹으면)

충 남 (난희가 먹는 과일 뺏으며) 밤엔 고만! 이제 이부자리 깔어.

난희 외 모두 (동시에) 에헤, 여기 자러 왔니, 좀 더 놀다가..

충 남 늙으면 빨리 자는 게 좋아. 다 씻어! 순서는, 연장자순! (하고, 일어나 가는)

희자, 정아 쟨 왜 저러니..

완 (과일 먹으며, 웃으며, 이모들 보며) 이모들 군대 왔다, 군대 왔어. 빨리들 움직여, 충남 교관님한테 혼나기 전에. 나는 오늘 그림잔 거 알지? 나는 안 도와준다, 나는 이모들 관찰하는 게 오늘 내 일이야, 알지?

희 자 (영원 보며) 군댄 이래? 막, 교관이란 사람이 지 맘대로,

영 원 내가 알겠어, 모르겠어? (하고, 가면)

희 자 아.. 모르겠네. 군대 안 가서? (하고, 일어나는)

정 아 (웃으며) 충남아, 이불 어딨어?

＊점프컷 》

난희, 충남, 거실을 걸레질하고,

영원, 찻잔이며 접시를 설거지하고,

완, 핸드폰으로 모듈 끼고, 모두의 사진을 찍으며 돌아다니는,

난 희 (완에게) 너도 좀 도와?

완 (사진 찍으며) 난, 관찰자랬지?

난 희 으이그, 미워. (하고, 일하고)

충 남 (일하며, 난희에게) 빡빡 닦어! 슬슬 물질만 하지 말고!

＊점프컷, 방 안 》

정아, 방에 이불을 까는데, 희자, 장롱에서, 이불을 양껏 꺼내 들고,

희 자 (정아에게) 이거 어디 깔어?

정 아 (이불 깔며) 어디 깔아야겠어?

희 자 거실. (하고, 나가면)

정 아 (답답한) 알면서, 저래.. (하고, 이불 마저 깔고)

＊점프컷, 화장실 안 》

희자, 손에 칫솔 치약 들고 '충남아, 충남아!' 하면서 뭘 찾는, 충남, 문 열고, '뭐?', 희자, '치약?', 충남, '손에 들었네!', 희자, 손에 치약 보고, 웃으며, '미안' 하면, 충남, 아무렇지 않게 문 닫고,

＊점프컷, 화장실 안 》

충남, 문 열며, '뭐?' 하면,

정아, 얼굴의 비눗물 다 닦고 충남 보며, '수건?'

충남, '언니 목!' 하고, 정아 목의 수건 빼서, 주고, 나가는,

정아, '에고.. 이래서 늙음 죽어야 된다.' 하며, 수건으로 얼굴 닦는,

＊점프컷, 주방 》

충남, 물 잔을 죽 늘어놓고, 빠르게, 잔에 물을 반 잔씩만, 딱딱 따르고, 쟁반에 한 보따리의 약과 영양제를 놓고 들고 가며,

충 남 약 드셔, 들!

영원, 비타민을 두 잔 타서 가져오며, 정아에게 한 잔 주고 제가 마시며, 정아의 귀에 대고, '기운도 나고 몸에 좋아, 언니 줄 거밖에 없네' 하고, 정아, 웃고, 마시고, 그사이, 희자, 약을 뜯어 먹으면, 충남, 물을 더 따라주고, 다시 두 사람은 약을 한 봉지씩 더 먹는, 영원, 제 약을 먹고, 충남은 그사이 영양제 빨아 먹고, 알약으로도 먹는, 충남, 다시 물 따르고, 희자, 약을 더 먹는 게 보이는, 희자, 입가에 물이 묻으면, 충남, 희자를 애처럼 닦아주는, 희자, 정아, 영원의 그런 모습들과 충남의 바쁜 움직임이, 점프컷으로 보이는,

난희, 완이는 누워, 그 모습을 보며,

난 희 (웃으며) 와.. 장관이다, 아주. 살겠다고 무슨 약들을 저렇게..

완 약 먹다 배부르겠네.. (하고, 난희와 서로 보고, 웃는)

＊점프컷, 방 안(문이 열린) + 거실, 작은 등만 켜진 》

방 안에서, 정아와 난희, 완이가 자고,

거실에서, 충남, 영원, 희자가 자는, 희자, 충남 옆에서 잠 못 들고 뒤척이다, 조심스레 일어나, 티브이를 켜는,

충 남 (눈 감은 채) 테레비 꺼..

희 자 (미안한, 놀라, 끄고, 누우면)

충 남 바스락대지 말고.

희 자 미안. (하고, 눈 감는)

＊점프컷, 불 꺼진 실내 》

모두 자는,

충남, 자는데, 덜그럭 소리가 나는, 충남, 소리 나는 쪽으로, 고개 돌려 보면, 희자, 이 방 저 방 다니며 문들을 열었다 닫는,

충남 (일어나 앉아, 졸린, 차분한) 언니, 이리 와.

희자 (충남을 보는데, 순간 모르겠는, 이상한, 멍한) ?

충남 (졸린, 희자의 상태 모르는) 답답해서, 그래?

희자 (주변을 보는) ?

충남 (손 내밀며) 밤이슬 맞음 감기 걸려. 답답해도 이리 와, 자.

희자 (정아, 완, 난희, 영원까지 자는 걸 물끄러미 보다가, 옆으로 와, 누우며) 애들이 왜 니네 집에서 다 잔다니?

충남 뭔 소리야..

완 (자며) 이모 좀 자자..

충남 (누워, 희자를 다독이며) 자..

희자 배고파.

충남 (누워, 희자를 다독이며, 졸린) 자다 먹음 못써.. 쉬.. 자.. 자..

희자 (일어나는)

충남 어디 가?

희자 화장실..

충남 (졸린) 저기 문 옆.. (하다가, 일어나, 희자 손잡고, 화장실로 가 문 열어주고, 불 켜주고, 희자가 변기에 앉으면, 문 앞에 앉아, 조는)

완 (졸린, 웃으며) 이모.. 같이 살지 마라.

충남 (졸린) 입 닥쳐.

완 (졸린) 오늘 보니까, 이몬, 마더 테레사야.

충남 (졸린, 제 무릎에 얼굴 기대고) 그게.. 뭔데?

완 있어, 착하게 살다, 죽은 사람.

충남 천당 갔어?

완 그럴걸.

충남 고맙다. (하고, 희자, 화장실에서 나오면, 일어나 손잡고 자리로 가며, 희자가 영원 안 밟게 '거기 말고' 하며 잘 데리고 와, 희자 눕히고, 누워 토닥이는)

희자 (자는)

영원 (눈 감은 채, 충남에게) 후회되지, 같이 살지 마.

충 남　(말 끝나기 전에, 눈 감은 채, 팔 뻗어, 영원을 탁 치는)

정 아　(코를 크게 드르렁 골고)

난 희　아따, 장단 봐라..

영원, 난희, 완　(눈 감은 채 낄낄대고 웃는)

정 아　좀 자자!

영원, 난희, 완　자기 혼자 잘 자면서 저래!

씬 30. 충남의 야외 카페 마당, 아침.

희자, 충남, 난희, 스트레칭 하는 걸 완이가 도와주는, 어른들은 아파하지만, 완이가 도와주며, '좀 더, 그래서 운동이 되냐', 다그치는, 충남, 완이가 스트레칭 도와주면, '아아아! 늙은일 죽일래' 하며, 완일 때리고,

씬 31. 충남의 주방, 아침.

정아, 자다 깬 얼굴로, 쌀을 씻는데,
영원, 와서, 뺏으며,

영 원　좀 쉬어.

정 아　니가 뭘 해, 내가 해. (하고, 쌀바가지를 뺏으려 하면)

영 원　(안 뺏기며) 그러다, 김석균처럼 우리도 차버릴라고? 노동이 취미냐, 가, 쉬어! (하고, 쌀 씻는데)

정 아　(따뜻한 영원의 그 맘 받는) 그래, 배우 동생이 해주는 밥 한번 먹어보자.. (하고, 티브이를 켜는)

씬 32. 충남의 카페 주차장, 낮.

'집에 가자, 어제 재밌었다, 잠자리가 불편했다' 등등 말하며, 영원 차에 정아,

희자, 타고, 난희는 완이 차에 타는데,
충남, 가방을 하나, 들고 빠르게 오며,

충 남　희자 언니, 희자 언니, 여기 기저귀 가방!
희 자　(차 타다, 충남 쪽 돌아보는)

씬 33. 충남의 카페 앞, 낮.

완의 차, 먼저 앞서 나와, 가고, 영원의 차, 주차장에서, 가는데,
종식, 핸드폰 들고, 뛰어오며,

종 식　정아 고모! 핸드폰!

*** 점프컷 》**
주영, 손에 구두 들고, 종식과 이어서, 뛰어오며,

주 영　난희 고모! 우리 고모랑, 신발 바뀌었어요!
종 식　희자 고모 지갑!
충 남　(힘든, 주영 뒤에서 약봉지 가지고, 뛰어오며) 영원아, 약, 니 약! (멈춰 서서 부르는) 희자 언니, 지갑! 난희야, 신발!

씬 34. 충남의 거실, 낮.

충남, 폭탄 맞은 집을 치우는, 비질로 방 청소(비질하다가, 모두의 머리카락이 빠져, 한 웅큼인 걸 보고, 웃고, 머리카락 정리해 버리는)에, 설거지를 하는 모습 등등, 몽타주로 나오며,

완　(N) 내가 물었다, 왜, 이모는 그렇게 힘든 어른들과 같이 살 생각을 했느냐고? 충남 이모가 말했다. 살면서, 자기가 가장 잘못한 일은, 평생 그 누구와

단 한 번도 마음을 맞춰보지 못한 거라고. 그래서, 죽기 전에 이모는 사랑하는 친구들과는 힘이 들어도, 마음이란 걸 한번.. 맞춰보고 싶었다고, 그래서 그랬다고.

＊점프컷》

충 남 (병원에 있는 언니와 전화하는) 그랬어? 그 의사 놈이 잘못했네, 우리 언니 주살 아프게 놓고.. (사이) 낼모레, 가지, 그럼, 동생이 낼모레 병원 가, 에이 울지 말고.. 그래, 끊어. (하고, 전화 오면, 받고) 어, 희자 언니.. 별소릴 다 하네, 언니가 뭘 날 귀찮게 해, 재밌었는데, 그럼, 겨울 오기 전엔 무조건 합치지, 그럼, 겨울 오기 전엔 합쳐! 근데, 언니 어젯밤에 어디 나갈라 그런 거야? (이어지는 느낌)

완 (N) 그리고, 그 일은 평생 일가친척을 건사한 것과 함께, 제 인생 중 가장 잘한 일이었다고. 나도 그렇게 생각한다고 했다. 그리고 첨으로 충남 이모를 꼭 껴안아드렸다.

씬 35. 성당 안, 낮.

성재, 사람들과 기도를 하는 모습이 나오고, 사람들, 일부 가고, 성재도 기도를 마치고, 일어나려 하는데,

신 부 (성재 보고, 조심스런) 저기, 요셉 님.

성 재 ?

씬 36. 성당 사무실 안, 낮.

컴퓨터에 시시티브이가 켜 있고, 직원, 그걸 작동해주고 있고, 성재, 화면을 보는, 신부(한 번 본 다음인) 와 보는,
성재, 심각하게 보는,

화면에 희자가, 밤에 성당으로 들어와, 야외의 마리아상 앞에서, 기도를 하는 게 보이는,

신 부　여기 아저씨께서, 엊그제 이걸 확인하고, 저한테 말씀을 해서,

성 재　(뭔가 이상한, 직원에게) 그냥 기도하러 온 것도 같고.. 한 번 더 봅시다.

직 원　(화면을 돌리면)

***점프컷, 화면 》**

희자, 기도하다가, 가는,

***점프컷 》**

성 재　(진지하게, 보는, 그때 전화 오고, 보면, 석균이다, 끊고, 또다시 화면 보는) 이것만이 아니라, 다른 날 것도 있다고 했죠?

씬 37. 석균의 아파트 경비 사무실, 낮.

석균, 전화기를 만지작거리며,

석 균　(구시렁) 왜 전활 끊어, 변호사 일하나.... (하고, 전화에서 순영 엄마를 찾아서, 가만 보다, 전화할까 말까 하는)

그때, 주민 여자(앞에서 나왔던 여자, 작은 개를 안고 있는), 와서 말하는,

주민 여자　아저씨, 저 좀 도와주세요. (하고, 가는)

석 균　(벌떡 일어나, 따라가는, 귀찮은) ..

씬 38. 아파트 주차장, 낮.

주민 여자, 개를 안고, 기분 좋게 '우리 애기, 오야, 오야' 하며 장난치고 서 있고, 차 뒤 트렁크가 열린, 석균, 땀을 흘리며, 뒤 트렁크에 놓인 바퀴 의자를 꺼내려 용을 쓰는, 석균, 잘 안 되는지, 힘이 든, 그러다, 간신히, 들어서, 내리고, 의잘 밀고 가려는데,

주민 여자　아우, 아저씨 그거 새건데, 들고 가세요.

석 균　(땀이 나는, 들려 하는데, 힘이 든) 너무 무거운데...

주민 여자　(맘에 안 드는) 정말.. 그거 하나 못 들면서, 경비 일을 어떻게 본대? (하고, 가며, 안고 있는 개와 즐거운)

석 균　(화나는, 참고, 들고, 몇 걸음 가다, 그냥 놓고, 주민 여자에게로 가서) 그 개 내가 들게, 의자는 사모님이 드셔요. (하고, 개를 안으려 하면)

주민 여자　(개를 안 뺏기려 하며) 이 아저씨가 어디서 드런 손으로 우리 앨 만져요, 만지길!

석 균　(화나는, 허리에 한 손 올리고, 삿대질하며, 폭발하는) 그게 애냐, 개지!

그때, 일하던, 다른 수위와, 지나가던 주민들, 석균을 보는,

주민 여자　어머, 이 아저씨가.. 왜 소릴 질러?! 경비 일 관두고 싶어요?!

석 균　(모자를 벗어 던지며) 니가 짜르기 전에 내가 관둔다, 이 여편네야!

주민 여자　(어이없는) ?!

석 균　내가 아파트 경비지, 니 집 집사냐? 니 남편도 남 밑에서 일하지?! 내가 니 애비뻘이야! 에지간히 해야지, 에지간히! (하고, 가는)

주민 여자　(석균 등 뒤에서, 기가 차는) 어머머머, 어이없어, 어이없어!

수 위　(석균 잡아 말리며) 아저씨, 참으세요, 참으세요!

석 균　(수위 밀치며) 너나 참아! (주민 여자에게) 내가 못나 너한테 네네 하는 게 아니라, 다, 먹고살라고 하는 거야?! (다른 주민들 보며) 내 몸으로, 내가 밥 벌어먹는데, 니가 거저, 월급 주는 거처럼, 왜 갑질이냐? 왜 갑질이야?! 니 남편 사장이, 니 남편한테 그럼 좋냐?! (하고, 가는, 답답한) 개벼룩이나 드글드글 확 옮아라, 썅! 마누라고 남이고 싹 다 개지랄들이고..

주민들　(주민 여자를 밉게 보는)

주민 여자　(민망하고, 속상해, 의자를 끌고 가는)

씬 39. 버스 정류장, 낮.

석균, 속상하고, 답답한 맘으로 버스 기다리는, 잠시 후, 버스 오면, 올라타는,

씬 40. 버스 안, 낮.

석균, 흔들리지 않게 봉을 온몸으로 잡고, 지갑을 찾아 여기저기 뒤지는데,

기 사 (짜증스런) 아, 자리에 좀 앉으세요, 다쳐요!

석 균 (화나는) 지금 앉을라고 하잖아! (하고, 경로 우대증을 꺼내 보여주고, 찍으며, 자리 찾아가며, 구시렁) 경로 우대가 아니라, 경로 박대네.. (하고, 자릴 찾아 둘러보면, 좌석에 사람들이 모두 앉은, 답답한, 그때, 한 좌석에 교복 입은 어린 여학생이 한 손으로 핸드폰을 하는 게 보이는, 그리로 가서, 여학생에게) 인나.

여학생 (석균 보는) ?

석 균 보면?

여학생 (미안하게, 인사하고, 가방 메고, 손에 가방 들고, 일어나는데, 팔 하나가 없어서, 중심 잡기가 힘든, 간신히, 정차 버튼 누르고, 선)

차 안의 사람들 (모두, 여학생을 안되게 보는)

석 균 (여학생 못 보고, 자리에 앉는)

여학생, 버스 정차하면 내려서, 길을 가는,
석균, 무심히, 사람들을 보게 되는데, 사람들 밉게 석균을 보고, 석균, 왜 그런가 싶은, 사람들 보는 방향을 찾아, 밖을 보면, 여학생 교복의 팔 한 짝이 바람에 나부끼는(느린 그림), 석균, 멍한, 내가 뭔 짓을 한 건가 싶은, 맘 아픈, 앞을 보며 가는데 멍하고 슬픈,

씬 41. 석균의 주방, 낮.

반찬 통 보이고, 쪽지가 보이는, 석균, 읽는,

수 영　(E) 아버지, 엄마가 아버지 가져다 드리라고 깍두기를 많이 담그셨어요. 제가 바빠 못 뵙고, 집만 치우고 왔어요. 아버지.. 제가 아버지한테 잘 못해도.. 마음은 안 그래요. 늘 존경하고. 몸조심하고 지내세요.

석 균　(그걸 보며, 김치 통 뚜껑 열고 깍두기를 집어 먹는)

***점프컷 》**

석균, 앨범을 보는, 그러다가, 사진 한 장이 눈에 띄는, 맑은 날, 철길에서 신혼여행 중에 젊은 정아와 젊은 석균이 웃으며, 포옹한 채, 사진을 찍은 게 보이는,

석균, 사진을 보는데,

***인서트, 회상 》**

맑은 날, 예쁜 철길이 보이는,

***점프컷, 현실 》**

석균, 그 사진을 보다가, 시계 보면, 오후 한 시가, 넘어가는, 작심하고, 정아에게 전화하는,

석 균　여행 가자.

씬 42. 정아의 방 안, 낮.

정아, 걸레질을 하는,

정 아　당신이나 가, 난 방 치워.

씬 43. 석균의 집 안, 낮.

석 균　언젠 여행 가자며!

씬 44. 정아의 방 안, 낮.

정 아　지금은 청소! (하고, 전화 끊고, 걸레질만 하는, 또 전화 오면, 전원을 꺼버리고, 청소하는)

씬 45. 국도 변, 달리는 석균의 차 안, 낮.

석 균　(속상하고, 화가 나는, 운전하며, 버럭, 버럭 혼잣말하는) 오냐오냐하니까, 더 지랄이네, 이게.. 아주.. 대체 내가 뭘 잘못했어, 대체 내가 뭘 그렇게 잘못을 했냐고! 다 필요 없어, 이제 더는 다 필요 없어! (하다가, 우회전을 하는데, 옆에 차가 바짝 붙어서, 휭 하니, 가는, 순간 놀라, 정차하고, 차 밖으로 나와, 가는 차에게 소리치는) 야, 이 *새끼야! 차를 왜 그따위로 몰고 지랄이야! 늙은이 죽어도 상관없냐! 젊어서, 나 필요할 땐 참아주고, 여기저기 필요한데 다 써먹고! (지나가는 차에 대고) 니들 다 나한테 싹 다 죽어볼래! 뭘 봐!

씬 46. 무너져버린 폐가 근처 + 집 안, 낮.

석균의 차 와서, 서고, 석균, 차에서 내려 그 집을 보고, 들어가, 주변을 보면, 이미 오래돼, 거의 흔적도 없는, 옛날 생각나는, 젊은 석균, 정아의 대화가 들리는,

젊은 석균　(E) 제주도는 몰라도, 수안보 온천 호텔로는 신혼여행을 가야 하는 건데.....
젊은 정아　(웃으며, E) 여기도 좋네.. 뭐.

씬 47. 회상, 꽤 좋은 집 안(지금의 폐가), 낮.

젊은 석균과 정아, 둘이 걸레질을 편하게 하며,

젊은 석균 (열심히 집을 닦으며) 내가 나중에 돈 벌면 세계 일주 데리고 갈게.. 지금처럼 시골 친구네 집에서 하루 자고 가는 거 말고..

젊은 정아 (걸레 놓고, 석균에게 달려가) 약속.

젊은 석균 (새끼손가락 걸며) 약속.. (하고, 열심히 걸레질하며) 동생들 출가하면, 가자. 십 년 후엔 될걸.

젊은 정아 (걸레질하며) 그 정도는 기다리지.. 근데 부모님 놔두고는 우리끼린 그러니까.. 부모님 잘 모시고 난 연후에... 삼십 년 후쯤 가자..

젊은 석균 야, 삼십 년은 너무 길지... 이십 년,

젊은 정아 그럼 내가 오십도 안 됐네.. 그 정돈 충분히 기다린다..

젊은 석균 근데 낼 우리 여기서 아침 일찍 가야 돼.. 할머니가 서울 가셨다 온대..

젊은 정아 하루라도, 시부모, 시동생들 없이 단둘이 자면 감지덕지지.. 뭐..

씬 48. 현실, 폐가, 낮.

석균, 돌아보는데, 너무나 흉가가 된, 그 모습 위로 과거에 했던 약속(앞 씬의 젊은 석균과 정아의 약속)이 들리는,

석 균 (착잡한) 감지덕지한 집이 먼지만 덕지덕지 쌓였네..

석균, 착잡한, 마루 한편의 먼지를 손으로 쓱쓱 닦고, 초라하게 눕는, 눈 감는, 날이 저무는,

씬 49. 희자의 집 안, 밤.

희자, 주방에서 밥을 하고, 반찬을 하는, 즐거운,
성재, 티브이 뉴스를 보는데, 눈은 멀뚱히 보고 있지만, 딴생각을 하고 있는,

씬 50. 회상, 성당 안, 낮.

신부와 성재 얘기하는,

신 부 (편안하게) 그냥 기도하시러 오신 걸 수도 있어요..
성 재 (착잡한) 새벽 두 시에 기도라.. 슬리퍼를 신고.. 잠옷 바람에 가디건만 걸치고..
신 부 저도 그게 걸려서, 말씀드린 거예요. 좀 관찰하시다가, 자녀분한테 말씀하시는 게..
성 재 (생각 많은)

씬 51. 희자의 집 안, 주방, 밤.

희자, 국에 파를 썰어 넣고, 성재, 그 옆에서, 싱크대 수납장에 희자가 쓴 〈나는 혼자..〉 메모지를 보는,
세 번째, '치매가 걸리면..' 부분을 입으로 작게 읽는,

희 자 (수저로 간 보고, 국물 떠 성재에게 디밀며) 맛봐.
성 재 (먹고) 아우, 맛나네..
희 자 (좋은) 다행이네, 입맛에 맞아서.. (하고, 반찬을 하는)
성 재 우리 그냥 살까..
희 자 (성재 보며, 담담히) 클 날 소리해. (반찬 하며) 나는 애들 싫어하는 짓 안 해.
성 재 애들이 싫어할 게 뭐 있어? 혹땡이 떨어져나간다 생각하겠지? 우리 애들은 그럴걸.
희 자 (일만 하며) 아프면 몰라도.. 안 아프면.. 혼자 사는 걸 좋아할걸. 하긴 나도

울 엄마가 아버지 말고 다른 남자랑 사는 거 보면, 이상할 거 같애...

성 재　(웃으며) 애들 아니면 그럴 맘은 있고..

희 자　추근대지 않으면.. 말 상대 있고 좋지..

성 재　(예쁘게 보고, 웃으며) 추근대지 않으면? 그 말은 만지지 말라고?

희 자　(덤덤히) 만지게?

성 재　(웃고, 소파로 가며, 편안하게) 저 시시티브이 말이야, 그거 설명서 어디 있나?

희 자　왜?

성 재　내가 그런 거 보는 걸 좋아해서...

희 자　테이블 밑에 있을 건데..

성 재　좀 볼게.. 잘 작동이 되나.. 내 첫사랑.. 희자를 이놈이 잘 지키나.. 안전하게.. 한번 볼게.. (하고, 설명서를 찾아서 보면, 핸드폰으로 확인하는 법이 나오고, 제 핸드폰을 꺼내, 희자 모르게, 자신이 볼 수 있게 해두는)

그때, 희자의 전화 오고, 희자, 받고,

희 자　(밝게) 어, 민호야..

민 호　(E, 노래하는) 엄마 손잡고 나들이 갈 때..

성 재　(희자 관찰하며, 시시티브이에 찍힌 지나간 화면도 볼 수 있게, 핸드폰에 저장하는)

씬 52. 민호의 자동차 정비소 안, 밤.

민호, 자동차 밑에 들어가 일하며, 노래만 부르는, 하늘이, 그때 와서 배 속의 아기 사진을 보여주면, 민호, 감동해서 더 크게 노랠 부르는,

씬 53. 희자의 집 안, 밤.

희자, 민호의 노래 소리를 전화로 들으며, 좋은,

성재, 그사이에 희자 모르게 문 쪽으로 되어 있는 시시티브이의 방향을 중앙으로 하는,

씬 54. 몽타주.

석균의 꿈과 자는 현재의 석균이 교차로 보이는,

1, 개울, 강가, 낮.
열 살 미만의 남자아이들 물가에서 팬티만 입고, 수영을 하며, 노는, 어린 석균, '멱 감아!' 하며 수영 안 하겠다고 '석균아, 싫어, 싫어' 하며 징징대는 친구를 '남자 새끼가 바보같이..' 하며, 기어이, 바위 위에 올려놓고, 미는, 친구가 물에 빠지고, 친구들 다 박수를 치며, 깔깔대는, 잠시 후 물속에서 친구가 울며 나오는데, 눈에 나무가 박힌, 피가 나는, 친구, '석균아..' 하는데, 어린 석균, 웃다, 그 모습 보고, 놀라, 주저앉고,

2, 철공소, 낮.
젊은 석균, 어린 순영(육 학년)에게 소리치고, 울며, 가던(앞 부의 회상 씬 연결), 젊은 석균, 화가 나, 일하는데, 젊은 정아가 머리에 장을 한짐 봐서 이고 들고 눈가 그렁해 오는(정아는 좀 전의 어린 순영의 일 모르는),

젊은 정아 여보..
젊은 석균 (순영의 일로 속상한) 뭐뭐뭐!
젊은 정아 이거 당신이 집에 좀 가져다놓으면 안 돼?
젊은 석균 미쳤나, 이게! 사람 일하는데 와서, 너 죽을래?
젊은 정아 내가.. 아무래도 배가.. 그래서.. 병원에... 이번엔 사내애랬는데..
젊은 석균 지랄하네.. 애가 갑자기 왜 떨어져.. 집에 안 가?! (하고, 일만 하는)
젊은 정아 (짐을 들고, 부들거리며, 돌아서서 가는데, 다리를 타고 피가 흐르는)
젊은 석균 (일만 하는) 에미고 딸이고, 사람을 못 잡아먹어, 지랄들이지.
젊은 정아 (가다 주저앉고)
젊은 석균 (일하다, 보는) ?

3, 폐가, 밤.
석균, 담담히, 일어나, 목을 만지면 땀이 흥건한, 멍하니 앉아 있는,

4, 옛날 젊은 석균의 집, 낮.
젊은 정아를 석균 모가 머릴 뜯으며,

석균 모　니가 집안을 말아먹을라고 들어온 거지, 니가 집안을 말아먹을라고 들어온 거야! 빨래했는데, 왜 내 옷이 없냐, 왜 내 옷이 없어! 니가 버렸지?! 내가 그 옷 좋아하니, 버린 거 아냐. 이년아!

젊은 석균, 퇴근하다, 그 모습 보고, 싫은, 돌아서서, 길바닥에 침 뱉고, 가는, 젊은 정아의 '어머니, 나 죽어요, 잘못했어요, 머리 좀 놔요, 뽑혀!' 하며 우는 울음소리가 젊은 석균의 등 뒤로 진동하는,

5, 폐가 앞, 밤.
석균, 차로 와, 운전을 하는데, 지난날이 너무 생각나, 슬픈,
운전하는 석균의 모습 위로, 회상 겹치는,

6, 회상.
버스 안에서 여학생에게 일어나라 하던, 그리고 창 너머로 본, 팔 없는 여학생,

7, 6부에서, 순영과 밥 먹고, 순영, 냉정히 돌아서서 가던, 순영의 뒷모습(안 봤지만, 상상이 가는)

8, 1부부터,
1) 석균이 정아 누룽지며, 밥 많이 먹는다고, 타박하던, 정아가 아이스크림 값을 던지던,
2) 4부, 정아가 울며, 폭발하던,
3) 정아가 바닷가에서 엄마의 재를 뿌리던,

4) 정아, 목욕탕에서 울던,
5) 정아, 방에서 석균의 등을 긁어주던,
6) 10, 11부에서 석균이 다른 사람에게 혹은 혼자서, 그리고 정아에게, '내가 뭘 그렇게 잘못했냐? 다들 나한테 왜 그래?!' 하며 소리치던, 모습이 컷 컷 보이는,

씬 55. 달리는 석균의 차 + 차 안 + 기찻길, 어두운 새벽.

석균, 슬프게 운전을 하다 서면, 철길이 보이는, 한쪽을 보면,

***인서트, 회상 》**
대낮, 신혼여행하던 젊은 석균과 젊은 정아가 양쪽의 철길 위를 손잡고 걸으며, 중심을 잡으려 하며 웃으며 가는,

***점프컷, 현실 》**
차 안의 석균, 참담하게 반대쪽으로 고개 돌리면, 꿈의 안개 속 철길이 보이고, 그 안개를 뚫고 혼자 걸어오는 남자가 서서히 보이는데, 지금의 석균이다, 석균, 울컥하는, 늙은 자신을 보다가, 다시 반대쪽 철길을 보면, 젊은 정아의 모습이 보이는, 고개 돌려 앞 보고, 눈물이 고이는, 막막한,

씬 56. 완이의 집 안, 낮.

완, 밤새 일했는지, 피곤한, 전화를 받으며 짜증 나는, 간신히 참는,
난희, 반찬을 그릇에 담고 있는,

석 균 (E, 차분한, 담담한) 좋다, 니가 오기 싫음 뭐 내가 가지... 집이 어디냐? 니네 엄마한테 물으랴?

난 희 (일하며) 야, 그냥 아저씨 오라 그래? 너한테 소설 쓸 거리 준다는데.. 한 시간만 보면 되잖아.. 그리고, (연하와 찍은 사진 보며, 조심스레) 이건 좀 떼지.. 헤

어졌다며..

완　(송화구 가리고, 난희에게) 고만, 좀!

난희　(일이나 하는)

완　(전화하는) 근데.. 제가 한 시간밖에 시간이 안 되는데.. 괜찮으시겠어요? (사이) 알았어요, 집 알아요, 정아 이모 모셔다 드려서..

난희　사백구 동 **호야. 아파트 단지는 알지?

완　네, 지금 가요. (하고, 끊으며) 아, 짜증 나, 진짜!

난희　어른한테 너무 그러는 거 아냐.. 기집애야, 싸가지 없이!

완　(나갈 준비하며, 옷을 입거나, 가방 준비하며) 어른이면 좀 배려심이 있든가, 나이 먹은 게 뭐 그렇게 대단한 거야! 나는 진짜 이번에 소설 쓰고 남 어른들하고 말도 섞기 싫을 거 같애, 낼모레 돌아가실 거라고, 아주 세상이 자기들 맘대로야! 말 들음 뭐해.. 뻔하지.. 또 지 자랑 아니면, 신세 한탄, 남 욕이나 하겠지.. (하고, 나가는)

난희　(어이없게 가는 완 보는) ? (구시렁) 저게 나 들으라고 저러지.. 저게.. (하며, 반찬을 담는데, 컴퓨터에서, 동영상 왔단 소리가 들리는, 일하다 놓고) 뭐야? (하며, 컴으로 가서, 화면 보면, 발신자가 연하인, 그냥 가려다, 작심하고, 조심스레, 컴퓨터 버튼을 눌러보면)

***점프컷 》**

연하, 세수한 얼굴로, 수건으로 머릴 말리며,

연하　(다짜고짜, 웃으며) 나 오늘부터 수영장에서, 하체 운동 시작했다. (하다가, 난희 보고, 어색하지만, 따뜻하게 웃음 짓고) 어머니네. 잘 지내셨어요?

난희　(어색한 웃음 짓고) 완이 없는데, 나갔는데..

연하　괜찮아요, 어머니랑 얘기하죠, 뭐? 건강은 어떠세요?

난희　(어색한 웃음 짓고, 미안하지만, 말하는) 우리 인봉이는 걷긴 하는데, 넌.. 안 되지?

연하　... (어색한) 사고가.. 커서요.

난희　그랬구나.. 그래도 운동 꾸준히 하고.. 밤에 다리 땜에 많이 아플 건데.. 늘 조심하고.. (완이는 안 된단 의미로) 여자도 만나고..

연하　(그 말뜻 알겠지만, 담담히 받는) 할머닌 어떠세요? 편찮으시다던데..

난 희　지금 병원 한번 가볼라고... 나중에 또 연락하자. 나, 가야 돼서.. (하고, 그냥 끊는)

씬 57. 연하의 집 안, 낮.

연하, 모니터 보다가, 착잡하고, 어색하게 웃고, 휠체어를 타고, 가는,

씬 58. 석균의 집 안, 낮.

석균, 눈가 붉어, 소주를 마시고, 완, 핸드폰 녹음기를 켜놓고, 진지하고 안쓰럽게 석균을 보며 얘기 듣는, 많이 진행이 된 느낌,

석 균　(먹먹한) 배가 이상하다드라고.. 머리엔 시장 본 걸 한짐을 지고 서선.. 근데, 나는 성질만.... 피가 다리 사이로 줄줄... 그래서, 병원을 가고 이틀인가 있다 집에 와서 보는데...

완　(맘 아픈, 눈가 붉어, 석균을 안쓰레 보는)

석 균　.. 안됐드라고... 할 말도 없고... 그럼 암 말 말아야 하는데... 내가, 일어나 밥 해!.. 그 말이 불쑥... (속상한) 그래 놓고 여적.. 그 일은 없는 일인 것마냥.. 살았네.. (하고, 옆에 둔 철길 위의 신혼여행 사진을 보며, 쓰게 웃으며) 여기선 둘인데... 이제는... 혼자네...

완　(짠하게 보는) ....

석 균　사람들은.. 순영이도.. 내가 내 죌 다 알면서도 지한테 모질게.. 뻔뻔하게 그랬다고 생각하겠지만.. 난 몰랐다.... 너무 오래된 일이고... 사는 데 코 빠져서.... (어색하게 웃으며) 아이고, 이런.. 그게 죈데, 그지? 세상서 젤 큰 죈, 지가 지 죌 모르는 거야. 무지! (맘 아픈) 몰라서.. 지은 죈 셀 수가 없잖냐.... (소주를 한 잔 마시고) 그래서, 순영이랑 헤어져줄라고.. (완 보며) 너, 내가 지금껏 한 얘기, 이렇게 산 놈도 있다, 그렇게 쓸람 쓰고 말람 말어.

완　(안쓰런) 아저씨, 그냥 지금 저한테 말씀하신 거처럼.. 이모한테도,

석 균　그래서 맘 약한 순영이 다시 오면, 나는 밥도 못하고 빨래도 못하는데.... 됐

어, 고만 부려먹을래.. 가.. (편하게, 웃으며) 담배 끊고, 기집애야. (하고, 방에 들어가는)

완　점심 드셔야죠.. 제가 좀 차려드려요?

석균　..

완　아저씨.. (하고, 일어나 방으로 가 방문 열며) 아저씨,

씬 59. 석균의 방 안, 낮.

석균　(벽에 기대, 눈가 붉어 앉아 있는) 가, 그냥..

완　(안쓰레 보다, 조심스런) .. 네.. (하고, 문 닫는)

석균　(멍하니, 있는)

완　(N) 누군가 그랬다. 우리는 살면서 세상에 잘한 일보단, 잘못한 일이 훨씬 더 많다고. 그러니, 우리의 삶은 언제나 남는 장사이며, 넘치는 축복이라고.. 그러니, 지나고 후회 말고, 살아 있는 이 순간을 감사하라고.

씬 60. 달리는 완의 차 안, 낮.

완　(N) 정말 삶은 축복이고 감사일까? 우리 엄마와 할머니에게도?

완, 운전하고 가면서, 전화하는,

완　(N) 연하에게 가며, 마지막으로 엄마에게 바치게 될 이 책의 끝이, 나는 정말 그렇게 정리되길 빌고 빌었다.

완　어, 엄마.. 어디? 병원? 엄마도 간 김에 같이 한 거 맞지?

씬 61. 준 종합병원, 복도, 낮.

난희, 쌍분 앉아 있는(둘 다 검사복 입은),

난 희　니 할머니 성화에 돈 안 쓰고 배겨. 나도 같이 검진 신청했어. 그래, 했다고.

그때, 간호사, 나오며,

간호사　오쌍분 님! 장난희 님!

난 희　야, 순서 됐어, 끊어. (하고, 전화 끊고, 쌍분 손잡고, 들어가며) 엄마, 괜찮을 거야.

쌍 분　알어.

씬 62. 의사 진료실, 낮.

젊은 의사, 앉아 있고, 쌍분, 난희 초조하게 앉아 있는,

의 사　(엑스레이 자료 두 개를 번갈아 보며, 그중 하나를 보며, 조금 심각하게) 장난희 씨가.. (하고, 쌍분 보면)

난 희　전데요...

의 사　(난희 보고, 설마 싶어, 사진 다시 보고, 난희 보는)

난 희　(초조한)

그 얼굴에서 엔딩.

dear my friends

13 부

끝까지 엄마답게,
끝까지 투사처럼 1

씬 1. 의사 진료실, 낮.

의사, 앉아 있고, 쌍분, 난희 초조하게 앉아 있는,

의사 (엑스레이 자료 두 개를 번갈아 보다, 그중 하나를 보며, 조금 심각하게) 장난희 씨가.. (하고, 쌍분 보면)

난희 전데요...

의사 (난희 보고, 설마 싶어, 사진 다시 보고, 난희 보는)

난희 (초조한)

의사 (다시 엑스레이 사진 보고, 다시 난희를 보며, 담백하게) 오늘 시간 되세요?

쌍분 (의사 보다, 난희 보며, 아무렇지 않게) 뭐래?

난희 (의사 보며, 담담하게, 왜 그러나 싶은) 시간이.. 있긴 한데, 왜요?

의사 (담백하게) 그럼 두 분 다 오늘 시티까지 좀 찍고 가세요. (하고, 인터폰 하며) 어, 김 간호사님 오쌍분, 장난희 씨 시티 준비해줘.

쌍분 (난희 보며) 뭐래?

난희 (모르겠는, 쌍분 보며, 덤덤히) 돈 쓰래.. (하고, 왜 그런가 싶어, 의사 보는)

씬 2. 출판사 안 일각, 낮.

완, 일각에 서서 전화하는,

난 희　(E) 잘난 의사 놈들이 물어보게 하냐? 지들 할 말만 하고 그냥 쌩하고 나가버리는데,

완　(답답하지만, 참고) 쌩하고 나가면, 팔을 잡아 돌려 세워서, 물으면 되지? 똑똑한 척 혼자 다 하고 살면서, 그럴 땐 왜 바보같이 말을 못 해?

씬 3. 병원 복도, 낮.

난 희　(검사복 입고, 벽에 기대서서, 맞다 싶어, 짜증 나고, 속상한) 에미가 바보면 좋겠다, 기집애야.

씬 4. 출판사 안 일각, 낮.

완　(참고) 차근차근 물어봐, 할머닌 정확하게 상태가 어떤 건지.. 엄마는 대체 왜 간 시티를 하자는 건지.. 뭐가 엑스레이 상에 보인 건지, 할머니가 위가 안 좋으면 집에서 식이요법은 어떻게 해야 하는 건지..

난 희　(말꼬리 끊으며, E) 아.. 알았어, 알았어..

완　대충 말고, 꼼꼼히, (순간, 생각난) 아, 핸드폰에 녹음시켜라. 엄마, 의사가 하는 말, 녹음해.

씬 5. 병원 복도, 낮.

난 희　녹음? 그거 어떻게 하는 건데?

***교차씬 》**

완 (어이없는) 핸드폰으로 사진도 찍으면서 녹음하는 건 왜 몰라?

난 희 (속상한, 버럭) 안 해봤으니까, 모르지! 내가 간첩도 아니고, 사람 말을 녹음 할 일이 뭐 있어?!

완 왜, 성질을 내, 엄만! 나는 할머니랑 엄마 생각해서,

난 희 (버럭) 그렇게 할머니랑 엄말 생각하면 지금이라도 달려오든가 기집애야! (하고, 전화 끊고, 벽에 기대 투덜대는) 지가 언제부터 날 그렇게 생각해.. (하며, 핸드폰을 보며) 녹음은 어떻게 하는 거야..

간호사 (그때, 차트 들고 와서 부르는) 장난희 씨, 시티 촬영받으세요.

난 희 (간호사 보고, 가며) 울 어머닌 검사 끝났어요?

씬 6. 시티실, 낮.

난희, 시티 검사를 받고 있는,

씬 7. 출판사 안, 낮.

완, 혜미와 커피를 마시며, 얘기하는,

혜 미 (편하게) 병원에 가봐야 되는 거 아니에요?

완 울 엄마가 얼마나 똑똑한데.. 괜찮아. 우리 할머닌 낼모레 구십이야. 그리고 울 엄만 엄청 건강하시거든, 동진 선배 까는 거 봤을 건데?

혜 미 (커피 물고, 깔깔대고 웃고)

완 (웃고, 커피 마시고) 자기 그거 뿜지 마, 뿜음 죽는다, 삼켜, 그만 웃고. 근데, 내 원고는 읽어봤어?

씬 8. 진료실 안, 밤.

쌍분, 난희, 제 옷으로 갈아입고, 앉아 있고,

쌍분 (못 알아듣겠는, 난희 보며) 빵구?

의사 (웃으며) 네, 빵구요.

쌍분 (난희 보면)

난희 (쌍분 귀에 대고) 약 잘 먹으래. 안 그럼 진짜 빵구 나서, 엄마 배 짼대.

쌍분 (의사 보며, 화난, 버럭) 내 밸 왜 째! 왜?! 미친놈.. 그런 데 돈 쓸 일 있음 입에 물고 죽겠다.. 지랄.. (하고, 나가는)

난희 (의사에게 미안한) 잠시만요. (하고, 쌍분 따라나가는)

씬 9. 진료실 밖, 밤.

난희, 나와 보면, 쌍분, 의자에 화나 앉아 있는,

난희 화났어?

쌍분 (고집스런, 속상한, 난희 안 보고) 나는 배 안 째.. 그냥 죽지.

난희 (쌍분을 마주 보고, 손잡고, 웃으며) 알았어, 배 째지 마. 그러니까, 의사 선생님이 약 주면 약 잘 먹고.. 어디 가지 말고.. (하고는 쌍분의 주머니에서 핸드폰 찾아 손에 쥐여주며) 꼼짝 말고 여기서 오락하고 있어요.

쌍분 (핸드폰 켜고, 오락하는)

난희 꼭 여기 있어. (농담) 밖에 나감 도깨비가 물어간다. (하고, 들어가는)

쌍분 (오락하는)

씬 10. 진료실 안, 밤.

난희, 의사 앉아 있는,

난희 (담담한, 왜 그러나 싶은) 대학 병원.. 이요? 내가, 왜? 난 아픈 데도 하나 없는데..?

의사 (담담한) 엠알아이 검살 해야 하는데.. 우리 병원엔 엠알아이가 없어서..

난 희 (말꼬리 끊으며) 대체, 사진에 뭐가 있길래, 그래요?

의 사 (난희의 간 사진을 보여주며) 간에 악성종양이 보이네요.

난 희 (뭐가 뭔지 모르겠는, 이상해서 묻고, 또 묻는) 내가? 울 엄마 아니고.. 나? 종양? 악성?.. 그럼 내가 암?

의 사 백 프로 정확하다 말할 순 없지만, 제 소견은 간암이,

난 희 (속상하고, 무서워, 되레 화가 나는, 말꼬리 자르며) 백 프로 확실치도 않은 얘길 왜 해요! 누가 지금 의사 선생 소견 듣재, 사진에 뭐가 있냐고?! 대체 사진에 뭐가 있어서, 생전 아파본 적도 별로 없는 나한테 그런 막말을 하냐고, 내 말은?!

의 사 (답답한) 엠알아이 찍으세요, 시티만으론, 정확히 알 수 없어서,

난 희 (버럭, 속상한, 눈가 붉어) 정확히 알 수도 없는 사진을 왜 찍어 그럼! 웃기는 사람이네, 진짜.. (하고, 고개 돌려 한숨 쉬고, 다시 보며) 찬찬히 말해봐요, 간에 뭐가 있다고? (컴퓨터 보며) 암 덩이가 어디 어디야? 어?

씬 11. 석균의 집 베란다 + 주방, 밤.

석균, 세탁기에 세탁물 넣고, 세제를 넣고, 나가는,

＊점프컷, 주방 》

석균, 그릇 들고 쌀을 씻으며, 냉장고에 충남이 붙여놓은 좋은 남편 십계명을 읽는,

석 균 (큰 소리로, 또박또박, 읽는, 읽으면서도 속이 상한) 남편은, 자기 자신과, 가정을, 안전하게 보호하고, 폭군처럼, 행세하지 말라. 여덟, 살림살이에, 사사건건, 간섭 말라, 아홉, 아내의 동의 없이, 중요한 일을 혼자서 하지 말라... 열, 항상, 부드럽고, 다정다감, (하다, 성질나는, 개수대로 가며, 버럭) 남편이 여편네한테도 소리 안 지름 뭔 맛으로 살아! (하고, 그릇의 물을 버리고 다시 물 받고 쌀 조리로 휘휘 저으며(나름 쌀 씻는 방법), 맘 다잡는, 차분히) 다정다감.. 염병.. 기생오라비가 되라 소리네.. (하고, 바가지의 물을 따라 버리고, 다시 물을 받아서, 붉은 쌀 넣고, 밥솥에 넣고, 그걸 가만 보다가) 다음엔 뭘 어

떻게 하는 거야. 백미.. 현미.. (하고, 밥솥의 숫자 판을 읽다가, 핸드폰을 열어서, 정아에게 전화하는) 밥통에 밥을 넣었어.. 그담에 어떻게 해?

씬 12. 희자의 집 안, 밤.

정아, 소파에 앉아 있고, 희자, 정아의 무릎을 베고, 야한 영화를 보며 과자를 먹다가, 석균의 전화를 받은,

정 아 (어이없는, 덤덤히, 전화에 대고 말하는) 미쳤어?

희 자 (누워, 정아를 보며, 아무렇지 않게) 석균 씨가 미쳤어?

정 아 밥통에 밥을 왜 넣어! 쌀을 넣어야지! 돌아도 한참 돌았나 보네!

씬 13. 석균의 주방, 밤.

석 균 (속상한, 참고) 밥이 아니고, 쌀을.. 넣었어! 근데 버튼이 많어, 뭘 눌러!

씬 14. 희자의 집 안, 밤.

정 아 오른쪽 맨 위, 백미! (하고, 전화 끊고, 과자를 먹다, 다시 전화 오면, 받으며) 왜 또?

씬 15. 석균의 주방, 밤.

석 균 (밥솥의 버튼 누르고) 버튼을 눌렀어, 그럼 이제 밥이 돼? 밥 다 된 건 어떻게 알어?

씬 16. 희자의 집 안, 밤.

정 아 보면 알어. 걔가 소릴 내. 밥 다 됐다고. (하고, 전화를 끊는)

씬 17. 석균의 주방, 밤.

석 균 (냉장고 열고, 두부를 보고, 두부를 꺼내 도마에 놓고, 칼을 들어 보고, 다시 두부를 보며) 된장찌갠 어떻게 끓이나.. 이것만 넣음 되나.. (하고, 두부 보고) 네모지게 썰어야겠지.. (하고, 두부를 써는)

씬 18. 희자의 집 안, 밤.

희 자 (정아 보며) 석균 씨가 먹고살라고 밥하나 보네.

정 아 (웃으며, 영화 보며) 굶어 디지진 않겠네.

희 자 석균 씨가 니가 좋은가 보다. 자꾸 전화하고.

정 아 좋긴, 아쉬워 그러지.

희 자 (영화 보다, 놀라, 안 보려 돌아누우며) 어머머머.. 얘, 쟤 벗었다, 벗었어.

정 아 (얼굴을 앞으로 내밀며, 영화 보고, 놀란) 어머나! 진짜 홀딱 벗었네, 저것들이.. (하고, 웃으며, 희자의 얼굴을 돌려 보게 하려 하며) 야야, 혼자 보기 아깝다.. 봐봐, 저것들이 아랫도리 윗도릴 훌떡, 어머나, 뭐가 저렇게 커? 야, 좀 봐봐..

희 자 어우, 나 싫어! (하고, 도망가는)

정 아 어딜 가.. 오늘 날 잡았는데.. (하고, 희자를 잡아서, 영활 보게 하려 하며, 장난치는) 어머나, 저것들이 뒹구네.. 깔깔깔.. 야, 니가 이거 보자며?

희 자 (눈 감고, 안 보려 하며, 도망가려 하며) 아우, 안 봐, 징그러! 하지 마! 하지 마! 정아야, 하지 마! (하고, 주저앉아, 버티는)

정 아 (장난치는, 희자를 끌고 가려 하며, 웃으며) 내숭은, 누가 보면 니가 처년 줄 알겠다.. 애를 셋이나 낳았으면서.. 아이고, 이거 힘 봐!

희 자 (웃으며) 싫어, 징그러.. 정아야, 이러지 마, 징그러, 놔.. 엄마.. (하고, 버티는)

씬 19. 성재의 집 안, 밤.

성재, 시시티브이를 연결한 핸드폰을 보는, 전에 녹화되어 있었던 희자의 행동을, 빠르게 돌려 확인하며, 옆의 종이에 도표로 만들어 쓰는, 아침, 점심, 저녁 식사 시간, 약 먹는 시간, 외출해서 돌아오는 시간 등을 체크하는 듯한,

성 재 (핸드폰을 끄고, 피곤한지, 얼굴을 부비고, 종이를 보며) 이제야 다 끝났네.. 이걸 토대로 보면 밤 외출이.. 첨 시작된 게 두어 달 전... 밤 외출 시간은 평균, 한 시간 반.... 희자 집에서 성당까지 거리가 두 정거장... 일점오 킬로.. 그럼 왕복 한 시간 반이면.. 성당 앞에서, 기도하는 시간이 십오 분... (종이를 내려놓으며, 생각하는) 다른 덴 안 갔단 소리네.. (하고는, 핸드폰을 켜면)

***인서트, 시시티브이 화면 》**
희자가 문을 열고 들어와, 방바닥의 먼지를 테이프로 찍다가, 주방 쪽으로 가서, 〈나는 혼자 할 수 있다..〉를 읽는,

***점프컷 》**
성재, 담담히 화면 보며,

성 재 정아 씨가 갔나 보네... (하고는, 핸드폰으론 화면 보며, 집 전화로 전화를 거는) 어, 이 박사.. 나다, 성재.. 잘 지내고?.. (웃고) 다행이네... 야, 근데 이 박사 내가 뭐 좀 궁금해서.. (애써 편하게 말하려 하며) 어, 그게 내.. 친군데, 치매가 좀 의심돼서..

씬 20. 병원, 주차장, 밤.

쌍분, 차에 앉아, 오락하고,
난희, 전화하는,

난희 (애써 웃으며) 미친놈, 결혼도 안 했으면서, 벌써 살림 차렸냐, 집에 불러, 밥까지 처먹게.

씬 21. 쌍분의 집 앞, 밤길, 밤.

인봉, 자끌린, 손잡고 걸어가는, 핸즈프리로 통화하며, 기분 좋은,

인봉 (자끌린의 손잡고 가며, 웃으며) 끊어.
난희 (E) 좋냐?
인봉 좋다.. (자끌린 보며, 서로 웃고)
난희 (E) 아버진,
인봉 (멈춰 서서 집 쪽 보면)

호진(호흡기를 끼고), 마루에 앉아, 한글 공부를 하는, 그 모습 위로,

인봉 반성문 써, 엄마가 하루 백 번 쓰랬대. 이제 전화 끊어. (하고, 끊고, 자끌린 보며, 서로 웃고 가는)

씬 22. 난희의 달리는 차 안, 밤.

난희, 쌍분 가는,

쌍분 (야경을 보며) 괜히 돈 쓰며 불을 밝히고.. 미친 것들이.
난희 (착잡하지만, 티 안 내고) 엄마 돈 쓰냐, 지들 돈 쓰지.
쌍분 (야경만 보며) 내 돈이나 지 돈이나지!
난희 (생각이 많아도, 순간 어이없어, 웃으며) 내려줘, 여기서? 불 죄다 끄게?
쌍분 내려줌 끄지, 내가! 못 끌까?
난희 (생각 많게, 운전하다, 착잡해지는, 참고, 애써 담백하게) 근데 엄만.. 내가 큰

검사를 같이 받았는데, 왜 어디 아픈 데 있냐, 왜 넌 검살 받았냐.. 그건 안 물어봐?

쌍 분 (난희 보는데, 안 들리는) 뭐?

난 희 (쌍분을 가만 보다, 포기하고, 앞만 보며, 서운한, 구시렁) 자기 젊어선 사는 게 힘들다고 모른 척, 이젠 귀먹어 모른 척.. 이네.

쌍 분 (안 들리는) 뭐?

의 사 (E) 간에 악성종양이 보입니다. 간에 악성종양이 보입니다. 간에 악성종양이 보입니다.

난 희 (답답한, 속상한, 그냥 노래나 듣자 싶은, 노래를 트는)

씬 23. 난희의 집 안, 밤.

난희, 방에서 이불을 가져와 거실에 까는데, 쌍분, 세수하고, 나와, 바닥에 앉아, 티브이를 리모컨으로 이리 틀고 저리 틀고 하는, 난희, 방에 들어가, 로션 가져와, 쌍분 옆으로 가서, 앉아,

난 희 손 내.

쌍 분 (한 손을 주고, 한 손으론 리모컨을 돌리면)

난 희 (순간 속상한, 쌍분의 손에 든 리모컨을 뺏어서, 던지는) 아, 좀!

쌍 분 (난희 보는) ?

난 희 두 손으로 해! 맨날 보는 티브이 오늘 한 번 안 본다고 죽어?!

쌍 분 (왜 그런가 싶은, 가만 보는)

난 희 (쌍분 안 보고, 쌍분 손에 로션을 덜어주고) 두 손으로 부벼.

쌍 분 (담담히, 두 손에 로션을 부비는)

난 희 발러, 뭘 자꾸 문대.

쌍 분 (난희 보고, 눈을 끔뻑대다, 얼굴에 바르는)

난 희 (그 모습 보다, 쌍분의 맨발을 보고, 맘에 안 드는) 에으.. (하고는, 앉은걸음으로 티브이 서랍장으로 가서, 손톱깎이와 돋보기 가져와, 발톱을 잘라주다, 쌍분 보며, 아차 싶은) 아차, 영양제. (하고, 돋보기 벗고, 일어나, 쌍분 가방에서 영양제 하나 타서(점프컷으로 빠르게 보여주는), 가져다주고, 쌍분 마시는

것 보고, 다시 돋보기 끼고 발톱 깎으며) 엄마, 몸에 좋단 이런 거 사줄 때, 돈 아까워 말고, 나도 같이 먹을 걸 그랬나?

쌍분 (다 마시고) 뭐래?

난희 (말하기 싫은) 됐어.

쌍분 (그런 난희를 담담히 놓치지 않고, 지켜보다가, 담담히) 왜 화내, 자꾸 나한테?

난희 (발톱만 깎으며) 내가 언제.. (하다가, 쌍분 안 보며) 참, 저녁 먹고 병원 약 먹었나?

쌍분 어.

난희 (어이없어, 웃으며) 엄마가 나보다 더 또릿또릿하네.. (하며, 발톱만 깎으며) 아버진 엄마 없어, 오늘 잠 설치겠네..

쌍분 고소하지 뭐.

난희 (웃는) 매일이 복수혈전이구만.

쌍분 (담담히, 기죽은) 너 내가.. 돈 써서 화났어? 죽어야 되는데 안 죽고 병원 가 돈 써서..

난희 (발톱만 깎다, 어이없어, 깔깔대고 웃으며) .... 그래. (보고, 웃으며) 돈 써서 화났다, 왜.. (하고, 짠한 미소 짓고, 다시 발톱만 깎는)

씬 24. 난희의 베란다, 밤.

쌍분, 거실에서 자고, 난희, 베란다에서 쪼그려 앉아, 쌍분 보며, 전화하는, 담담히, 친구처럼,

난희 뭐 해? 놀아?

씬 25. 완의 집 안, 밤.

수영, 호영, 민호, 하늘, 와서 술판이 벌어진, 서로 부어라 마셔라 난리가 난, 서로 '잘 지내냐? 애 키우기 힘들다, 하늘인 배가 많이 불렀다, 곧 애 낳겠다,

이뻐졌다, 멋져졌다' 등등 말하며 신난,
완, 핸드폰을 목과 어깨에 끼고, 냉장고에서 술과 안줏거릴 챙기며, 난희와 전화하는, 평상시대로 편하게,

완 아, 놀긴 누가 놀아, 일하지, 취재. 수영이, 호영이, 민호, 하늘이까지 우리 집에 총출동! (하며, 애들 쪽에 대고) 야야야야, 술 좀 니들이 날러! 안주 떨어졌음, 냉장고 뒤져 좀 가져가고! 이것들이 앉아서 누날 시켜먹고,

민호 (술 마시고) 옛썰! (하고 뛰어와, 냉장고를 뒤지고, 이것저것 꺼내면)

완 (손으로 등 치며) 야야, 육포는 먹지 마! 그거 내 간식이야!

씬 26. 난희의 집 베란다, 밤.

난희 (서운한) 야, 전화를 하든, 놀든 둘 중에 하나만 해!

씬 27. 완의 집 안, 밤.

완 (전화기 들고, 신나게 술을 퍼마시는 애들에게) 야야야, 니들 엔간히 마셔! 취하면 취재 못 해, 이것들이 일하러 왔지, 놀러 온 줄 아나.. (하고, 침실로 들어가, 문 닫고) 근데, 왜?

***교차씬 》**

난희 왜?.... 나 병원 갔잖어.

완 (그제야 생각난 듯, 순간 진지한) 아, 맞다, 뭐래?

난희 할머닌 위궤양이 심해서, 몇 달 약 먹어야 된대.

완 (걱정하는, 그러나 대수롭지 않게) 고추 때문이다, 맨날 밥 먹을 때마다 매운 고출.. 에으.. 정말.... 엄만?

난희 나.. (잠시, 생각하다) 괜찮지 뭐.

완 그럼 괜히 돈 썼네.

난 희　(덤덤히) 그랬지.

완　(편하게) 에으, 뭐가 그랬지냐, 잘됐지, 나는 혹시 설마 했네. 진짜, 개운하다. 암것도 없는 거지? 의사 말 잘 들은 거지?

난 희　(조금 조심스런) 너, 애들 대충 해서 보내고 집에 올래? 할머니 왔는데..

완　엄마도 참, 내가 일한다고 애들 다 불러놓고, 거길 어떻게 가? 말 돼?

난 희　(서운한) 그게 말 안 될 게 뭐 있냐?

완　(웃으며) 또 또 징징댄다. 엄마.. 진짜 연애해라. 나 곧 결혼할 거니까, 엄마도 남자 친구 만들어, 어? 맨날 나만 밝히지 말고, 좀.

난 희　니가 누구랑 결혼을 해?

완　내가 남자랑. 사랑한다, 장난희, 어서 자라, 장난희. 끊어. (하고, 끊고, 거실로 가며) 야야, 술들 작작 마셔! 나도 한 잔 주고.. (화면 사라지면)

난 희　(서운하게, 핸드폰을 보는데, 착잡한)

그때, 완에게 전화 오는,

난 희　(반갑게 받으며) 왜, 집에 오게?

완　(다시, 침실로 맥주 한 잔 들고 와서) 그게 아니라, 쫌 이상해서.. 엄마, 목소리가 톤이 낮네. 왜 그래? (하고, 술 한 모금 마시는)

난 희　(감추는) 내가.. 그랬어?

완　무슨 일 있어?

난 희　(답답해, 소리치는) 아, 무슨 일이 있어!

완　(웃고) 짜증 내는 거 보니까, 별일 없네! 기운이 펄펄한 게 딸도 잡아먹겠네, 울 엄마.

난 희　아, 끊어, 기집애야, 졸려!

완　(안심하고, 웃고, 핸드폰에 쪽 입 맞추고) 잘 자. (하고, 끊는)

난 희　(착잡한, 속상한, 짐짓 담담히, 바깥 보는, 멍한)

완　(E, 기분 좋은) 자자자, 이제 그만 술잔들 내려놓고,

씬 28. 완의 집 안, 밤.

수영, 호영, 민호, 하늘, 완 빙 둘러앉아, 음식들 먹으며, 완 보면,

완 니들 이제부터 술값으로,

민 호 (말꼬리 끊으며, 맛살 안주 먹으며, 하늘에게) 난 술안주는 이게 젤 좋드라?

완 (조용하란 뜻으로 뒤통수 탁 치고, 말하는) 내가 묻는 말에 아주아주 솔직하게 대답하는 거다, 자, 첫 번째 질문, 나는 엄마가 늘 좋다.

민 호 (맥주 마시다 말고, 힘 있게, 손 번쩍 드는)

수영, 호영, 하늘 (주스 마시는, 서로 눈치 보다, 심드렁하게, 손드는)

완 야야야, 왜 이래.. 니들.. 내 질문을 제대로 들어, 나는 엄마가 좋다가 아니라, (강조) 늘... 늘.. 좋다야.

수 영 (농담 섞인 진심, 손사래 치는) 아우, 그럼 난 아니네.

민호, 호영, 하늘 (맥주 마시다, 음식 먹다, 뿜으며, 하하하하 웃는)

완 (깔깔대고 웃으며) 야야야, 그래, 그렇게 솔직해져.. 나도 울 엄마 진짜.. 결론적으론 좋지만, 과정은 부담스러! 우리 진짜 이 자리만큼은 엄마 뒷담화도 하고 그러자.. 그래야 우리 속도 편하고, 내 글도 리얼이 살지.. (맥주 마시고) 자, 그럼 엄마가 젤 싫은 점은,

수영, 호영 (각자) 고생한 건 인정하지만... (서로 마주 보며) 생색이 좀!

모두들, 깔깔대고 웃는,

민 호 (완 보고, 웃으며) 그럼 누난 난희 이모 뭐가 젤 싫어?

완 (농담스레, 민호 외 모두 보며) 애정을 넘어선, 집착?! (하고, 잔 내밀면)

민호 외, 공감한다는 듯, 웃으며, '아우, 그건 더 싫어!' 하며, 술잔을 부딪치고, 웃는,

완 나는 진짜 옛날에 남자 친구랑 자는데 천장에서 엄마가 목을 이렇게 빼고 날 빤히 내려다보는 거 같은 거 있지? 그럼 애인하고 자다가도 등골이 서늘..

모 두 (웃으며, 치 떨며) 아우, 너무 싫어.. (하며, 잔 내밀고, 다시 부딪치고)

민 호 근데 누나 은근 마마걸인 거 알어?

완 (때릴 듯) 입 다물어, 지는 마마보이 주제에! (하고, 박수 치며, 집중시키고)

자, 자, 자, 다시, 그럼 엄마한테 바라는 점 한 가지씩, 하늘이..

하 늘 (생각하는) 음.... (그러다, 눈가에 눈물이 핑 도는, 안 울려 하며) 음.. 음..

모 두 (왜 저러나 싶은, 하늘 보면)

하 늘 (애써 웃으려 하지만, 안 되는, 되도록 담백하게) 음.. 지금처럼.. 아퍼도, 오래.. 사는 거.

민 호 (이쁘게 보고, 순간 꽉 안아주는)

완 (눈가 붉어지며, 애써 밝게, 잔 내밀며) 자, 자, 우리 모두의 엄마를 위하여! 원샷!

모 두 (짠하지만, 밝게, 잔 부딪치고) 엄마를 위하여!

수영, 호영, 민호 (일어나거나 앉아, 춤추며) 술이 들어간다, 쭉쭉쭉쭉! (하고, 노래 부르며, 신난)

모 두 (즐겁게 웃는)

씬 29. 식당 전경, 밤.

스태프들 (E) 선생님 맛있게 먹겠습니다!

씬 30. 식당 안, 밤.

스태프들 모두 들어와 앉거나, 들어오며, 영원에게 '선생님, 잘 먹겠습니다' 하고 인사하고, 영원, 먼저 식사를 하며 전화를 하는지 전화기를 들고, 그들을 보며,

영 원 (기분 좋게) 어어어, 많이 먹어! 난 급해서 먼저 먹었어. 이 집 맛있다야! (하고, 전화하는) 미안 미안.. 나, 촬영하다 텀들하고 밥 먹으러 와서.. (사이).. 대학 병원? 왜, 엄마 병원 갔다드니, 많이 아퍼?

씬 31. 난희의 거실, 밤.

쌍분, 등 돌리고, 자고, 난희, 그런 쌍분을 보며, 옆에 앉아, 전화하는, 담담한,

난 희 다 아는 병.. 위궤양... 근데, 너 간.. 암.. 전문으로 하는 의사도 아냐, 혹시? (사이) 알어? (싫은 내색) 설마, 그놈은 사귄 건 아니지?

씬 32. 식당 안, 밤.

영 원 (깔깔대고 웃으며) 몸이 두 개였음 사귀었을 놈이지. (하고, 낄낄대고 웃다, 웃음 멈추고) 참 근데, 웬 간암? (사이) 아.. 니가.. 그냥 검사.. 그래그래 잘했다, (식사하며) 우리 나인 돈 들어도... 그렇게 가끔 기계로 온몸을 훑어줘야 돼... 철드네, 장난희, 지한테 돈 쓸 줄도 알고... 알았어.. 의사한테 연락해놀게. 근데 유명한 의사라 며칠 걸릴 거야, 괜찮지?

씬 33. 난희의 집 베란다, 밤.

난 희 (실망) 할 수 없지 뭐.. 기다리라면 기다려야지.... 뭐, 대철 씨?

씬 34. 식당 안, 밤.

영 원 (조금 어색하게 웃으며) 낼모레, 미국 들어간다고.. 마지막으로 한 번 보자드라고, 그래서.. 볼까 말까 생각 중?

씬 35. 난희의 집 베란다, 밤.

난 희 (답답한, 어이없는) 또또또또... 지 굴을 지가 파네, 이게, 또또.. 무슨 니가 생각 중이야! 벌써 지 버린 놈한테 갈 판이구만!

씬 36. 식당 안, 밤.

영 원 (음식 먹다가, 깔깔대고 웃으며) 야, 넌 어떻게 그렇게 날 잘 아냐?

씬 37. 난희의 집 베란다, 밤.

난 희 나는 너에 대해 단 하나도 뭘 모르는 게 없어. 니가 날 모르지. 미련 곰퉁이 같은 년. (하고, 끊는)

씬 38. 식당 안, 밤.

영 원 (웃고, 전화 끊고, 물 마시고, 잠시 생각하다, 대철에게 전화하는) 어, 대철 씨, 미국 가는 거, 금요일 날 몇 시 비행기야... 왜긴 볼라 그러지.. 날 버리고 간 사람 못 잊어, 몇 시간이라도 얼굴 또 볼라고.. (어이없이, 쓸쓸하게 웃으며) 몰랐냐, 나 미련 곰퉁이 같은 년인거..

씬 39. 난희의 거실, 깊은 밤.

쌍분, 난희에게서 등을 돌리고 자고, 난희, 천장 보고 이 생각 저 생각을 하다, 쌍분 쪽으로 몸을 돌려, 쌍분 등에 글자를 쓰며, 읽듯이 말하는, 담담한,

난 희 엄마.. 나.. 좀.. 무서.... (하고, 손 내리고, 쌍분 등에 애기처럼 웅크리고 얼굴을 기대고, 눈 감는, 담담한)

씬 40. 성재의 집 안, 밤.

불 켜진, 성재, 침대에 옷을 입은 채 누워 자다가, 시계 알람 소리에 벌떡 일어나 옆의 핸드폰을 보면, 화면에 희자가 자는 모습이 보이는, 시계 보면, 새벽 두 시다, 성재, 안심하고, 옆의 물을 먹는데, 뭔가 이상해, 핸드폰을 다시 확인하면,

＊인서트, 핸드폰, 화면 》
희자, 일어나, 가디건을 걸치고 나가는,

＊점프컷 》
성재, 벌떡 일어나, 핸드폰 들고 집을 나가는,

씬 41. 성당 앞, 밤.

희자, 걸어와 성당 안으로 들어가는,

＊점프컷 》
희자, 멍하니 걸어와 마리아상 앞에 무릎 꿇고 앉아, 기도를 하는,
희자, 주기도문을 입만 움직여 하는, 맨발에 슬리퍼를 신은(성재의 눈으로 관찰하는),

＊점프컷 》
성재, 한쪽에서 희자의 그 모습을 가만 지켜보는, 조금 걱정스런,
희자, 한참을 그렇게 기도하는,

씬 42. 길가, 깊은 밤.

희자, 길을 걸어가고, 성재, 건너편에서 그런 희자를 보며, 따라가는, 담담한,
희자, 가다 서서, 꽃나무를 한참 멍하니 보고, 성재, 그런 희자를 지켜보는,

희자, 또 길을 걷는, 성재, 따뜻하게 이쁘게 그런 희자를 보며, 가는,

씬 43. 희자의 집 앞, 깊은 밤.

희자, 문을 열고, 집으로 들어가는,
성재, 멀리서 그 모습을 지켜보다, 가는, 담담한,

씬 44. 성재의 집 안, 깊은 밤.

성재, 문을 열고 들어오는데, 핸드폰이 울리는, 액정을 보면, 희자다, 성재, 서둘러 전화 받는,

성 재 (짐짓 차분하게.. 전화하는) 여보세요?.. 어... 희자야, 왜 이 시간에 안 자고?

씬 45. 희자의 집 안, 깊은 밤.

희자, 방에 누워, 베개를 애기 안듯 하고 누워서 전화하는,

희 자 성재 씨... 잠이 안 와... 성재 씬, 자?

***교차씬 》**

성 재 (침대로 가서, 앉아, 따뜻하게 웃으며) 자면 내가 전활 받냐?.. 근데, 지금 시간이 네 시도 안 됐는데.... 너 좀 더 자야 안 돼?
희 자 그러게.. 자야 되는데.. 두어 시간은 더..
성 재 그러게, 늙은이들은 잠을 잘 자야 되는데.. 내가 자장가.. 불러줄까?
희 자 (따뜻하게 웃으며, 조금은 피곤한) 해.. 봐.
성 재 눈 감고 들어. 그러다 졸리면 자고. (하고, 차분한 노랠 불러주는)

희 자　(눈 감고 듣는)

*시간 경과 》

희자, 잠들어, 핸드폰을 툭 떨어뜨리는 소리 나는,

*점프컷 》

성재, 다른 노랠 불러주다, 멈추고, 차분히, 핸드폰을 시시티브이 화면으로 바꾸면, 희자가 자는 게 보이는, 그 모습 가만 보고 있다가, 따뜻하게 안쓰럽게 보며 웃는, 희자에게 대체 무슨 일이 있는 건가 싶은,

씬 46. 난희의 가게 앞, 낮.

손님들, 우르르 나오는,
난희, 따라 나오며, 기분 좋게, 인사하는,

난 희　고맙습니다!
손님들　네네. (하며, 웃으며 가고)
난 희　담에도 단체 예약하심 서비스 오늘보다 더 왕창 해드릴게요. 꼭 또 오세요! (하고, 문 앞의 팻말 〈오늘 준비한 재료가 다 떨어졌습니다, 다음에 오시면 더욱 성의껏 모시겠습니다〉를 걸고, 가게로 들어가며) 야, 야, 장사 접자!

씬 47. 난희의 가게 주방 안, 낮.

난희, 경북 부부, 상숙, 팔달 모두 설거지나 뒷정리를 하는,

난 희　(일하며, 경북 엄마 보며) 그래서, 시어머닌 어떻게 됐어?
경북 엄마　(일하며) 똥오줌 받아내며 삼 년 개고생하다 돌아가셨지, 뭐.
경북 아빠　(일하며) 그게 늙은 사람은 암이 오시니까, 치매도 덩달아 오시드라구요.
난 희　(일하며) 첨에 암이라 그랬을 때, 아팠니?

경부 부부　아팠지, 그럼.

난 희　(경북 부부 보며) 난, 안 아퍼.

경부 부부　(어이없이 웃으며, 난희 보며) 누가 뭐래?

난 희　(아랑곳없이, 상숙 보며) 야, 니네 엄만 어떻게 되셨냐?

상 숙　(일하며) 아, 내가 말 안 했나.. 울 엄마 암 아니래요.

난 희　(반가운, 일 놓고, 박수치며) 어머, 잘됐다, 야! 그럼 암 아니면 뭐래?

상 숙　그냥 머리에 물혹이 난 거래요.

경북 엄마, 난희　아우, 너무 잘됐다!

상 숙　(웃으며) 수술하고 나선 너무 멀쩡해. 그래서 요즘 완전 신나셨어요, 뭐 제이의 인생을 사신다나, 어쩐다나.

팔 달　(상숙 보며) 너도 나랑 제이의 인생 살자, 전에 만나던 놈 잊고, 연애하자?

경북 부부　(웃고) 저거 저거 봐라.. 수작 건다!

상 숙　(팔달 보고, 웃으며) 미쳤니?

팔 달　미쳐야 나랑 사귀냐?

난 희　(상숙 쪽으로 오며, 옆의 팔달 치며) 아우, 넌 좀 빠져! (하고, 상숙에게) 첨엔 병원에서 분명히 암이랬다며? 근데 째보니까, 아니래?

상 숙　어? 그랬다니까요? 모양이 이상했는데, 째보니까, 아니드래요.

난 희　(반가운, 좋은 척 티 안 내려 해도, 좋은) 아, 아, 그럴 수도 있구나.. 그게, 병원도 틀릴 수가 있네, 어머나.. 잘됐다, 야.. 병원이 나쁘네, 멀쩡한 사람을 암이라 그러고.. 잘됐다, 잘됐다, 진짜 잘됐다.

씬 48. 신경과 병원 안, 낮.

중년 의사, 곰곰이, 시시티브이 자료 보고, 앞에 있는 성재, 걱정스레 의사를 보는,

성 재　많이 심각해?

의 사　(담담히) 지금 이 상태로 판정하기가... 만약 밤 외출에 대한 인지가 없다고 치면, 치매가 벌써 많이 진행됐다고 봐야 돼요.

성 재　(걱정, 짐짓 담담히) 없다고 치면? (맘 아픈)

씬 49. 검정고시 학원 앞, 낮.

충남, 학생과 걸어가는,

충남 그래서 너는 이번에 치는 검정고시 붙을 거 같애?

학생 (자신 있게) 그럼요! 할머닌 못 붙을 거 같죠?

충남 (멈춰 서서, 쥐 팰듯) 콱, 재수 없게, 이게!

학생 (피하고, 멀찍이 떨어져, 뒤로 걸어가며, 웃으며 말하는) 할머니, 이번엔 제발 검정고시 붙으세요! 오 년 동안 학원 다니고... 맨날 공부만 하실 거예요?! (하고, 웃으며, 뛰어가는)

충남 저 자식이.. 진짜, (하고, 가려는데, 앞에 성재가 서 있는 게 보이는) 오빠?

성재 (충남 보고 쓸쓸하게 웃으며) 전화했드니, 안 받아서..

충남 나 보러 여기까지 온 거야?

성재 차 한잔 마시자. (하고, 가면)

충남 안 돼, 나 오늘 모의고사야. 이번엔 검정고시 붙어서 대학 갈 거야. 지금 차 못 마셔. (하고, 성재 지나쳐 학원으로 가려다가, 이상한, 돌아보고, 성재에게) 근데, 왜, 별안간.. 희자 언니랑 사랑싸움했어?

성재 (웃고) 나 근처 카페에 있을게, 시험 끝나면, 전화해. (하고, 가는데, 쓸쓸한)

충남 (가는 성재 보며) 희자 언니랑 헤어졌어? 왜 어깨가 축 처져서 그래?!

성재 (생각에 빠져, 못 듣고, 그냥 가면)

충남 아, 그럼 나랑 사귐 되지! 뭐가 걱정이야! 말년에 복 터졌다, 생각하고 애인 바꿔!.. 오빠?!... 이런 저 오빠도 귀가 먹었네! (하고, 학원으로 들어가는)

씬 50. 고시 학원 안, 낮.

충남, 시험 보려고 필통 꺼내, 책상 위에 놓고, 기도하는,

학생 (충남에게) 할머니 뭐 해요?

충 남　(두 손 깍지 끼고, 기도하며, 눈 감고) 부처님 하느님한테 시험 잘 치르게 해 달라고 기도해.

학 생　(농담) 하느님은 내 편인데?

충 남　(눈 뜨고, 째려보는)

학생 1　(충남 옆에 있다, 웃으며) 부처님은 내 편이고요.

충 남　(다시, 고개 돌려, 학생 1 째려보는)

씬 51. 정아의 동네, 길거리, 낮.

정아, 외출해서(수영이네 다녀온) 집으로 가다가, 벽에 붙은 전단지(각종 부업과 관련된)를 읽는,

정 아　하루 오만 원은 뻥이라 치고... 반절 생각하면 이만 원은 되겠네.. (하고는, 전단지 밑에 붙은 전화번호 하날 떼는데)

석 균　뭐 하냐?

정 아　(돌아보고, 아무렇지 않게) 뭐하러, 또 여긴 와? (하고, 가는)

석 균　(가는 정아 보다, 전단지를 보고, 정아 따라가는, 손에 검은 봉지를 든) 니가 눈이 어두워, 저런 걸 어떻게 해? 인형 눈에 눈알 붙이고, 샤프 곽에 샤프심 넣고, 머리핀에 알 박고.. 너는 그런 거 못해. 그러게 집을 왜 나가.

정 아　(돌아보며, 버럭, 속상한) 아, 일 안 가?!

석 균　(지나쳐 가며) 짤렸어.

정 아　(가는 석균 보며, 미운) 잘됐네, 고소하다.

석 균　이제부터 리어커 하나 사서 폐지 줏으러 다닐 거야.

정 아　없는 사람들 주워 먹게 폐지 같은 거는 좀 냅둬! 집 팔어, 돈 써!

석 균　(기죽는) ..

정 아　할 일 없음 비 들고 동넬 쓸든가. 그저 지 생각만 하지, 그저.. (하고, 가는)

석 균　(눈치 보며, 따라가며, 버럭) 알았어, 안 줏어!

씬 52. 정아의 집 마당, 낮.

석균, 평상에 검은 봉지 들고 앉아 있고,
정아, 쌀바가지를 들고 와서, 쌀을 씻는,

석 균　수영이네 일 다녀왔어?

정 아　(쌀만 씻으며) 내가 희자네랑 딸년네 아님 갈 데가 어딨어.

석 균　쌀을 많이 씻네. 내 밥도 하는 거냐?

정 아　(쌀만 씻는) 그럼 내 밥만 할까.

석 균　반찬은 하지 말어.

정 아　(보면)

석 균　(검은 봉지 안에서 투명 봉지 안의 된장찌개를 꺼내 들어 보이며) 내가 된장찌개 끓여왔어.

정 아　(뭔 소리야 싶은) ?

씬 53. 정아의 집 방 안, 낮.

정아, 석균, 상을 차려놓은, 밥이 두 개 놓인, 김치와 생선, 석균이 끓인 된장찌개가 놓인, 석균과 정아, 밥 먹는, 정아, 된장찌개는 안 먹고, 다른 반찬만 먹는,

석 균　(정아가 안된, 담담히) 된장찌개도 먹어봐.. 첨엔 이상하드니... 두어 번 해보니까, 제법 괜찮아.

정 아　(석균 안 보고, 밥 먹고, 담담히, 수저로 된장찌개를 먹어보는)

석 균　(정아를 살피며, 괜히 맘이 짠한) 어때?

정 아　(담담하게) 먹을 만.. 하네.. (하고, 밥 먹고, 된장찌개 먹고)

석 균　(수저로 밥을 푸려다 말고, 수저 놓고, 정아 보며) 내가.. 우리 신혼여행 갔던 델 갔었어.

정 아　(담담히, 밥만 먹는)

석 균　집이 아직 있더라고. 빈집이 돼선.

정 아　(아무렇지 않게, 밥만 먹는, 별 감흥이 없는) ..

석균　거기서.. 내가.. 낮잠이 들었는데.. 우리.. 아들놈.. 떨어졌을 때가 생각이 나드라고..

정아　(밥 뜨려다가, 순간, 눈가가 붉어지는, 석균 안 보는, 안 듣고 싶은, 그 마음 다 참고, 석균 안 보고, 밥만 먹는)

석균　그때.. 니가 몇 번을.. 집에서도 말하고, 공장까지 찾아와서도.. 배가 아프다고 말했는데.. 병원에.. 못 데려가서... 내가 많이 미안(하다).

정아　(말꼬리 자르며, 순간, 울컥해서, 상을 석균에게 엎어버리며, 속상해, 맘 아파, 소리치는) 뭐한다고 그 소린 해, 이제와 뭐한다고?!

석균　(상이 엎어진 바람에 음식을 모두 뒤집어쓴)

정아　(속상해, 소리치는) 사람 복장 뒤집어놓을라고 그런 소릴 해?!

석균　(눈물 그렁해, 고개 숙인 채 가만있는)

정아　(울며) 그때 내가 아프댔지! 내가 엄살 피는 사람이냐? 왜 병원에 안 데려갔냐, 날! 왜 그랬어! 왜, 그랬어! 왜? 왜?! 왜?! 내 아들 살려내, 내 아들 살려내! (하며, 속상해, 울고)

석균　(고개 떨군 채, 맘 아프게 가만있다가, 엎어진 반찬을 주섬주섬 치우는)

씬 54. 피씨방으로 가는 건물 안 계단, 낮.

난희, 걸어 올라가는,

씬 55. 피씨방 안 낮.

난희, 문을 열고 빼꼼히 안을 들여다보는, 젊은 남자들만 수두룩한, 난희, 들어갈까 말까 하다, 조심스레 들어서서, 카운터로 가서,

난희　인터넷 검색만 좀 할 건데.... 그것도 돼요?

＊점프컷 》

난희, 돋보길 끼고, 인터넷 창에, 〈간암〉을 쳐보고, 내용 뜨면, 입으로 진지하

게 읽는,

***점프컷, 시간 경과 》**

난희, 인터넷 창에 〈간암일 경우, 치료가 되나요?〉라고 쓰고, 또 진지하게 그걸 보며, 읽는데,

일우　(옆에 앉으며) 안녕하세요?

난희　(놀라) 엄마야, 어머머머!

그 바람에, 사람들 모두 난희를 보는,

난희　(무안한, 일우 보며) 어머, 여기 웬일이에요?

일우　(작게 웃으며) 일 없을 때 가끔 와요.

난희　(웃으며) 아...

일우　근데, 여긴 웬일로.. 이런 데 안 오실 거 같은데..

난희　뭘 찾아볼 게 있어서.. (하다가, 볼까 싶어서, 얼른 컴퓨터를 꺼버리고, 웃으며) 집에 컴퓨터가 없어서, 핸드폰은 너무 작고.

일우　(수줍은, 웃음 띤) 저랑.. 산책하실래요?

난희　산책이요?

일우　나오세요. (하고, 가는)

난희　(조금 어리버리한) 산책.. 을.. 어디로 갈 건데요? (하고, 가방 들고, 따라가는)

씬 56. 공원, 낮.

난희, 지나가는 사람들이며, 꽃이며, 이것저것 평화로운 풍경을 구경하는, 일우, 츄로스 같은 걸 사서, 한쪽에서 기다리는 난희에게 뛰어가서 츄로스를 주는, 난희, 일우 보고 웃고,

난희　(츄로스를 손으로 뜯으려 하면)

일우　(못 하게 하고, 웃으며) 입으로. (하고는, 입으로 베어 먹는 시범 보이고, 먹으

라고 눈짓하며) 이건 이렇게 먹어야 맛있어요.

난 희　(어색하게 웃으며, 입으로 먹는)

일 우　(웃는, 입으로 먹고 걸어가며) 이름이 뭐예요? 난, 이일우.

난 희　(츄로스 먹고, 입가 닦으며) 난, 장난희. 그러고 보니, 이름 석 자도 모르는 사람끼리 걸어가네.

일 우　(웃고, 걸아가다, 보며) 우리 점 볼래요?

난 희　?

일 우　우리 점 봐요. 전에 오셨던 카페에서 금요일엔 관상 보는 점쟁이가 와서 공짜로 점 봐줘요. 가요. (하고, 난희의 손을 끌고 가는)

난 희　(손 잡힌 채, 잡힌 손 보고, 어색한) 어어어... 저기 저기.... (하고, 따라가는)

씬 57. 라이브 카페(11부에 나왔던), 낮.

일우, 난희 앉아 있으면, 일우 친구 맥주를 두 개 가져오며,

친 구　(난희 보고, 눈인사하고, 일우의 귀에 대고, 작게) 왜 자꾸 데리고 와?

일 우　친구니까. (하고, 맥주 마시는)

난 희　(맥주 마시다, 어이없게 일우 보는)

친 구　(입을 가리고, 일우 귀에 대고, 뭐라 말하고, 난희에게 눈인사하고 가는)

난 희　친구가 뭐래요? 내가 친구하긴 너무 늙었대?

일 우　(웃고, 담백하게) 아뇨, 이쁘다는데요. (하고, 맥주 마시는)

난 희　(어이없게 보며, 살짝 웃음 나는 걸 감추고) 바람둥이.. 예요?

일 우　아뇨.

난 희　(작게 피식 웃고, 맥주 마시며) 아니긴.. 바람둥인데 뭐? 이상한 농담하고, 샌님처럼 생겨서.. 안 그럴 줄 알았는데..

일 우　(깔깔대고 웃고)

난 희　(일우 보고, 싫지 않게 웃는)

그때, 점 보는 사람 앞에 와 앉는,

일 우　(인사하는) 안녕하세요?

점쟁이　뭐가 궁금하세요?

난 희　(맥주 마시며, 편하게, 아무렇지 않게) 나, 얼마나 사나.

일 우　(난희 보면)

난 희　(맥주 마시며, 일우 보며) 거긴 뭐 볼 건데요?

일 우　장난희 씨랑 내가.. 잘될 건가 말 건가?

난 희　(웃겨 죽는)

일 우　(웃음 띤 채, 난희 보며) 진짜.. 요?

난 희　(웃으며, 싫지 않은) 왜 그래, 이상한 사람이네.. 아, 농담하지 말고, 나 그런 거 싫어해요.

일 우　(웃는)

난 희　웃긴.. 나, 진짜 그런 거 싫어해, 남자가 괜한 농담하고 그러는 거.... 죽은 내 남편이 농담 잘해서 바람 피고.. 그래서.

일 우　(아랑곳없이, 점쟁이에게) 저랑 이분 앞으로 어떨 거 같아요?

난 희　(일우 툭 치고) 나 먼저. (하고, 점쟁이 보며, 편하게) 나, 얼마나 살 거 같아요? 명줄 길어 보여요?

일 우　(난희를 이쁘게 보는)

씬 58. 길거리, 밤.

일우, 난희 걸어가는,

난 희　(웃으며) 어쩌냐, 나랑 악연이래서?

일 우　(웃으며) 그 사람 점 잘 못 봐요. 원래가.

난 희　(어이없는, 멈춰 서며) 못 보긴 뭘 못 봐, 용하든데. 나, 명줄 길다잖아. 그 사람이.

일 우　명줄 길다니까, 많이 좋나 보네.

난 희　(어이없는, 웃으며, 편하게) 근데 왜 반말이야?

일 우　(웃으며) 내가 그랬나요.. 미안합니다.

난 희　호적 정리 제대로 해요.. 내가 누나야.. 누님 소린 징그러 싫지만, 요는 붙여

요, 한 번만 더 그래봐라.. (하고, 자기 또래의 남녀가, 팔짱 끼고 가는 걸 보는데)

일우　뭘 그렇게 봐요?

난희　(가며, 편하게) 저 사람들 부분가?

일우　(뒤돌아, 남녀를 보고, 앞 보고 가며) 우리 같은 친구. 아니면 부부.

난희　행여, 부부겠다. (고개 저으며, 단호한) 불륜.

일우　(멈춰 서서, 난희 보며, 웃음 띠었지만, 단호한) 부부 아님 친구.

난희　불륜.

일우　(웃으며) 의외로 불륜스럽네요, 생각이.

난희　(웃고, 보며, 어이없는) 오늘 하는 짓은, 그쪽이 더 그렇거든요!

일우　(깔깔대고 웃고)

그때, 난희의 전화 오는,

난희　(전화 받으며) 어, 완아, 왜?

일우　(전화하는 걸 보고, 피해주는, 근처 상점 쪽으로 가 있겠단 눈짓하고 가는)

씬 59. 완의 집 안, 밤.

완, 열심히 키보드를 두드리다가, 전화하는, 담담히,

완　반찬 가져오지 마. 오늘 나 밤새 일해야 되는데, 엄마 와서 방해할까 봐, 전화하는 거야. 지금 아주 바짝 일 불붙었거든.

＊교차씬 》

난희　(눈으로 일우를 쫓으며) 알았어, 오늘은 니가 오래도 못 가.

완　(어이없단 듯 웃으며) 웬일?

난희　(웃으며) 니 말대로 남자 만난다, 왜 년아.

완　(이상한, 기분 별로인) 남자 누구?

난희　가게 오는 손님.
완　미쳤어, 진짜.. 가게 드나드는 남잘 뭘 믿고 만나.. 엄마, 진짜야?
난희　(재밌는) 니 엄마 이제부터 확 바람날 거다, 그리 알어.
완　(어이없는 웃음) 진짠가 보네.. 참내.. 뭐 하는 사람인데?
난희　(일우가 인형 상점을 들어가는 걸 보며, 재밌단 듯) 편의점 하고, 대학 다니는 아들이 있고, 홀아비면서, 기타를 치고, 미남에, 게다가, 나인 엄마보다 훨씬 어린 연하.
완　(어이없어, 낄낄대고 웃고) 그런 사람이 엄말 왜 만나? 구라지?
난희　구라는.. (그때, 영원의 전화 오면) 야, 영원 이모 전화 왔어, 끊어.
완　집에 빨리 들어가, 아줌씨가 밤길 다니는 거 아냐. (하고, 끊고, 웃고, 일하는)
난희　(웃고, 영원 전화 받는) 어, 영원아? 어어.. 아, 한영대학 병원.. 거기 좋지.. 환자 잘 본다 소리 들었지.. 낼?

그때, 일우, 난희의 등을 톡 치고, 난희, 돌아보면,

일우　(귀여운 인형이 달린 열쇠고릴 흔들어, 보이며) 선물이요.
난희　?

씬 60. 완의 집 안, 밤.

완, 안경 끼고 노트북 동영상의 연하를 물끄러미 아이 보듯 웃으며 보며,

완　왜, 이럴까, 일해야 된다니까,
연하　(편하게 보며) 오 분만 좀 이러고 보자.
완　(싫지 않은, 웃음 띤 채) 바빠요, 나. 나 칠 월엔 이 소설 끝내야, 너랑 비치 가지. 나랑 비치 안 가고 싶어? 나, 비키니 입을 건데?
연하　(따뜻하게, 웃음 띤 채) 진짜.. 오나?
완　(웃음 띤) 진짜 간다.
연하　기다린다. 사랑하고. 딴 놈한테 한눈팔지 말고, 홧팅! (하고, 동영상 끄는)
완　(웃고, 열심히 일하다, 일어나 다른 곳에 있는 달력을 찾아, 칠 월 말에 동그

라미 치고, 그 밑에 연하에게 가는 날이라고 쓰고는, 날짜에 입 맞추고, 다시 열심히 일하는)

씬 61. 정아의 집 마당, 밤.

정아, 설거지를 하고, 석균, 그걸 서서 보다가, 말 못 하고, 그냥 가는,

씬 62. 정아의 집 밖, 밤.

석균, 심란하게 가는데,

정 아 순영 아버지.

석 균 (고갤 들어, 정아 집 쪽을 올려다보면)

정 아 담에 된장찌개 끓일 땐, 멸치 한 주먹 넣어서 끓여. (하는데, 전화 오고, 핸드폰 받으며, 들어가며) 어, 희자야? 밥 먹었어?

석 균 (올려다보다, 맘 짠해, 작게 웃고) 멸치 넣어서 된장 끓여 또 올게. (하고, 가는).

씬 63. 정아의 방 안, 밤.

정 아 (들어와 앉으며, 담담히) 나는 먹었지? 무슨 반찬?.. (작게 어이없이 웃으며) 개구리 반찬보다 웃긴 반찬. 너, 멀건 된장 푼 물에, 생두부 떠다니는 국 먹어봤냐? (어이없어, 깔깔대고 웃으며) 에이고, 진짜..

씬 64. 희자의 집 앞, 밤.

성재의 차, 와서, 근처에 서는,

씬 65. 성재의 차 안, 밤.

충남, 조수석에 앉아, 성재의 핸드폰을 보고(보면서 온), 생각 많고, 성재, 시동 끄고, 충남 보며, 담담하게,

성 재 너무 낙담 마. 요즘은 약이 좋아, 치매를 늦출 수도 있대.

충 남 (핸드폰 한쪽에 놓으며, 담담하지만, 속상한) 함부로 말하지 마. 누가 벌써 치매야? 밤마실도, 밤참 먹는 것도, 일단 본인이 인지하면.. 멀쩡한 거라며?

성 재 (가만 보면)

충 남 오빠만 하늘이 무너지는 거 아냐, 나도 그래, 각자 감정은 각자가 챙겨. 내가, 언니가 지가 한 짓을 인지하나 마나 알아보고, 연락할게! (하고, 문 열고, 나와, 희자네로 가려다가, 다시 성재 차로 와, 차 창문 두드리고, 창문 열리면, 성재 보며, 속상한) 왜 그래, 보기 짠하게, 코가 한 자나 빠져선?

성 재 (애써 웃으며) 아냐, 나 괜찮아.

충 남 내가 남잘 왜 안 만나는 줄 알어? 늙으면 늙을수록 여자보다 약해빠져서야. (성재도 자신도 안쓰럽지만, 참고) 보기 싫어, 기운 내! (하고, 희자의 집 앞으로 가, 초인종 누르고) 언니, 충남이 왔어!

성 재 (충남 보다가, 운전해 가는)

씬 66. 희자의 집 화장실, 밤.

충남, 희자의 옷으로 갈아입은 채, 이를 닦으면,
희자, 문턱에 쪼그려 앉아, 충남, 이쁘게 보며,

희 자 이를 뭐하러 그렇게 닥닥 닦어, 살살해, 이 닳어?

충 남 (이를 닦으며) 이렇게 안 닦음 텁텁하니, 늙은이 냄새나.

희 자 그러게, 늙으니까 괜히 입에서도 냄새나는 거 같고 그렇지?

충 남 이불 펴. 자야지.

희자 그래. (하고, 일어나, 가는)
충남 (세수하는)

씬 67. 희자의 거실, 밤.

희자, 충남 누워서, 티브이(여행 프로)를 보는, 희자는, 티브이 보고, 충남은 생각이 많은,

***인서트, 회상 》**
충남의 집에서, 바깥을 나가려던 희자, '왜, 애들이 여기서 자냐' 고 묻던 희자의 모습,

***점프컷, 현실 》**
희자, 웃으며, 충남에게 말 거는,

희자 충남아, 우리도 재들처럼 멀리멀리 여행 갈까, 차 사서, 그거 타고? 정아, 영원이, 난희 다 같이..
충남 (희자 보며, 담담히) 뭔 차를 사? 우리 나이에.. 딱히 뭐가 사고 싶음.. 죽음 드러누울 관이나 사.
희자 (낄낄 웃고, 엎어져서, 팔을 괴고, 충남 보며) 이렇게 유머 있고, 센스 있고, 이쁜 앨, 왜 남자들이 가만뒀을까?
충남 (어이없이 희자 보며) 남자들이 왜 날 가만둬, 흔들었지, 다만, 내가, 버텼지.
희자 (이쁘게 보며) 왜 버텼어?
충남 (가만 보며, 희자의 치매를 생각하는)
희자 왜 버텼냐고, 못 이기는 척 넘어가지.
충남 (가만 보며, 무심히 덤덤히 말하는) 언니.. 밤에.. 집 나가?
희자 (아무렇지 않게, 왜 그런 질문을 하나 싶은) 밤에? 아니.
충남 (희자처럼 자세를 고치고, 보며) 성당에 기도하러 안 가? 독실한 신자들, 새벽 기도 가잖아, 언닌.. 안 가?
희자 (바로 누우며) 난 밤길 싫어.. 안 가... 미쳤니, 밤에? 낮엔 뭐 하고, 밤에..

충 남　(걱정스런, 가만 보며) 언니, 밥 하루.. 몇 끼 먹어?

희 자　몰라.. 두 끼.. 세 끼도 먹고.. (하다가, 배가 아픈, 일어나, 화장실로 가서, 앉으며, 말하는) 근데 난 왜 이렇게 똥을 싸.. 충남아, 너도 그래?

충 남　(천장 보며, 생각 많은) 난.. 안 그래.

희 자　(볼일 보며) 왜 나만 그러지.. 정아도 안 그런다 그러고.. 난희, 영원이도 안 그러겠지.

충 남　(생각 많은) ...

＊시간 경과, 깊은 밤 》

충남, 팔짱 끼고, 소파에 앉아, 생각 많은,

희자, 자다가, 일어나는,

충남, 가만 미동 않고 희자를 보는, 희자, 충남을 인지 못 하고, 머리맡의 가디건을 입고 가, 현관문을 열려 하는,

충남, 가슴이 쿵 하고, 눈가 붉어지지만, 담담히, 맘 추스르고,

충 남　(따뜻하게) .. 언니.. 이리 와.

희 자　(문 열려다가 돌아보는데, 누구지 싶은)

충 남　(희자의 눈빛이 자길 모르는 걸 알겠는) 이리 와서, 누워. 나, 충남이.. (하고, 자리로 가서, 걷어진 이불을 들고, 누우라 눈짓하고)

희 자　(가만 충남을 보며, 이상한) 아... 충남이네?

충 남　(가만 보며, 차분히) 나랑.. 자자, 누워. 밤에 나가는 거 아냐.

희 자　(충남 보고, 현관을 보고, 나가고 싶은)

충 남　(희자를 보며) 어여, 와.. 못 나가, 언니 나감 나는 밤에 무서워서 어떡해.. 나, 혼자 있는 거 싫어하는데.. 이리 와..

희 자　(풀 죽어, 현관 문고릴 잡고, 나가고 싶은, 눈가가 붉어지는)

충 남　(가만 보다가, 일어나, 희자에게로 가서, 문고리 잡은 손을 잡고, 달래는) 자자. (하고, 자리로 이끄는)

희 자　(눈가 붉어져, 나가고 싶어, 속상한, 그래도 충남 말을 듣고, 자리로 와서, 눕는)

충 남　(옆에 누워, 다독여주며) 언니.. 어디 가게? 이 밤에?

희 자　.. (눈가 그렁해, 담담히) 성당..

충남　성당?.. 왜?

희자　(아픈 맘 감추고) 회개.. 하러..

충남　.. (담담한, 이상하지만, 차분히) 언니가.. 뭘 회개할 게 있어.. 착하게 살았는데..

희자　(충남을 보며, 슬픈, 담담히) .. 말하기.. 싫어. (하고, 눈 감는)

충남　(희자를 토닥이며, 맘 짠해, 보는, 애써 담담하려 하는)

씬 68. 성재의 집 안, 아침.

성재, 창가에 서서, 전화 받는, 맘이 먹먹한,

성재　.. 희자가.. 어젯밤 일을 인지를.. 전혀 못 해?

씬 69. 희자의 방 안, 아침.

충남　그러네. 자긴.. 잘 잤대, 그냥.. 나랑 밤에 한 얘기도.. 기억을 못 해.

성재　(E, 맘 아픈, 작게 한숨 쉬고, 애써 담담히) 희자.. 애들한테.. 알려야겠지?

충남　(심란한) 일단, 정아 언니한테.. 나보다, 정아 언니가... 민호한테 말하는 게 낫겠다 싶어서..

씬 70. 성재의 집 안, 아침.

성재　(맘 아픈) 정아 씨.. 놀라겠네.. 알았다, 전화해, 정아 씨한테 같이 가자. (하고, 전화 끊고, 막막한)

씬 71. 희자의 방 안, 아침.

희자, 문 열고, 충남 보며,

희 자　밥 먹어, 충남아?

충 남　어. 전화 좀 하고.

희 자　그래. (문 닫고, 나가는)

충 남　(그 모습 보다, 정아에게 전화하는) 정아 언니.. 뭐 해?

씬 72. 엠알아이 검사실 안, 낮.

난희, 누워서, 검사를 받고 있고,

＊점프컷, 판독실 》

의사들, 서너 명, 난희의 컴퓨터 화면을 심각하게 보며, 서로 고개를 젓는, 상태가 안 좋은,

씬 73. 정아의 집 마당, 낮.

성재, 핸드폰으로 희자를 보는,

＊인서트, 핸드폰 화면 》

희자, 홈 웨어를 입고, 열심히, 묵주를 만드는, 구시렁구시렁 노랠 부르는 듯한,

정 아　(E, 속상하고, 화난) 얘가 무슨 소릴 해, 너 미쳤냐? 비싼 밥 먹고 무슨 말 같지도 않은 소릴,

＊점프컷 》

성재, 핸드폰을 끄고, 가만 생각 많은,

씬 74. 정아의 방 안, 낮.

정아, 이미 희자의 이야길 듣고 슬프고 가슴이 떨리지만, 아니겠지 하며, 괜한 걸레질을 하며, 말하고, 충남, 벽에 기대, 그런 정아를 맘 아프지만, 짐짓 담담히 보는, 정아가 다 이해가 되는 얼굴이다,

정아 (충남 보며) 맥없이 해대, 너는?! (하고, 방 닦다가, 다시 충남 보며) 희자 이상한 게 하루 이틀이야?! 어릴 때부터 이 나이 먹도록 머리에 나사 하나 잘못 박힌 애처럼.. 치매가 아니라, 걘 원래가 이상해! (하고, 방 닦는)

충남 언니.. 성재 오빠가,

정아 (주저앉아, 충남 보며, 눈가 붉어, 소리치는) 성재 씨가 뭘 알어? 희자 년은 (가슴 두어 번 치며) 누구보다 내가 더 잘 알어? 지가 희잘 보면 언제부터 봤어?

***인서트, 회상, 정아가 현실을 부정하는 말 사이사이 들어가는 》**

1, 희자, 마크의 집을 의심스레 보며, 구시렁대던,
2, 희자, 자는 정아 보며 '너 여기서 왜 자?' 하던
3, 정아, 희자의 집에 가서, 희자에게 왜 안 기다렸냐고, 소리치던,
4, 희자의 너저분한 싱크대 수납장,

***점프컷, 현실 》**

정아 (말로는 아니다 하면서도, 생각나는 장면 때문에 눈빛과 맘은 무너진다) 나는 어제도 봤고, 그제도 봤고, 하루가 멀다 하고 걜 봐! 희자 년이 치매면, 나도 나도 치매겠네! (하고, 다시 방 닦으며, 속상하지만, 부인하며, 충남 보며) 전에 의사가 치매가 아니라, 망상이 있다고,

충남 (맘 아픈, 담담히) 의사가 치매래.

정아 (걸레 집어던지고, 충남 보며, 속상해, 가슴 치며 악쓰는) 어떤 의사 놈이 그래?! 약도 먹었는데?! 집에 갈 때마다 내가 챙겨주고, 지도 지 알아 주워 먹고?! 늙은이가.. 맬 보는 친구랑 약속 좀 잊고.. 싱크대 정리 못 하면 어때? (울음이 터지며, 소리치는) 그게 뭐 어때?! (하다, 벽에 머리 기대고, 맘 아픈,

울며) 으으으.... 아이고, 나 어떡하니, 아이고 어머니 나 어떡해, 희자 그거 불쌍해, 이걸 어떡하니.... 충남아..

✻점프컷, 시간 경과 》

정아, 슬프지만, 짐짓 담담히 얼굴에 로션을 바르다, 멍한, 그러다, 다시 정신 차리자 하고, 일어나, 장롱에서 트렌치코트를 꺼내 입는,

✻인서트, 회상 》

1, 1부, 희자, '이거 내가 사준 거네' 하던,
2, 3부, 희자가 경찰서에서 나와 차 타고 갈 때,
정아가 '의리 없는 년..' 하던, 희자가 '그러게 니가 있는데...' 하던,
3, 정아의 무릎 베고 영화 보며 웃던 희자,

✻점프컷, 현실 》

정아, 눈가 붉어져 옷을 다 입고, 선 채, 벽에 기대, 희자에게 전화하는, 신호음 가다, 전화 받으면,

정 아 (맘 아프지만, 참고, 아무렇지 않은 척) 희자야.. 뭐 해?.. 성당?.. 아, 묵주 만든 거 주러... 그담엔.. 뭐 해? (사이) 왜긴 내가 갈라 그러지.. 알았어, 길 잘 보고 조심해서, 다니고..

충남, 바깥에서 방문 열고, 정아 보는,

정 아 (충남 신경 안 쓰고, 전화만 하는) 다른 데 가지 말고 꼭 집에 가 있어. 그래... 내가 너 좋아하는 처녀네 떡볶이 사가지고 갈게.. 그래... (하고는, 벽에 기대서서, 안 보고) 희자, 성당 가네...

충 남 금요일은.. 원래 가잖어.. 밤마실이 걱정이지.. 아직 그 정돈 괜찮을 거야.. 가자, 이제 민호한테..

정 아 좀만.. 있다 가자..

충 남 (정아 맘 이해가 가는) 밖에서 기다릴게.. (하고, 문 닫고)

정 아 .. (생각 많은)

씬 75. 진료실, 낮.

난희(제 옷으로 갈아입은), 눈가 붉어져, 멍하게 앉아 있는,

난 희 (맘 아프고, 무섭지만, 애써 강한 척, 담담히) ... 그래서 수술은 언제 하는데요?

의 사 (차분히) 한시가 급하긴 한데.. (하고는, 달력을 보며, 속상한) 스케줄이...

난 희 (답답한데, 전화 오는, 의사에게서 몸을 조금 돌리고, 짐짓 아무 일 없는 듯) 어, 팔달아, 뭔 소리야? 양파가 왜... 물러.. (답답한) 버려. 그리고, 지금 당장 제주형제상회 전화해서, 물건 좀 급하게 갖다달라 해? (듣다가, 화나는, 버럭) 뭘 다듬어 써, 다듬어 쓰긴?! 버리라니까!

의 사 (난희 보는, 걱정스런) ..

난 희 (의사에게서 몸을 더 돌리고, 간암인 게 속상하지만, 참고, 말하는) 그걸 다듬어, 언제 장사할래?! (터지는, 버럭) 니가 사장이냐, 내가 사장이지?!

씬 76. 달리는 버스 안, 낮.

난희, 먹먹하게 가는데, 영원 전화 오는, 안 받는, 전화벨 계속 울리는,

의 사 (E) 지금 여사님 상태는... 최악이라고 생각하시면 됩니다. 간만이 아니라, 벌써 다른 데로 전이가 많이 됐어요..

난 희 (눈가 붉어져, 막막한) 한시가 급하다며.. (영원의 전화 끊어지고) 왜 수술은 삼 주나 있다가.. 한대.. 그게, 사람 생으로 죽으란 소리지 살란 소리야.. 하긴, 뭐 세상에 나만 아프냐.. (하는데, 두려운 맘이 왈칵 이는, 그때, 완이 전화 오는, 잠시, 맘 추스르고, 애써 담담히 받는) 왜?

씬 77. 난희의 가게 안, 낮.

손님들, 나가고 들어오고, 북새통이다, 완, 그릇들을 쟁반에 챙기며, 이어폰으로 전화하며, 답답하지만, 손님들 생각해서 조용히 말하는,

완　　왜? 왜? 지금 왜 소리가 나와? 엄마 대체 어디서 뭐 해? 지금 가게 난리야!

씬 78. 달리는 버스 안, 낮.

난 희　　(울컥하는, 참고) .. 갈게..

씬 79. 난희의 가게 안 + 주방, 낮.

완　　(쟁반 들고, 주방으로 가며) 아니, 점심 때 사람 북적이는 거 몰라서.. 외출을 해? 진짜.. 나, 지금 출판사 가는 길에 잠깐 들렀다가.. (버럭) 갈 수가 있니? 다들 바빠 난린데? 그래서, 엄만 어딘데? (황당한) 쇼, 쇼핑.. 갑자기 웬 쇼핑? 남자 만난다더니, 진짜 그래? (하는데, 전화 끊기는) 엄마... 엄마.. (하다가, 답답해, 끊고, 일하는) 주방장님, 구 번 테이블에 짬뽕 언제 나와요?

씬 80. 달리는 버스 안, 낮.

난희, 핸드폰을 만지작거리며, 눈가가 자꾸 붉어지는 걸 참는, 그리고, 밖을 보는, 휴 하고 한숨 쉬는, 그러면서도 이를 앙다무는, 어떻게든 정신을 차려보고 싶은,

씬 81. 한강 다리 위, 낮.

희자, 홈 웨어에 베개를 애기 업듯 업고, 그 위에 가디건을 씌운 채, 맨발에

슬리퍼 신고 걸어가는,

희 자 엄마 손잡고 나들이 갈 때.. (하며, 편하게, 노래 부르며 가는)

씬 82. 몽타주.

1, 성재 차 안, 성재, 운전하고, 정아와 충남, 앉아 있는,
2, 영원, 촬영장에서 난희에게 전화하는,
3, 희자, 한강 다리 위를 노래 부르며 가는,
4, 희자를 지나쳐 가는 버스 안의 난희(희자 못 본)의 모습에서 엔딩.

dear my friends

14 부

~

끝까지 엄마답게,
끝까지 투사처럼 2

씬 1. 달리는 버스 안, 낮(13부 이어지는, 없는 씬, 상황 조금씩 바뀐, 확인요).

난 희 (완과 전화하는, 울컥하는, 참고, 짐짓 대차게) 쇼핑, 나왔다, 왜?

씬 2. 난희의 가게 안 + 주방, 낮.

완 (황당한) 쇼, 쇼핑? 갑자기 웬 쇼핑? 남자 만난다더니, 진짜 그래? (하는데, 전화 끊기는) 엄마... 엄마.. (하다가, 답답해, 끊고, 일하는) 주방장님, 구 번 테이블에 짬뽕 언제 나와요?

씬 3. 달리는 버스 안, 낮.

난희, 핸드폰을 만지작거리는데, 영원에게 전화가 오지만 안 받는, 눈가가 자꾸 붉어지는 걸 참고, 밖을 보는, '휴' 하고 한숨 쉬며 맘 다잡자 이를 앙다무는, 어떻게든 정신을 차려보고 싶은, 속상하고, 억울하고 화나는, '쌍, 엿같이, 평생 되는 일이라곤 하나 없는 개누무 팔자..' 하고, 맘 아프게 구시렁대며 욕

을 하는,

씬 4. 한강 다리 위, 낮.

희자, 홈 웨어에 베개를 애기 업듯 업고, 그 위에 가디건을 씌운 채, 맨발에 슬리퍼 신고 걸어가는,

희 자 (솜사탕 노래 중반 부분을, 편하게, 노래 부르며 가는)

씬 5. 민호의 자동차 정비소 안, 낮.

민호, 공기 총으로 차를 청소하는, 땀 흘리며, 열심이다,
그때, 성재의 차가 오는,

민 호 (일하다, 차를 보는) ?

씬 6. 민호의 자동차 정비소 앞 + 근처 골목, 낮.

충남, 정비소 안에서 나와 이리저리 정아를 찾다가, 골목을 돌아오며,

충 남 언니, 정아 언니, 정아 언니.. (하고, 찾다가, 벽에 기대 땅을 보는 정아(신발이 짝짝이다)를 발견한, 정아를 보고, 앞으로 와서, 정아의 맘을 살피며) 뭐 해, 여기서?

정 아 .. (담담히, 신발만 보며) 염병.. 신발이 짝짝이야.

충 남 (정아의 신발 보며, 벽에 기대서서) 다들 경황이 없었지.. 뭐.. 나도 몰랐네. (하고, 정아 보며) 민호한테 가봐야지.

정 아 (충남 안 보고, 희자에게 전화하는) 성재 씨가 얘기하겠지 뭐. (신호음 가는 것 듣다가, 전화 끄고, 담담히) 희자가 전활 안 받네. 나 희자네 가 있을까 보

다. (하고, 벽에서 몸 세우는)

충남 낮에 성당 가는 날은 집에 바로 와, 걱정 사서 말고, 같이 가.

정아 (그냥, 가는)

충남 (정아 보다가, 희자 생각에 답답한) 아, 진짜.. 욕 나온다.. 쌍.. (하고, 침을 땅바닥에 캭 모아서 뱉는)

지나가는 젊은 여자, 그런 충남 보고, 싫은 내색하면,

충남 (버럭) 니가 보면, 뭘 어쩌게? 내가 침 뱉고 가는 것도 아니고, (침을 발로 문지르며) 이렇게 이렇게 문대는데, 뭐가, 뭐가, 뭐가?

씬 7. 민호의 자동차 정비소 사무실 안, 낮.

민호, 성재의 핸드폰을 보고 있는, 이미 희자의 이야기 다 들은, 눈물을 닦으며, 울지 말아야 한다는 생각을 하는, 의젓하려 하는, 이를 앙다물지만, 턱이 떨리는, 화면만 빠르게 해서 보는 듯한,
성재, 민호를 안쓰레 보는데, 충남, 들어와, 성재 옆자리에 앉는,

민호 (눈물 닦고, 엉거주춤, 일어나, 충남에게 인사하며) 안녕하세요, 이모. 잘 지내((셨어요), 하는데)

충남 (말꼬리 끊고, 손사래 치며) 야야, 너나 나나 안녕하지 못한 줄 다 알어, 인사하지 말고, 앉아.

민호 (맘 아픈, 어색하게 앉아, 화면만 보는, 정신 차려야 한단 생각이 드는, 눈물 닦고, 울지 않으려 이를 앙다무는)

성재 (충남에게) 정아 씬?

충남 희자 언니가 전화 안 받는다고.. 희자 언니 집에...

성재 (맘 아프지만 참고) 우리도 가야(겠네).

민호 (서두는 맘에 말꼬리 자르고, 깍듯이 핸드폰을 성재에게 주고, 일어나며) 그럼 저는 제 차 몰고.. 집으로..

성재 자네 찬 여기 일단 놔두고... 내 차 타. 정신없을 때 운전하는 거 아냐. 옷 갈

아입고 나와. (하고, 나가는)

민 호　(희자 생각에 눈물이 차는, 애써 감추고, 가는 성재에게) 저는 제 차로,

충 남　(민호에게) 민호야. 잠시 앉어.

민 호　(울지 않으려 하며, 깍듯이) 네. (하고, 앉고, 눈물 닦고, 고개 조금 숙이고, 희자 생각에 멍한, 울면, 약해지면 안 된다는 생각이 머릿속에 가득하다, 애써 담담한 듯) 엄마가 멀쩡했어요.. 그래서, 시시티브이를 언제부턴가 안 보고.. 그래서.. (눈물 닦고, 맘 아픈, 그래도 또박또박 말하는) 내가 봤어야 하는데.. 하늘이도 임신해서..

충 남　고만. (담백하게) 눈물 난다, 닦어.

민 호　네. (하고, 옷을 치켜들어, 코를 푸는)

충 남　(물 마시고, 성재가 차를 빼는 걸 보고, 민호에게) 누구보다 지금은 니가 정신 차려야 돼. 옷 갈아입고?

민 호　네. (하고, 일어나, 웃옷을 벗고, 다른 옷을 갈아입고, 서둘러 나가려다, 문도 열지 않은 바람에, 문에 이마를 쾅 하고 부딪치지만, 아프지도 않은지, 아무렇지 않게 그냥 문 열고, 나가는)

충 남　(그런 민호 보며, 답답한, 일어나, 나가는)

씬 8. 버스 종점, 달리는 버스, 낮.

버스가 종점에 들어서고,

씬 9. 버스 안 + 종점, 낮.

기사, '종점입니다.' 하고, 내리면, 버스 안의 두어 사람 내리고, 난희, 막막하게, 앉아 있다, 일어나 내리는, 주변을 보면, 뭔가 허전한 느낌이다,

난 희　(여기가 어딘가 싶은, 둘러보다가, 지나가는 기사에게) 여기 어디예요?

기 사　(어이없는) 종점이죠.. (하고, 가는)

난 희　(가는 기사 보며, 짜증 나는 구시렁) 그래서, 여기가 종점 어디냐고, 자식아..

염병, 사람 말귈 못 알아들어.. (하고, 종점을 빠져나가는, 주머니 속의 핸드폰이 울리지만, 그냥 가는)

씬 10. 촬영장 일각, 차 세워둔 곳, 낮.

차 안에 순철이 있고,
차 옆에서, 영원, 이쁘게 단장하고, 난희에게 전화를 하는, 편안한,

영 원 (신호음 가는 걸 듣다 끊으며) 얘는 왜 전활 안 받어, 오늘 검사 결과 어떤가 궁금한데...

그때, 지나가는 후배 연기자, 인사하는,

후 배 선생님, 조심해 가세요!
영 원 (밝게) 그래! 또 봐, 너 오늘 연기 좋드라, 야! (하고, 엄지 들어주는)
순 철 (차 안에서, 영원 보며) 난 쟤 별로던데?
영 원 (어이없이, 순철 보며) 내 연긴?
순 철 좋았죠.
영 원 (어이없는) 지랄해, 아주, 니가 감독이냐? 젊은 애가 그만하면 됐지, (차 안에 타며) 쟤가 얼굴도 이쁘고 나이도 어린데, 연기까지 잘하면 난 뭐 먹고사니?! 연긴 늙은 내가 하고, 젊은 애가 그 정도면 됐지. 너는 암튼.. 뭐든 부정적으로 보는 거 그게 나빠! (그때, 전화 오는, 받으며) 어, 대철 씨?
순 철 (보면)

씬 11. 공항 주차장, 낮.

대철 동생, 운전석에 앉아 있고, 대철, 차 뒷좌석에 앉아 있는,

대 철 (힘들어도, 차분히) 어디야?

씬 12. 영원의 차 안, 낮.

영 원 (설레고, 편안하게 웃으며) 지금 갈라고.. 아이고, 참.. 웬 재촉?... 삼십 년 넘게 안 보고도 살았는데.. 뭐, 이제와 일이십 분 늦게 본다고.. 어떻게 돼? (웃으며, 따뜻하게) 참, 밥은 먹고 출발한 거지? (하는데, 닥터 조라고 이름이 뜨는) 아, 전화 왔다, 가서 봐요. 네.. (하고, 전화 끊고, 전화 받는, 반가운) 아, 닥터 조 너무 고마워, 없는 시간 쪼개서 내 친구.. 진료... (하다가, 이상한, 놀란) 뭐?

순 철 출발할게요. (하며, 차를 출발하려 시동 거는데)

영 원 (순철에게) 야, 야, 차 멈춰.

순 철 (시동 끄고, 영원 보는) ?

영 원 (차에서 내리며) 말해요.

***점프컷 》**

영원, 차에서 내려, 차에 기대, 심각하게, 진지하고 차분하게 전화로 얘기 듣는, 난희의 상태를 다 전해 듣는,

영 원 어.. 어.. 어.. (맘 아픈, 참고, 담담한 듯, 눈 감고) 어.. 어..

씬 13. 공항, 주차장, 대철의 차 안, 낮.

동생, 운전석에 앉아 있고, 대철, 뒷좌석에 앉아, 아픈 듯, 땀이 나는, 애써 숨 고르며 가만히 전화 받고 있는,

영 원 (E, 따뜻하게, 차분히, 너무 무겁지 않게) 정말 나도 보고 싶었는데..

대 철 (애써 담담하게, 웃으며) 사정이 그런데 어쩔 수 없지, 뭐....

씬 14. 촬영장 일각, 낮. (대철과 교차씬)

영원, 대철과 난희 둘 다 맘이 아픈, 통화하는,

영 원 (눈가 붉은, 난희 생각에 속상하지만, 애써 편하게, 담담히) 내가.. 예전처럼 환하게 한 번 웃으며 보내드리고 싶었는데.. 우리 인연이 여기까진가 보네, 그지?.. 그래도, 부디, 몸조심하시고.. 부인하고.. 행복하시고... 그리고..

대 철 (애써 따뜻하게, 담담하게) 그래도 너 봐서 좋았고.. 몸 잘 챙기고...

영 원 나중에라도 길 가다 알아볼 수 있게, (농담처럼, 가볍게) 몸매 얼굴 관리 잘 하시고.. 오케이?.. 그럼 난 친구한테 가요... 안녕. (하고, 전화 끊고, 맘 아픈, 눈물 나는, 눈물 닦고, 난희에게 전화하는)

난 희 (받는, 담담하지만, 슬픈, E) 왜 자꾸 전화질이야, 기집애야.

영 원 (맘 아픈, 눈물 나려는 거, 꽉 참고, 담담하게) 어딨어, 너? (속상한, 버럭) 대답해, 기집애야, 너 어디야?!

씬 15. 공항 주차장, 차 안, 낮.

대 철 (핸드폰만 만지작거리다, 기운 빠지는, 땀이 부쩍 많이 나고, 힘든, 그러나 내색 않는, 천천히 하늘 보고) 이게 진짜 마지막이겠지....

동 생 (룸미러로 대철 보는데, 안된, 슬픈)

대 철 (하늘만 보며, 영원이 그리운, 담담히) 나.. 이혼했다고.. 말해줄걸.. 동생아, 나중에, 이 형이.. 가면... 니가 말해주라.. 형이, 이혼하고, 영원이만, (눈가 붉어) 영원이만... (차마, 말 못 잇고, 고개 돌려, 맘 아프게 고개 숙이고, 그렇게 있는, 울지 않고, 짐짓 담담한)

씬 16. 석균의 아파트 동 현관, 앞 + 주차장, 낮.

석균, 서둘러 동 현관을 나와, 제 차로 가서, 차 앞에 서서 주머니를 뒤지는데, 차 키가 없는,

석균 젠장... 키가.. (하고는, 다시 아파트 안으로 들어가는)

*점프컷 》

석균, 다시 뛰다시피 현관에서, 뛰어나오다가, 들어가는 수영과 부딪치는, 순간 서로 몰라보는,

석균 뭐야?

수영 아빠?

석균 너는 눈깔을 뒤통수에 박았냐? 사람을 보고 다녀야 될 거 아냐! (하고, 서둘러 차로 가는)

수영 (어이없는) 아버지, 어디 가, 저녁 드셔야지! 내가 올갱이국 해왔어?!

석균 (그냥 가버리는)

수영 (속상한) 바쁜 사람보고 국 해오라며?! 어디 가요?!

씬 17. 달리는 석균의 차 안 + 도로, 낮.

석균 (조금 당황스럽지만, 짐짓 차분하려 하며, 주변을 살피며) 희자 얘가 우리 집 올 때 어디로 다니는지, 내가 어떻게 알어... (그때, 전화 오면, '아이고, 간 떨어지네' 하며 움찔 놀라고, 스피커폰을 켜는)

성재 (E) 형님, 오고 계셔?

석균 가긴 가는데, 내가 희자가 우리 집에서 개네 집 가는 방향을 어떻게 아냐?

성재 (E) 비산 고개 쪽으로 오시면 돼요. 정아 씨가 희자가 그리로 다닌대..

석균 아.. 알았다, 야, 근데, 성재야, 희자 걔가 진짜 치매가 맞어?.. 아니, 내 보기에 갠 원래 좀 이상하잖어? 너나 정상이라고 생각하지, 희자 개는 누가 봐도 좀 맹하고, 평생을 어디가 좀 모자른 애처럼, (그때, 전화 끊기는, 그 바람에 화면 보고) 언제 끊겼어.. (하고, 전화 끊고, 가며, 운전대 돌리며, 걱정스런) 희자, 얘가 어딜 간 거.. (하다, 놀란, 희자를 발견한 듯) 어어어.. (하다가, 길가의 한 노인을 보고, 빵빵 경적 울려대는)

노인 (화들짝 놀라서, 돌아보면, 희자를 닮았지만, 희자가 아닌)

석균　(죄송하단 눈인사하고, 답답해, 운전해 가는) 사람 찾다, 사람 놀래켜 죽이겠네..

씬 18. 희자의 집 안, 낮.

민호와 정아, 소파에 앉아 있는,
정아, 안쓰레 민호만 보고,
민호, 눈물을 닦으면서도, 이를 앙다물고, 제 전화기만 보고 있고, 그러다, 다시 들어, 신호음 가나 안 가나 확인하고, 내려놓고, 또 전화기를 보는, 그러다, 다시, 조바심 나 전화기 잡으면,
정아, 안쓰레 민호 손잡는,
민호, 정아 보는데 울음이 나지만, 참는(어른스러우려 하는),
정아, 맘 아파 가만 민호 손만 잡고, 그 손을 만지작거리는, 민호가 안쓰런,
카메라, 주방 쪽으로 가면,
성재, 전화를 하고 있고, 충남, 그 옆에 서서, 난희에게 전화하는데 전화를 안 받는, 끊고, 완이에게 전화하는, 손톱을 물어뜯으며, 차분하려 하지만, 긴장한 채다,

성재　(답답한) 아.. 예.. 예.. 아, 그래요.. 알았습니다. 일단 제가 가겠습니다. (하고, 다시, 다른 곳에 통화하는, 좀 긴장한) 어, 오 서장, 그래.. 그거 알아본 건, 어어..

충남　(제 전화기로 신호음을 들으며, 성재를 보는)

성재　(반가운) 그래, 그럼 부탁 좀 하자, 어어.. (하고, 전화 끊으면)

충남　(짐짓 담담한 듯) 영원이 난희 완이 다 전화를 안 받고, 난희 가게 전화해서 물어보니, 종업원이 희사 언니가 안 왔대.

성재　(충남 보며, 담담히) 성당엔 와서, 사무실에 묵주만 놓고 간 게 서너 시간 전이래. 시시티브이는 기술자가 없어서, 확인 못 하고.. 파출소랑 경찰서는, 아직, 신고 들어온 거 없고,

충남　실종 신고 해야지?

성재　그냥 실종 신고는 조건이 안 되고, (맘 아픈) 치매 실종 신고는 했어.

충 남　(손톱을 물어뜯으며, 초조하지만, 짐짓 담담히) 이제 어째?

성 재　다들 집에 있어. (정아와 민호를 보고, 짠한, 충남 보며) 나는 성당 한번 가볼게. 답답해서, 못 있겠다, 여긴. (하고, 나가는)

민 호　(벌떡, 일어나는)

충 남　(민호 쪽으로 오며) 앉아. 저, 아저씨가 여기저기 다 손 써놨어. 앉아, 기다려.

민 호　(앉아, 정아 보는데, 울 것 같은)

정 아　(민호에게) 시장 가봐. 마트도 가보고.

민 호　(말꼬리 자르며, 벌떡 일어나 서둘러 나가는)

충 남　(말리려 민호를 보며) 야, 니 엄마는 시장 안 가!

정 아　(일어나, 주방으로 가 싱크대를 열려다, 희자가 붙여놓은 쪽지를 보는, 멍한)

충 남　(정아에게로 와서, 그걸 보며, 읽는, 먹먹하지만, 짐짓 담담히) 요양원은 제이의 고향.. 가게 될 때 웃으며 간다. 치매에 걸리면, 민호와 정아, 충남, 영원, 난희, 친구들의 충고를 듣는다. 매일 세 번씩 읽어서 마음에 새길 것.

정 아　(속상한 맘 감추고, 수납장을 여기저기 열어보는)

***인서트, 아래 위 칸의 수납장 안 》**

먹다 남은 음식 쓰레기며, 그릇들이 난리가 난,

***점프컷 》**

정 아　(울컥하지만, 참고, 수납장 안의 것들을 다 꺼내는)

충 남　희자 언니가 언니랑이면 모를까, 시장이나 마트 가는 사람이 아니잖어, 배달시키지.

정 아　(싱크대 수납장을 정리하며, 맘 아프지만, 담담히) 다들, 얼굴 마주 보고 앉았음 뭐할 거야.. 그것도 속 터지지..

충 남　그 말이 맞네.. (하고, 정아를 도와, 수납장 물건들을 정리하려 빼는)

정 아　(정리하며, 맘 아픈) 희자 넌 머릿속이 이 지경인가 싶어, 속이 상한다, 내가.

충 남　(맘 아프지만, 참고, 정리만 하며) 말하지 말고, 손 놀려.. 그냥.

씬 19. 길거리, 낮.

민호, 눈물이 흐르면 닦으며, 바쁘게 걸어가며, 이리저리 주변을 보는, 생각 많은, 그때, 전화 오는, 놀라, 핸드폰을 꺼내는데, 서두르다, 놓치는, 놀라서 간신히 핸드폰을 잡고, 보면, 하늘이다, 울컥하지만, 참고, 담담히, 전화하며, 눈은 주변을 살피며, 가는,

민호　어, 하늘아.. (하늘이 놀랄까 맘 아픈 것 참고) 아직.. 근데 괜찮아, 이모들하고 엄마 남자 친구 있잖아, 그 변호사 아저씨.. 여기저기 발 빠르게 움직이고 계셔.. 그럼, 난 괜찮지.. (눈물 나면 쓱 닦고, 담담히) 하늘아.. 너 애기 조심해야 돼.. 놀라면 안 돼...

씬 20. 민호의 자동차 정비소 사무실 안, 낮.

하늘, 전화 받으며, 눈물 닦는, 민호가 안쓰런,

하늘　(맘 아픈) 안 놀래.
민호　(E) 그래, 그래야지. 그게 지금은 니가 엄마 생각하는 거야, 알지?
하늘　알어.

씬 21. 길거리, 낮.

민호　착하다, 하늘이.. 장모님 놀래시니까 말하지 말고.. 울지 말고.. (하며, 주변에 노인이 있으면, 쫓아가서, 보고, 아니면 가면서, 전화하는) 그럼, 난 정신 잘 차리고 있지.. 어, 엄마 가는 시장에 가보는 중이야.. 어어..

씬 22. 성당 앞, 낮.

성재, 신부님과 걱정스레 뭔가 얘기 중인, 그때, 경적 울리고, 성재, 보면, 석균

의 차다, 신부님과 인사하고, 보내고, 석균, 차에서 내려 성재에게 와서 말하는,

석 균　성당에도 없어?
성 재　난희 가게서 희자 집 오는 길 좀 한번 가봅시다.
석 균　거길 간다고 뭐가 달라.. ((지냐)하고 말하려다가, 참고, 차로 가려다 다시 성재 보며) 근데, 이렇게 해서 희잘 찾겠냐?
성 재　(그사이, 뭔가 생각난 듯, 전화하며, 잠시 후) 어, 김 경관.. (웃으며) 어, 그게.. 내가.. 자네 혹시 아직 도로 상황실에 있나?

씬 23. 이자까야 같은 술집 앞, 낮.

영원의 차, 와서 서는,
영원, 차에서 내려, 들어가는,

씬 24. 이자까야 같은 술집 안, 낮.

영원, 들어와 여기저기 둘러보며 난희를 찾는데, 한쪽 구석에서 난희, 소주를 먹고 있는, 그러다, 소주를 다 먹었는지,

난 희　(종업원에게) 여기 소주, 한 병이요! (하다가, 담담히 자길 보는 영원을 발견하고, 아무렇지 않게, 보는)
영 원　(난희 보고, 담담히 난희 쪽으로 와서 앉는)
난 희　(아무렇지 않게 술잔을 비우고, 맘 아파도 농담하듯 편하게) 내가 널 다시 안 만났어야 돼. 니가 나한테 암 옮겼지? 이 나쁜 년. (하고, 안주 먹는)
영 원　(가만 보는, 담담한)
난 희　젊어선 이런 근사한 술집에서 기분 좋게 술 먹고 싶었는데... 황 됐네. 엿 된 건가? (히히, 하고 허탈하게 웃는)
영 원　(안쓰럽지만, 담담한) 닥터 조가 전화 왔는데, 수술 날짜 두 주 정도 앞당길

수 있대. 일주일 후에 수술하재.

난희 (심드렁하게) 왜, 누가 수술 잡아놓고 그사이 죽었대?

영원 (종업원이 소주를 가져오면, 난희의 잔을 가져다 따라서 한 잔 따라 마시는)

난희 너 암이잖아.

영원 너나 마시지 마.

난희 (덤덤한, 술 한 잔 따라 마시고) 수술 안 하면, 두서너 달... 수술해도... 완치율이, 이십 프로도 안 된대, 자칫하면 배 가르다 끝나겠어.. (하고, 다시 잔에 술을 따르면)

영원 (술 따른 잔을 제 앞에 놓으며) 가자. (하고, 카운터로 가는)

난희 (잠시 있다가, 일어나 나가는)

주인 (웃으며, 계산하는데)

난희 (사장 보고, 영원을 턱으로 가리키며) 얘 배우예요. 내 친구. 알죠? (하고, 영원에게) 사인 하나 해드려, 기집애야, 비싸게 굴지 말고. (하고, 나가는)

주인 (웃으며, 계산서와 카드와 종이를 영원에게 주며) 사인 좀..

영원 (카드 받고, 웃으며, 사인하는) 성함이?

씬 25. 이자까야 같은 술집 앞, 낮.

난희, 담담히, 계단에 앉아 있는,
영원, 옆에 와 앉으며,

난희 매니저 보내고 어디 가서 술 한잔 더 하자?

영원 좀 앉았다, 그냥 가, 나, 운전 못해.

난희 (어이없이 웃으며) 기껏 한 잔 마셔놓고.. 죽을까 무섭냐?

영원 살라고 애쓴다고 생각해.

난희 (어이없이 웃으며, 짐짓 대수롭지 않게) 그거나 그거나..

영원 (안 보고, 앞만 보며, 차분히) 완이한테는.. 내가 말할까.. 니가 말할래..

난희 (속상하지만, 아무렇지 않은 듯) 알아서 하셔. 니가 말하든, 내가 말하든.... 도낀개낀이지..

영원 내가 할게, 그럼. (하고, 난희 보고, 손을 잡아주는)

난희　(제 손을 잡은 영원의 손을 보며, 눈가 붉어지며, 애써 웃으며) 손은 아직 곱네.

영원　(하늘 보며, 담담히 농담하는) 손만 곱냐, 몸은 더 죽여.

난희　(눈가 붉어져, 어이없어, 웃으며) 고와봤자지, 년아. 만져줄 놈도 없는데. 너나 나나 엿 같은 인생이야. 크크.. 진짜 아끼다 엿 됐다, 내 인생. 지고지순, 현모양처, 효녀 딸, 강한 엄마.. 흉내 내며 살다.... 아, 엿 같다, 진짜.. 이럴 줄 알았음,

영원　(짠해서, 웃으며) 아무 놈한테나 퍼주고 말걸, 그지? 싹 다 줄 서라 그럴까? 확 다 퍼준다고?

난희, '아오, 요 조동아리 진짜' 하고, 웃으며 영원의 입을 손으로 잡으려 하면, 영원, 피하고, 웃으며, 농담하는, '근데, 염병.. 준대도 받을라고 줄 서는 놈이 없네!', 난희, '설마!' 하며 크크크 깔깔대고 서로 웃는,

씬 26. 영원의 차 안, 낮.

영원, 난희, 뒷좌석에서 앉아 가는,

난희　(담담히 창가 보며, 대수롭지 않게) 너, 첫 수술할 때.. 아니, 첨 암이라 그럴 때 어땠냐?

영원　(가만 보며, 담담히) 개 같았지.

난희　(어이없이 보며) 두 번째는 엿 같았겠네.

영원　세 번짼 *같고.

난희　(영원의 어깨 치고, 어이없는 웃음 짓고) 욕 좀 에지간히 해, 년아!

영원　(난희의 어깨에 손을 올리고, 꽉 안고, 난희 귀에 대고) 너나 에지간히 해, 이 개.. 쌍..(귀에 대고, 입 모양으로만 욕하는)!

난희　크크크 (웃다가, 가만있는, 울음을 참는 듯한, 어깨만 들썩이는, 얼굴은 안 보이는데, 흐느끼는 듯한)

영원　(맘 아픈, 고개 숙이고, 꽉 안는, 울음이 나는)

카메라, 난희와 영원의 얼굴은 잡지 않고, 안고 있는 모습만 보여주는,

씬 27. 난희의 집 계단 + 집 밖, 영원의 차 안, 밤.

난희, 계단을 오르고, 차 안에서, 영원, 계단을 보고 있는,

***인서트 》**
난희, 집으로 들어가, 불 켜는,

***점프컷 》**
영원, 그걸 다 지켜본 후에, 완이에게 전화하는,

영 원　(맘 아프지만, 담담히) 완아, 너 어디야?

씬 28. 한강 다리 위, 밤.

석균의 차 와서, 멈춰 서는,
충남, 나와서, 주변을 보고, 난간 밑을 내려다보는,
석균, 차에서 나와, 그런 충남 보며,

석 균　거길 왜 들여다봐?
충 남　(난간에 매달려, 밑을 보며) 오죽 답답하면, 내려다보겠냐?
석 균　(맞다 싶은, 와서, 난간에 서서 내려다보며) 뛰어내리진 않았어..
충 남　(가만 강을 보다, 석균 보면)
석 균　희자 걔 그 정신은 있어. 치매가 확 안 와.. 곰실곰실 오지.. 울 어머니 치매였잖어, 너두 알잖어, 니 엄마도 치매 아니었어?
충 남　(강만 보며, 슬픈) 울 엄마는 길에서 죽었어.
석 균　(안된) 그.. 그땐 약이 없었잖어.
충 남　(석균을 가만 보다) .. 평생 첨으로 오빠처럼 말하네.

석균 싸가지 없이 말하지 말고.

충남 좋은 남편 십계명 잘 외우고 있냐, 첫 번째가 뭐야?

석균 (자랑하듯, 버럭) 남편은 밖에서 불편하던 감정이나 얼굴로 집안 식구를 대하지 말라.

충남 잘하고 있군. 정아 언니한테 잘해, 희자 언니 봐봐, 우리 다 조만간, (턱으로 하늘 가리키며) 가게 생겼어.

석균 차 타, 다른 다리 가보자. (하고, 가는)

충남 (가는)

씬 29. 고깃집 안, 밤.

성재, 고기를 구워, 민호(희자 생각에 넋이 나간, 멍한)에게 주는,

민호 (멍하지만, 깍듯이) 괜찮습니다.

성재 (따뜻하게, 웃으며) 구웠는데, 안 먹음 돼?

민호 (인정하는) 아.. (하고는, 고길 먹는)

성재 (종업원이 맥주를 가져오면, 잔에 따르며) 형들한텐 말했나?

민호 뭐, 대충... 걱정할까 봐. 큰형수가 갑상선암이라.. 다시 연락한다고.. 했어요.

성재 (술 주며) 마셔.

민호 괜찮습니다. 아저씨, 드세요.

성재 (따뜻하게 웃으며) 난 운전해야잖어.

민호 아.. 네. (하고, 받아서, 단숨에 마시는)

성재 (먹으며, 편하게) 니 엄마 별일 없어. 내가 장담해.

민호 (보면)

성재 원래 무슨 일이 크게 나면, 연락이 꼭 와. 내가 살아보니 그래, 일이 없어, 연락이 안 오는 거야. 그러니까, 내가 니 엄마를 무지 좋아해도.. 먹을 땐 먹는 거야.. 힘이 있어야 니 엄말 지킬 거 아냐.

민호 (보면) ?!

성재 (따뜻하게 웃으며) 왜, 내가 니 엄마 좋아해서 싫으냐? 그래도 어쩔 수 없어, 좋아하니까. 근데.. 그냥 친구! 저스트 프렌드.

민호 (어색하게 웃고) 네.

성재 네만 하지 말고, 먹어. 남자는, 대찬 데가 있어야 돼, 먹고 기운 차리고. (하다가, 전화 오면 받으며, 순간 당황하는, 버벅대는) 어, 나다.. 나.. 아야.. 알았어, 나, 나나나, 지, 지금 경찰청 근처서 대기하고 있었어, 어어, 곧 갈게.. (하고, 전화 끄고, 조금 당황하며) 야 야, 그만 먹고, 가자, 엄마 찾았댄다.. (하고, 나가며) 여기 계산!

민호 (놀라, 벌떡 일어나, 나가고)

씬 30. 도로 상황실 안, 밤.

직원, 이것저것 화면을 캡처 하고, 성재, 민호 들어오면, 상황실에서 화면을 보던 직원, 성재 보고,

직원 변호사님, 오셨어요?

성재 내 친구를 별견했다고?

민호 (애써 담담하려 하는)

직원 (화면 가리키며) 여기 보세요.. 제가 보내주신 인상착의 보고.. 캡처 해놨는데..

성재, 민호, 화면을 보면,

***인서트, 화면 》**

화면1, 희자, 성당을 빠져나가는 모습,

화면2, 희자, 거리를 걸어가는 모습,

화면3, 희자, 다리를 걸어가는 모습,

***점프컷 》**

민호, 울음 나지만, 참고,

민호 엄마예요..

성재, 그 화면을 보며, 진지한,

성 재　지금 여기는.. 반포대교 아닌가?.. (유심히 보며) 근데, 뭘 업은 거 같네..

씬 31. 완의 집 안, 밤.

완, 노트북으로 연하와 입을 맞추며 편안한, 잠시, 그러고 있다가, 입을 떼고, 동영상의 연하와 얘기하는,

완　고만, 오늘 너무 진했어.

연 하　(담백하게 웃고) 소설은 진행 잘돼가?

완　칠십 프로? 초고긴 하지만,

연 하　근데 왜 전화야, 부지런히 일해야지. (시계 보고) 이럼 나한테 올 시간이 자꾸 늦어지잖아.

완　(어이없는) 너 악덕 애인 같애. 애인 팔아먹는.. 야, 나도 어쩌다 잠깐은 좀 쉬자. 내가 무슨 글 쓰는 기계도 아니고...

연 하　(깔깔대고 웃으며, 옆에 있는 스크램블을 얹은 예쁜 토스트를 보여주며) 상이야, 먹어.

완　죽을래, 너?

연 하　그럼 너 대신 내가.. (하고, 먹으며, 낄낄대고, 웃다가) 진짜 상 줄게.. (하며, 노트북을 돌려놓고, 제 휠체어를 운전해, 벽으로 가서, 의자 손잡이를 짚고, 일어나는데, 팔이 떨리지만, 어느 정도 서는)

완　(놀라는, 멍한) ... 뭐.. 야?

연 하　(힘들지만, 참고, 말하는) 아직은 팔 힘이 구십구 프로.. 다리엔 힘이 안 가... 그래도 시도는 해보는 게 중요한 거니까.. 늘 넘어지는 게 싫어, 이렇겐 안 해봤는데.. 최근에 해보고 있어.... 널 위해.

완　(감동한 듯, 눈가 붉어, 작게 웃으며, 엄지를 들어 보여주는)

연 하　(웃으며, 앉는(힘들어, 땀이 난), 편하게) 일해라.

완　(달력을 보여주며) 이 날 갈 수 있어.

연하 기다리고 있지. (하고, 웃으며, 동영상을 끄는)

완 (그리운, 정신 차리자 싶어, 두 손으로 제 볼을 가볍게 탁탁 치고, 머리 쓸어 올리고, 일하려는데)

똑똑 소리가 나, 소리 난 쪽 보면, 영원, 어느새 들어와 팔 벌리고 웃는, 완, '우와, 이모다!' 하고, 일어나, 영원에게로 가 꽉 안고 장난스레, 몸을 흔드는, 영원, 짠해, 웃는,

＊시간 경과 》

완, 영원, 물 잔을 놓고 앉아 있는, 이미 난희 이야기를 다 한 듯한,
완, 팔짱 끼고, 눈가 붉은, 마치 화를 참는 사람처럼 경직된, 강하려 하는,

영원 (안쓰레 보다, 완이의 손을 잡아주려 하면)

완 (탁 뿌리치고, 물 마시고, 놀란 맘 감추고, 짐짓 담담히) 엄마가 만난 의사 선생님.. 내가 지금 좀 만날 수 있나?

영원 (안쓰런, 고개 끄덕이고, 전화하는) 어, 닥터 조. 미안한데, 지금 나 좀 볼 수 있나? 아, 시간 돼? (하고, 완이에게 눈짓하면)

완 (그 말 듣자마자, 일어나, 물 잔을 치우고, 옷을 입고, 외출 준비하는)

영원 그럼 내가 어디로 가면 될까? (눈으로 완일 쫓는) 어.. 아, 아직 병원이야? 아.. 수술했구나..

완 (큰 가방에 일단 아무 옷이나 꺼내서 빠르게 담는, 눈가 붉지만, 강한 모습이다)

씬 32. 병원 복도, 밤.

의사(수술복 차림), 완, 서서 말하는,
영원, 조금 멀리 떨어져, 담담하고, 차분하게, 생각 많게 서 있는,

의사 물론, 어머니도 다 알고 계세요.

완 (눈물이 나면, 쓱 닦고, 의사 보는, 약해지지 않으려는)

의사　(담담히) 본인 일인데.. 누구보다 먼저 아셔야 하지 않겠어요.

완　(눈가 붉지만, 팔짱 끼고, 의사 눈을 똑바로 보며, 처지지 않게) 아까 전에, 선생님이 그러셨죠. 이런 경우, 수술 안 하는 사람들이 육칠십 프로가 넘는다고? 완치율도 이십 프로밖엔,

영원　(가만 듣기만 하는, 완이만 보는)

의사　(완이 보며) .. 난, 일 프로의 가능성이 있어도 수술은 해야 된다는 쪽이에요. 이십 프로의 가능성도 가능성이니까,

완　(울컥하는, 고개 외로 틀고, 감정 추스르고, 다시 보며, 차분한) 그 말을 듣고 싶었어요. 가능성.. 고마웠습니다, 선생님. (하고, 가며, 영원에게) 이모 연락할게. (하고, 가는)

영원　(완이를 안쓰레 보며) 완아, 할머니한텐 이모가 말할게.

완　(그냥 갈 길만 가는)

의사　(완이를 보다, 영원을 보는)

*점프컷 》

완, 맘 아프지만, 애써 담담히 가는데, 전화 오고, 전화기 보면, 충남이다, 받는,

완　(가며, 차가운) 어, 이모.

씬 33. 희자의 집 거실, 밤.

정아, 소파에 멍하니 창가 보며 앉아 있고, 석균, 차를 가져다, 정아 주고, 정아, 보면, 석균, 앉아, 정아 안 보고, 제 차를 마시고, 충남은, 주방 쪽에서 전화하는,

충남　(완의 상태 모르고, 편하게 말하는) 넌 왜 이렇게 전활 안 받아, 너 늙은이들 귀찮아하는 건 아는데.. 니 엄마가 전화를 안 받는다, 그래서, 너한테 했어. (답답한) 완아, 희자 이모가 치매래. 근데, 이모가 없어졌어. 니 엄마한테,

씬 34. 병원, 다른 일각, 밤.

완 (맘 아프지만, 조금은 냉정히) 이모, 나 울 엄마한테 그 얘기 못 전해, 이모도 울 엄마한테 전화하지 마. 울 엄마, 암이야. (하고, 끊고, 가는데, 눈물 나오는, 참는)

씬 35. 희자의 거실, 밤.

충남 ?!

석균 (소파에 앉아) 왜, 완이가 뭐라는데?

정아 (충남 보는)

충남 (멍하고, 먹먹한, 침을 삼키며, 희자의 방으로 들어가며) 말 시키지 마, 머리가 띵해.

석균, 정아 ?

씬 36. 희자의 방 안, 밤.

충남, 들어와, 벽에 기대서서, 맘 아픈, 이게 뭔가 싶은, 눈가가 그렁해지는,

씬 37. 난희의 집 안, 밤.

난희, 외출복 차림으로 돋보기를 끼고, 가게와 연관된 상회 명함들을 잔뜩 펴놓고, 들여다보고 있다, 집 전화로 전화하는,

난희 여보세요? 제주상회 아저씨? (그때, 문소리 나 현관 쪽 보면, 완이가 문 열고 들어오는, 완이 힐끗 보고, 아랑곳없이, 고개 돌리고) 늦은 밤에 죄송한데, 내가.. 당분간 아무래도 가게를 못 나갈 거 같은데, 우리 가게 양파 말이야, 아

저씨가 좀 책임지고, 손질해서,

그때, 완이, 와서, 전화기를 뺏어, 끊는, 차분한 얼굴이다,

난 희 (황당하게 완 보는) ?

완 (난희 아랑곳없이, 팔달에게 전화하는, 차분히) 어, 팔달아, 엄마가 급하게 수술을 받아야 돼서, 당분간 니가 책임지고.. (전화하며, 주방으로 가서, 앉아, 한 손으로 머리 쓸어 올리고, 전화만 하는) 가게 좀 봐야 할 거 같애, 알아, 바쁜 거. 사람 써. 그리고 경북 아줌마랑 경북 아저씨한테도 오늘 안으로 전화해서, 엄마 병원 들어간단 거 알리고...

난 희 (완에게로 와서, 전화 뺏으며, 화난 사람처럼, 말하는, 속상한 마음이다) 야, 팔달아, 사람 쓰지 말고, 제주상회에서 손질해놓은 물건 사다 써! 내가 무슨 병인진 니가 알아서 뭐해? 너는 그냥 내 말만 들음 돼. 내가 지금 돈 때문에 사람 쓰지 말래냐? 돈이 문제면, 내가 비싼 물건 사다 쓰래? 너보고 양파 다 듬으라 그러지!

완 (팔짱 끼고, 이 마당에 저 전화를 해야 하나 싶어, 화난 사람처럼, 계속 눈가만 붉어, 난희를 쏘아보듯(?) 보다가, 일어나, 냉장고로 가서, 물 꺼내 마시는)

난 희 (아랑곳없이, 서서, 전화하는) 사람 함부로 써서, 뜨거운 거 옮기다, 일 나면, 그땐 어쩔 거야? 니가 책임질 거야? 전에도 한 번 사람 잘못 써서 일 난 거 몰라?

씬 38. 난희의 화장실 안, 밤.

완(옷 갈아입은), 세수를 다 하고, 수건 들고, 나가는,

씬 39. 난희의 거실 안, 밤.

완, 거실로 나와, 소파로 가서 앉아, 전화하는 난희를 보는데, 왜 저러나 싶어, 화가 나지만, 참고, 담담히 보는,

난희, 거래처와 전화하고 있는, 안 아픈 사람처럼, 성질내며 전화하고 있는,

난희　점검이 담 준 거 나도 알지, 근데, 내가 사정이 있으니까, 낼 좀 와서, 점검해 줘?! 냉동고에 자꾸 성에가 끼고, 냉장고 물건이 언다고! 물건 얼면 장살 어떻게 하니? (사이) 진짜? 낼 오는 거지? 진짜? 진작 그러지.. 그래, 자요. (하고, 전화 끊고, 다시 전화번호부를 보는)

완　(화나는 맘 참고) 전화 그만해, 벌써 열 통도 넘게 하는 거 알어?

난희　(전화번호만 뒤지며) 내가 전화 안 함, 가게는?! 니가 할 거야?

완　팔달이랑 상숙이,

난희　그것들이 뭘 아냐? 서빙이나 할 줄 알지? 뭐 사장은 거저먹는 줄 아냐? (하고, 전화를 하는데, 안 받는) 상숙이 앤 왜 전활 안 받어?

완　(난희만 보며, 차분히) 자겠지. 지금 새벽 한 시야.

난희　(그 말에, 벽시계 보고) 젠장... 뭔 누무 시간은 이렇게 잘 가. (하고, 전화 끊고, 화장실로 들어가서, 씻는, 화장실 문은 열린 채다)

완　(약해지지 않으려 하며, 난희의 옷 가지러 가려고 일어나는데)

난희　(세수하다, 물 묻은 얼굴로 완이 보며) 엄마 옷 가져와!

완　(가며, 안 보고) 가지러 가요. (하며, 안방으로 가는데)

난희　(맘에 안 드는) 달라기 전에 줘야지! 딱 보면 몰라, 에미가 뭐가 필요한지? 생전 에미 하는 일에 관심이 없지, 관심이..

씬 40. 난희의 안방, 밤.

완, 옷장 열고, 서랍에서, 참담하게 난희의 일상복을 꺼내는데,
난희가 세수하며 푸념하는 소리가 들리는,

난희　(E) 맘에 안 들어, 맘에 안 들어, 진짜로 뭐 하나 맘에 드는 게 없어.. 이제 나 죽음 어쩔 거야, 다들? 무덤 와서, 엄마 내가 살아생전 잘할걸.. 잘못했어요, 하고 울기만 해봐라! 나이나 적어, 남들은 그 나이에 애들 둘셋 나아서, 그 건사 다 하고.. 부모 공양하고 남편 수발들고, 옷 안 가져오냐?!

완　(옷 솔기가 터진 낡은 일상복이 맘에 안 들어, 짠해 보다가, 놓고, 다른 거 찾

는데)

난희　(세수하던 얼굴로 들어와) 무슨 옷을 하루 죙일 찾어! (하며, 바닥에 놓인, 낡은 옷을 가지고, 흔들며) 이거 주면 되잖아, 이거? 이거? 아으, 진짜.. 맘에 안 들어.. (하고, 나가는)

완　(참담한, 감정 추스르고, 빼던 옷가지를 다시 정리해놓는)

씬 41. 난희의 주방, 밤.

완, 싱크대에 기대서서(두 손을 뒤쪽으로 해서, 싱크대를 잡은), 난희를 빤히 보는(쏘아보는 건 아니다), 힘들어도, 내색 않으려는,
난희(옷을 다 갈아입은), 방 안에서 통장들과 보험증서들을 잔뜩 들고 나와, 돋보기를 끼고, 주방 식탁(이미 통장이며, 집문서가 놓인)에 놓고, 통장을 죽 펴놓고, 통장마다, 비밀번호를 적는,
완, 싱크대에 기대서서, 담담히,

완　(처지지 않게) 엄... 마.

난희　(일하며, 원래 말투로, 처지지 않게, 톡톡 쏘듯) 통장 비밀번호 적은 건 남 보면 안 되니까, 니가 가져다, 너만 아는 데 둬. 보험은 담당자들 전화번호 적어놓을 테니, 뭔 일 나면 알뜰히 챙겨, 나중에 못 찾아 먹어서, 보험사들만 배부르게 하지 말고,

완　엄마.

난희　(일만 하며) 혹시나 싫어 해, 혹시나가 역시나가 안 됨.. 좋고.

완　(가슴이 떨려도, 내색 않는, 차분함을 넘어서 차가운 듯한) 일주일 전에, 작은 병원 갔을 때 이미 알았었다며? 우리, 하루 걸러 통화했는데.. 왜, 나한테 말 안 했어?

난희　(비밀번호만 적으며, 일상적으로 톡톡 쏘듯) 말함 뭐가 달라지냐? (하고, 일만 하는)

완　(서운하고, 참담하고, 화나(?), 보며, 차분히) 말 안 하고.. 어쩌려고 그랬는데, 혼자서?

난희　(속상한, 버럭) 내가 언젠 혼자가 아니고, 둘이고 셋인 적 있었냐?!

완 (보는) ..

난희 (돋보기 쓴 채 보며) 웬일로 소릴 안 질러? 내가 암 걸렸다니까, 왜 갑자기 착한 척하고 그러냐고? 늘 에미 소리 지름 같이 소리 지르는 기집애가.

완 (눈가 그렁해지며, 서운함 참고, 담담히(?) 보는)

난희 (돋보기 벗고, 눈가 붉어져, 속상해서 소리치는) 내가 너한테 말하면, 할머니한테 말하면 뭐가 달라져? 둘 다 평생 내 짐인데, 대신 아파주길 할 거야? 대신 수술대에 드러누워주길 할 거야? 뭐 할 거야?! (속상해, 악쓰는) 다들, 평생 내 짐이지! 평생 딸년이라고 있어도, 엄마 아부지 형제가 있어도, 다 내 짐이고, 내 차지지! 내가 낼모레 죽는단 소릴 들어도, 어디 가 의지할 데가 없어! 수술 날짜 받아놓고, 이 지경이 돼서도, 나 없음 너 어떻게 살까? 할머니 할아버지 삼촌은.. 그 걱정으로 머리가 한짐이야, 내가!

완 (맘 아프지만, 가라앉은) 누가 엄마 혼자 짊어지래?

난희 뭐, 년아?

완 (눈가 붉어져, 맘 아파, 화나, 차갑게 가라앉은) 누가 엄마 짐이야?! 내가 왜 엄마 짐이야?! (눈가 붉어져, 진지하게 화내는) 나는 나대로 잘 살았어, 여적! (맘 아픈) 낼모레 사십인 딸년을 그렇게 엄마 맘대로 쓸모없는 짐짝 만들면 좋냐? (소리치는) 누가 짊어지래?! 누가 짊어지래?!

난희 (속상해, 대차게, 소리치는) 내가 안 짊어지면, 니 할머니, 할아버지, 니 삼촌, 너, 애저녁에 다 죽었어, 년아!

완 (싱크대를 잡은 두 손이 파르르 떨리지만, 내색 않고, 지지 않고, 말하는) 착각하지 마, 할머니, 할아버지, 삼촌은 살 운명이라 산 거야, 엄마 때문이 아니라! 만약 다 죽을 운명이면, 엄마가 죽지 말라고 고살 지내도 벌써 죽었어!

난희 (속상해, 눈물 그렁해, 보며, 맘 아픈, 암이 두려운, 참는)

완 (맘 아픈, 눈물 나는, 그러나 차분(?)하게) 꼭 이렇게 해야 되냐? 끝까지, 끝까지, 딸년을 이렇게 비참하고 쓸모없는 짐짝처럼 만들어야 되냐, (참담한, 맘 아픈) 그래야 엄마 속이 시원해?!

난희 (완의 말 때문이 아니라, 그냥 제 속이 상하는, 돋보기 벗어 던지고, 두 손으로 얼굴 가리고, 울음이 터져, 흐느끼는, 다시 맘 추스려 애써 참고, 이를 앙다물고, 의자에 기대, 완이를 맘 아프게 보고) 완아.. 엄마가 안 그러려고 하는데,

완 (이를 앙다물고, 난희를 맘 아프게 쏘아보듯 보는, 싱크대 잡은 손이 달달달

떨리다 못해, 온몸이 조금씩 떨리는, 숨을 코로 몰아쉬는, 참고, 냉정히) 수술하고, 항암받고. 그럼 돼. 의사 선생이 세계 일인자래, 약도 좋대.

난 희 (눈물 나도, 놔두고, 이를 앙다물고, 맘 아프지만, 애써, 기를 쓰고 담담히) 엄마가 너무 무섭고... 너무 억울하고.. 너무 살고 싶... (울음 참고, 일어나, 베란다로 가서, 유리창에 기대앉아, 엉엉 우는)

완 (그 모습을 빤히 보며, 간신히, 이를 앙다물어, 약해지지 않으려 하며, 싱크대를 잡는, 속부터 손, 다리, 온몸이 달달달 떨리는, 눈물이 나도 상관없이, 버티는, 엄마보다 강해져야 한단 생각뿐이다, N) 그 밤, 산 같은 엄마가 끝까지.. 엄마답게,

씬 42. 국도 변, 밤.

희자, 처지지 않고, 열심히 걸어가는, 땀이 나는, 그러나 인지하지 못하고, 구시렁구시렁, 노래를 부르며, 가는, 가끔 뒤를 돌아보지만, 의미 없는 몸짓이다, 다시 앞 보고, 가는, 베개를 아이처럼 들쳐 올리며 가는, 그 뒷모습까지, 보여주는,

완 (N) 바다 같은 엄마가 끝까지.. 투사처럼.. 버텨내지 못하고..

씬 43. 난희의 거실, 밤.

난희, 우는 뒷모습,
그 모습을, 완이가 39씬과 같은 모습 그대로 지켜보는,

완 (N) 참으로 미덥지 않은 자식 앞에서 아이처럼 무너져 내렸다.

씬 44. 자연 풍광, 새벽에서 희뿌연 아침이 되는, 쌍분의 집 마당.

쌍분, 이미 난희의 소식(암인 건 모르는)을 듣고, 아궁이에 불을 지피는, 영원(쌍분의 옷을 입어, 어정쩡한), 자다 깬 듯 부스스한 얼굴로, 쌍분 옆에 앉아, 달래듯 채근하는,

영 원　엄마.. 엄마..
쌍 분　(영원 안 보고, 불만 지피는)
영 원　엄마... 왜 이래..
쌍 분　(눈이 슬픈)
영 원　(어이없단 듯, 가볍게 웃으며) 에베베베.. 이러다 울겠네.. 왜 그래, 진짜.. 나랑 밤새 말도 안 하고.. 눈떠서도 말 안 하고.. 난희, 큰 수술 아니라니까.. 진짜로..
쌍 분　(불만 지피는, 울 것 같은, 막막한) 미친년.. 배 가르면 큰 수술이지.. 난흰 많이 아퍼, 내가 알어.. 안 그럼 배 가를 년이 아니지... (하다, 눈물 나려는, 참고, 가는)
영 원　엄마!
쌍 분　(멀리 가는)

그때, 인봉, 나와, 세수하려 하며,

인 봉　(영원 안 보고, 대야에 물만 퍼 담으며) 엄마한테 말했어?
영 원　안 했어.
인 봉　(세수 두어 번 하고, 대야를 화가 나 엎어버리는)
영 원　(속상한) 야야, 그러다, 엄마 안다! 엄마 놀라, 정신 놓음 너 어쩔려 그래!
인 봉　(그냥, 쌍분 쫓아가며, 맘 아프지만, 참고) 엄마.. 엄마..
영 원　(애써 담담한, 그러다 마루 쪽 보면)

호진, 마루에 나와 앉아 반성문을 쓰는, 영원, 호진 옆에 가서, 반성문 보며, 활짝 웃으며, 필체가 안 좋지만, 웃으며 거짓말하는,

영 원　아이고, 우리 아버지 필체 좋네. (하고, 볼에 입 맞추고, 문자 오면 보는)
충 남　(E) 난희 소식 들었다. 너 어떡하니? 희자 언니 치매란다. 우리 이제 어떡하

니?

영 원 (희자 소식에 울컥하는, 핸드폰 닫고, 맘 아픈, 맘 추스르려는)

씬 45. 희자의 집 안, 아침.

정아, 민호(쪼그리고 거실 바닥에서 자는), 누워서 마주 보고 있는, 석균, 한 쪽에서 벽에 기대 코를 골며 자고 있고,
충남, 끓인 누룽지와 간장만 놓인 작은 상을 차리는,
성재, 소파에 앉아, 곰곰이 희자가 어디 갔나 생각하고 있는,
충남, 상을 가져와 놓고 성재에게,

충 남 좀 먹어.

성재, 말하지 말라고, 손 올리고, 생각만 하는,
충남, 정아에게,

충 남 언니, 누룽지 먹어.

정 아 (막막한) 됐어.

충 남 이제 시작인데, 늙은이들이 밥 한 톨 입에 안 대고.. 인생 포기했어? 다들 뭐 한곳에 드러누워, 떼로, 죽을(거야),

정 아 (말꼬리 자르며, 일어나, 누룽지를 먹는)

충 남 (강하게, 달래는) 약해지지 마. 뒤처리 나 혼자 못 해, 난희도.. (하다가, 참고) 간장도 찍어 먹고.

정 아 (충남이 하란 대로 하고) 너도 먹어.

충 남 (먹는)

민 호 (벌떡, 일어나, 화장실로 가는, 안 자고 있었던)

충남, 정아 (민호가 안쓰런)

성 재 (골똘히 집중해 생각하는)

***인서트, 회상 》**

10부, 시골집에서, 희자가 '난 죽는 거 하나도 안 무서워, 남편과 아들 만날 생각하면..' 하던,

***인서트, 회상(없는 씬이니 촬영요) 》**
앞 씬의 도로 상황실 안, 밤.
직원, 시시티브이에 찍힌, 희자가 걸어가는 길 위의, 이정표를 확대하며 말하는,

직 원　이게 친구분께서 서울 인근 마지막 시시티브이에 찍힌 모습인데, 강일 아이씨 넘어서서.. 미사리 방향입니다. 어딜 가시는 건지.. 일단 저희가 경기 지역에 협조는 구해보겠지만, 확인하는 데까진 시간이, 많이 걸릴 거 같습니다.

***점프컷, 현실, 거실 》**
민호, 화장실에서 나와, 밖으로 가고,

정 아　민호야,
충 남　바람 쐬게 냅둬.

***점프컷 》**
성재, 골똘히 생각만 하는,

성 재　(웃는, E) 넌 살면서 언제가 젤 좋았냐?
희 자　(웃음 띤, E) 첫아들 낳았을 때.

***인서트, 회상 》**
10부, 시골집,

성 재　언제 젤 슬펐냐?
희 자　(담담히) 첫아들 죽었을 때.... (점프컷, 창가 보며) 그냥 열감기였는데.. 남편 고향 근처 살 때였는데... 남편은 출장 중이어서... 애 업고,

⁎인서트, 회상 》
희자가 있는 시시티브이 화면 보며,

성 재　뭘 업은 거 같네..

⁎인서트, 회상 》

희 자　혼자 병원에 갔는데, 이미... 갔다더라고.. 무슨 그런 일이 있는지.. 내가 죽은 앨 업고 고향의 긴 나무 길을 걷고 또 걷고..

⁎인서트, 회상 》
시시티브이 여러 장면에서 걷고 걷던 희자의 모습,

⁎점프컷, 현실 》

성 재　(생각하며, 혼잣말) 걷고 또 걷고.. 나무 길을 걷고 또 걷고.. (혼잣말처럼, 안 보고) 희자 남편 고향이..
충 남　(먹다, 성재 보면)
정 아　(먹다, 뭔 소린가 싶어, 성재 보면)
성 재　(정아를 보며, 차분히) 정아 씨, 희자 남편 고향이,
정 아　(뭔 소린가 싶은) 희자 남편은... 이북인데? 함경도래든가,
석 균　(헉 하며, 잠을 깨는, 코는 골았지만, 안 잔 거처럼) 경기도 양리면 양우리 오십일 번지!
모 두　(석균을 보면)
석 균　(정아 보며) 이북은 희자 남편 부모님 고향. (성재 보며) 내 첫 번째 직장 공장이 거기 있었잖아, 내 공장은, 양리면 지양산 옆이었고. 희자가 거기서 이삼 년 신혼 살았잖어. 순영이 넌 우리 부모님이랑 서울 올라와 하꼬방 살고.. 나는 거기서 한 삼 개월 기숙사 생활하면서, 지낸 거 기억 안 나? 내가 희자네 두어 번 갔다 했잖어?

그때, 민호, 들어오는,

성 재　형님, 나오쇼. 거기 찾아갑시다. 짚이는 게 있어.. (하고, 나가는)

정아, 충남　짚이는 게 뭔데?

석 균　(따라 나가며, 민호 보고도 모른 척 가며) 내가 기억력이 좀 좋아? 내가 아직도 거기라면 손바닥 보듯 훤해, 하도 그 공장에서 개고생을 해서,

민 호　(뭔가 싫은) ?

정아, 부지런히 옷을 챙기고, 나가며,

정 아　(민호에게, 나가며) 민호는 집에 있어..

충 남　(이불 개며) 너는 여기서 꼼짝 말어, 니 엄마 여기 오면 꽉 잡아두고.. (하고, 나가며, 서둘며) 성재 아저씨가 뭔가 감이 있나 봐.. 전화할게..

민 호　(울컥하는) 이모, 이모.. 나도, (하고, 나가려 하면)

충 남　(말리며) 하늘이, 오늘낼한다며! 전화 오면 받아야지! (민호 얼굴 손으로 톡톡 치며) 정신 차려! (하고, 나가는)

민 호　(차 타는 거라도 볼 맘에, 속 타는, 따라가며) 이모, 전화해요. 꼭 전화해!

씬 46. 도로 + 차 안(교차씬), 아침.

석균, 정아와 한 차로 가고,
성재, 충남과 한 차로 가는,
둘 다 스피커폰을 켜놓고, 서로 전화하는,

＊점프컷, 석균의 차 안 》

석 균　미사리에서 한참 가지, 너, 부일 사거리 알지.. 거기서 산양면으로 좌회전하면,

＊점프컷, 성재의 차 안 》

성 재　(네비 슬쩍 보고) 그럼 나는 산양면으로 좌회전해서 갈 테니, 형님은 우회전

해서, 역으로 동네로 들어와요.

석균 뭐라고?

충남 (송화기에 입 대고, 크게) 동네가 아랫길 윗길로 나눠져 있으니까,

석균 뭐라고?

충남 (더 크게) 동네가 아랫길,

석균 뭐래, 너?

충남 오빠는, 윗길로,

성재 (운전만 하며) 우리가 그냥 우회전하자.

충남 (어이없이, 성재 보며) 그 말을 왜 이제 해? 나도 늙었는데, 힘 빼기 전에 하지? 진짜.

씬 47. 난희의 집 안, 아침.

난희, 완이 밥을 먹는,

난희 (담담히) 안 아파.

완 (안 보고, 밥만 먹으며, 담담히) 정말?

난희 아프면 밥 먹냐?

완 (맘 아파도 담담한) 다행이네... (혼잣말처럼) 그럼 암이.. 아닌가?

난희 (완 보며, 혹 하는 맘도 드는, 애써 차분히, 담담히 완이 보며, 어리버리하게) 너도 그래? 나도 그런데? 암 안 같지? 그지?

완 (밥 먹으며, 보고, 짐짓 편하게) 여행 가자.

난희 (심드렁한, 밥 먹으며) 뭔 여행을 가, 이 마당에?

완 (밥 먹으며, 난희 안 보고, 담담히) 그럼 이 마당에 뭐 해? 여행 안 가고? 가게 가 장사해?

난희 (보며) 말을 해도 꼭!

완 (애써 밝게 작게 웃으며) 장난희 딸 박완 말투.

난희 웃고 만다. (밥 먹으며) 어디로 가?

완 발길 닿는 대로?

난희 그래 가보자, 가게 나가서 손님 보고 웃을 자신도 없고..

완 돈 찾을까, 싹 다. 그래서 비싼 호텔에서, 엄마랑 나랑,

난희 (째려보면)

완 싼 데 가자. (하고, 밥 먹는)

난희 넌 이 에밀 좋아는 하냐?

완 (난희 말이 웃긴, 웃고)

난희 남들은 에미가 아프면 울기도 하드구만, 넌 내가 암이 걸렸는데 슬프지도 않어?

완 (따뜻하게 보며, 웃는) 재수 없지?

난희 밥이나 처먹어. (하고, 밥 먹는)

완 (짠하지만, 애써 작게 웃고, 밥 먹는데, 맘 아픈)

씬 48. 도로 + 난희의 차 안, 낮.

완, 운전하고, 난희, 조수석에 탄,

난희 (바깥 보며) ... 너... 뭔 생각해?

완 (운전해 가며, 담담히) 엄마가.. 무슨 생각하나, 그 생각.

난희 (창가 보며, 담담히, 툭툭 뱉는) 난 니가 무슨 생각하나 그 생각하는데.. 난생 첨으로.. 너랑 나랑 찌찌뽕이다.

완 (담담히 운전해 가며) 기분 좋은 생각해봐.

난희 찾는 중이야.

완 남자 만난댔지? 그 사람 생각하면 되겠네, 그럼 기분 좋아질지 혹시 아냐? (하고, 웃으면)

난희 (버럭) 지랄해, 아주! 암튼 말마다 가관이야! 내가 년아, 지금 목숨이 왔다 갔다 하는데 남자 생각할 정신 있으면 그게 아픈 거냐? 돌은 거지? 미친년. (하고, 라디오를 이리저리 검색해, 음악을 트는)

완 엄마 지금부터 우리.. 엄마 딸 말고, 친구 하자.

난희 친구는 어떻게 하는 건데?

완 맘 편하게 아무 말이나 하면 돼. 내가 좋아, 그 남자가 좋아?

난희 (어이없는) 어라?

완 잤냐?

난희 (어이없는, 화난 듯(?)) 뭐?!

완 (힐끗 보고, 웃으며, 편하게) 안 잤구나? 나랑은 자고.. 그 남자하곤 안 자고.. 그럼 내가 더 좋은 거로 안다, 믿어두 되지?

난희 너 차 세워, 아주 내가 니 주둥아릴 뜯어놓고 갈라니까, 차 세워! 기집애야!

완 (웃고, 한 손으로 난희 얼굴을 당겨 와, 볼에 입 맞추는)

난희 (때리며) 미쳤어, 미쳤어, 운전해, 기집애야! 디져, 그러다! 미친년.. 아주.. (하고, 창가 보며) 엄마한테 남자랑 잤냐가 뭐야.. 아이고.. 저것도 딸년이라고..

완 지금은 딸년 아니고 친구.. 친구랑은 그런 얘기하잖어. 영원 이모, 충남 이모랑은 하지? 내가 다 안다.

난희 에헤! 고만해! (하고는 창가 보며, 어이없이 웃으며, 웃다 왠지 편해지는 느낌이다) 아이고, 기가 차고 코가 차네.. 딸년이 에미한테.. 남자랑 잤냐가 뭐야.. (풍경 보며) 아이고, 좋네..

완 내숭.. (운전하며, 웃는데도, 자기도 모르게 눈가가 붉은, 애써 나오는 노랠 부르며, 가는, 난희가 제 기분 모르게, 감추고, 가는)

씬 49. 메타세쿼이아 같은 긴 가로수 길 인근 + 차 안, 낮.

석균의 차 가는,

***점프컷, 차 안 》**

석균 여기 같은데.. 이 근방에 나무 길이면..

정아 (눈가 붉어져, 창가 보며, 담담히) 희자가 여기 살 때.. 나보고 놀러 오라 했는데..

석균 (보면)

정아 그걸 못 와봤네..

석균 (운전만 하며) 지금은 차나 있지.. 그땐 차도 없고.. 나 여깄을 땐 너랑 나랑도 삼 개월을 못 봤어..

정아 희자랑은 그때 이 년을 못 봤어.. (애써 작게 한숨 쉬고, 맘 다잡고) 길이 이뻐네..

석균　(맘이 짠한, 앞 보며) 그러게 길이 좋네.. 나도 여긴 첨 와본다.... (하다, 멈춰 서는)

정아　(보며, 덤덤히) 왜?

석균　(잘 보려 하며) 저거.. 뭐야?

정아　(그 소리에 긴장해도, 무심하게 석균이 보는 쪽 보면) ?

＊점프컷 》

멀리, 희자가 베개를 들쳐 업고 가는,

＊점프컷 》

그때, 희자의 맞은편에서 성재의 차 서고, 그 안에서, 충남과 성재가 내리는, 길 끝과 끝에 석균의 차와, 성재의 차가 서 있고, 그 중간쯤 희자가 걸어가는 그림이다,

＊점프컷, 성재의 차 안 》

충남　(맘이 두근거려도, 짐짓 담담히) 오빠.. 내가 갈게.. 민호한테 알려. (하고, 조심스레 희자에게 가는)

성재　(맘 아파, 희자 보다가, 울컥해, 땅을 보며, 가만 서 있다, 민호에게 전화하며 희자를 등지고, 반대쪽으로 걸어가는)

＊점프컷 》

석균, 희자를 멀찍이 서서 보며, 답답한,

정아, 눈가 붉어져, 희자에게 가는,

＊점프컷 》

충남, 가슴이 뛰어도, 맘 다잡고, 희자의 앞으로 가서, 막아서며 팔 잡으며, 아무렇지 않게, 따뜻하게,

충남　언니, 어디 가?

희 자 (죽은 애기를 업고 집에 가던 과거의 상황에 처한 듯, 충남 보다) 너 왜 여깄어? (하고, 충남 뒤를 보면, 정아가 눈물 그렁해 휘적휘적 오는 게 보이는, 정아를 보자, 뭔가 생각난 듯, 서운한 얼굴로, 이를 앙다물고, 충남의 팔을 뿌리치고, 가려는데)

충 남 (잡고) 언니..

정 아 (어느새 와, 희자를 잡으며, 맘 아픈, 눈가 붉어져) 희자야, (하는데)

희자, 눈가 붉어져, 화나, 돌아서서, 정아의 머리통을 치고, '너, 뭐야? 니가 왜 와? 이 *년!' 하며, 때리는, 정아, 놀라지만, 희자, 아랑곳없이, 정아를 마구 패며, 울며 악에 받쳐 소리치는, 충남, 놀라, '언니!' 하며 가서, 말리고, 석균, 성재, 어느새 와서 말리며, '야야야야!' 하며 말리는,

희 자 (충남이 말려도, 온 힘을 다해, 두 손으로 정아의 머리채를 잡고, 악쓰는) 이 개년, 이년, 니가 여길 왜 와! 니가 감히 여길 어떻게 와!

정 아 (아픈, 머리채 잡힌, 당황하지만, 희자가 안 놀라게, 달래듯 말하는) 희자야, 왜 그래? 나, 정아야.. 나, 정아.. 아, 악!

다들 와서, '야야야야, 희자야 머리채 놔, 머리채!' 하고, 말리지만, 희자, 아랑곳없이,

희 자 (눈물 나도, 악쓰며) 이 물어뜯어 죽일 년, 이년!

충남, 성재, 땀을 흘리며, 희자를 말리다, 힘으로 안 되는, 충남, 순간, 희자 뺨을 치고, 희자를 안고, 석균, 정아를 안아서, 희자에게서 떼내면, 정아, 맘 아파, 희자가 왜 그런가 싶은, 땅에 주저앉고, 충남, 희자를 돌려세워, 안은 채, '언니, 언니' 하며 달래며 서 있고, 성재, 멍하게 희잘 보면,

충 남 (안은 채, 차분히) 언니, 정신 차려..

희 자 (아랑곳없이, 정아에게 달려들 듯하며, 울며, 소리치는) 내가 너한테 전화했지?! 내 아들이 열감긴데, 도와달라고! 약 먹어도 안 낫는다고, 무섭다고, 와 달랬지?!

정아 (생각나는, 막막해, 울고)

석균 (정아, 보며, 맘 아프고)

희자 왜 넌 맨 힘드니? 왜 넌 맨 힘들어서, 내가 필요할 땐 없어! 남편도 전화 안 되고, 그 밤에 얼마나 무서웠는데! 기껏 전화했드니, (버럭) 뭐 나보고 나도 힘든데 징징대지 말라고? 그러고 니가 전화 끊었지! 나는 너밖에 없었는데!

정아 (생각이 나는, 희자만 보며, 맘 아프게 우는)

희자 왜 너는 맨날 지지리 궁상이야?! 왜 맨날 사는 게 힘들어! 그래서, 왜 내가 한 번도 맘 편하게 치대지도 못하게.. 내 아들 살려내, 내 아들 살려내, 이년아! 넌 친구도 아냐! 이 나쁜 년!

충남 (희자를 안고, 맘 아픈, 눈물 나는, 희자 귀에 대고, 맘 아프게 달래는) 잘못했어, 언니, 우리가 다, 나쁜 년이야.

희자 (울며, 기운 빠져, 맘 아픈) 다, 싫어, 다 싫어.. 내 아들이 내 등에서 죽었어.. 내 아들이 내 등에서..

성재, 석균, 충남 (맘 아픈)

정아 (맘 아프게, 희자 보며, 우는)

씬 50. 펜션, 앞, 낮.

완의 차 와서 서는,

씬 51. 완의 차 안 + 차 밖, 낮.

난희 에미 끌고 와, 어디다 묻으러 가나 했는데, 아니네?!

완 (따뜻하게 웃으며) 앉아 있어. (하고, 차에서 나와, 조수석 문 열어주면)

난희 (눈으로 완이를 좇다가, 짠해 보며, 내리고) 서비스가 죽이십니다?

완 (조수석 문 닫고) 이제부터 시작입니다. (하고, 뒷좌석의 가방 두어 개 꺼내 들면)

난희 (가방 하나 뺏어 들고, 가며) 이리 내, 안 아퍼.. (하고, 가며) 나 기운 빠지면 그땐 들어달라 할게.

완 (담담히, 난희 보며, 펜션으로 들어가는)

씬 52. 펜션 안, 밤.

난희, 앉아서, 세수한 얼굴에 로션을 바르고 있는, 완 세수한 얼굴로 나와, 앉아서 로션 바르는,

난희 이제 뭐 해? 여긴 밤도 긴데..

완 (로션 바르며, 따뜻하게 웃으며) 얼굴 보고 있지, 뭐.

난희 지랄.. (하고, 주변 보다, 노래방 기계 보고) 노래해봐. 어려선 엄마 앞에서 까불고 잘했잖아.

완 맨 정신에?

난희 (옆에 있는, 가방 안에서 소주 두어 병과 안줏거리 하나를 꺼내는)

완 .. 미쳤어?

난희 집에 사둔 거... 너 먹으라고.. (하며, 잔을 한 개 가져오고, 잔에 술 따라서 주고, 안주 찢는)

완 자기가 못 먹으니까, 딸년이라도 멕이시겠다. 그럼 마셔주지.. (하고, 술을 벌컥벌컥 마시는)

난희 (어이없는, 웃으며) 잘 마시네.

완 누구 딸인데, 그럼.. (잔에 술을 따르다, 생각난 듯, 한쪽에 놓인, 노래방 책 찾아보며) 뭘 부를까..

난희 (다가서며) 야야, 너 그거 아니, 찰랑찰랑(혹은 다른 트롯)?

완 엄마 십팔 번? 오케이.. (하고, 가서 기계 작동하고, 마이크 두 개 중 하나를 난희 주며, 음악 틀고, 전주 나오면, 춤추고)

난희 (완이와 끌어안고, 노랠 부르고, 신나는)

완 (노래 부르다, 술병 들고, 마시고, 같이 노랠 부르는, 짐짓 신나고 일부러 밝은)

씬 53. 희자의 집 앞, 밤.

석균의 차 와서 서는,
석균, 담담히 정아 보면,
정아, 맘 아프지만, 담담한, 차 소리에 뒤를 돌아보는,

＊점프컷, 성재의 차 안 》
성재, 운전석에 앉아, 뒤를 보면,
희자, 심통 난 사람처럼, 황망한 사람처럼, 문을 열고, 내려 집으로 가는, 정신이 돌아와서, 이 사태가, 제 신세가 더 화가 나는,
충남도 뒷좌석에 앉아 있는,

성재 (희자 보면)
충남 가만있어, 자극하면 안 돼. (하고, 나가서, 희자에게로 가는)
희자 (한쪽에 놔둔 화분 들어서, 키 꺼내 대문을 따는)
충남 울 언니 정신이 또렷하네..
희자 (째려보고, 들어가는)
충남 (달래는) 언니, 낼 또 올게.
희자 (아랑곳없이, 문을 쾅 닫고 가는)
정아 (차 안에서, 차 창문 열고, 그런 희자를 막막하게 보는)
충남 (정아에게 와서, 보며) 지금은 멀쩡해, 쪽팔려, 저래. 일단 집에 가서 자. 낼 보자.
정아 (기운 빠진) 우리 집에 같이 가. 너도 늙었어, 이 밤에 집 갔다 어찌 또 올래, 힘들게.
충남 그러네. (성재(희자의 집만 보는)에게) 오빠 가. 낼 봐, (하고, 석균 차에 타는)
석균 (운전해, 가는)
성재 (남아서, 희자의 집을 보는)

＊점프컷 》

성재 (희자의 집에 불이 켜지는 걸 담담히, 보는, 슬픈)

씬 54. 희자의 집 안, 밤.

희자, 화난 듯(다 씻고, 옷 갈아입고 누운), 민호에게서, 등 돌리고 누워 있는, 민호, 이불 위에 앉아서, 애써 담담히 희자를 보고, 웃으며,

민 호　울 엄마 아들 보고도 웃지도 않네?
희 자　(눈 뜨고, 속상하지만, 짐짓 담담한) 하늘인?
민 호　(따뜻하게, 옆에 누워, 등 뒤에서 희자를 안고) 장모님이랑 치킨 먹을걸.
희 자　엄마, 치료받을 거야. 그러니까, 너, 낼 가.
민 호　나 여기서 살라고.
희 자　(고개 돌려 보며, 화난) 싫어, 니가 왜 나랑 살어, 넌 결혼도 했는데.. 마누라랑 살아야지.. (하고, 다시 획 등 돌려 눈 감고) 전에 의사가 그랬어. 망상 장애래. 치매 아니고. 약 먹음 괜찮어.
민 호　(달래는, 애써 편하게) 맞아, 그러니까 엄마, 약 잘 먹자.
희 자　(속상하지만, 참고) 알어, 약 안 먹음 치매 걸려. 내가 약을 좀 걸러 먹어, 그래. 그러니까, 난 병원 가고, 넌 집에 가고, 우린 지금처럼 따로 살어..
민 호　엄마, 우리 영화 볼까?
희 자　졸려.
민 호　그래, 자자, 그럼.. 나도 졸리다.. (하고, 안는, 눈가가 젖는, 눈물이 나면, 쓱 닦고, 희자를 껴안는)

씬 55. 펜션 안, 밤.

완이, 취한, 난희, 완이를 부축하고, 화장실로 가며,

난 희　지랄한다, 진짜.. 소주 한 병 먹고, 헹알헹알,
완　(취한 척, 비틀대고, 난희 이마에 입을 맞추고, 입에 입을 맞추려 하면)
난 희　(때리며) 어디서 하던 지랄이야, 이게!
완　(웃으며) 남자한테!
난 희　(화장실 문 열어주고) 오줌이나 싸!

완 갑자기 안 마려, 뽀뽀하자..

난희 그럼 토를 하든가? 술기운 빠져나가게,

완 왜, 내가 주정할까 무섭냐?

난희 바로 안 서!

완 (바로 서고, 전혀 안 취한, 보며) 멀쩡해, 술자리 치워. 나 오줌 누고 나올게. (하고, 들어가, 문 닫는)

난희 저게 멀쩡하면서.. 지랄했네, 여적... (하며, 술자리 치우며, 노래 흥얼대는데, 짝 하는 소리가 나는, 화장실 보며) 뭔 소리야?

완 (아무렇지 않은 듯, E) 아무 소리 안 냈는데? (문 열고, 난희에게) 엄마, 나 그 노래 불러줘... 그거 좋드라.. ***(노래 제목 불러주는)

난희 오줌 싸며 신청곡까지... 내 딸이지만, 참 별나다, 별나.. 내가 암이야, 년아! (하며, 노래방 기계 틀고, 노래 부르는)

완 (웃으며, 화장실 문 닫고)

씬 56. 펜션 화장실 안, 밤.

완이, 세면대에서 얼굴 씻고, 거울 보다, 눈가 붉어지면, 제 뺨을 탁 하고, 치고, 가만 거울을 보는,

씬 57. 회상.

완, 영원에게 처음 엄마 소식을 들을 때, 완의 눈가 붉은, 얼굴 클로즈업,

완 (N) 엄마의 암 소식을 첨으로 영원이 이모에게 전해 들으며 나는 그때 분명히 내 이기심을 보았다. 암 걸린 엄마 걱정은 나중이고, 나는 이제 어떻게 사나, 그리고 연하는... 어쩌나..

***인서트, 회상 》**
연하와 즐거웠던 한때,

완 (N) 나는 오직 내 걱정뿐이었다.

씬 58. 펜션 화장실 안, 밤.

완, 거울로 눈가 그렁한 자신을 원망스레, 차갑게 보다, 빰 치는,

완 (N) 그러니까, 장난희 딸, 나 박완은,

씬 59. 희자의 집 안, 밤.

민호, 일어나, 앉아, 자는 희자를 눈가 붉어져 보다, 볼에 입 맞추고, 담담하면서도, 조심스레 떼고, 손등에 입 맞추고, 발을 눈가 그렁해 만지며, 입을 맞추고, 울음 참고, 가만있는,

완 (N) 그러니까, 우리 세상 모든 자식들은,

씬 60. 펜션 화장실 안, 밤.

완, 빰을 치고,

난희 (E) 야, 자꾸 뭔 소리야, 이게!

완 (담담히) 무슨 소리... 아, 변기에서 소리가 나네... (하고, 세면대에 등 돌려 기대고, 고개 떨군, 멍한, 눈물이 흘러도, 그냥 놔두고, 서 있는, N) ... 눈물을 흘릴.. 자격도.. 없다. 우리 다 너무나 염치없으므로.

그런 완의 모습에서 엔딩.

dear my friends

15 부

~

우리가 언제 당신을 이렇게
오래 바라봐준 적 있었나?

씬 1. 펜션 앞, 밤.

완, 한쪽에 앉아, 소주를 잔에 따라 천천히 마시는, 무심한 완의 얼굴로 연하의 얼굴과 연하와 완의 대화가 떠오르는,

＊인서트, 플래시컷 》
연하와 입을 맞추던,

＊인서트, 플래시컷, 점프컷으로 보여지는 》

연하　(말꼬리 끊으며) 약속 같은 거 하지 말고, 그냥 가.

＊인서트, 회상 》

연하　(완 보며, 담담히) 넌 충동적이고, 날.. 좋아하고, 그래서 불쑥 여기 왔겠지만... 이번이 마지막인 걸로 해.

＊점프컷, 현실 》
완, 연하 생각하며, 일어나 걸어가는,

완 (E) 그럼 넌 여기서 계속 날 기다리고 있나?

＊인서트, 회상 》

연하 (서글프게 웃고) 그냥 있지, 기다리는 게 아니라.

＊인서트, 회상, 점프컷 》

연하 니가.. 이번에도 온다고 하고선 안 오면.. 그땐.. 내 다리가 정말 싫어질 거 같애. (다리 보며) 이것 때문에... (완이 보며, 담백하게) 니가 또 떠났네, 하면서. 난, 이 다리로 평생 살아야 돼. 배려심 좀 가져, 나한테.

완 (연하 보며, 화난 맘 삭이고) 입 닫어.

＊점프컷, 현실 》

완, 걸어가는,

＊인서트, 회상 》

연하 (완 보며, 단호한) 난.. 안 되는, 케이스야,

완 (말꼬리 자르며, 눈가 그렁하지만, 지지 않고) 안 돼도, 해. 되는 것만 어떻게 하면서 살어, 안 돼도 해. 적어도, 내가 장애인은 절대 안 된단 엄마한테, 세상에 나밖엔 없는 엄마한테, 널 선택한 이유에 대해 당당히 말할 수 있게! 엄마, 그는, 포기를 몰라요, 세상 누구보다 강해요, 그렇게 당당히 말할 수 있게.

＊인서트, 회상, 점프컷 》

완 (담담히, 연하를 보는) 소설 끝나는 날 올게. 엄마한테 책 선물로 주고. 그게 그녀의 소원이거든.

연하 (차 마시고, 가만있다, 작심하고, 맘 아픈, 처지지 않게) 안 오면.. (완 보고, 따뜻하지만, 강하게) 죽는다, 진짜.

＊인서트, 회상, 점프컷 》

완 (일어나, 가방 들고, 차로 가서, 타려다, 다시 와서, 연하의 볼에 입을 살짝 맞추고, 귀에 대고) 또 봐. (하고, 차로 가서, 타는, 차 떠나는)

연하 ..

＊점프컷, 현실 》

완, 눈물 그렁해, 걸어가는, 연하에게 못 돌아가리라 싶은, 맘 아픈,

씬 2. 성재의 집 안, 밤.

성재, 창가 보며, 희자를 생각하고 있는, 작게 웃고 있는,

＊인서트, 플래시컷 》

3부, 버스 안에서의 성재와 희자,

＊인서트, 플래시컷 》

10부, 비를 보던 성재와 희자,
일출 보며 성재의 손을 잡던 희자,

씬 3. 석균의 집 전경 + 거실, 밤.

정아, 소파에 앉아 창가를 보는데,

＊인서트, 회상 》

희자와 정아의 즐거웠던 한때,
1, 2부, 정아의 무릎을 베고 누워 영화 보던,
2, 3부, 희자와 정아, 사고 전 차 타고 즐겁게 가던,

3, 12부, 야한 영화 보며 장난치던,
4, 13부, 길거리에서 정아의 발목을 만져주던, 희자, 이후에 노래하며 길을 걸어가던 정아와 희자,

＊점프컷, 현실 》
정아, 희자 생각하는데,
충남, 화장실에서 씻고 나와, 방 안으로 가며, 석균(이불 세 채를 나란히 까는)을 보며,

충남 오빤, 딴 방 가서 자.
석균 (이불만 깔며) 방마다, 딸년들이 갖다놓은 짐이 한짐이야, 여기서 잘 거야.
충남 그러게 내가 정아 언니네 데려다달랬지?
석균 (제 일만 하며) 나는 안 늙냐? 거기 둘을 데려다주고, 다시 둘을 데리러 낼 아침 차 끌고 또 가고... 나는 청춘이냐?!
충남 (맘에 안 드는) 나는 한 방에 남자랑 같이 자기, 싫어. 냄새나. 거실서 자, 그럼.
석균 새벽녘에 빛 들어와, 눈 부셔, 잠 못 자. (버럭, 충남 보며) 안 건드려! (하고, 이불에 쏙 들어가, 이불을 뒤집어쓰며) 순영이 옆에서 잘 거야.
충남 (어이없게 보다, 거실로 나가서, 냉장고에서 물을 꺼내 마시고, 냉장고에 기대서서, 담담히) 언니.. 난희가 암이래.
정아 (창가 보다, 뭔 소린가 싶어, 충남 보는, 멍한) ?

씬 4. 펜션 방 안, 밤.

난희, 이불에 누워, '우리 딴 얘기 좀 하면 안 돼?' 책을 보다 잠이 든 듯한, 일우의 전화가 오지만, 몸이 힘든지, 뒤척이다, 그냥 자는, 전화벨만 작게 울리는,

완 (E) 너무 늦어서 전화 안 하려고 했는데.. 혹시 몰라서... 했는데,

씬 5. 펜션 거실, 밤.

완, 앉아, 방문 틈으로 난희가 자는 게 보이는, 난희 보며, 전화하는,

완 지금까지 안 자고 뭐 했어?

씬 6. 희자의 방 안(완이와 교차씬), 밤.

희자, 자고, 민호, 소파에 앉아, 희자를 물끄러미 따뜻하게 보며, 완과 전화하는,

민호 자는 엄마 보고 있었어.

완 (맘 아픈, 따뜻하게) 민호야.

민호 (희자만 보며, 차분히) 난희 이모 얘기 들었어. 누나.. 괜찮아?

완 (눈가 붉어져, 애써 작게 웃으며) 나.. 안 괜찮지.. 너처럼.

민호 (눈가 붉어지는, 애써 참는) ... 누나, 우리..

완 (맘 아픈, 참고, 따뜻하게) 버.. 티자, 민호야.

민호 (맘 아픈, 눈물 나면, 빨리 닦고) 어.

완 (맘 아픈, 따뜻하게) 누나가 뭐라고 널 위로하고 싶은데..

민호 (따뜻하게) 누나 지금.. 나 챙길 때 아냐. 누나 챙겨, 이모 챙기고.

완 (맘 아프지만, 애써 담담히, 따뜻하게) 민호야.. 우리.. 버티자. 죽어라, 이 앙다물고. 어?

민호 (맘 아픈, 다짐) 그래, 누나, 버틸게. 재수 없이 징징대지 않고... (하다, 희자 보는데)

희자 (자다 깨서, 앉아, 현관문을 보는, 나가고 싶은 듯한)

민호 누나.. 엄마 깼어, 끊어. (하고, 전화 끊고, 옆으로 가서, 희자 보며, 애써 밝게, 따뜻하게) 엄마, 왜?

희자 (못 나가서 속상한, 현관문 쪽 보며) ... 밖에....

민호 (문 보고, 희자 보며, 따뜻하게 웃으며) 엄마 밤엔 밖엔 안 돼, 화장실은 되고.

화장실 갈까?

희 자 (하고 싶은 거 못 해, 심통 난 애처럼, 슬픈, 시시티브이를 째려보는)

민 호 (희자의 시선 따라가, 시시티브이를 보고) 저게 미워? (하고, 희자를 보고, 일어나, 시시티브이를 엎어놓는) 이제 됐어?

희 자 (자신에게 속상해, 심통 난 듯, 일어나, 화장실 가서, 옷 내리고, 변기에 앉는)

민 호 (화장실 밖에 쪼그려 앉아, 희자 보며, 웃으며) 얼레리꼴레리.. 엄마가.. 아들 앞에서 옷 벗었대요... 옷 벗었대요...

희 자 (속상한, 볼일만 보는)

민 호 (따뜻하게 작게 웃는)

씬 7. 펜션 방 안, 밤.

난희, 자는, 완이, 난희를 보며, 벽에 기대 앉아 있는,
난희, 자면서, 옆으로 돌아눕는 바람에 완이를 등진, 완, 자리를 옮겨 앉아, 다시 난희를 마주 보고 앉는, 물끄러미, 따뜻하게 보다가, 입바람을 난희 얼굴에 훅 부는, 난희, 간지러운 듯 얼굴을 살짝 찡그리며, 애기처럼 손등으로 얼굴을 긁고 자는, 완, 그 모습이 예쁜, 눈가 붉어져도 작게 웃음 띤 채, 가만 난희만을 보는, F. I.

자 막 우리가 언제 당신을 이렇게 오래 바라봐준 적 있었나?

씬 8. 쌍분의 밭, 새벽.

호진, 마루에 앉아, 먼 산을 보고 있는,
쌍분, 밭일을 열심히 하는, 인봉, 멀리 떨어져, 밭일을 하는, 영원, 몸빼 입은 채, 쌍분 옆에서 땀 흘리며 밭일을 하는, 쌍분, 일어나, 집으로 가는, 영원, 가는 쌍분을 담담히 보는,

씬 9. 쌍분의 집, 아궁이 앞, 아침.

영원, 부엌에서, 밥을 양푼에 비벼 나와서는, 아궁이에서 불을 지피고 있는, 쌍분에게 가서, 양푼의 밥을 퍼 먹으며, 아궁이 솥단지 열어보면, 온갖 나물들이 끓고 있는, 쌍분 맘이 느껴져, 솥뚜껑 닫고, 그 옆에 앉으며, 편하게 웃으며,

영 원 나물 물이네? 약물보다 좋다는? 아부지, 인봉이가 이거 드시고, 죽다 살아났구나.

쌍 분 (불만 보며, 덤덤히) 이건 난희 거. 진작 좀 줄걸, 쌍.

영 원 (웃고, 편하게) 이제부터 줌 되지.. (밥을 한 숟갈 퍼, 쌍분 앞에 내밀며) 아..

쌍 분 (고개 트는)

영 원 난희한테 이른다. 엄마가 밥도 안 먹고, 나 속 썩인다고?

쌍 분 (다시, 불만 보며) 일러.

영 원 (화나는) 아, 알아서 해. (밥 먹으며) 누군 뭐 밥을 먹고 싶어 먹냐? 엄마 어찌 되심 싹 다 난희 몫인데, 암튼 엄마도 가만 보면, 디따 이기적이야! 난희가 죽냐? 아이고, 내가 난희면 살려다가도 엄마 땜에 지레 죽겠다. 꼴 보기 싫어, 어제 그제 진종일.. 에지간히 좀 하지..

쌍 분 (영원이 말하는 사이, 솥뚜껑 열어, 옆의 그릇에 한 그릇 퍼서, 영원 주는)

영 원 아, 안 먹어! 엄마는 내가 주는 거 안 먹는데, 나는 뭐 속없냐? 그걸 받아먹게!

쌍 분 (양푼 뺏어, 아궁이에 앉아, 먹는)

영 원 (쌍분이 아기 같아 웃으며) 으이그..

쌍 분 (밥 먹으며, 나물 끓인 물 담긴 그릇 주면)

영 원 (그릇 받아, 마시고) 캬... (얼굴 찡그리고, 몸서리치며) 어우, 맛없어.

씬 10. 석균의 집 안 주방, 아침.

석균, 밥을 푸는, 국이 끓는,
정아, 자다 일어난 얼굴로 와, 냉장고 문을 열고, 물 꺼내 마시며, 식탁 보면,

*인서트, 식탁 》

김치와 깍두기, 짠지가 담긴 반찬 그릇이 통째로 나와 있는,

*점프컷 》

석균 (생색내듯 정아에게) 내가 너 준다고 밥한다. 투덜대도 수영이, 호영이가 하루걸러 반찬을 해다 날러, (어색한 칭찬) 니가 애들은 잘 키웠다.

*점프컷 》

정아, 덤덤히, 국 솥을 열어 보면, 된장에 두부만 떠 있는, 한쪽 보면, 파가 보이는, 파를 써는,

석균 (좋은, 좋은 맘 감추고, 밥을 푸며) 내가 어제 간만에 잘 잤다.. 니가 있어서.. 니가 없으니 내가 통 잠을 못 자.

정아 (일만 하며, 덤덤히) 난 못 잤어, 내 집에선 잘 잤는데..

석균 (서운하지만, 참고) 말을 해도, 꼭... 난희가 암이란 소리 들었어.

정아 (일만 하는)

석균 (일하며, 담담히) 니가 건강해, 다행이다.

정아 (일만 하는)

석균 (못 들었나 싶어서, 정아에게 다가가, 조금 큰 소리로) 니가 건강해, 다행이라(고?)

정아 (말꼬리 자르며, 희자, 난희 땜에 속상한 맘으로, 석균 밉게 보며, 답답한) 시끄러, 좀! (하고, 파 썬 걸 국에 넣고, 간 보는)

석균 (서운한, 큰소리) 너도 참 만만찮다, 나한테?! 안 착해, 너도! 나는 뭐 희자 난희 그런 게 좋냐? 그래도, 산 사람은 살아야 하니까..

정아 (답답해, 소파로 가서 옷 들고 나가는)

석균 (정아만 보며) 내가 밥도 하잖아, 이젠?!.. 밥 먹지, 어디 가?

충남 (수건으로 얼굴 닦으며, 화장실에서 나와, 석균에게) 눈치 좀 있어라. (하고, 물 마시면)

석균 내가 뭘?

충남 정아 언니, 난희 소식 듣자마자 어제 희자 언니한테 문자 받았어. 이제 다신 자기한테 찾아오지 말라고.

석균 난희 희자가 남편보다 중하냐?

충남 나도 정아 언니도 오빠보다 난희랑 희자 언닐 더 오래 봤어.

석균 순영이랑 난 살 섞고 살았어.

충남 우린 살 대신 맘 섞고 살았고. (하고, 방으로 들어가, 옷가지 들고, 나가는)

석균 왜, 너도 가게? 야야야, 이걸 내가 혼자 어찌 다 먹어?! 밥은 먹고 가! 왕따 하냐?

충남 (맘 짠해, 순간 멈춰 서서, 되돌아와, 식탁에 앉아, 수저 드는)

석균 (얼른 앉아, 수저 들어 밥 먹으며) 내가 너한테만 하는 말이지만,

충남 (보며) 오빠, 입 좀 닫어. 오빤 밥하는 것보다, 반찬 만드는 것보다, 청소하는 것보다, 가장 먼저, 그냥 입을 닫어, 어?

석균 (답답한, 밥을 입에 넣고, 옆의 볼펜 들고, 일어나, 좋은 남편 십계명 아래쪽에, '입을 닫자'라고 쓰며) 입을 닫자.. (하고, 다 쓰고, 와서 앉으며, 밥 먹으며, 속상해서 하는 말) 나도 노력해. 늙으면 안 바뀌지만, 배울 순 있다 생각하고, 배울려고 하고, 노력한다고.. (하고, 밥 먹는)

충남 (석균 가만 보다, 안된) 그러네.. 언니가.. 우리가.. 나빴네. (하고, 밥 먹는)

씬 11. 민호의 자동차 정비소 앞, 낮.

민호, 남방을 걸치고(옷을 갈아입고 가는 듯한), 자신의 물건 든 가방 들고, 죽어라 뛰는,

잠시 후, 하늘이 작은 가방을 들고, 나오며, 힘들게 조금 뛰며,

하늘 여보.. 민호야, 짱돌이 아빠,

민호 (뛰다가, 그 소리에 돌아보고, 다시 뛰어, 하늘에게 가며) 야, 뛰지 마!

하늘 (힘든, 멈춰 서서, 가방 흔들며) 이거!

민호 (달려와, 가방 낚아채 들고, 뛰어가다, 다시 돌아와, 하늘이 배에 입 맞추며, 따뜻하게) 조심조심. (하고, 다시 뛰어가는)

하늘 조심해, 민호야! (하고, 힘들게 돌아서서 가는데, 이마에 땀 나는, 힘든, 배가

아픈 듯하다)

씬 12. 희자의 방 안, 낮.

희자, 옷을 외출복으로 갈아입는, 방 안에 갈아입은 옷가지가 널린,
민호, 현관을 열고, '엄마 나 왔어! 엄마, 엄마' 하고, 방으로 들어와, 희자 보며,

민 호　(땀 난, 헉헉대며) 있네.. (하고, 힘들어, 벽에 기대 주저앉고, 희자 올려다보는)
희 자　(속상한, 옷 입으며) 니가 있으랬잖아, 가만히 집에서, 씻고, 옷 갈아입고.
민 호　(가방 놓고) 내 차가 고장 나서, 죽어라 뛰었어. 그랬더니 힘들어, 좀만 쉬자.
희 자　(옷만 입으며) 그러게 왜, 뛰어. 나 혼자 병원 가도 되는데. 괜히 환자 취급하고. (민호 보며, 속상한) 하늘인, 혼자 둠 안 돼, 가, 너.
민 호　(작게 웃고) ... 엄마, 했어? 그거?
희 자　뭘?
민 호　(편하게, 따뜻하게 웃으며) 요실금 있잖아, 기저귀.. 그거 해야 돼, 검사가 길어서, 안 하면,
희 자　(속상한, 장에서 기저귀 꺼내, 나가는)
민 호　(가는, 희자 보며, 후후 숨을 고르는)

씬 13. 진료실 안, 낮.

희자(검사복 입은, 오기 서린, 속상한)와 민호(희자의 손잡은 채, 맘 아파도, 담담한) 앉아 있고,

희 자　1945년, 9월 24일생.
의 사　(편하게, 차트에 체크하며) 옆에 아드님은요?
희 자　(속상한, 그 정도는 안다고 말하고 싶다, 그런데 생각 안 나는) 큰애는, 칠십년, 12월 1일. 소량도 섬마을 선생님. 죽은 앤 육십..

민호 엄마, 내 생일은?

희자 (민호 보며 모르겠는, 의사 보는)

의사 (따뜻하게, 웃으며) 여기 병원 이름은 뭐죠?

희자 ? (모르겠는)

의사 제가 어르신한테 아까 가르쳐드렸는데, 기억하시라고.

민호 엄마, 여기는, 신웅 사거리 옆에 있는,

희자 (속상한, 큰소리) 말하지 마, 내가 기억할 거야.. (하고, 의사를 보는, 생각하려 하는, 안 되는, 괜한 말로 제정신이라는 의지를 보이는) 근데, 나, 엠알아이는 찍었죠? (민호 보며) 그건 기억나, 좀 전에. (의사 보며, 괜찮단 의지를 넣어) 시티 말고, 엠알아이.

씬 14. 희자의 집 안, 낮.

텅 빈, 집 안, 초인종 소리가 나는, 잠시 후, 정아(화분 밑에서 열쇠를 찾아, 대문 열고 들어온), 들어오는, 거실 보면, 이불이 널린, 방으로 들어가, 보면, 옷가지가 널린, 그걸 치우는, 그러다, 희자에게 전화하는,

정아 (담담히, 편하게, 따듯하게 웃음 띠고) 집에 없네. 나.. 니네 집 왔는데.. 화분 밑에 키로 들어왔지. 너, 어디 갔어?.. 대답 안 해? 너 진짜 나 안 봐?

씬 15. 병원, 세미나실 밖, 낮.

희자(제 옷으로 갈아입은), 창가로 민호와 가족들이 치매 관련 교육을 받는 걸 보는,

민호, 간호사의 말을 들으며, 밖의 희자를 확인하는, 희자 옆에, 중증의 치매 노인(턱받이를 하고, 멍한)이 보이는, 희자, 그 사람을 보며, 속상한 채, 정아와 통화하는,

정아 (E) 희자야?

씬 16. 희자의 집 안, 낮.

정 아　　대답 안 해? 집에 가, 나 그냥.. 꺼져?

씬 17. 병원 복도, 낮.

희 자　　(눈가 붉어, 담담히, 속상하지만 짐짓 아무렇지 않게) 어, 꺼져.

씬 18. 희자의 집 안, 낮.

정 아　　(대답해준 게 고마운, 눈가 붉어, 웃으며) 기집애. 그래도 말은 하네. 민호랑.. 병원 갔어?

씬 19. 병원 복도, 낮.

희 자　　(속상한, 참고) 의사 새끼가, 내가 노인장기요양 등급이 사 등급이래.. 나는 오 등급 같은데.. 사 등급이라고.. 검사 결과가 그렇대.

씬 20. 희자의 집 안, 낮.

정 아　　(덤덤한) ... 노인장기.. 요양 등급은 뭐야..

씬 21. 병원 복도, 낮.

희 자　치매의 다른 말이겠지. 화내면 더 중증 된다고, 맘 편히 가지라 하는데 지금은 그 말이 더 화나.

씬 22. 희자의 집 안, 낮.

정 아　(편하게, 짐짓 밝게) 나.. 여기서 너 기다려?

씬 23. 병원 복도, 낮.

희 자　가.

씬 24. 희자의 집 안, 낮.

정 아　오늘은 가고... 나중에 볼까? 니가 전화할 거야, 나한테?... 내가 해?

씬 25. 병원 복도, 낮.

희 자　(전화만 들고 있는)

성 재　(아무렇지 않게 희자 옆에 와서 앉는)

희 자　(성재 아랑곳없이 전화만 하는) 전화 끊고 싶어.

씬 26. 희자의 집 안, 낮.

정 아　알았어, 끊어, 내가 집 치우고 갈 거니까... 귀신이 했구나 하고 놀라지 말고, 정아가 했네, 하고 알어. 내가 또 전화할게, 너 보고 싶은데.. 오늘은 니가 별로니까... 나중에 보고... 끊어. (하고, 전화 끊기면, 전화 끊고, 담담히 일을 하

는)

씬 27. 병원 복도, 낮.

희자, 성재, 앉아 있는,

희 자 (앞만 보는, 정아 때문에, 눈가 붉은)

성 재 (따뜻하게, 웃으며, 민호 쪽만 보며) 보고 싶어서.. 민호한테 전화했지. (희자 보며) 민호랑 나랑.. 친해졌어. (하고, 다시 앞을 보면)

희 자 (속상한, 창 너머로 민호만 보며) 다들 나 땜에.. 무슨 죄야.

성 재 (희자 보며) 나도 지금이냐, 나중이냐, 그 차이밖에 없을걸. 치료 잘 받자.

희 자 (민호만 보며) 그럴 거야..

성 재 (희자를 보다가, 손잡는)

희 자 (민호만 보며, 맘 아파, 손을 빼는, 손 못 잡게 팔짱 끼는)

성 재 (손을 놔주고, 팔짱 끼고, 웃으며, 민호를 보며) 남자가 힘으로 손잡는 건 매너가 아니라서, 내가 봐주는 줄 알어.

희 자 나한테 오지 마요.

성 재 내 맘이야.

희 자 (민호만 보며, 맘 아픈, 눈가 붉어, 짐짓 담담히) 답답해, 걷고 싶어.

성 재 (천천히 희자를 보는)

희 자 근데 민호가 여기 있으래, 민호 말 들어야, 내가 말 잘 듣는구나, 정상이구나 생각하고, 날 혼자 살게 할 거야. 그러니까, 말 잘 들어야지. 재는 하늘이랑 살고, 나는 누구도 짐스럽지 않게, 혼자. 그렇게 할 거예요.

성 재 (희자를 따뜻하게 보며) 넌.. 강해... 난 믿어, 니 말.

희 자 (민호만 보며) 내 말에 다들 오냐오냐, 환자 취급하는 거 알아.

성 재 (따뜻하게, 웃고, 희자의 손을 꽉 잡아, 제 주머니에 넣는)

희 자 (빼려 하는, 속상한)

성 재 (희자 손을 꽉 잡은 채, 민호만 보며) 사람들 본다..

희 자 (속상한, 맘 아픈)

성 재 (귀엽게 보고 웃는)

씬 28. 펜션 안, 낮.

난희, 옷을 갈아입다가, 문자 오면, 문자 보는,

일 우 (E) 저, 이일우예요. 우리 영화 구경 갈래요. 금요일? 편하실 때 연락 한번 주세요.

난 희 (쓸쓸하게 웃는데)

완 (방문 열고) 나가자, 엄마.

난 희 (전화기 끄고, 옷을 마저 입으며, 담담한) 기타맨이 나보고 영화 구경 가잔다?

완 (문 쪽에서, 문틀에 기대, 편히, 웃으며) 지금? 데려다.. 줘?

난 희 지금이 아니라 배 가르는 금요일 날 보재. 수술 들어가면 살아서 나올지 죽어서 나올지.. 모르는데, 뭔 영화를,

완 (말꼬리 자르며, 그 말 차마 듣기가 싫어서, 담담히) 나와. 할머니 보고 싶다며. 좀 걷다가, 가자. (하고, 나가는)

난 희 옷 입는 거 안 보여? 사람 말하는데 가고.. (하다가, 전화가 오는, 보면 정아다, 받는) 어, 언니.

씬 29. 정아의 집 마당, 낮.

정아, 대문을 들어서서, 평상에 앉으며,

정 아 (짐짓 담담히, 할 말이 없는) 니.. 어째...

씬 30. 펜션 안, 낮.

난 희 (따뜻하게, 서글프게 웃으며) ... 그러게 나 어쩔까? 흐흐... 우리 둘 다 입은 있

어도 할 말이 없다, 그지? 언니, 이럴 땐 전화 끊고, 말어, 그냥.. 병실서 봐. 애들 집에 일 간다고 안 오면, 나 운다? 잉 하고?

씬 31. 정아의 집 마당, 낮.

정 아 (눈가 붉어, 애써 참고) 그래... 언니가 병원으로 갈게. 끊어. (하고, 전화 끊고, 문 쪽 보면)

석 균 (어느새, 비닐 봉지를 들고, 들어와, 부엌으로 가서, 병따개를 들고 나와, 정아 옆에 앉아, 비닐 봉지에서 흑맥주 한 병(두어 병 사온)을 꺼내, 따서 정아 주는)

정 아 (물끄러미 보다, 받으면)

석 균 희자네 가고 싶음 전화해. 차 가져올게. (하고, 나가는데)

정 아 (흑맥주를 들고, 마시고, 풍경 보며) 뭘 그냥 가? 여기까지 와서, 마시고 한숨 자고 가.

석 균 (정아 쪽 보고, 걸어와, 앉아, 나머지 맥주병 꺼내 따서, 마시는)

정 아 (풍경 보다, 하늘을 나는 새를 오래 보는, 덤덤한, 서글픈)

씬 32. 충남의 집 안, 낮.

충남, 소파에 앉아, 전화하는,

난 희 (E) 전화 걸고, 왜 말을 안 해?

충 남 (무슨 말을 할까 싶은, 막막한, 눈가 붉어지는) ... (그때, 영원(쌍분네서 온), 들어와, 그냥 바닥에 드러눕는)

난 희 (〈나는 어떡하라고〉라는 노래를 부르는, E) 무슨 말을 할까요..

씬 33. 펜션 앞, 강가(교차씬), 낮.

난희, 걸어가며 핸드폰으로 노랠 부르는,

난 희　(쓸쓸하게 웃으며, 안심시키려는 듯, 노래하는) 울고 싶은 내 마음.. 눈물을 글썽이며 허공만 (노래 끊고, 말하는) 바라보고 있어, 지금? 흐흐... 할 말 없음 끊어, 언니, 전화통만 붙잡고 뭐 하는 거야?

충 남　(영원 보며, 맘 아프지만, 담담히) 니 언니, 이번에 모의고사 평균 육십팔 점 맞았어.

난 희　전엔 오십팔 점 있었잖어?

충 남　고무적인 건 늘 사십 점 미만으로 맞던 수학을 오십팔 점 받은 거야.

난 희　(깔깔대고, 웃으며) 어머머머머.. 어머머머머.. 이 여자 진짜 그러다 검정고시 붙으시겠어?

충 남　(맘 아파도, 짐짓 밝게) 내가 기집애야, 대학 갈 거야! 너 고졸이지?

영 원　(충남 보는, 따뜻하게, 웃는)

난 희　그래서, 대학은 무슨 과 가게?

충 남　영어영문과.

난 희　(깔깔대고 웃는) 아이고, 어머머머 진짜로... 내가 언니 땜에 웃는다. 아, 웃겨, 진짜..

＊점프컷 》

완이, 한쪽에서 난희의 모습을 연속 사진으로 찍는, 담담한, 엄마가 예쁜지, 편안한 웃음 띤,

＊점프컷 》

충 남　난희야, 우리 어려서 불란서 영화에서 봤던.. 파리 가자, 언니가 영어 해서 너 델고 파리 간다, 기대해. 또 전화할게. (하고, 전화 끊는)

난 희　(충남의 맘이 이해 가는, 웃으며, 전화 끊고) 완아, 엄마 파리 가게 생겼다? (하고, 완에게로 가는데, 화면 사라지는)

＊점프컷 》

충남 (책 펴들고, 소반을 앞에 두고 앉아, 공부를 하기 위해, 돋보기를 쓰는)

영원 (어이없는, 충남 맘 아는지라 짠하게 웃으며) 파리선 영어 안 통하거든. 파리 갈람 언니 불어불문과 가야 돼.

충남 (책 보며, 담담히) 그럼 그러지 뭐. 까짓것.

영원 (충남 보며, 따뜻하게 웃으며) 언니 공부한 거는 다 써먹고 죽어야 할 건데, 그지?

충남 (공부만 하며) 그럴 거야. 불어불문과 졸업하면, 그담에 영어영문과 가고.. 그담엔 댄스도 배우고, 노래도 배우고,

영원 (충남을 따뜻하게 보며) 언니가 안 아퍼서 좋아.

충남 너도 병 이겼어, 그럼 난희도 이기겠지, 걘는 뭐가 너보다 모잘라서..

영원 (담담한, 맘 아픈) 난, 다 일 기, 이 기였어. 난흰 삼, 사 기래.

충남 (책을 보고, 공부하며, 눈가 붉어도 담담한 척하며) 자 좀, 잠이 안 오면, 수 세. 생각 말고, 하나 둘 백까지 세고, 그래도 잠 안 오면, 다시 백 세.

영원 우리 이제 같이 살긴 글렀다.. 다들.. 흩어져 병원 가고...

충남 (못 들은 척, 책만 읽는)

씬 34. 강가 + 차 안, 낮.

펜션에서 차를 옮겨 온,
완, 발 시트를 꺼내, 털고, 조수석에 놓는,
난희, 종이컵에 물을 가지고 나와, 완에게 주며,

난희 마셔. 그냥 물.

완 (난희 안 보고, 물 잔을 받아, 마시다) 앗 뜨거!

난희 (차에 기대 웃으며) 뜨겁단 말을 안 했든가? 크크... (하고, 물 마시며, 풍경 보며) 우리.. 둘이 이런 여행 첨이지.

완 (옆에 와, 풍경 보고, 물 마시며) 아마도.

난희 (완이 보는, 안쓰럽지만 웃으며) 참 이쁘게.. 생기셨어요?

완 (보면) ?

난희 (웃고, 앞 보며, 물을 마시는)

완 (짠한, 작게 웃고, 참고, 앞 보며) 여적 살며 뭐 했어, 이런 데도 안 와보고?

난 희 (편하게) 사는 게 바빴지, 년아.

완 엄마 동문회, 전국에서 열리잖어? 그때마다, 뭐 했어? 산 보고 강 보고 그러지.

난 희 기껏 짬 내, 동문회 가면, 산도 강도 볼 여유 없어. 늙은이들 죽기 전에 할 말이 좀 많어, 특히 기자 언니. 그 언니 말 들어주다보면, 밤이고.. 그럼 집에 와야 하고, 장사해야 되니까... (웃으며, 재밌다는 듯) 너 그거 아냐? 늙으면 늙을수록 수다 떨 때 말이 빨라지는 거? 저승 열차 타기 전에 이승에서 할 말 마저 다 할라고 사십엔 시속 사십, 칠십엔 시속 칠십... 다다다다다다다,

완 (웃고, 물 마시며, 안 보고) 아빠랑도.. 이런 데 한 번도 안 와봤어?

난 희 (서글프게 웃으며) 니 아빤... 숙희랑 댕겼겠지..

완 (순간, 맘 아픈, 피하고 싶은) .. 화장실 다녀올게.. (하고, 가며) 차에 들어가 있어.

난희, 완이랑 더 얘기하고 싶은데, 가는 게 서운한, 조수석에 타려다, 뒷좌석에 완이 가방에 핸드폰이 울리는 걸 보는데, 연하다, 뒷좌석 문 열어, 핸드폰 들어 보다가, 못 받고, 전화 끊기면, 그냥 다시 가방에 놓으려다가, 핸드폰의 사진 폴더를 열어, 엄마와 이모들 폴더에서 제 사진을 보고, 눌러 보면, 충남 집에 갔을 때(하루 자고 온 날)와, 좀 전에 강가를 걷던 모습이 보이고, 자는 자신의 모습이 보이는, 맘 짠한, 그러다, 아랠 보면, 연하와 완이라는 폴더가 보이고, 그걸 눌러 보면, 사진이 보이는, 연하의 뛰던 모습 연속 사진과, 10부, 슬로베니아 갔을 때 찍은 듯, 침대에 누워, 밝게 웃으며, 있는 연하와 완이의 모습, 각자 자는 연하와 완이의 모습, 담요 덮고 식사 준비를 하는, 완이의 모습이 연속 사진으로 보이는, 이게 뭐지 싶은, 이상한, 날짜를 보면, 최근이다, 완이 오나 싶어, 펜션 쪽 보면, 완이 나오는 게 보이고, 얼른 핸드폰을 가방에 넣고, 조수석에 타는,

완 (운전석에 타서, 난희가 안전벨트를 하려는 걸 보며, 도와주고, 운전하려다, 난희 볼에 입을 살짝, 맞추고, 운전하는)

난 희 (입맞춤에 놀라) 뭐 하는 짓이야?

완 (그냥 차를 몰아가며, 웃으며, 가는)

씬 35. 달리는 차 안, 낮.

완, 차를 운전하고, 난희, 창가를 보며,

난희 너는 가서 일하지, 나만 할머니 집에 놔두고.

완 내가 알아서 해.

난희 (창가만 보며) 글 써야지...

완 (차 운전하며) 알아서 해요...

난희 .. (완이 보다, 창가 보며) 완이야, 엄마, 수술 잘 되겠지.

완 (앞만 보며, 담담히) 당근이지.

난희 (창가 보며) 전엔 너랑 하루 종일 있음 뭐 대단히 재밌을 줄 알았는데... 별로네. (하고, 연하 생각하는)

완 (편하게) 그럼 기타맨 한번 전화해보시든가? 혹시 알어, 재밌을지?

난희 너... 혹시.. 연하 만나니?

완 (운전하며, 못 들은)

난희 (완이 보며, 안된) 완아,

완 (운전만 하며) 어?

난희 연하는... 왜 여자 안 만나? 다리가.. 아파서.. 여자가.. 안 따라?

완 (얼핏 난희 보고, 운전하며, 어이없단 듯, 서글프게, 웃으며) 연한 다리가 아파도.. 매력이 넘치는 애거든요..

난희 근데, 왜 안 만나? 혹시.. 걔.. 너 기다려? 너 여기 오고 나서부터.. 계속?

완 (서글프게 웃으며, 운전하며) 몰라...

난희 (완이 보다, 창가 보는)

씬 36. 쌍분의 집 안, 다른 날, 낮.

호진, 받아쓰길 하고, 완, 그 옆에서 웃으며, 단어를 불러주는,

완　바다.
호진　(쓰고)
완　(웃으며) 오우... 그럼 이번엔, 장.. 날.
호진　(글씨 쓰고)
완　어머머머, 할아버지 진짜 글 다 아나 보네, 그럼 희망.
호식　(희 자만 쓰고, 완일 보면)
완　미음에 아, 이응.
호진　(글자 쓰고)
완　(박수 치며, 기뻐하는) 아우, 잘했어, 잘했어, 잘했어, 아우.. 이뻐. (하고, 할아버지 볼에 입 맞추고) 이번엔 더 긴 걸로 해보자.. 할아버지. 갯가에 나가서 조개를 잡다.
호진　(쓰면)
완　(호진이 글 쓰는 것 보며) 갠가 아니고, 갯...
호진　(갯을 쓰면)
완　옳지, 옳지, 잘한다, 울 할아버지. 갯가에.. 나가서.. 조개를... 조개를... 잡다...

씬 37. 쌍분의 마당 한쪽 편, 낮.

인봉, 수돗가에서, 다리 펴고 앉아, 낫을 가는, 숫돌에 날 세우는,

***점프컷 》**
쌍분, 온갖 나물들을 무치는, 김치도 무치는, 전도 부치는, 난희, 그 옆에서 맛을 보는,

난희　어머머머 맛있어, 맛있어, 방풍 민들레 전부 다 맛있어, 맛있어.. (더 집어 먹는)
쌍분　(난희 보다, 입가 닦아주는)
난희　엄마도 먹어. (하고, 나물을 쌍분에게 먹여주는)
쌍분　(먹고)
난희　(쌍분의 입가를 닦아주고, 쌍분이 좋아서, 애기처럼) 엄마. 히..

쌍분 (덤덤히) 바보 같어, 왜 그리 웃어?

난희 (좋은) 이거 싹 다 나 줄라고 하니까, 아버지 인봉이 아니고, 나.

쌍분 (멀뚱히 보고, 구워진 전을 하나 집어주는)

난희 (뜨거워하며, 먹다 캑캑대고)

쌍분 (등 두들기며) 천천히 먹어, 디져.

씬 38. 쌍분의 집 평상, 밤.

인봉, 누워 있으면, 난희, 마당에서 세수하고 방으로 가려다, 인봉 보고, 옆에 앉아, 인봉의 다릴 주무르는,

난희 엄마 아버진 내 병 뭘로 알고 있어?

인봉 (하늘만 보며, 담담히) 간이 좀 안 좋다고.. 손톱만큼 뭐가 나서, 자를 게 있다고 말했어.

난희 (담담히, 다리만 주무르며) 잘했네.... 누나 괜찮을 거야.

인봉 (눈가 붉어져, 담담히 하늘만 보는) ...

난희 허술한 너한테 두 노친네 맡기고 어떻게 안 돼...

인봉 (하늘만 보는) ...

난희 (애써 밝게) 너 자꾸랑 키스해봤냐?

인봉 (하늘만 보며, 담백하게) 당연하지.

난희 (다리만 주무르다, 인봉의 얼굴 만지며, 킥킥 웃는) 아이고, 자식... 다 컸네, 진짜.. 결혼식.. 곧 해야겠네. 누나가, 니 통장에 돈 좀 넣었어, 준비해. 누나, 수술 끝나면, 곧 할 수 있게.

인봉 ..

난희 (다리만 주무르며, 짠한, 연하 생각도 나는) 한쪽 다리만 쓰니.. 아프지.. 이게.. 그러려니 해... 두 다리 못 쓰는 사람도 있는데... 나는 괜찮다, 그렇게.. 안 그럼 성질나 못 산다.. (웃으며) 근데, 다리 실하다, 너.

씬 39. 쌍분의 방 안, 밤.

완, 쌍분, 난희 자는,
쌍분, 자다, 고갤 돌리면,
난희, 그 소리에 자다, 졸린 눈 떠, 쌍분 보고, 쌍분의 얼굴을 돌려 자신을 보게 하고, 다시 자는,
완은, 뒤척이며, 난희를 등 뒤에서 안고 자는,
그런 세 모녀의 모습이 부감으로 보여지는,

완 (E) 사랑은 내리사랑이라고.. 부모가 자식을 더 사랑한다고, 사람들은 말하지만, 아마 그 말은 부모 된 입장에 선 사람이 한 말일 거다. 우리 자식들의 잘못은 단 하나. 당신들을 덜 사랑한 것이 아니라, 당신들이 영원히, 아니, 아주 오래 우리 곁에 있어줄 거라는 어리석은 착각.

씬 40. 쌍분의 마당, 다른 날, 낮.

완이, 산더미처럼 그릇을 쌓아놓고, 설거지를 열심히 하고 있는,

씬 41. 쌍분의 밭, 낮.

쌍분, 들일하는, 난희를 등진,
난희(옷을 다 갈아입은), 멀리서 그 모습을 보며, 소리 질러 말하는,

난 희 엄마, 엄마,
쌍 분 (눈가 붉어, 밭일만 하는)
난 희 나 가! 엄마.. 병원 오지 마! 환자복 입음 멀쩡한 사람도 진짜 환자 같아 보이니까, 퇴원해서 봐. 병원 와서 엄마 울면, 나 속상하니까, 알았지?!
쌍 분 (일만 하는)
난 희 엄마, 내 말 듣고 있어?!
쌍 분 (속상해, 일만 하며) 들어!

난 희　(답답한) 그런데 왜 말을 안 하고... 나 가요! (하고, 가려다가, 돌아서서, 쌍분 보며) 엄마, 나 퇴원하면 닭백숙 해줘.

쌍 분　(밭일하다, 놓고, 일어나, 멀리 걸어가는)

난 희　어디 가!

쌍 분　닭 잡으러!

난 희　벌써 무슨 닭을 잡어! 엄마, 나 퇴원하려면, 보름은... (하다가, 가는 쌍분 보고, 맘 아픈, 고개 돌려보면, 호진이가 쌍분을 보고 있는 게 보이고, 맘 아픈, 그냥 돌아서 가는)

씬 42. 국도 변, 달리는 완의 차 안, 낮.

난희, 조수석에 앉아 가고, 완, 운전해서 가는데,
난희, 멀리 인봉(옆에 사발이를 둔)을 보고,

난 희　잰 왜 저기 있어, 밭일 안 가고,

완　(멀리 인봉 보고, 근처 가서 차 세우고, 차 창문 내리며) 삼촌..

난 희　(인봉 보면)

인 봉　(담담히 와서, 난희에게 쪽지를 주고 가는데, 눈가 붉어진)

난 희　(쪽지를 손에 들고, 뭔가 싶고, 가는 인봉 보며) 인봉아, 너 병원에 절대 노친네들 덱고 오지 마. 어? 어?

인 봉　(가는)

난 희　(가는 인봉 맘에 안 들게 보고, 완에게) 우리 집 식구들은 왜 하나같이 묻는 말에 대답이 없어? 속 터져요.. (하며, 쪽지를 보는)

완　(가는 인봉의 다리를 보는데 착잡한, 맘 거둬서, 난희를 보는)

난 희　(쪽지를 접는데, 눈가가 붉은)

완　(그 쪽지를 뺏어, 보는)

***인서트, 쪽지, 호진의 삐뚤한 글씨 》**
오쌍분 딸 장난희, 장호진 딸 장난희,

*점프컷 》

난 희	(창가 보며, 맘 아프지만, 담담히) 우리 아부지가.. 글씰 제법 쓰네, 가.

완	(맘 아픈, 애써 담담히 쪽지를 접어, 난희의 옷 주머니에 넣어주는데)

난 희	근데, 희자 언니가 어째 전화가 없냐? 이기적인 언니, 나 아프단 소리 들었을 건데, (하고, 전화기 꺼내며) 내가 그냥 확... 성질나는데, 화풀이나 해야겠네.

완	(담담히, 앞만 보며) 이모는 몰라, 엄마.

난 희	왜 몰라? 다 아는데?

완	(안 보고) 이모가 좀 아퍼.. (하고, 운전해 가는)

난 희	(전화하며 보다, 걱정되는, 조금 놀란, 전화기 끄고) 이모가 어디가 아퍼?

씬 43. 난희의 집 안, 낮.

완, 서둘러 들어와, 가방을 한쪽에 놓고, 싱크대에서 쌀을 꺼내 그릇에 담아 씻는, 서두는 모습이다, 잠시 후, 난희 들어와, 마룻바닥에 눕는, 완, 씻다가, 아픈가 싶어 조금 놀라지만, 애써 모른 척하고, 쌀 씻으며, 맘 아파 못 보고,

완	엄마... 많이 힘들어, 좀 잘래?

난 희	(담담히, 모로 누우며) 밥 안 먹어.

완	(쌀만 씻으며) 밥을 안 먹긴 왜 안 먹어.

난 희	(조금 짜증스런) 두 시간 전에 먹었는데 뭘 또 먹어. 아, 넌 니 집에나 가, 가서, 옷도 좀 갈아입고.... 엄마, 좀 누웠다, 희자 이모 보고 올게. 넌 낼 병원 갈 때 와. 일도 좀 하고.

완	.. 난 괜찮아, 옷은 빨아서 대충 입음 돼, 그리고 희자 이모넨 나중에,

난 희	(말꼬리 자르며, 짜증 내며) 내가 나중이 있을지 없을지 어떻게 알어?!

완	(맘 아파 듣기 싫은, 쌀을 밥통에 넣으며) 일단 밥은 해놓을게.. 희자 이모네 갈 거면 일어나요, 내가 모셔다드릴게.

난 희	(괜히, 화가 나는) 존댓말 하지 마.

완	(수건으로 손을 닦으며, 짐짓 무심히) 왜 골이 났어?

난 희	(속상한) 그냥... 짜증 나. 택시나 불러주고 가, 이모네 혼자 갈 거야.

완 (짐짓 밝자 싶은, 난희 옆으로 가서, 눕고, 마주 보며) 그럼 나 집에 갔다가 부리나케,

난희 아, 좀 혼자 냅둬.

완 (맘 알겠는, 깔끔하게) 알았어. 그러니까, 짜증 그만 내.

난희 (착잡한) 야, 박완, 너, 나중에 나도 없고 이모들도 없고.. 그럼,

완 (듣고 싶지 않은, 일어나, 가방 들고) 밤에 집에서 봐. (하고, 나가는)

난희 (나가는 완의 등 뒤에 대고) 가서 놀지 말고, 글 써! 엄마 죽기 전에 니 책 좀 보자, 어?

완 (죽기 전에란 말이 맘 아픈, 신발 신으며, 전화하며 나가는) 영원 이모 지금 뭐 해? 일 없음 엄마 좀 희자 이모네 데려다줄래? (하고, 속상해, 나가는)

씬 44. 완의 집 안, 낮.

완, 열심히, 청소기로 청소를 하는,

＊점프컷 》

집 안 곳곳에 널린 옷들을 정리하는, 책상도 정리하는,

＊점프컷, 저녁》

완, 노트북으로 일을 하다가, 한쪽의 종이를 들춰보면, 연하와 커플링을 끼고 있는 사진이 보이고, 그걸 집어서, 보는데, 맘이 아픈, 옆에 놓고, 일하다, 울컥하지만, 참고, 다시, 일하는,

씬 45. 희자의 거실, 밤.

직원, 가스 타이머를 달고 있는,

첫째 아들 내외(며느리는 우는) 나가는,

민호, '잘 가, 형, 안 나갈게', 하늘, '아주버님, 형님 조심해 가세요' 등 인사를 하는,

첫째 아들 내외, '갈게' 하며 나가고,

하 늘　(눈가 붉어진 채) 형님이 속상하겠다, 자기도 아픈데..
민 호　(어른스레, 담담히) 둘째 형이 더 그렇지 뭐, 와보지도 못하고. 너도 가.
하 늘　어.
민 호　(하늘의 머리 만져주며) 버스 타지 말고, 걷지도 말고, 택시 타고.
하 늘　우리 집 부동산에 내놓을게. 울 엄마는 언니가 모신대.
민 호　일단, 내가 엄마랑 있음 되니까, 애 낳고 생각해. 가.
하 늘　(민호 손 꼭 잡아주고, 나가는)
민 호　전화할게! (하고, 직원에게 가서) 다 되셨어요?
직 원　예.
민 호　(작동해보며) 이럼 이제 이거 달면, 가스 안 꺼도, 가스 누출 사고 같은 건 없는 거죠?

그때, 전화벨 소리 들리는,

씬 46. 희자의 방 안, 밤.

희자, 화난 사람처럼 벽에 기대앉아 있고, 난희, 그 옆에서 벽에 기대앉아(희자를 귀엽단 듯, 안쓰럽단 듯 보는, 어둡지 않은) 있는데, 바닥에 둔 희자의 핸드폰이 울리는, 난희, 들어서 보면, 정아다,

난 희　(짐짓 밝게) 정아 언닌데, 안 받어?
희 자　(전화기 뺏어서, 끄고, 가만있는데)
난 희　이우, 언니가 정아 언니보다 날 더 좋아하는지 예전엔 미치 몰랐네.
희 자　(창밖만 보고, 있는, 화난 듯한, 속상함 참고 있는)
난 희　아닌가? 언니는 나 여기 와도 문 열어주기 싫었는데, 민호가 어쩔 수 없이 열어준 건가?
희 자　(안 보고) 가.
난 희　영원이 여기로 오기로 했는데, 언니 걔도 보지 마, 그냥 나만 봐, 어? 다 따돌

리고, 우리만 친한 척? 어때, 좋지?

희자 (속상한, 화난 듯한, 그러나 짐짓 담담히) 민호가 날 중증 환자 취급이야, 장가간 애가 지 집에도 안 간대, (창문의 안전장치를 보며) 창문에 안전장치도 하고, 가스 안전장치도 달고... 집에 날 가둬놓고, 등신 취급해.

난희 (창문 보고, 안쓰럽지만, 참고, 벽에 기대, 애써 밝지만, 쓸쓸해지는, 작게 웃음 짓고) 언니.. 내가 암이래.

희자 (앞만 보고 있다가, 인지한 듯, 난희를 보는)

난희 (눈가 붉어져, 맘 아파, 웃으며) 많이 크대, 암이. 낼 병원 들어가.... 진짜.

희자 (눈가 그렁해져, 순간, 난희를 와락 안는)

난희 (희자를 꼭 안아주는, 울컥하지만 참는)

희자 (난희를 꼭 안는, 난희 얼굴을 두 손으로 잡고, 어떡해 하는 눈빛으로 보면)

난희 (맘 아픈) 언니가 나보다... 낫다 생각해라.

희자 (와락 안는, 눈물이 나는, 어쩔 줄을 모르겠는, 맘 아픈)

난희 (안고, 맘 아픈, 애써 담담히, 이를 앙다물고, 울지 않으려 하며) 나는.... 나는.. 언니보다 내가 낫다 생각할게.. 우리, 그냥 그렇게 생각해버리자..

희자 (꼭 안고, 눈을 감는)

난희 (눈 감은 채, 애써 웃으려 하지만, 안 되는) 이제야... 좀 위로가 된다, 병자끼리 있으니까..

서로, 많이 울지 않으려 애쓰고, 안기만 하지만, 눈물이 나는,

씬 47. 완의 집 안, 밤.

완, 따뜻하게 눈가만 붉어(울지 말 것), 동영상 속 연하를 보며,

완 (맘 아프지만, 담담히) 그래서, 그러니까, 내가 너한테.. 하고 싶은 말은... 아무래도, 이번 여름에.. 이번에도.. 역시.. 나는, 너와 한 약속을,

연하 (안쓰럽게 보고, 따뜻하게) 완아,

완 (머리 쓸어 올리고, 보며, 애써, 아무렇지 않은 듯) 어?

연하 .. 나라도.. 엄마가 그러면.. 너한테 못 가.

완 (애써 웃으며, 담담히) 그.. 런가?.. (애써 농담) 기다리지 마. 니키타는 너무 이쁘니까 만나지 말고. 다른 애.. 아니다, 이왕이면 이쁜 니키타가 낫겠(다),

연하 (안쓰레 완이 보며, 눈가 붉어, 따뜻하게 웃으며) ... 그냥 좀.. 울지?

완 (울고 싶지만, 참고, 애써 웃으며, 고개 젓는)

연하 (애써 가볍게, 농담조로) 내가.. 대신 울어줄까?

완 (눈물 날 거 같지만, 참고, 보는)

연하 (가만 보다가, 반지 낀 손을 노트북 위에 살짝 대는)

완 (가만 그 손을 보는, 만지고 싶지만, 그냥 연하 보며, 맘 아프지만, 애써 웃으며, 고개 젓는, 맘 아픈, 피하려 말하는) 나, 일할래.

연하 (손 내리고) 전화할게.

완 (맘 아파, 서둘러, 전원 끄고, 손가락에 낀 반지를 빼서, 맘 아프게 책상 위에 놓고, 고개를 뒤로 해, 천장 보며, 이를 앙다무는, 후후 작게 숨을 토하는, 이를 앙다무는, 울지 말아야 한다고 생각하는, 참는)

씬 48. 연하의 집 안, 밤.

연하, 꺼진 노트북을 보는, 그러다, 창가 쪽으로 고갤 돌리는, 제 다리를 가만 만지는, 이 다리론 갈 수 없구나 싶은,

씬 49. 호텔 근처, 밤.

영원의 차 와서, 서고,

씬 50. 영원의 차 안, 밤.

영원, 난희(눈 감고 있다가, 차가 멈춰서, 주변 보는) 앉아 있는,

난희 (두리번거리며) 어디야, 여기가?

영원　(일우를 찾다가, 문 앞쪽에 서 있는 일우를 발견하고(화면엔, 안 보여주는), 난희 보며) 너 오늘 밤, 저 남자랑 자버려라, 그냥. (하고, 턱으로 일우를 가리키는)

난희　(턱 가리킨 쪽 보고, 일우를 발견하고, 놀라, 영원 보며) 너 미쳤니? 내가 년이, 지금 남자랑.. 이거 이거 완전 돌았네, 이거?! 너나 남자랑 그러고 살어라? 차 몰아, 가, 어서?

영원　(문 걸림쇠 장치를 풀어주고, 웃으며) 재 불러 끌고 가라 한다.

난희　(어이없는, 보며) 뭐, 재?

영원　재지 그럼, 뭐? 저 핏덩이가 뭐 나한테도 일우 씨냐?

난희　(황당한) 저, 전화번혼 어떻게 알았니?

영원　카페 갔었잖어, 그때 알아뒀지, 이렇게 써먹을 줄은 몰랐지만.

난희　죽기 전에 만찬이냐?

영원　(웃으며) 내가 거하게 잘 차렸냐?

난희　(때리며) 어우 어우 어우.

그때, 차 문 노크 소리 나고, 난희, 놀라, '어머', 하고, 창문 보면,

일우　(문 열고, 난희 보며, 따뜻하게 웃으며) 내리세요.

영원　(일우에게) 험하게 모셔줘요.

난희　(영원 보며, 황당한) ?

뒤차, 경적 울리고,

영원　내려.

일우　내리세요.

난희　(이러지도 못하고, 저러지도 못하고, 내리는)

일우　(손잡아주고)

난희　(손 안 잡고) 거기까지 왜 장난이에요? (하고, 앞서 가는)

일우　(가는 난희 보고, 영원 보며) 가세요.

영원　(웃으며) 그쪽 나랑 약속한 거예요, 모질게 다뤄주기로.

일우　(웃고)

영 원 (차 타고, 가며, 난희가 안쓰런, 눈가 붉어진, 참고, 가는)

*점프컷 》
난희, 조금 당황스러워 화난 듯 걸어가다, 문득 멈추고,

난 희 이런.. 내가 왜 이리 가.. (하고, 돌아서서 가는)
일 우 (오다가, 돌아서서 가는 난희의 팔을 잡는)
난 희 (황당해 일우 보고, 이후에 팔을 빼며, 어이없는) 뭐 해, 진짜 저기 가게?
일 우 (편히, 웃으며) 네. 와요, 근처에 좋은 데가 없어요. (하고, 가는)
난 희 (멍한, 황당해 일우를 보는)
일 우 (가다, 돌아보며, 뒷걸음치고) 와요.. (하고, 웃으며, 가는)
난 희 (어색한, 집으로 가는 길과 호텔로 들어가는 일우를 보고, 조금 망설이다, 어색하게 가며) 저기요, 저기요.. (하고, 일우를 쫓아가는)

씬 51. 호텔 엘리베이터 안, 밤.

일우, 벽에 기대서고, 난희, 어색하게 서 있는,

난 희 (조심스레) .. 어디 가요, 진짜?
일 우 (천장 보다, 난희 보며, 따뜻하게 웃는)
난 희 (어색한 웃음, 작게 짓고) 미쳤나.. 웃기는... (승강기 버튼 보면, 젤 높은 층이 눌러져 있는, 일우 보며) 젤 위층이네? 왜 높은 데 끌고 가, 내 등 밀게?
일 우 (깔깔대고 웃고, 문 열리면, 내리는)
난 희 (어색하게 따라가며) 어디.. 가요?

씬 52. 스카이라운지, 밤.

일우, 난희에게 와인을 일 센티 정도만 따라주고, 제 잔에 술을 따르려 하면, 난희, 술병 잡아서, 일우의 잔에 술을 따라주는,

난희 (술병 놓고, 제 잔을 들어 마시고, 창가 보며) 짼 하는 건, 나중에 해요..

일우 (술 마시고, 창가 보는)

난희 (풍경만 보며, 편안한) 진짜.. 서울이.. 좋네.. 여적 살며 이렇게 좋은 호텔 카페는 첨이에요, (일우 보며, 편하게) 안 믿기지?

일우 믿겨요, 나도 첨인데요, 뭐?

난희 정말?

일우 (웃으며) 아내 있을 땐 돈이 별로 없었어서... (농담처럼) 지금은 뭐 좀 있지만, (웃고, 와인 마시는)

난희 (편하게) 나도 돈 좀 있는데.. 아끼다, 똥 됐지만. (웃고, 창가 보며, 편한) 진짜... 좋다, 여기.

일우 (따뜻한) 손잡아봐도 돼요?

난희 (보며) ?

일우 (어색한) 응원차.... 수술 잘 하시고 다시 보자고..

난희 (어색하게, 웃으며) 그냥 다시 보면 되지, 왜 손을 잡아? (하고, 창가 보는데, 서글픈)

일우 (테이블에 있는 난희 손을 잡는)

난희 (창가만 보는데, 맘이 짠해지는) ...

일우 .. (맘 짠해도, 애써 밝게) 홧팅..

난희 (어색해, 손 빼고, 창가만 보는, 물을 마시다 고개 무심히 돌리는데, 주변 사람들이 자신들을 보다, 자신과 눈이 마주치자 피하는 걸 보고, 일우에게, 작게) 저 사람들이 우릴 그렇고 그런 사이로 보는 거 같아요.

일우 (의자에 기대, 난희 보며, 편한 농담) 이왕 그런 오해받을 거면, 방으로 갈 걸 그랬어요.

난희 (물 마시며, 안 뿜으려고, 크크대고 웃는)

일우 (크게 안 웃으려, 입을 다물고, 크크대고 웃는)

난희 (냅킨으로 입 닦으며) 어우, 은근.. 사람이 발칙하다, 진짜? 누나한테, 혼날라고.

일우 (웃음 못 참고, 웃는)

난희 (웃는)

사람들, 두 사람을 왜 저러나 보고,
두 사람, 계속 웃음을 못 참는,

씬 53. 난희의 집 근처, 밤.

난희, 일우 걸어가는,
난희, 앞서 가고, 일우, 뒤에서 천천히 따라가는,

씬 54. 난희의 집 앞, 밤.

난희, 일우 걸어오는,
난희, 집 쪽으로 들어가려다, 뒤에서 따라오는 일우에게,

난 희 저 위 사 층이에요. 여기서 이제 가요.
일 우 (따뜻하게 웃고) 퇴원하면... 전화해요. (하고, 어색하게 웃고, 난희 보며, 뒤로 걸어가는)
난 희 그러다 넘어진다.
일 우 (난희만 보며, 두어 걸음 가다가, 돌아서서 가는)
난 희 (그 모습 가만 보다, 어색하게 말하는) 퇴원하면.. 전화할게요.
일 우 (돌아보고, 웃고, 손 흔들며) 기다릴게요! (하고, 가는)
난 희 (웃고, 돌아서다가, 놀라) 어머!
완 (집 앞에 서서, 가는 일우 보며, 담담히, 따뜻하게 보는) 저 아저씨.. 괜찮네? 근데 너무 젊다.
난 희 (조금 민망한) 낼 오지, 뭐하러 왔어?
완 엄마 감시하러?
난 희 ?
완 오늘 들어오나 마나, 영원 이모가 팁 주더라고, 엄마 오늘 안 올지도 모른다고?
난 희 지랄.. (하고, 가면)

완 (웃으며, 난희 어깨에 팔 올리고, 볼에 입 맞추고) 둘이, 이렇게, 뽀뽀했냐?

난희 (때리며) 아우, 왜 이래, 얘가..

완 아니면, (입에 하려 하며) 여기다,

난희 (때리며) 아우 아우, 징그러!

완 (난희를 갑자기 벽에 밀치고, 어깨 잡고, 진지하게 장난치는) 아까, 그 남자분이랑 있을 때 제법 여자 같드라. (하고, 올라가며, 웃는)

난희 (따라가며, 민망함 감추려 말하는) 그럼 니 엄마가 뭐 여자지, 남자냐?

완 (웃고, 가고)

씬 55. 슬로베니아, 거리, 아침.

연하, 휠체어 타고 가는,

씬 56. 난희의 집 안, 아침.

완, 연하, 난희 등 생각 많게 창가를 보며 커피를 마시고 있는,
병원, 들어가기 위해, 가방이 놓인,
난희, 방에서 나오며,

난희 병원 가자, 준비 다 했어.

완 어.. (하고, 마시던 커피 잔을 주방에서 씻는데)

난희 (그런 완이를 계속 보며) 니가 보는 니 엄마는.. 대체 몇 점이냐?

완 (씻으며) 육십오 점.

난희 (어이없는) 뭐?

완 (난희 보며, 수건으로 손 닦으며) 나같이 정 없는 딸 낳아놓고, 그럼 뭐 엄마 점수가 대단히 높을 줄 알았냐? (하고, 난희 안 보고, 가방 들고 나가며) 와요.

난희 (완의 자책을 이해하는, 서글프게 웃으며, 따라가며) 지가 정 없는 줄은 아네.

씬 57. 충남의 카페 근처, 들길, 아침.

충남과 영원 걸어가는,

＊인서트, 회상 》
난희와 희자와 정아가 함께 웃던 모습(1부, 동문회, 7부, 모두가 있던 바닷가, 12부, 충남의 집 등)

＊점프컷 》
충남, 영원, 맘이 짠한데, 그때, 전화 오고, 충남 보면, 박 교수다, 보고 그냥 끊는,

영 원 누군데?
충 남 (걸어가며, 담담히) 젊은 교수 놈.
영 원 (가며) 젊은 애들 좋아하면서, 왜, 전화 받지?
충 남 (가며, 담담히) 그놈들은 안 늙냐?
영 원 (작게 웃는)

그때, 멀리서, 종식, 소리치는,

종 식 고모, 손님 왔어요!
충남, 영원 (돌아보는) ?

씬 58. 도로, 아침.

하늘이가 탄 앰뷸런스 달리는,

씬 59. 앰뷸런스 안, 아침.

하늘이, 땀을 흘리며, 심호흡을 하고, 힘들어하며, 요원을 보면,
응급 요원, 눈짓으로 괜찮다고 하고, 민호에게 전화를 하는, 신호음이 가는,

씬 60. 충남의 집 안, 아침.

성재, 창가 보며 앉아 있고, 영원, 차를 가져와 성재 주고, 충남에게 주고, 앉아서 차 마시며,

영 원 희자 언니네 안 가봐도 돼?

충 남 (편하게 보며) 설마, 언니가 우리만 그런 게 아니라, 오빠도 안 본대?

성 재 (서글프고, 어색하게 웃으며, 차 마시며) 뭐 그런 건 아닌데.. 지금은.. 민호도 있고. (하고, 차 마시는)

충 남 (따뜻하게 보며, 농담) 그러게 오빤, 희자 언니가 아니라 첨부터 날 만났어야 돼.

성 재 (어이없어, 웃으며) 뭐? (하고, 깔깔대고 웃고)

영 원 (웃음 띠고, 편하게) 내 생각도 그래, 오빤 충남 언닐 만났어야 돼. (하고, 충남에게 손바닥을 내밀면)

충 남 (맞장구치듯, 탁 치고) 내 말이.

성 재 아이고, 아이고, 진짜.. 내가 니들 땜에 웃는다.

충남, 영원 (성재 짠하게 보고, 웃으며, 커피 마시는, 쓸쓸해지는)

성 재 (웃으며, 전화 오고, 보면, 민호다, 차분하게, 받는) 여보세요, 어, 그래, 민호야? (담담히, 두 사람을 보며) 나, 지금 충남 이모넨데, 왜?

충남, 영원 (성재 보는)

씬 61. 희자의 집 안, 아침.

민호, 속상한, 울 것 같은, 얼굴로, 땀을 흘리며, 서둘러 창 위의 안전장치들을 여기저기 확인하며 전화하는,

민호 저 그게요, 아저씨, 지금 우리 집에 오실 수 없어요? 하늘이가,

그때, 희자가 속상한 얼굴로 와서, 민호를 툭 치고, 민호, 희자 보면, 전화를 뺏어서, 성재에게 말하는,

희자 성재 씨, 일 봐요.. 걱정 말고. (하고, 전화 끊고, 소파로 가서 앉으며, 오기 난 듯) 너 하늘이한테 가, 어서.

민호 (속상한, 손 내밀며, 달래듯) 엄마, 전화 줘.

희자 (손의 종이(싱크대에 붙여놨던 '나는 할 수 있다'고 쓰인 종이)를 펴, 민호를 보여주며) 여기 쓴 대로 엄만 니 말 들어. 민호 말 듣는다. 써 있잖아.

민호 (종이 보고, 속상한)

희자 (종이를 내리며) 엄마, 믿어. (민호의 전화를 다시 민호에게 주고) 엄마, 여깄을게, 다녀와, 같이 가고 싶은데, 나 가면 니들 더 신경 쓰니까, 여자가 애 낳는 게 얼마나 무서운데.. 하늘이 혼자 두지 말고.. 가, 어서.

민호 (그때, 성재에게서 전화 오고, 전화기 보고, 속상한, 희자에게) 그럼, 여기서 아저씨랑, 정아 이모랑.. (속상한, 큰소리) 엄마 혼자 두고 내가 어떻게 가?!

희자 (울고 싶지만, 참고, 포기하고, 앞만 보며, 민호 안 보고) 그래, 알았어. 가다, 니가 아저씨든 이모든 불러 그럼. 난 여기 있을 거니까.

민호 (황급히, 방 안에서 희자 핸드폰을 가져와, 희자 손에 쥐여주고, 옷 들고 서둘러 가며, 전화 받으며) 아저씨, 저 민혼데요? 괜찮으시면.. (이어지는 느낌)

희자 (참담한, 속상한, 그 자리에 가만있는, 제 핸드폰을 손에 꼭 쥔)

씬 62. 충남의 집 안, 낮.

충남, 걸레질을 하는데, 영원, 들어와 소파에 앉는,

영원 우리도 희자 언니네 가볼 걸 그랬나?

충남 (일하며) 정아 언니한테 내가 전화해놨어, 너 간밤에 신음하드라, 자. 여기서 누구 하나 더 쓰러짐 (속상한) 병 수발 누가 들어. 누워. (걸레질하며) 낼 난

희 병원도 가야 하는데.. 너 명심해, 지금은 지 몸 위하는 게 남 위하는 거야. 자.

영 원 (힘든지, 눕는)

씬 63. 산부인과 분만실 앞, 낮.

하늘, 침대에 누워 고통스러워하며, 분만실로 들어가는,
문 닫히고, 민호, 출입구에서 뛰어와, 하늘일 찾아 주변을 두리번거리는, 어떻게 하나 싶은, 그때, 하늘의 '악!' 소리가 분만실에서 나고, 민호, 돌아보는,

씬 64. 희자의 집 앞, 낮.

정아, 걱정돼서, 희자의 집 초인종을 마구 누르는, 정아, 그러다, 화분 밑을 보면, 키가 없는, 그때, 전화 오고, 정아 서둘러 받으며,

정 아 (집 쪽 보며) 너 어디야?

씬 65. 희자의 집 안, 낮.

희자, 속상한 듯, 전화하는,

희 자 집. (하고, 시시티브이를 제 쪽으로 돌려놓고) 시시티브이로 확인해, 의심나면, (하고, 전화 끊고, 오기 부려 앉아 있는)

씬 66. 희자의 집 앞, 낮.

정아, 핸드폰 내리고, 문 쪽 보고, 걱정스레, 문 두드리며, '희자야, 희자야!'

씬 67. 병원 전경, 밤.

난 희　(E) 무슨 검사를 하루 진종일 하고,

씬 68. 일인실, 병실 안, 밤.

난희, 환자복을 입은 채, 화장실에서 양치했는지, 입가를 닦으며 나오는,
완, 냉장고에 온갖 것들을 잘 쟁여놓는,

난 희　사람 생으로 죽겠네.. 근데, 웬, 일인실이야?
완　내 유산 좀 썼어. (다 챙기고, 침대에 눕는) 이리 와.
난 희　(입가 다 닦고, 옆에 와서 누우며) 좋으시겠어요, 유산 많으셔서.
완　(난희의 단추가 잘못 끼워진 것 보고, 일어나 앉아, 단추 풀러, 다시 해주는)
난 희　근데, 충남 언니, 영원이는 왜 안 와? 정아 이모는 희자 언니한테 갔다 쳐도,
완　(단추만 챙기며) 수술 끝나고 올 거야. 내가 그러랬어.
난 희　왜? 나 심심하게?
완　(아무렇지 않게) 내가 엄마랑 단둘이만 있고 싶어서. (하고, 눕는)
난 희　(눕고 차분히 보며) 둘이서 뭐 하게?
완　(모로 누워 따듯하게 보며) 얼굴 보게.
난 희　(어이없이 보고, 웃으며, 고개 모로 트는데)
완　(편하게, 난희 얼굴 돌려, 자신을 보게 하는)
난 희　(모로 누워 마주 보며, 담담한 웃음 띠고, 따뜻하게) 이게 뭐 하는 짓이야..
완　(난희 머리카락 올려주며) 뭐 하는 짓이긴, 얼굴 보는 짓이지,
난 희　(완을 가만 보는, 안쓰럽고, 담담한, 머리카락 넘겨주는)

씬 69. 슬로베니아, 밤.

연하, 퇴근길이다, 휠체어 몰아 가다, 전화해서, '누나, 나 좀 도와줘' 하고, 전화 끊고, 가는,

씬 70. 분만실 앞, 밤.

간호사, 나와, '강하늘 씨, 남편, 유민호 씨?' 하고, 찾으면,
민호, 의자에 앉아 있다, 손들고 '전데요..' 하며, 걱정스레 가는,

씬 71. 분만실 안, 밤.

민호, 땀을 흘리며, 천천히 하늘에게로 가면,
하늘, 땀을 흘리며, 눈물 흘리며, 웃고 있고, 의사, 우는 애기를 안은 채, 민호에게 주는, 민호, 안고, 울며 웃으며, 하늘이 보는, 감격스런,

씬 72. 희자의 집 안, 밤.

희자, 땀을 흘리며, 다릴 꼬고, 앉아 있는,

씬 73. 희자의 집 앞, 성재의 차 안, 밤.

정아, 성재의 핸드폰으로 희자를 보는,

정 아 (속상한, 차분한) 기집애.. 고집스레.. 진종일 꼼짝도 않고.. (핸드폰 성재 주는)
성 재 (그걸 받아, 주머니에 넣는데)

그때, 택시에서 내린 민호가 뛰어와, 키로 문 열고, 집으로 들어가는,

정 아	아이고, 재 왔네.. (하고, 차에게 나가려다, 성재 보며) 안 들어가요?
성 재	난 희자가 들어오라고 하면, 그때... 들어갈게. 그러는 게 좋을 거 같애.
정 아	(맘 알겠는, 들어가는)

씬 74. 희자의 집 안 + 방 안, 밤.

정아, 들어와 보면,
민호, 화장실 앞에 서서, 안쓰런, 문이 잠긴,

민 호	엄마, 엄마..
정 아	(이상한) 엄마, 왜?
민 호	(속상한, 눈가 붉어, 턱으로 소파를 가리키면, 소파에서, 화장실까지 길게 오줌이 흐른)
정 아	(아무렇지 않게) 지렸네? (하고, 방으로 들어가며) 화장실 열쇠 찾어봐. (하고, 방에서 옷을 가져와, 민호(싱크대 쪽에서 찾은)가 열쇠 주면, 받아서 화장실 문 열고, 화장실 안을 슬쩍 보고, 민호에게) 방 좀 닦고, 밖에 나가 있어.
민 호	이모, 내가..
정 아	(담담한) 아들이래도 남자다... 가.. 가서, 아저씨랑 밥 먹고 와.
민 호	(눈물 나는, 참고, 걸레 찾아, 방을 닦는)
정 아	(화장실로 들어가는)

씬 75. 희자의 화장실 안, 밤.

희자, 벽에 기대 눈가 그렁해 서 있는데, 발 아래로, 똥과 오줌물이 흐르는, 정아, 가져온 옷을 변기 뚜껑 내려서 놓고, 한쪽에 서서,

정 아	(담담히, 눈가 붉어, 따뜻하게) 속상해?

희 자 (고개 숙인 채, 안 보고) 민호 아빠가.. 가만있으랬어, 움직이지 말고, 집에 꼭. 걱정 안 시키고 싶었어...

정 아 (가만 보다, 담담히) 민호 아빠?

희 자 (정아 보다) 민호 아빤 죽었어.

정 아 .. 희자야... 나.. 누구야?

희 자 (슬픈 눈으로 보며, 잘 모르겠는) .. 영원이.. 충남이 난희 아니고..

정 아 (보는)

희 자 (생각난, 맘 울컥하는, 정확히) 정아.

정 아 (맘 따뜻해지는, 담담히) 옷 벗어. 젖었어.

희 자 (옷을 벗는)

정 아 (그걸 받아서, 옆에 놓는, 담담한)

***점프컷 》**

희자, 샤워를 하고, 정아, 변기에 앉아, 샤워 부스 안의 희자를 물끄러미 보는,

씬 76. 희자의 거실 안, 밤.

희자, 가운 차림으로 소파에 앉아, 정아가 가져다주는, 뜨거운 차를 받아 마시는, 정아, 희자를 덤덤히 보는,

희 자 (차 마시며) 더워.

정 아 (웃고, 의자를 가져다 창문 쪽에 놓고, 올라가 창문의 안전장치를 풀고, 문을 활짝 열어놓는, 바람이 부는, 얇은 커튼이 나부끼는) 바람이 좋네. (하고, 바닥에 희자를 마주 보고 앉는)

희 자 (정아를 안 보는)

정 아 (희자를 보며, 따뜻하게 웃으며, 편하게) 너 왜 나 안 봐? 전번에 쌍년, 개년 한 게 미안해.. 그러지?

희 자 (찻잔만 보며, 작게 고개 끄덕이는)

정 아 (따뜻하게 허허 웃는)

희 자 (차 마시는)

정아　너 전번 날 거의 매일.. 밤마다 성당에 기도 왜 갔어? 뭐 빌러 갔어?

희자　(찻잔만 보며) 주님하고 마리아님한테 용서하시라고.. 내가 애를 잘 못 돌봤다고... 너무 어려, 그랬으니, 용서하시라고..

정아　(눈가 붉어져, 따뜻하게 웃으며) 그때 너한테 못 간 내 죄도 좀 빌어주지.

희자　그랬어. 정아도 사는 게 힘들어 그런 거니.. 용서하시라고.

정아　그때, 나도 뱃속 애가 유산돼서.. 그래도 미안해. (희자의 머리 넘겨주며) 많이 미안해.

희자　(정아의 손잡고, 가만 보며, 맘 아픈) 세상이 우리한테 미안해해야 돼.

정아　(눈물 나는, 닦고, 애써 밝게) 하늘이 애 낳았단 말 들었지?

희자　(울컥하고, 참고) 좋아, 너무. 근데.. 민호는 이제 가라 그래, 정아야.

정아　?

희자　(동조를 구하는 눈빛이다) 나는 걔들 피해 안 주고.. 혼자 살 수 있어. 혼자 뭐든 할 수 있고. 그러니까, 니가, 걔들한테,

정아　(가만 안쓰레 보다, 희자 손잡고, 안쓰레 보며) 혼자 살 수.. 있었고.. 혼자 할 수 있었어... 이젠.. 아니고.

희자　(왈칵 울음이 나는, 찻잔 내려놓고, 엉엉 우는)

정아　(눈물 나는, 담담히, 희자의 등을 쓸어주는)

씬 77. 성재의 차 안, 밤.

성재와 민호, 희자 생각하는, 서글픈,

씬 78. 병실 안, 밤.

난희, 책을 보며, 깔깔대고 웃는,
그때, 완, 씻고, 나와 옆에서 머릴 말리며,

완　그 책 재밌어?

난희　(책 보며, 밝게 읽는) 여기 이런 말이 있다. 초고령 시기에 대비하는 방법. 쌈

짓돈이 동이 나면, 일, 자식의 쌈짓돈을 쓴다. 이, 복권을 사본다.

완 (웃는)

난 희 (웃으며) 삼, 나라에서 주는 노인 장려금을 악착같이 받는다. 사, 흡연을 시작한다, 참 너 담배 끊었어?

완 (웃으며) 사 담에, 오도 있어?

난 희 (으름장) 담배 끊어. (책 보며, 의미심장하게) 오, 독극물을 마신다. (하고, 깔깔대고 웃는)

완 (어이없는, 웃음) 뭐야, 그 책?

난 희 왜 재밌는데... 속이 확 후련하네. (하고, 다른 데 펴며) 여기도 좋은 구절 있어.

완 (옆에 누워, 난희 보며) 읽어봐봐.

난 희 (책 보고, 완 보며) 내가 내 식으로 바꿔 읽을게. (밝고, 의미심장하게) 나는 니가 원하는 게 뭔지 안다.

완 (제 팔 베고, 난희 보며) ?

난 희 나는 할머니, 할아버지 니 삼촌이 원하는 게 뭔지 안다.

완 뭔데?

난 희 (책만 보며) 하지만, 나는 내가 원하는 게 뭔지도 너무나 또렷이 안다. (하고, 책 덮고, 완이 보며)

완 (호기심 어리게 난희를 보는) ?

난 희 나는 내가 있어야 할 곳이.. 어딘지.. 똑똑히 바로 안다.

완 어딘데?

난 희 (따뜻하고 깔끔하게) 니 옆.

완 (가만 보다, 눈가가 붉어지는데) ...

난 희 (따뜻하지만, 담담히) 완아, 만약에.. 엄마가,

완 (순간, 난희 입에 입을 살짝 맞추고, 안고) 엄마,

난 희 (안긴 채) 어.

완 (울지 않으려 하는, 차분히) 우리.. 오늘은 그냥 이러고 자자. 더는 아무 얘기도 말고, 하고 싶은 얘기 있어도 참고.... 수술 다 하고.. 엄마 깨면.. 그때 가서,

난 희 (완의 등을 쓸어주며, 맘 아픈, 차분한) 근데.. 완아..

완 엄마, 참아... (난희 얼굴 두 손으로 잡고, 얼굴 보며, 눈가 붉지만, 눈물 안 흘리며, 맘 아프지만, 담담히) 나, 엄마가 하고 싶은 말.. 못 참는 사람인 거 알

거든.. 그러니까, 수술하고 나와서 할 말 다 해. 그때, 내가 엄마 말 다 들어줄게. (울컥하며, 안는, 맘 아픈 거, 두려운 거 참고) 그러니까, 지금은.. 참아. (울음이 왈칵 나지만, 참고) 우리... 수술 끝나고 나와서, 얘기하자, 엄마.... 길게.. 어?.. 마치, 마지막처럼 할 말 다 하지 말고, 어?

난 희　(완이 맘 알겠는, 안쓰런, 눈가 그렁해 보다, 안는, 안 울려 하는, 완의 등을 쓸어주며) 그래.... 근데, 완아, (웃으며, 장난) 엄마, 숨 막혀.

완　(안고, 울음 나도 참고, 꼭 안고) 더 막혀라. 더 막혀..

난 희　야, 엄마, 갈비뼈 아퍼, 고만 안어.

완, 눈가 붉지만, 일부러 더 밝게, 장난스레 둘이 몸을 흔드는,

씬 79. 병실 앞, 낮.

완, 벽에 기대서 있고, 간호사들, 수술실에 가기 위해, 침대에 누운 난희를 끌고 가는,

완　(눈가 붉지만, 오기 부려, 웃고, 난희를 빤히 보는)

난 희　(완 보고 따뜻하게 웃는)

완　(따뜻하게 웃으며, 윙크하는)

난 희　(담담히, 수술실로 가고)

완　(오기 부려 안 울고, 이 앙다물고, 휙 병실로 들어가는)

씬 80. 병실 안, 낮.

완, 의지를 다지려, 눈가 붉어도, 더 열심히, 시트를 걷어내, 털고, 빠르게, 정리하는,

씬 81. 병실 욕실 안, 낮.

완, 걸레를 빨아, 변기를 닦는,

씬 82. 수술 가족 대기실(현황판이 보이는) 안, 낮.

충남, 창가에 서서 담담한,

＊시간 경과 》
완, 오기 부려 현황판(장난희 수술 중이라는 글자가 보이는) 보는, 그러다, 시계를 보는,
영원, 시계를 보는,

영 원　완아, 좀 쉬지, 다섯 시간째 한 자세로.. 힘들어.
완　(현황판만 보는)
영 원　의사가 여섯 시간 걸린댔잖아,
충 남　(옆으로 와, 완 보며) 수술이 늦게 끝나도 그렇지만, 빨리 끝나는 것도 별로야, 그러니 좀 어디 가서 쉬어,
완　(현황판만 보는)
충 남　(맘 알겠는, 영원에게) 영원아, 너 약 먹을 시간인데,
영 원　(충남 보고, 완 보며) 이모, 약 먹고 올게. (하고, 가는)
충 남　(완이 어깨에 손을 올려, 꽉 잡아주고, 가는)
완　(계속 현황판만 보는데, 장난희 수술 종료라는 글자가 뜨는, 순간 숨이 멎는 듯한, 일어나, 서둘러 뛰어가는)

씬 83. 병원 복도, 낮.

충남, 영원, 엘리베이터를 타고 가려는데, 완, 그들을 지나쳐, 비상구를 열고, 계단을 마구 내려가는, 충남, 영원, 불길한, 완을 보는,

씬 84. 수술실 앞, 낮.

연하, 휠체어를 타고 오는데, 완, 뛰어오는, 연하, 멈추고, 완을 보는, 완, 연하 보고, 멍한, 연하, 따뜻하게 보는, (느린 그림 시작되는) 완, 잠시 어쩔 줄 모르고 눈가 붉어져 연하를 보다가, 난희 걱정에 수술실 쪽 보다가, 다시 연하 보고, 다시 수술실로 뛰어가는, 연하, 완을 보는,

그런 두 사람의 모습에서 엔딩.

dear my friends

16 부

~

우리들의 러브 스토리

씬 1. 복도, 낮(15부 연결).

충남, 영원, 엘리베이터를 타고 가려는데, 완, 그들을 지나쳐, 비상구를 열고, 계단을 마구 내려가는, 충남, 영원, 완을 보는, 불길한,

씬 2. 수술실 앞, 낮.

연하, 휠체어를 타고 오는데, 완, 뛰어오는, 연하, 멈추고, 완을 보는, 완, 연하 보고, 멍한, 연하, 따뜻하게 보는, 완, 잠시 어쩔 줄 모르고 눈가 붉어져 연하를 보다가, 그냥 수술실로 뛰어가는, (느린 그림), 연하, 완을 보는,

***점프컷, 여전히 느린 그림 》**

의사들 나오고, 완, 그들에게 가는, 완, 의사와 무언가 말하는 게 보이는(느린 그림), 의사, 뭔가를 완에게 말하고, 돌아서서 가는, 완, 기운이 풀리는지, 잠시, 휘청하고, 벽을 잡고 기대고, 천천히 연하에게로 가는, 그리고 연하를 지나쳐 가는, 다른 쪽에서 충남과 영원이 수술실로 오다가, 무슨 일인가 걱정스레, 완을 보는,

＊점프컷 》

완, 병원 일각(혹은 비상구) 조용한 곳으로 가는,

＊인서트, 회상 》

난희와 완이 서로 때리고, 싸우고, 웃고, 신나던 모습들이 흘러가는, (1부, 맥주 뿌리는 씬, 7부 난희의 집에서 난희, 완이 좋아하던, 8부, 난희, 완희 때리던, 15부, 완이 펜션 방에서 난희와 노래 부르던, 난희 자는 모습 보던, 난희에게 완이 입을 맞추던),

＊교차씬 》

완과 회상이 교차되어, 지나가는,

＊점프컷, 느린 그림 사라진 》

연하, 휠체어를 몰아서 완에게로 가는, 맘 아파도, 침착한, 조심스런,

＊점프컷 》

연하, 휠체어를 몰고 와, 벽에 기대 고개 숙이고 있는 완을 보는,
연하, 완의 앞으로 가서, 눈가 붉지만, 따뜻하게 완의 손을 잡고,

연하 .. 완아,
완 (연하를 가만 보다, 그제야 참았던 눈물이 터지며, 엉엉 울며, 주저앉는)
연하 (침착하려 하는, 눈가 그렁해, 맘 아프고, 따뜻하게, 완이 머릴 안는)
완 (맘 놓고, 엉엉 우는)

씬 3. 산후조리원, 응접실, 낮.

정아, 희자, 성재, 긴장한 채 앉아 있는, 하늘이가 애기를 데리고 나오길 기다리는, 석균, 앉아, 충남에게 전화하는,
정아, 성재, 난희가 걱정되는, 석균을 보며,

정아 난.. 희?

석균 (전화 끊으며, 고개 저으며) 충남이, 안 받어.

성재 (걱정되고, 답답한)

그때, 하늘, 아기 안고, 민호와 환하게 웃으며 오는,

하늘 (웃으며) 어머니..

민호 엄마..

정아 (아기 보고, 감격한) 아이고, 이뻐라..

성재 (아기 보고, 웃으며) 하하, 어디서 이렇게 이쁜 게 나왔냐?

석균 (웃으며) 조막만 한 게.. 아이고, 입이 있고 코가 있고, 귀가 있고.. 하하하...

희자 (아기를 가만 보기만 하는, 맘 떨리는, 손을 내미는)

석균 안 돼. (민호에게) 주지 마. (희자에게) 너만 안 주는 게 아니라, 늙은이들 팔 떨려, 애 함부로 안음 클 나. 떨어뜨림 어쩔래?

성재 (답답한) 여기 사람이 몇인데, 떨어뜨려요.

정아 (희자 맘 알겠는, 하늘에게) 니 시어머니 애기 잘 안게 어떻게 해줘봐봐, 니가.

하늘 네. (하고, 희자에게 아기를 주고)

민호 (희자의 의자 뒤로 가서, 희자를 안듯 해, 아기와 희자를 한꺼번에 같이 안고, 좋은) 엄마, 디게 디게 디게 디게 이쁘지?

희자 (따뜻하게 아기를 보며, 감격스런, 하늘이 보고) 이뻐. (하고, 아기를 보는)

성재 (그런 희자를 따뜻하게 보고)

정아 (아기를 보고, '아이고, 아이고' 하며, 너무 이뻐하며, 웃는)

석균 (아기 보고, 깔깔대고 웃으며) 아이고, 고놈 진짜, 이뻐 죽겠네. 이뻐 죽겠어.

하늘 (희자에게) 어머니 애기 이름 지어주세요.

희자 (아기만 보며, 감격한) 니들이 져... 좋은 걸로.. 이쁜 걸로.. 근데, 이렇게 이쁜 애한테 어울리는 이름이 있을까 모르겠다..

정아 (아기 보며, 짠해도 웃으며) 맞네, 아무리 이름이 이뻐도 애만은 못 하겠네.. 난희가 보면, 이뻐라 했을 건데.

씬 4. 병원 복도, 해 질 녘.

충남, 영원, 창가에서 연하가 가는 걸 보고 있는,

＊점프컷, 병원 일각 》
연하, 휠체어를 운전해 가고 있는,

＊점프컷 》

충 남 (편한, 이미 난희 소식은 들은) 참내.. 서너 시간을 내둥 계속 저기 혼자 있다... 이제 가네.
영 원 (따뜻하게 연하를 보는)
충 남 대단하다, 저 몸으로 그 먼 (영원 보며) 어디라 그랬지?
영 원 슬로베니아.
충 남 (다시, 연하를 보며) 멋지네, 거기서 여기까지.
영 원 (연하를 따뜻하게 보고 짠해서 웃으며) 이쁜 청춘이다.
충 남 (병실 쪽 보고, 영원 보며) 완이 나오라 그럴까? 저렇게 그냥 가게 하는 건 아닌 거 같은데,
영 원 (가는 연하 보며) 됐대. 엄마 옆에 있겠대. 대신... 우리가 봐주자.
충 남 (연하 보며) 너무 멋진 애가 어쩌다.. 뜨겁게 사랑했나... 아니.. 했나가 아니라.. 아직도 하는 중인가, 여기 온 거 보면?
영 원 언니도 다음 생에 태어나면 멋진 놈 만나 뜨겁게 사랑하고 사랑받고 살어. 아니다, 사지 멀쩡한데, 지금이라도 해라.
충 남 늙어갖고, 남들 보면 웃어.
영 원 그럼 남들 안 보게 해.
충 남 (장난) 아하~!
영원, 충남 (서로 보고 웃다가, 연하를 다시 보는)

씬 5. 병원 일각, 해 질 녘.

연하, 담담하게 평온하게 가는,

씬 6. 희자의 집 안, 밤.

이불이 두 채 깔려 있고, 성재, 주방에서 찻잔 설거지를 하는,
희자, 방 안에서 옷 갈아입고 나와, 성재 보며,

희 자 안 가요?

성 재 (찻잔을 닦아, 잘 놓고, 수건으로 손을 닦고, 소파로 와서 앉아, 티브이를 켜며, 아무렇지 않게) 민호 말 못 들었어? 오늘은, 지 친구들이 애 보러 오니까, 지는 하늘이 곁에 있어야 된다고, 나보고 집에서 엄마 곁에 꼭 좀 계셔주세요, 한 말. 딱 짚어서, 나. 정아랑 석균이 형님도 있는데, 딱 짚어서, 나보고 그랬잖아.

희 자 (이불 한 채를 질질 한쪽으로 끌고 방 안으로 들어가려 하면)

성 재 (희자 보며, 담담히) 민호가 니 곁에 꼭 있으랬다, 딴 방이 아니라, 꼭, 니 곁!... 안 건드려. 이불 거기 놔.

희 자 (이불 든 채, 보며) 정아는,

성 재 집에 갔지, 니 옆에는 내가 있으니까.

희 자 (이불 놓고, 소파로 와 앉아서, 티브이를 보며, 서운한) 지 엄마가 멀쩡할 땐 남자랑 있음 기겁을 하더니, 이젠... 남자랑 있어도 상관없네, 민호 그 개놈이.

성 재 (웃으며, 영화 채널을 틀어놓고, 소파에 손을 올리는, 희자를 어깨동무하듯 하게 되는)

희 자 (보면)

성 재 (웃으며) 안 건드렸어, 뒤돌아봐봐, 소파에 손댔어. (손 보라고 고갯짓하며) 봐봐, 진짜로.

희 자 (뒤돌아보고, 티브이를 보는)

성 재 (웃고, 티브이를 보는)

***점프컷, 시간 경과 》**

성재, 조금 떨어진 이불에 누워서, 희자 쪽으로 몸을 돌리고 눈 감고 있는,
희자, 눈 뜬 채, 성재를 가만 보는,

희자 자, 성재 씨?

성재 (눈 감고) 안 자.

희자 근데 왜 눈 감고 있어?

성재 그냥 (눈 뜨고, 웃음 띤 채) 할 말 있어?

희자 성재 씨.. 나 걷고 싶어.

성재 (따뜻하게 희자 보고, 손을 내밀면)

희자 (조심스레, 손을 내밀고)

성재 (그 손잡고, 짠한, 따뜻하게 작게 웃고) 밤에 걷는 건 안.. 돼. 희자야.

희자 (담담히, 편하게) 사랑하면.. 해줄 수 있지.. 않어?

성재 (가만 따뜻하게 보며) 사랑.. 해도.. 안 돼.. 밤엔.

희자 (포기하는, 손 놓고, 서글픈 속상한, 등 돌려 눕고, 눈 감고) 그럼 사랑도 별거 아니네..

성재 (따뜻하게 보고, 웃으며, 희자의 등을 토닥여주는, 짠한 맘이 드는)

씬 7. 난희의 병원 외경 + 병실, 며칠 후, 낮.

난희, 침대에 누워 있고, 쌍분, 그 옆에 앉아, 난희의 팔을 주무르고 있고, 간호사가 난희의 링거를 바꾸고, 나가고,
난희, 석균과 정아에게 몸은 힘들지만, 편하게 그간의 경과를 말하는 듯한,
정아, 석균, 연신 긴장하고, 다행스럽다는 뜻으로 고개를 주억이는,

난희 (힘들어도, 편안한) 그게 첨에는, 언니, 간에 암 덩이가 내 주먹만 했대..

정아 (눈가 붉어, 안쓰런) 쯔쯔쯔쯧, 어째 어째,

난희 의사가 아주 대놓고, 그만 한 암이 간이랑 폐에.. 딱 달라붙어 있다 그러면서, 열어봐서 임파선까지 싹 다 퍼졌음 못 산다고, 죽을 거라고, 살 확률이 이십도 안 된다고 내가 그 말에, (손을 떨며, 입을 떨며) 손이며 입이 덜덜덜덜,

정아 (속상한) 그런 말 들음 나 같아도 그러지, 손하고 입이 아니라, 간까지 덜덜덜.. 뭔 그런 말을 해..

석균 (의사가 맘에 안 드는) 그러게, 뭐 그런 말을 하는, 개의사 놈이 다 있어?

쌍분　개놈이 아니여, 그놈은, 쌍놈이야, 그놈은! 대가리를 도끼로 뽀사버릴 놈! 내가 힘만 있음 놈, 그놈 살가죽을 벗겨, 빨랫줄에..

정아, 석균　(쌍분 때문에, 깔깔대고 웃는)

난희　(힘들지만, 킥킥킥, 웃으며) 엄마, 욕 좀 고만해.

***점프컷, 다른 날 》**

영원, 충남, 석균, 정아, 일렬로 창을 등지고 서 있고, 정아, 완이의 손을 안쓰러워 꼭 잡은 채 있는, 다들 난희 보며, 흐뭇한, 편한,
성재(의자에 앉아 있는)에게 난희, 침대에 앉아서, 경과를 말하는,
난희, 쌍분이 옆에 앉아서 주는 과일 먹으며, 앞 씬보다 기운차게 말하는,

성재　아아.. 그랬구나... 그게 열어보니 엠알아이랑도 결과가 달랐구나.

난희　그랬다니까, 열어보니 야구공이 아니고, 탁구공이드래.

충남　탁구공보다 작은 밤톨!

영원　(성재에게 말하는) 그래도 큰 수술이야, 그런 게 몸에 여기저기 세 개나 있드래.

성재　아이고 그랬구나.... 그, 그래서, 그래서.. 모, 목숨에 지장 없대?

난희　(서운한, 버럭) 오빠는 암인데 어떻게 목숨에 지장이 없어, 나 중병이야? 그지, 완아? 항암 치료도 해야 되고?

완　(편하게 웃으며) 맞아, 엄마 중병이야, 그러니까, 제발 말 좀 그만해, 힘들겠다?

모두　(웃고)

난희　(성재에게, 신난 듯) 오빠 근데, 그게 웃기더라고, 암에도 착한 년, 좋은 년이 있는데, 내 암은 좋은 년이래,

충남　야야야, 년은 그렇지, 놈으로 해!

모두　(웃는)

***점프컷, 다른 날 》**

충남, 영원, 희자(골똘히, 기자가 무슨 말 하나를 보고 있는), 정아, 쌍분(기자 보며, 뭐 저런 게 있나 싶은), 완, 어이없이 난희 앞에 앉아 얘기하는 기자를 보고 있는, 헛웃음이 나는, 난희, 누워서 웃으며, 기자의 말을 듣는, 기자가 어이가 없지만, 안쓰럽기도 하다,

기 자　(연신 먹으며) 내가 그 늙은이보고 콜라텍 오지 말라고 그런 게 아니야?! 만약 내가 그랬음 그 늙은이가, 내 모가질 비틀어도 나 할 말 없어!

완　(머리 아픈, 고개 흔드는) 아, 머리 아퍼.. (희자 귀에 대고) 이모도 머리 아프지?

희 자　(완 보면) ?

완　(희자가 귀여운, 어깨 안으며, 귀에 대고, 웃으며) 안 아프면 됐어.

정 아　(웃는 난희 보며, 완 보며) 니 엄마가 살았다야,

완　(난희 보며, 눈가 붉어, 웃으며) 그러게요.

기 자　지가 인기가 없으니까, 안 온 거라고! 콜라텍 왔는데, 수백 명 할망구 중에 단 한 할망구도 지 손을 안 잡아주니까... 그런데, 나가서는 사람들한테 내가 오지 말랬다고, (버럭) 내가 언제 질 오지 말랬어, 내가 언제?!

영 원　(편 들어주는) 못돼 처먹었네, 그 늙은이.

기 자　내가 진짜, 먹고살 게 없어서, 거길 나가긴 하지만, (울먹이는, 모두를 보며) 내가 원래부터 돈이 없었냐? 나 남편 살아선 돈 꽤 있었어, 내 아들 이혼 전엔 내 아들도 나도 잘나갔어? 근데, 지금 내 팔자가, (하고, 옷에 코 푸는데)

영 원　언니, 속상하겠네, 근데, 언니 지금 난희가 암 수술 했잖아,

충 남　맞아, 언니, 지금 그 누구도 난희 앞에서 팔자타령은 아냐.

기 자　(깔끔하게) 그런가? (다시 먹으며) 야, 근데 난희야, 이 병실 얼마니? 비싸지?

난 희　(웃으며) 몰라.

모 두　(어이없는)

희 자　(기자만 보는)

기 자　나도 이런 병실에 누울 수만 있다면, 지금 당장 암 걸려 죽어도 소원이 없겠다!

정아, 쌍분　야! 너는 무슨 그런 말을 하니?

충남, 영원　언니, 그러는 건 아니지.

희 자　(기자만 보는, 누군가 싫은) ...

영 원　할 말이 있고, 못할 말이 있지? 지금 그게 말이야, 똥이야?

기 자　(서운한, 대드는(?)) 야, 나는 그냥 부럽다, 소리야! 수술도 잘되고, 친구들 다 와서, 간병해주고, 돈 많고 딸도 있고,

충 남　(버럭) 그래도 그렇지, 아픈 사람한테 와서, 암 걸려 죽고 싶다니, 그게 말이 돼!

기 자　(웃으며) 넘 부럽잖아? (충남, 영원에게) 근데 니들 특히 충남이 영원이 몸조심해, 니들은 피붙이 없어서, 아픔 그길로 저승이야, 말이야 바른말로, 아프

면 돈보다 돌봐줄 피붙이 아니니? 모르긴 몰라도, 니들 병 걸림 아마 그 자리에서 앉아 죽을걸!

충 남　내가 언니 꼴 보기 싫어서라도 앉아선 안 죽어? 서서 죽지.

모 두　(희자, 제외하고, 어이없어 웃는)

쌍 분　저년은 미치지도 않고, 번번이 미친 짓이야, 저거.. 새파랗게 젊은 년이.

충남, 영원, 정아　(깔깔대고 웃으며) 엄마.. 새파란 건 아니다.

기 자　왜 그래 엄마까지, 나한테?

희 자　(사람들을 구경하듯 보는)

완　(웃으며, 난희에게 윙크하고)

난 희　(완이 보고, 윙크하고, 기자 보고, 깔깔대고, 웃으며) 아이고, 고만해, 언니 울겠네..

희자, 정아를 툭 치고, 정아, 귀를 희자 입에 대면,

희 자　(정아에게) 저 사람들 다 누구야?

정 아　(희자 손잡고, 편하게, 웃으며 보며) 다 니 친구잖어, 니 친구?

희 자　친구?

씬 8. 난희의 집 안, 다른 날, 밤.

난희, 창가를 보며, 담담히, 바깥을 내다보고 있는, 그때, 영원, 차를 가져와 난희에게 주고, 충남, 걸레질하며, 두 사람 발을 툭툭 치면, 두 사람 발만 들고, 창가를 보며, 차 마시면, 충남, 걸레질을 하는,

영 원　완이가, 나 쓸고 닦았나든데? 늙은이가 앉아서, 그러면 힘들어, 청소기로 했음 됐어. (하고, 주방으로 가, 물 따라서 가져오는)

충 남　(걸레 놓고, 앉으며) 맞다. 물 한 잔 가져와.

영 원　알고 가져왔네. (하고, 물을 충남 주는)

충 남　(물 마시며, 편하게) 그래서, 완이는 연하란 애 만나러 갔니?

영 원　(차 마시다, 캑캑대고, 나무라듯) 언니?

난희　(충남 보며) 뭔 소리야? (영원 보며) 연... 하가.. 왔어?

영원　(답답한, 차를 마시는)

충남　(물만 마시며) 엎어진 물이야. 니가 안 함 내가 할 거라고.

영원　(난희 보며, 담백하게) 어, 왔대. 그리고 아마 갔을걸.

충남　(안 보고, 물 마시며) 얼핏 봐도 둘 사랑이 깊드라. (하고, 난희 보며) 그냥.. 깊드라고, 이쁘고. 완이 곁에 누가 있는 게 보기 좋드라고.

난희　(답답한, 말꼬리 자르며, 그냥 방으로 가는)

영원　(충남 보며, 차 마시며, 담담한) 허락 안 할걸?

충남　그건 우리 소관 아니고, (물 마시는)

씬 9. 완의 집 안, 밤.

완, 전화를 받으며, 옷장에서 옷을 빼고 있는,

완　(편하게, 따뜻하게 웃으며, 듣는)

희자　(E, 서운하고 미안한) 모두들 나한테 이러는 건 아니지 않니? 어떻게 내가,

씬 10. 희자의 거실 안, 밤.

희자, 소파에 앉아 서운해 전화하고 있는,

희자　다른 사람도 아니고 니 엄마, 난희가 암 수술을 했는데, 거길 못 가봐? 내가 죽었니? 내가 치매라는 건 그래, 나도 이제 인정해, 그런데, 이모가 니 엄마 병실도 못 갈 정도는 아니야, 완아? 안 그래?

씬 11. 완의 집 안, 밤.

완　(옷을 챙기며, 편하게, 따뜻하게) 아닌데, 이모 엊그제 엄마 병실에 왔는데,

(하다가, 한쪽에 있는 연하 사진들을 보고, 맘이 짠한, 사진들을 떼내며, 연하를 그리워하며, 말은 아무렇지 않은 듯, 애써 편하게 하는) .. 진짜 오셨어요.. 그래서 나랑 반갑게 부둥켜안고 그랬는데... 내가 볼에 뽀뽀도 했는데.. 그때? 다 왔지? 정아 이모, 충남 이모, 석균 아저씨, 성재 아저씨, 기자 이모.. 전부 다.. (하며, 연하의 사진을 서랍에 넣고, 닫는)

씬 12. 희자의 집 안, 밤.

희자, 전화를 하는,

희 자 (속상해, 버럭) 얘가 왜 이래, 내가 언제 거길 가! 너도 내가 치매라고 놀려?! 없는 말 지어내고 왜 그래, 진짜! 난 난희 병원에 간 적이 없어!

하는데, 민호, 나와서, 전화를 뺏으며,

민 호 (전화하는) 누나 미안. 전화 끊을게. (하고, 전화 끊고, 희자를 보는, 따뜻하게) 엄마, 이제 자자.

희 자 (멍한, 뭔가 이상하단 게 인지가 되는, 일어나 방으로 가는)

민 호 (희자를 따라가고)

씬 13. 희자의 방 안, 밤.

하늘, 아기를 안고 자는,
희자, 그 아기를 가만 보다, 민호를 보는,

민 호 (희자의 이마에 입을 맞춰주고) 애기 왔지? 삼 일 됐는데? 기억나지?

희 자 ... 난희 병실에도 내가... 갔나?

민 호 (안쓰럽지만, 담담히) 어.

희 자 (속상한, 아기 보고, 민호 보며, 아무렇지 않게) 나는 방엔 들어가면 안 돼,

애기 놀래니까. 내가 실수로 확 어떻게 할 수도 있고.. 이층에도 안 돼. 내려오다 넘어지니까. 난 거실서 자. (하고, 거실로 가는)

민 호 (희자 이쁘게 보고 웃는)

씬 14. 희자의 거실, 밤.

희자, 이불로 와서 눕는,
민호, 따라와서 이불을 덮어주는,

희 자 (민호 보며) 민호야, 엄마 약 잘 먹음 치매 더 심하게 안 되지?.. 너도 의사가 하는 말 들었지? 엄마, 지금은 많이 안 이상하지?

민 호 그럼, 그럼..

희 자 (눈 감고) 졸려..

민 호 (희자를 어른스레 다독이며) 엄마, 곧 치매 완치하는 약이 나온대. 그리고 지금도 약 먹으니까, 엄만 더 나빠지지도 않을 거야. 그러니까, 엄마, 너무 걱정 마, 어?

희 자 ...

씬 15. 난희의 방 안, 밤.

완, 옷장에 제 옷을 거는,

완 (옷을 걸며, 거실에 있는 난희에게 말하는) 그래도 참 다행이야, 희자 이모가 치매래도 순해서, 하긴 옆에서도 의사가 가르쳐준 대로 자극 안 하니까... 그렇겠지, 그게.. 근데, 이모들은 왜 갔어?

씬 16. 난희의 거실, 밤.

난희, 주방에 앉아, 물을 마시며, 한쪽에 놓인 완의 가방만 보며 담담히 말하는,

난 희 이모들도 일 많은데 일 봐야지. 맨날 나한테만 들러붙어 있음 돼. 언니들 오빠들까지, 희자 언니, 나 돌보러 다니다 병나게 생겼어.

완, 방에서 나오며,

완 나 먼저 씻을게. (하고, 화장실 들어가려다, 와서, 난희 볼에 입 맞추고, 웃으며) 장해, 수술도 잘하고, (난희의 두 볼을 잡고, 난희 이마에 제 이마를 문대며) 이뻐. 우리 항암도 잘하자. (주먹 불끈 쥐고) 홧팅!

난 희 (애써, 장단 맞춰주는) 홧팅!

완 (웃고, 화장실로 들어가는)

난 희 (들어가는 완이 보다, 완의 핸드폰을 꺼내 연락처에서 연하 번호를 찾아서 한참 가만 보는)

충 남 (E) 얼핏 봐도 둘 사랑이 깊드라. 그냥.. 깊드라고, 이쁘고. 완이 곁에 누가 있는 게 보기 좋드라고.

난 희 (답답하고, 속상해, 핸드폰을 완의 가방에 넣는)

씬 17. 충남의 집 안, 밤.

충남, 방에서 자는, 전화벨이 한참을 울리는데, 못 듣고 죽은 듯 자는, 거실에서 자던 종식과 주영, 일어나, 졸린, 방 쪽에 대고,

종식, 주영 고모.. 고모.. 고모,

충 남 ...

종식, 주영 (그러다, 순간 서로 마주 보고 이상하다 싶은, 아픈가? 죽었나? 싶어, 놀라, 방으로 뛰어와, 충남을 흔들며) 고모, 고모, 고모, 고모, 고모!

충 남 (그 바람에 자다, 놀라, 벌떡 깨서, 종식과 주영 만지며) 왜, 왜, 왜? 니들 어디 아퍼? 왜? 왜? 왜? 혹시, 병원에 있는 고모할머니 죽었어? 당숙모 죽었어?

씬 18. 희자의 거실, 밤.

민호, 자고, 희자, 한쪽 구석에서 작게 민호 깨지 않게, 전화하는,

희 자　그게.. 충남아.. 내가.. (하고, 창문 보면, 안전장치가 되어 있는, 방 쪽 보면, 문이 잠긴, 고단하게 자는 민호를 보며) 다른 게 아니고.. 너는, 치매 요양원 좋은 데 알지? 안 비싸고 좋은 데.. 거기.. 나 좀 덱고 가면 안 돼?

씬 19. 난희의 거실 안, 낮.

완, 일을 하는, 열심히, 글을 쓰는,
난희, 소파에 누워서 그런 완이를 안쓰럽지만 담담히 보다가, 일어나려 하면,

완　(글 쓰다, 난희 보며) 엄마, 왜, 뭐 줘?
난 희　물 마시려고..
완　(벌떡 일어나 물을 가지러 가는)
난 희　(앉아, 완을 보며, 속상한) 내가 그냥 마심 되는걸.. 뭐하러...
완　(무심히, 편하게) 수술했잖아. (하고, 물 잔 가져다주고, 다시 앉아, 글을 쓰는데)
난 희　(물 마시고, 일어나다, 목이 잠겨 잔기침하면)
완　(난희 보며, 걱정스레) 엄마 왜 그래?
난 희　(짜증 난) 글이나 써! 사레 걸렸어. (하고, 안방으로 가려 하면)
완　(걱정스레) 어디 가?
난 희　(완 보며, 속상해서, 큰소리하는) 내가 이 좁은 집구석에서 화장실 아니면 안방이지, 지금 몸이 이런데, 뭐 밖을 나가겠니? 일을 나가겠니?
완　(어이없이, 웃으며) 왜 화를 내?
난 희　니가 화나게 하잖아? 아침부터 저녁까지 온통 나만 보고 앉았고, 글도 대충 쓰는 거 같고, 이제 가게도 슬슬 가봐도 되는데 못 나가게 하고.. 니 엄마가 하루 이틀 아플 거냐? 이제 평생을 아플 건데, 사람 꼼짝 못 하게 애면글면,
완　(따뜻하고, 어이없이 웃으며) 언제는 엄마한테 신경 좀 쓰라며? (하다, 생각난

듯) 아차, (하고, 전화하며) 어, 상숙아, 난데, 오늘 양배추 아저씨 결재해달라고 전화했든데, 너 결제해줬니? 야, 그런 건 니가 알아서 해줘야지, 아저씨가 엄마한테 전화했잖아? 지금 암 수술한 우리 엄마가 그런 거까지 신경 써야겠니, 기집애야?

난 희　(그런 완이 보며, 자신한테 매인 완이가 속상한, 방으로 들어가는데)

그때, 영원, 장 봐가지고 들어오며,

영 원　왜 집에 문을 열어놔!

완　(전화하며) 어어... 야, 그리고, 너 장부 말이야, 왜 제대로 기입 안 해? (하고, 영원 보며) 엄마 방에? (다시, 상숙과 전화하는) 제대로 하긴 뭘 제대로 해? 엇그제는 빼먹었던데? 얘 봐, 얘 봐, (전화 이어지는)

영 원　(그사이, 장 본 걸, 식탁에 놓고, 방으로 들어가며) 난희 뭐 하니?

씬 20. 난희의 안방, 낮.

난 희　(침대 위에 무릎 세우고, 벽에 기대앉아 있는, 기분 안 좋은)

영 원　(그 옆에 앉으며, 담담히) 아퍼?

난 희　(영원의 질문에 대답 안 하고, 보며) 나, 항암이 육 회 차밖에 안 되면, 아주 좋은 상태 아니냐?

영 원　(편하게 웃으며) 뭔 말이 하고 싶으세요?

난 희　항암 때 많이 힘든가? 수술보다 더? 그래도 육 회 차면,

영 원　(담백하게) 육 회 차래도 경과에 따라, 일 년, 이 년도 가. 내가 겪어보니 암은 평생 간다 그렇게 봐야겠드라. 기대 내려놔. 희망은 갖고.

난 희　(가만 영원을 보다, 옆에 있는 핸드폰에 연하의 전화번호를 찍고, 통화가 되면) 너... 연.. 하니?

영 원　?

난 희　(눈은 영원 보며, 어색하게 웃으며, 조심스레, 연하와 통화하는) 그럼.. 난 수술 잘하고 괜찮지? 근데, 너 아직 서울이니?

씬 21. 치매 요양원 밖, 낮.

희자, 환자들이 산책하거나 자기들끼리 얘기하며 웃거나 하는 모습을 보고 있는, 그때, 요양원에서 충남, 나와 희자 쪽으로 오며,

충 남 언니, 허락받았어, 우리 둘이 조용히 댕기면 된대, (하고, 희자 손잡고) 우리 이모 두 분이 여기 계셨었어. 내가 여기 싹 다 아니까, 설명해줄게. (하고, 희자와 요양원 안으로 들어가는)

씬 22. 몽타주.

1, 그림 교육받는 곳.
그림 교육받는 늙은 치매 환자들이 보이는,
희자, 충남, 창밖에서 그들을 보고 있는,

희 자 그림을 배우나 보다.. (충남 보며, 밝게) 나, 그림 좋아하는데?

2, 노래 교육받는 곳.
치매 환자들, 선생님의 지시에 따라, 동요를 배우는,
희자, 그들을 보며, 좋은, 충남, 그런 희자를 보며, 웃는,
그때, 환자 1, 희자를 보고, 희자가 움직이면, 따라가는, 순한 느낌이다,

3, 다인실.
희자, 다인실 안을 들여다보면, 환자들 중 누구는 멍하니 창가를 보고, 누구는 책을 읽고, 누구는 자는 모습이 보이는,

4, 복도.
충남과 희자, 걸어가는, 그 뒤를 환자 1이 웃으며 천천히 쫓아오는,

충 남 (따뜻하게 웃으며) 언니, 이제 일인실만 구경하면 다 하는 건데.. 나는 솔직히 그래, 언니가 하도 데려가라, 데려가라 하니까 데고 오긴 했지만, 언닌 이런 데 올 필요 없어. 여긴 노인장기요양 삼 등급부터 와.. 근데, 언니는..

희 자 (편하게) 일인실은 어디야?

충 남 다 왔어. 조기. (하고, 데리고 가는)

씬 23. 빈 일인실 안, 낮.

희자, 방을 둘러보고, 창가로 가서, 창문을 열려 하면, 안전장치가 되어 있어서, 조금만 열리는,
충남, 희자를 보며,

충 남 이제 가자, 구경 다 했으니까, 어, 언니?

희 자 (침대에 앉아, 쿠션을 느끼며) 침대도 괜찮네.

그때, 환자 1, 와서, 벽에 기대서서 희자를 보고 순하게 웃는,

충 남 (환자 1에게) 할머니.. 여기 왜 오셨어요?

희 자 (웃으며) 그 할머니 아까부터 나 따라왔어. 냅둬, 친구 하게.

충 남 뭔 소리야, 일어나, 가게.

환자 1 (사탕을 희자에게 주고, 수줍게 웃고, 나가는)

희 자 (사탕을 보다, 충남의 주머니에 넣어주고) 나, 안 가.

충 남 (희자 보는)

희 자 (편하게, 창가 보며) 민호, 하늘이 다 고생이야. 나랑 있음. 애기랑 지들끼리만 잘 살게 냅두고 싶어. (충남 보며, 눈가 붉어, 웃으며, 편하세) 충남아, 언니, 여기 냅둬...

충 남 (맘 아픈, 눈가 붉어져, 멍한)

희 자 평생 남 피해 안 주고.. 지금껏 살았는데.. 언니, 도도하게, 여기 있다가.. (히, 하고 애써 웃고, 창가 보며) 맘에 꼭 들어.

충 남 (눈가 붉어지며, 다가가, 가만 보다, 안고, 맘 아프게 있는, 내 말년인가 싶다,

희자 맘도 알겠는) 언니,

희 자　(따뜻하게 웃으며, 안은 채) 정아랑 놀러 와. 영원이 난희 데리고.. 우리 다 같이 살면 좋았을 건데... 이젠 정말 그건 꿈이네..

충 남　(안고, 맘 아픈, 울고 싶은) ... 쉬쉬, 언니, 말하지 마.. 말하지 마.. (맘 아픈, 울고 싶은, 속상한)

씬 24. 난희의 가게 안, 낮.

손님들, 많은,
팔달, 상숙, 바쁘게 서빙을 하고,
완, 계산기를 두드리며, 장부를 보고 있고,
손님, 다 먹고 와서 카드 내면,
완, 일어나, '감사합니다' 하며 카드를 긁는,

난 희　(E) 왜 보긴 그냥 보는 거지.

씬 25. 카페 앞, 주차장, 낮.

영원의 차 서면,

씬 26. 영원의 차 안, 낮.

영 원　그냥 뭐하러 봐? 볼라면 완이랑 같이 보든가, 완인 가게 갔는데, 말도 안 하고 몰래?

난 희　(안전벨트를 풀며, 편하게) 아, 몰라... 그냥 한 번은 제대로 봐야 할 거 같아서.... (영원 보며) 동진이 때처럼.. 머리 안 뜯어. 걱정 마.

영 원　(어이없어, 웃는) 그건 믿지, 수술한 년이 뭐 힘이 있냐?

난 희　(때릴 듯) 으이그.. (하고, 내리면서) 기다려. (하고, 문 닫고, 가는)

영 원　(난희 가는 걸 담담히 안쓰레 보는)

씬 27. 야외 카페 안, 낮.

연하, 차가 담긴 트레이를 무릎에 얹고 휠체어를 타고 오는,
난희, 그런 연하를 관찰하듯 보는, 안쓰럽고, 제법이다 싶고, 복잡한, 그래도 표정은 애써 덤덤한,
연하, 난희가 있는 자리로 와서, 차를 주고,

난 희　(차를 받으며, 담담한, 차를 마시는)
연 하　(따뜻하게 난희를 관찰하듯 보는, 난희가 차를 마시는 걸 따뜻하게 보는, 찻잔 내려놓고, 난희가 차 마시고, 먼 데를 보는 걸 보며, 차 마시고, 찻잔을 잡은 난희 손을 가만 보는, 안쓰런 마음이 드는, 그래도 짐짓 아무렇지 않은 척, 차를 마시는)
난 희　(고개 돌려, 연하를 보면, 연하 등 뒤에 거울이 있고, 거기에 연하의 휠체어 탄 전신이 보여지는, 차 마시며, 무심히, 편하게) 근데.. 넌 왜 여적 여자 안 만났어? 다리 아퍼서, 여자들이 싫대?
연 하　(하하 크게 웃고, 따뜻하게 난희 보며, 웃으며) 제가 싫죠. 다른 여자들이. (하고, 차 마시고, 난희의 손 보고, 작게 웃는)
난 희　(제 손을 들어 보며) 왜, 내 손에 뭐 묻었냐? 자꾸 보게?
연 하　(편하게) 그냥요, 너무 작아서... (하고, 차 마시는)
난 희　(연하를 가만 보며) 서울에 부모님은 건강하시고?
연 하　(따뜻하게 웃고) 네.
난 희　다행이네.. (차 마시고, 깔끔하게) 참, 너 돈 많이 버니?
연 하　(깔깔대고 웃고, 편하게) 음... 적당히.
난 희　나 속물 같지? (히히, 웃고, 차를 마시고 내려놓는데)
연 하　(난희의 손을 잡는)
난 희　(보면)
연 하　(따뜻하게 보며) 수술 잘돼서 너무 다행이에요. 정말.
난 희　(맘이 짠한, 제 손잡은, 연하의 손 보면, 반지가 눈에 들어오는)

＊인서트, 회상 》

난희, 완이가 여행 갔을 때, 운전하던 완이의 손에 낀 반지,

＊점프컷, 현실 》

난 희　(맘 짠한, 자기가 연하 손을 잡는) ..... 남자 손이 곱다, 너무. 그림 그리는 사람 손이라 그런가?

연 하　(난희를 따뜻하게 보는, 난희 손을 꼭 잡아주고, 짠해 웃는)

난 희　(연하 보며, 따뜻하게) 너, 오늘... 슬로베니아 간다고? 조심히 가.

씬 28. 난희의 가게 안(주방 옆 보조실), 낮.

완, 한쪽에 앉아, 전화를 하는,
아무도 없는,

완　그렇구나.. 지금 가는구나.. 나?.. 가게... 나, 투잡이잖아, 글쟁이, 잘나가는 가게 점원. (웃고) 장산 끝났어. 나도 이제 갈라고... 하는데, (그리운, 참고, 애써 담담하게) 니 전화가 왔지.

씬 29. 달리는 택시 안, 낮.

연 하　(창가 보며, 따뜻하게) 왜.. 그동안 전화 안 했어?

씬 30. 교차씬.

완　(눈가 붉어져, 짐짓 아무렇지 않게) 글쎄.. 왜 전활 안 했을까.... 아마도, 너한테 매달릴까 봐.. 가지 말라고?

연하 (따뜻하게, 눈가 붉어 웃으며, 가볍게) .. 잡지. 그럼.. 잡힐 건데..

완 (눈가 붉어지며, 애써 밝게) 안 잡아도.... 못 잡아도.. 무지.. 사랑은 해.

연하 (눈가 붉어지지만, 애써 편하게) 잘 지내. 이번에 알았는데, 나도 여기 올 수 있드라고. 니 덕분에 자신감이 더 생겼어. 내가 뭔갈 지금보다 훨씬 더 할 수 있다는.

완 (감격스런, 따뜻하게) 그러게.. 멋지드라.

연하 많이, 사랑한다, 박완.

완 ... (맘 아픈) 기다리지.. 마.

연하 (따뜻하게, 깔끔하게) 안 기다려, 그냥.. 있지, 전화 끊어. 나 곧 공항이야.

완 어... 잘 지내고.. (하고, 전화 끊는데, 맘 아픈, 눈물 나면 닦고, 일어나, 가방 챙겨 들며, 전화하는) 엄마, 어디? 영원이 이모랑 있는 거 맞지? 다행이다, 나는 엄마 혼자 있나 해서.. (하고, 주방 통과해, 가게 밖으로 나가 문 걸어 잠그고, 길로 나가며, 애써 밝게 웃으며) 미안해요, 집착해서.. 아이고, 진짜... 되게 그런다?

씬 31. 택시 안, 낮.

연하, 편하게 서울 풍경을 보는,

씬 32. 희자의 집 전경, 밤.

민호 (E, 속상한, 울분에 찬) 형 그거는 아니지! 엄말 거기에 두고, 내가 맘이 편하냐?

씬 33. 희자의 거실 안 + 방 안, 밤.

희자의 첫째 내외, 둘째 내외, 민호, 거실에 앉아서 얘기하는,
하늘, 아기 안고 방 안에서 얘기 듣는,

민 호　(속상해서, 가슴 치며) 내가 왜 못 모셔? 내가 왜 못 모셔?

둘 째　(답답한, 속상한) 니가 못 한단 게 아니잖아?

첫 째　(답답한) 엄마가 여기 있음 안 편하시다잖아?

민 호　엄마는 요양원 갈 만큼 중증 치매가 아니라고! 나랑 같이 사는 데 문제없다고?! (일어나며) 나 갈래!

형제들　(잡으며) 이 밤에 어딜 가, 엄마랑 병원이랑 통화했잖아, 거기 안전히 계시다고, 일단 우리끼리 하던 말 끝내고,

민 호　(가슴 치며, 화난) 무슨 말을 끝내, 무슨 말을!

하 늘　(아기 울면, 달래는, 속상한)

씬 34. 희자의 일인실, 밤.

희자, 핸드폰만 보는, 정아의 전화가 오지만, 안 받고, 느낌이 이상해, 밖을 보면, 환자 1, 창가에서 희자를 보고 있는, 희자, 들어오라고 손짓하고, 환자 1, 들어오면, 희자, 침대맡에 앉으라 하고, 귤을 주는, 환자 1, 웃으며, 받아먹으면, 희자, 환자 1을 이쁘게 보는, 옷의 티끌을 털어내며,

희 자　뭐 묻었어요. 괜찮아. 내가 털어줄게. (하며, 옷의 티끌을 털어내주는)

씬 35. 정아의 방 안, 밤.

정아, 속상한, 멍하니, 앉아 있는,
석균, 그 옆에 앉아 있는,

정 아　그게 기어이 지 고집대로... (하고, 기운 없는, 멍한) 내가 달려가 덱고 와야 하는데.. 기운이 없네...

석 균　낼 가. 모레 가든가. (하고, 옆에 있는 베개 주며) 일단 누워.

정 아　(눕는, 눈 감는)

석균 (정아 다리를 주무르는)

정아 누워, 당신도 힘들어.

석균 (주무르다, 옆에 눕는, 정아 보며) 낼은 병원 가서, 영양제 하나 맞어. 며칠째 영 기운을 못 차리고 그래, 왜?

정아 (힘들게 석균 보며) 영양제 맞음 돈 들 건데?

석균 쓰고 죽어.

정아 (힘들지만, 웃는, 희자 생각에 다시 짠해지는)

씬 36. 성재의 방 안, 낮.

성재, 식탁에 앉아, 제 아내 사진을 물끄러미 보고, 시선 옮겨 보면, 희자와 여행 갔을 때 둘이 웃으며 찍은 사진이 놓인, 사진 보며, 담담한,

씬 37. 난희의 집 안, 낮.

난희, 영원, 충남, 누워서, 티브이 보는데, 각자 희자 생각에 멍한,

난희 언니가 의지가 굳네, 애들이 가도, 막무가내로 거기 있겠다는 거 보면... 희자 언니 있는 데, 치매 전문 요양원이야?

영원, 충남 (희자 생각에 쓸쓸한, 티브이만 멍하니 보며) 어.

난희 언니가... 약한 거 같아도 강하다, 진짜... 근데, 나, 항암 할 때..

영원, 충남 (난희 보면)

난희 뭐, 그런 데 있다며, 돈만 주면, 밥해주고 항암받고, 운동도 시켜주고 뭐 그런 데?

씬 38. 쌍분의 집 들판, 다른 날, 낮.

인봉, 자끌린과 밭일을 하며, 웃고,

호진, 호흡기 단 채, 멀리서, 인봉과 자끌린을 보고 있는,

쌍분(안 웃고), 난희, 평상에서, 마늘을 까며, 인봉과 자끌린을 보며 편하게 말하는,

난 희 잘 어울리네, 애가 순해 보인다? 담 달에 결혼할라면, 방 도배해야겠네. (하고, 쌍분 보고, 웃으며) 엄마 서운해? 인봉이 장가보내서?

쌍 분 짐 덜었지 뭐. 이제 죽어도 여한 없어.

난 희 (쌍분 가만 보며) 엄마, 완이가 남자가 있어.

쌍 분 (보며) ?

난 희 근데, 다리가 많이 아프네. 인봉이보다 심하게. 두 다리 다 못 써. 그래도 뭐, 농산 안 지으니까.

쌍 분 (속상한, 맘 아파, 그냥 마늘만 까는, 인봉 생각에 강하게는 말 못 하는) 그런 놈한테, 어찌 완일 줘, 주지 마.

난 희 (마늘만 까며) 나도 그럴라 했는데, 나는 끔직한 암 환자면서도.. 엄마 노릇하면서.. 걔는 장애인이래도.. 목숨은 지장 없는데.. 왜 남편 노릇 못하나 싶드라.

쌍 분 (속상해, 마늘만 까는)

난 희 근데, 걔가 다른 나라 먼 데 있어. 거기, 직장이 좋은가 봐. 장애인 살기도 좋고.

쌍 분 (난희 보며, 속상한, 차분히) 보내지 말어.

난 희 (어이없이, 웃으며) 안 보냄.. 그냥 끼고 살면서 옆에서 처녀 귀신으로 늙혀, 죽여, 딸년을? (밝게, 농담) 그러까, 콱?

씬 39. 완의 집 안, 밤.

완, 베란다에서 빨래 너는,

완 (빨래 널며) 내가 빨래만 하고, 데리러 가려고 했는데, 택실 왜 타고 와. 담 주 항암 들어갈려면 컨디션 챙겨야 하는데...

난 희 (냉장고로 가서, 물을 마시다, 연하의 사진이 없는 걸 확인하며 주변을 보는) 연하 사진은 왜.. 다 없앴냐?

완 (베란다에서, 나와, 가방 챙기며) 어제는 잘 잤어?

난 희 너 없으니 잠이 더 잘 오드라.

완 (웃옷 갈아입으며) 내가 좀 좋아해주니까, 튕기냐?

난 희 어젠 소설 썼어?

완 (편하게) 가게 장부 정리했어.

난 희 (맘 안 좋은)

완 희자 이모 단락 써야 되는데, 맘 아퍼, 잘 안 써지네.

난 희 (한쪽에 가서, 앉아, 완을 가만 보며) 엄만 담 달 항암 하면, 전문 간병인 있는 요양원 들어가서 할까 봐.

완 (거울 보고, 손에 로션 바르다, 듣기 싫은) 내가 엄마 병원에 있을 때, 간병인 교육 다 받았어, 남보다 내가 나. 쓸데없는 말 마.

난 희 (가방에서, 종이 접은 걸 한쪽에 놓으며) 낼 연하한테 가.

완 (로션 바르던 거 멈추고, 종이를 펴 보면, 슬로베니아 가는 이메일 티켓이다, 담담히 보고, 접어서, 대충 던져놓고, 가방 들고, 나갈 채비하고, 난희 보며, 담담히) 연하 온 거 이모들이 말했구나. 됐어, 끝났어. 가자, 엄마 집에.

난 희 짐 챙겨, 낼 아침 비행기야.

완 (속상해, 눈 붉어지며, 격앙되는) 미쳤어, 진짜, 뭐 하는 거야? 지금? (머리 쓸어 올리며, 눈가 붉어지지만, 차분히, 단호한) 내가 다른 때 같으면 엄마가 가지 말래도.. 가, 근데, 지금은 아냐, 일어나, 집에 가자.

난 희 (눈가 붉지만, 담담히 보며) 완아, 엄마 괜찮(아),

완 (말꼬리 자르며) 괜찮긴 뭐가 괜찮아? 그저께 자면서도, 식은땀 흘렸잖아, 됐어. 안 가.

난 희 (속상해, 눈가 붉어, 소리치는) 의사가, 성한 사람도 감기 걸리는데, 환자가 그럴 수 있다잖아! 내가 병이 아니라, 니가 나 땜에 애타하는 통에, 지레 죽겠어, 아주?!

완 (속상해, 눈가 붉어 보며) 말이래도 죽겠단 말, 하지 말랬지?

난 희 내 병구완, 일 년이 될지, 오 년, 십 년이 될지 몰라?!

완 (단호한, 듣기 싫은) 엄마가 나, 삼사십 년 키웠잖아, 괜찮아, 그깟 십 년쯤.

난 희 (속상한, 큰소리) 니가 니 인생 안 살고 나만 보고 있으니까, 내가 딸년 등골 파먹는 진짜 등신 같잖아! 암 걸린 것도 성질나는데, 등신은 그렇잖아! (애써, 차분히, 답답한) 엄마가 너한테 집착이 많아서, 아주 가라 소린 못 해. 이번엔 일주일만 가, 그러다 엄마 몸이 더 나아지면, 그담엔 한 달, 그러다 결혼

해 아주 가고,

완 (난희 맘 알겠는, 안아주고, 맘 아픈, 애써 담담히, 안심시키는) 엄마 맘 알겠어, 근데 나는... 엄마..

난희 (품에서, 나와, 완의 얼굴 만지며, 슬퍼도 웃으며, 편하게) 연하가 잠자리선 잘하냐? 많이 안아줘?

완 (맘 아파도, 웃음 나는, 다시 보며) 엄마, 있잖아, 그럼 이번에, 말고, 담에,

난희 (완이 안고, 담담한) 다녀와선 마사지 배워둬. 두 팔로 휠체어 모는 게 전신이 다 아픈 일이야. 니가 마사지 배워, 해줘.

완 (몸 떼고 보며, 속상한, 조금 큰 소리로) 아, 나 싫어, 안 가! 진짜, 왜 그래?!

씬 40. 완의 집 앞, 다음 날, 낮.

완, 여행 가방 들고 건물에서 나와, 도로 쪽으로 가려다가, 다시 와서, 집 앞을 올려다보면,
난희, 완을 내려다보다가, 고개 내밀고,

난희 왜 안 가?

완 (올려다보며) 엄마, 나 나중에, 가면, 안 될까?

난희 (답답해, 소리치는) 나 죽음 어떻게 살래, 너? 야, 한 달 두 달 일 년도 아니고, 고작 일주일인데..

완 수술한 지 한 달도 안 된 사람을 두고, 단 며칠이래도 내가 발길이.. 그럼 담달에,

난희 (답답한, 말꼬리 자르며) 담 달엔 항암 안 하니?! 오늘 밤에 할머니 온대, 영원 이모 충남 이모도 올 거고... 아, 가! 나이가 몇인데, 맨날 엄마 엄마야?! 니가 그러니까, 내가 미덥지가 않잖아!

완 (말꼬리 자르고, 속상하지만, 가는)

난희 웃으며 가, 화난 애처럼, 그러지 말고, 완아?!

완 (멈춰 서서, 보다, 짐짓 담담히) 밥 잘 먹고, 약 잘 먹고,

난희 똥 잘 싸고, 잠 잘 자고 있을게.

완 (휙 돌아서서, 가는, 속상하고, 걱정되는)

난희 (웃으며) 야, 연하한테 많이 만져달라 그래!

완 (뒤돌아보며, 속상하게 투정하듯, 소리치는) 엄마나, 기타맨 만나!

난희 그렇잖아도, (놀리듯) 오늘 아침에 문자 왔다, 나, 보고 싶다고! (하고, 따뜻하게 웃고, 집 안으로 사라지는)

완 (보다가, 돌아서서 가는데, 자꾸 뒤가 돌아봐지는, 다시 가는)

씬 41. 몽타주, 낮.

1, 달리는 택시 안.
완, 연하와 전화하는,

완 (조금 설레는, 눈가 붉어, 웃으며) 왜, 바람필라 그랬는데, 실망했니?.. (짠해, 웃고) 알잖아, 울 엄마 고집.. (작게 웃고) 괜찮아, 혼자 계신 건 아니니까.. (서글픈) 근데, 진짜 나쁜 딸년인가 봐, 이런 와중에도.. 너한테 가는 게.. 설레는 거 보면.. 참 못됐지, 나? (애써, 웃고) 그래... 가서 봐. (하고, 전화 끊고, 창가 보다, 엄마 걱정도 되는, 복잡한, 전화하는) 엄마, 어디? 왜 아직도 우리 집이야? 아, 영원 이모가 차 가지고 온대? 다행이다.. 엄마, 밥 잘 먹고, 약은 티브이 서랍장에 내가 요일별로 정리해뒀으니까 잊지 말고.. 일주일이래도 걱정이 되지, 안 되냐? (이어지는 느낌)

완 (N) 결국, 아픈 엄마를 혼자 두고.. 나는 기어이.. 내 살 길을 찾아 나섰다.

2, 완의 집 안, 낮.
난희, 책상 위를 걸레질하다, 서랍 열어보면, 연하의 사진들이 보이는, 그걸 이쁘고, 짠하게 보며, 사진들을 다시 제자리에 하나씩 놓는, 담담한,

*점프컷 》
난희, 설거지를 하는,

완 (N) 그리고, 인생이란 게 참 잔인하단 생각이 들었다. 젊은 날은, 그렇게 모든 걸 하나라도 더 가지라고, 놓치지 말라고, 악착같이 살라고, 내 어머니의 등

을 떠밀더니,

3, 희자의 병실 안, 낮.
민호, 희자 손잡고, 속상해, 울며 '집에 가자' 하고,
희자, 따뜻하게, 고개 젓고, 민호의 눈물 닦아주는,
성재, 그런 희자를 담담히 보다, 창가를 보는, 막막한,

완 (N) 이제 나이가 들어서는, 늙어선, 자신이 부여잡은 모든 걸.. 그게 목숨보다 귀한 자식이라고 해도,

4, 수영의 집 안, 낮.
정아, 청소기를 돌리는, 수영, 호영, 식탁에서 수영이 산 새 옷을 보며, '이쁘다, 잘 샀다'를 연발하며 웃다가,

수영, 호영 엄마, 시끄러!
정 아 (청소기 끄고, 걸레질하는)
완 (N) 결국엔 다 놓고 가라고.. 미련도 기대도, 다 놓고 훌훌 가라고 등을 떠밀고 있으니... 인생은 그들에게 얼마나 잔인한가.

5, 공원(혹은 동네), 낮.
석균, 아기를 유모차에 태우고, 걸어가는, 그러다, 벽에 붙은 경비 구인 광고를 보다, 나이를 보면, 육십오 세 미만이라는 내용을 보는, 서운한, 돌아서서 가는,

완 (N) 게다가, 인생은 언제 끝날지 그 끝도 알려주지 않지 않는가.

6, 충남의 카페 부엌 + 카페 안, 낮.
충남, 부엌에서 차를 담아서, 종식을 보고,

＊점프컷 》
충남, 쟁반에 많은 빈 잔(손님들이 사용한)을 담아 힘들게 들어가는데, 주영,

얼른 와, 그걸 받아서 가져가고, 충남, 힘든지, 나가, 한쪽 야외 테이블에 앉아 있는 영원(전화기를 만지작거리며, 눈가 붉어, 편하게 있는)의 옆에 가서 앉으며, 힘든지, 한숨 쉬는데, 주영, 물을 가져와 충남 주며,

완　(E) 올 때도 갈 때도 정확히 알려주지 않는 인생에게, 어른들을 대신해 묻고 싶었다. 인생아, 너 대체 우리보고 어쩌라고 그러느냐고.

주영　(충남에게) 고모 좀 쉬어.

충남　어.

주영　(가고)

충남　(물 마시고, 그제야, 영원 보고, 이상한) 울어?

영원　(충남 보며, 눈가 붉어, 편안하게 웃으며) 웃어.

충남　뭔 일?

영원　대철 씨가, 나 보러 왔을 때, 위독했다네. 췌장암 말긴데, 의사가 가망 없다고 수술도 안 해줬대.

충남　(놀라, 긴장돼, 영원 보면)

영원　(눈가 그렁해, 풍경 보며, 편하게) 근데, 나보고 힘이 났는지.. 너무 좋아져서, 수술받게 됐대. (충남 보며, 기분 좋게) 시애틀이 가을에 이쁘다고 오래.. 그때까지 살아 있을 거니까. 꼭 오래. 참, 이혼은 삼십 년 전에 했다네. (하고, 풍경 보는데, 맘이 편안해지는)

충남　(담담히) 가지 마. 난 어쩌라고.

영원　(웃고) 그럼 확, 데꼬 와 살까, 그냥?

충남　(웃고) 좋겠다, 넌 데꼬 와 살 놈도 있고... (하고, 풍경을 보는데, 쓸쓸해지는)

씬 42. 요양원, 낮.

노인들, 볕바라기를 하거나, 놀거나 하는, 희자, 한쪽 의자에 앉아, 담담히(그러나, 속상한 듯한) 영어 단어 외는, '애플은, 에이피피엘이, 스프링은 에스피알아이엔지, 억셉트는... 에이.. (하고, 생각 안 나, 단어장 보고, 외는) 에이씨씨.. (하다 다시 단어장 보고, 읽는) 이피티..' 하는데,

환자 1, 와서, 희자에게 과일 주면, 희자, 싫어서, 다른 데로 가서, 혼자 앉아

있는, 슬픈, 심통 난 것 같은 얼굴로 다시 영어 단어를 외며, 한쪽 보면,

***점프컷 》**
환자가 보호자와 차를 타고 가는,

***점프컷 》**
희자, 그걸 부럽게 보며 영어 단어 외는,

씬 43. 정아의 집 전경, 밤.

전화벨 소리 들리는,

씬 44. 정아의 집 안, 밤.

정아, 티브이를 틀어놓고, 누워 보다, 옆의 전화기를 들어 보면, 희자다, 정아, 무슨 일인가 싶어, 일어나 앉아, 전화 받으며,

정 아 기집애.. 나 가면 만나주지도 않더니... 왜 안 자고.. 전화냐?

씬 45. 희자의 일인실, 밤.

창가 보며, 서글픈,

희 자 ....

씬 46. 정아의 집 안, 밤.

정 아　(걱정스런, 그러나, 애써 담담히) 희자야, 왜 그래? 희자야?

씬 47. 희자의 일인실, 밤.

희 자　(서글픈 웃음 짓고) 정아야, 우리 전에.. 차 탔지?

***인서트, 회상 》**
2부, 3부, 정아와 희자, 차 타고 가던, 즐겁던,

씬 48. 정아의 방 안, 밤.

정 아　(그리운, 눈가 붉어, 맘 아픈 웃음 띠고, 담담히) 그랬지... 좋았지, 그때.

씬 49. 희자의 일인실, 밤.

희 자　(울 것 같은 웃음 짓고) 또 차.. 타자.. 우리.. (창가 보며) 정아야, 나 데리러 와. 차 갖고? 어?

씬 50. 정아의 방 안, 밤.

정 아　(울컥하는, 잠시 생각하며, 시계를 보면, 새벽 세 시가 다 돼가는)
희 자　(E) 정아야.. 니가 그랬잖아,

씬 51. 희자의 일인실, 밤.

희 자　넌 죽더라도.. 길 위에서 죽는다고.. (방 안을 둘러보며) 나도 그럴래.. 이 감옥 같은 좁은 방, 말고.

씬 52. 정아의 방 안, 밤.

정 아 (좁은 방을 둘러보는, 열린 문틈 사이로, 초라한 방 안 전경이 보이는, 맘이 아픈)

＊인서트, 점프컷 》
바닷가, 하늘을 나는 새,

＊점프컷 》

정 아 (작심하고) 희자야.. 너.. 거기 꼭 있어... 내가 갈게, 그러니까, 거기 꼭 있어.. (하고, 전화 끊고, 일어나, 옷을 입는, 눈가 붉어, 서두는)

씬 53. 석균의 아파트 엘리베이터 앞, 새벽.

석균, 남방은 단추도 안 잠그고, 그 위에 잠바를 입고, 서둘러 나오며, '순영아, 순영아!' 하고, 부르는,

＊점프컷 》
정아(눈가 붉어져), 어느새 차에 타, 문을 닫고, 휭 하니, 차를 몰아 가는,

＊점프컷 》
석균, 옷을 허둥지둥 입으며, 쫓아가며, '순영아, 나도 데고 가, 순영아!'

씬 54. 달리는 정아의 차, 새벽.

정아, 맘 아프게, 달리는,

씬 55. 희자의 요양원 마당, 아침.

희자, 옷을 갈아입고, 가방 들고, 나오고, 보호사, 따라 나오며 희자를 말리는,

보호사 할머니, 아드님이 전화를 안 받으시네요, 자나 봐요, 날 더 밝으면, 아드님한테 전화해보고, 그담에,

희 자 (웃으며, 편하게) 알았어요, 알았어, 내가 다 알아서 해.. (하며, 가는)

보호사 할머니, 이러시면 안 돼요. (하며, 희자를 말리는데)

그때, 정아의 차에서, 경적 울리고, 정아, 내리면,
희자, 정아 보고 뛰어가, 와락 안는,
정아, 울컥하는, 희자 안고, 몸에서 희자를 떼고 보며 씩 웃는, 서로 씩 웃고, 서둘러 차를 타고, 가버리는, 보호사, 멍한,

씬 56. 달리는 정아의 차 안 + 국도 변, 아침, 몽타주.

정아의 차, 달리는, 희자, '(세상을 향해 소리치는) 야, 나 조희자야, 내 친구는 문정아야.. 우리는.. 간다.' 하고, 정아, 깔깔대고 웃으며, 가는데, 갑자기 차가 멈추는,

희 자 (놀라) 왜 그래?

정 아 (시동을 걸어보지만, 안 되는, 계기판을 보면, 기름이 없는, 속상한) 이런 기름이 없네?

희 자 (둘러보며) 그럼.. 우리 더 못 가?

정 아 가야지.. (하며, 차를 시동 거는)

*점프컷, 도로 》

차 세워져 있고, 희자, 정아, 차에 기대, 있는,
희자, 사탕을 정아에게 주며,

희 자 이제 어째?
정 아 (사탕 까서, 희자 먹여주며) 생각해봐야지.. (하고, 희자의 입가 털어주는)

씬 57. 충남의 집 안, 아침.

충남, 혼자 김치에 밥을 말아 먹다가, 정아의 전화 받은,

충 남 (곰곰, 생각하는, 머릿속에 생각이 많다) .. 돈? (시계 보면, 아홉 시다, 생각 많은, 긴장한, 담담히), 나야 돈은 많지, 언니도 알겠지만? (생각하는, 자기도 모르게 설레는, 작심한) 안 되지, 언니. 희자 언닐 거기 다시 두고 오면.. 잠깐만, 잠깐만, 생각 좀 해보고..

씬 58. 길거리, 낮.

정아, 희자, 차에 기대 전화하는,

정 아 (전화하며, 희자와 짠 듯한, 짐짓 걱정스레 연기하는) 민호네는 희자가 안 간다드라고.
희 자 (작게) 운다 그래. 내가, 막.
정 아 (희자에게, 조용하라 하고, 조심스레) 너는.. 못 오겠지? 운전도 못하고,

씬 59. 충남의 집 안, 낮.

충 남 (작심한, 주변 둘러보면(쌓인 그림, 쌓인 설거지, 너저분한 방 안), 자기가 있

는 공간이, 초라한 느낌이 드는) 내가 왜 못 가. 차야 택시도 있고 얻어 타도 되고... 내가 걸릴 게 뭐가 있어, 못 가? (일어나, 전화하며, 방으로 들어가, 옷 꺼내며) 거기 딱 있어, 돈 왕창 가지고 갈게. (하고, 전화 끊고, 옷 마저 입는)

*점프컷 》

주영, 들어오며,

주 영 고모, 오늘 커피 들어오는 날인데, 몇 킬로나 받아야.... (하다가, 옷 갈아입는 충남 보며) 뭐 해, 고모?

충 남 장사 니들이 알아서 해, (하고, 영원에게 전화하며) 영원아, 야, 우리 언니들하고 여행 가자.

주 영 고모, 여행은 무슨, 장사는 어쩌고?

충 남 (전화하다 주영 보며, 버럭) 그누무 장사, 장사.. 내가 장사해 뭐해? 그 돈 벌어, 니들 다 줄 거, 됐다 그래! (영원에게) 야, 너 여행 갈 거야, 말 거야?

씬 60. 난희의 집 계단, 낮.

난희, 영원, 각자 가방 들고 내려오며,
난희, 조금 뛰듯, 신이 난,

난 희 어우, 나 너무 신나, 너무 신나, 어쩌면 좋니, 너무 신나서.

영 원 천천히, 천천히, 그러다 넘어지면, 다시 병원 신세야!

난 희 기집애가, 재수 없이! (하고, 가며, 웃으며) 나, 이런 번개 여행, 내 평생 첨이야, 너무 신나, 너무 신나!

영 원 (좋은) 완이 오늘 온다며?

난 희 문자 넣었어, 와서 없음 찾지 말라고.

영 원 (깔깔대며, 웃고) 좋긴, 디게 좋다, 그지?

난 희 (가다가, 넘어지고)

영 원 어머머머.. 난희야!

씬 61. 도로, 낮.

충남, 가방 들고, 초조하게 기다리다, 성재의 차 보고, 손 흔들며,

충 남 오빠, 여기야, 여기!

씬 62. 달리는 차 전경 + 성재의 차 안, 낮.

석균, 조수석, 성재, 운전석,
뒷좌석에, 충남, 영원, 난희가 탄,

석 균 (답답하고, 짜증난 듯) 이거는 아니지, 늙은이들이, 변변한 준비도 없이, 이러다 다 길거리서 변 나면 어쩔 거야? 말해봐, 일 당하면 어쩔 거냐고?

난희, 영원 아, 이 오빠 말 많네.

충 남 (성재에게) 오빠, 차 세워, 이 오빠 내려줘!

석 균 (기죽은) 아, 말이 그렇다고. (성재에게) 길 찾아가고 있지?

성 재 (긴장해, 운전만 하는) 입 좀 닫아요.

석 균 니들은 왜 내가 뭔 말을 못 하게 해.

충남 외 으이그, 으이그.. 그래도 왕따 되긴 싫은가배. 입 닫는 거 보면.. (웃는)

그때, 크게 번개 치는,

모두들 (놀라) 이게 뭐야?

씬 63. 초라한, 여관 전경, 비가 거세게 오는, 오후.

비가 오는,
난희, 영원이 비를 보며, 듀엣으로 노랠 부르며, 편한,

씬 64. 여관방 안, 밤.

난희, 영원은 창가 보며 서 있고,
석균, 성재(지도를 보는, 어디로 갈까 하는), 희자, 정아, 충남, 벽에 기대앉아 있고, 방 안엔 온통 가방들이 널린,

충 남　기껏 여행이라고 와서, 그지가 따로 없네... 내가 돈을 얼마나 싸 들고 왔는데, 이게 이게 뭐야..

정 아　(따뜻하게 웃으며) 좋은 데 찾다, 비에 떠내려가. 됐어, 이 정도면.

희 자　(충남 보며) 우리 낼은 어디로 가?

영원, 난희　(와서, 앉으며) 어디로 갈까, 언니?

석 균　어디로 가긴 어디로 가, 비가 사흘이나 온다는데, 집에 가야지.

충남, 난희, 영원　오빠나, 가.

희 자　(밉게 석균 보면)

정 아　(싫은) 왜 그래, 내 남편한테..

영 원　근데 둘은 뭐야? 합칠라면 합치지, 따로 살며 여보 당신은 뭐야?

정 아　(희자 보며, 애 보듯 웃고) 따로 살며 연애하는 거 같고 좋은데, 뭐. (석균 보며) 그지, 석균 씨?

모두들　(깔깔대고 웃고) 석균 씨는 뭐야?

성 재　(지도 내리고, 웃으며) 합치셔, 따로 다니며 기운 빼지 말고.

석 균　지금 웃을 때가 아냐.. 이게.. 오늘도 내 차는 비가 와서 움직이지도 못하고... 우리 다 성재 차를 탈 수도 없고.. 이러다 늙은이들 다 길에서 죽어. (충남 보며) 너는 병 없어서 이리 다니는 게 쉽지만, 객사하면 어쩔 거야?

충 남　내가 왜 병이 없어, 오빤? 여기 있는 사람 중에 나만큼 큰 병 있는 사람이 어딨다고?

영원, 난희　언니가 뭔 병이 있어?

충 남　이즘 인류 최대의 질병, 무병장수.

모 두　(웃는)

성 재　(웃으며, 석균에게) 객사가 무서워요?

석 균 당연히 무섭지? 객사하면, 천당이나 극락 못 가.

모두들 누가 그래?

희 자 (충남 귀에 대고) 지가 죽어봤나?

충 남 (웃고, 모두를 보며) 좋아, 그럼 결정하자, 죽는 덴 여러 가지 방법이 있어. (손가락 꼽으며) 일단, 첫 번째, 병사.

난 희 (웃으며) 자연사.

영 원 (충남 보며) 독거사.

정 아 자살은 빼.

성 재 (웃으며) 그담에 객사. 사고사. 뭐, 그 정도 있네.

충 남 (석균에게) 오빤 뭐 할래?

석 균 당연히, 자연사지.

영 원 그렇게 치면, 독거사도 자연사지. 독거사가 좋아?

모 두 (웃는)

석 균 내가 왜 독거사를 하냐? 순영이 옆에서,

정 아 미안한테, 나는 당신보다 먼저 죽을 거야, 나중에 혼자 와.

모 두 (웃고)

석 균 (서운한) 그, 그럼, 애들이 보는 앞에서,

희자 빼고 모두 애들은 바쁘지.. 일해야지. 살날이 창창인데..

영 원 오빠 언제 죽나, 그것만 들여다보고 있나?

충 남 결론 났네, 그럼. 우린 멋지게, 객사하자.

난 희 객사는, 무섭게..

영 원 (난희 보며) 좋게 말해, 객사라 그러지 말고,

난희, 영원 마주 보며,

난희, 영원 길 위에서라고. (하고, 낄낄대고, 웃는)

정아, 희자 (서로 보고 웃고)

성 재 (박수 치며) 좋다, 길 위에서.

석 균 (어이없는) 지랄 방구를 뿡뿡 낀다, 지랄 방구를 뿡뿡 껴, 진짜.. (하며, 창가 보는)

모두들, 비 보며, '너무 이쁘다, 좋다' 하는데,
그때, 방문 벌컥, 열리고, 모두들 놀라, '어머나!' 하는데,

완 (비에 젖은, 걱정돼, 화난 것 참고, 어이없는) 다들 왜 내 전화 안 받아.. (하다, 석균이 째려보는 걸 보고) .. 요? 왜?!

씬 65. 몽타주.

1, 비 오는 여관 전경, 밤.

2, 여관방 안(창문 닫힌, 빗소리가 들리는), 밤.
석균, 성재 둘 다 코를 심하게 골며 자고 있는,
여자들도 다들 자는,
완, 화장실에서 나와, 방 한쪽 구석에 놓인 가방에서 로션을 꺼내 바르는,

영원 (눈 감은 채) 완아, 너도 자.
완 (따뜻하게, 웃으며) 이모가 고생이다, 어른들 모시고 다니느라?
영원 (완 보며, 따듯하게 웃으며) 뭘 모셔, 친구끼리.
충남 (눈 감은 채) 완이, 너, 서울 자주 나와. 우리랑 놀자.
영원 냅둬.
충남 (눈 뜨고, 영원 보며) 냅두긴, (완 보며) 나중에 후회하지 말고, 엄마랑 자주 놀아.
완 네. 그리고 울 엄마랑 놀아줘, 고마워. 이모들.
영원, 충남 (눈 감고) 자, 너도 좀.

완, 따뜻하게 보며, 어른들 이불을 덮어주고, 짠하게 웃으며, 보고, 일어나, 창가로 가, 창문 열고 비 보는, 편안한,

완 (N) 나는 늙은 나의 친구들이 또다시 길을 떠난달 때, 그 말이 농담이거나 그저 이룰 수 없는 꿈을 말하는 거겠거니, 생각했다.

씬 66. 몽타주.

1, 도로 + 달리는 캠핑카 안, 낮.
성재, 운전해 가고,
석균, 조수석에서, 지도를 보며, 길을 알려주는,

성 재　형님, 이 길 맞아?
석 균　맞아, 그냥 그저 직진만 해, 넌!
성 재　(버럭) 네비는 이 길로 가면 벼랑이라는데, 가?!

＊점프컷, 캠핑카 거실 + 침실 》
난희, 영원, 노래 부르며, 신나고, 희자, 정아, 자고, 충남, 귀마개 하고 공부하는,

완　(N) 그런데, 그건 내 착각이었다. 그날 이후로, 그들은 정말 번번이 길을 나서고 있었다.

2, 비포장 국도, 다른 날, 낮.
캠핑카가 웅덩이에 빠진,
성재, 운전하며 시동을 계속 걸고,
충남, 영원, 난희, 석균, 정아, 뒤에서 땀 흘리며 차를 밀고,
희자, 혼자서 꽃 따고 있는,
성재와 모두들, 차를 웅덩이에서 빼고,
모두들, 신나서, 좋아하는,

완　(N) 그리고, 여행길이 아무리 험난해도, 결코 멈출 줄을 몰랐다.

3, 난희의 병실, 낮.
난희, 항암 주사를 맞는, 힘들어하는,
쌍분, 안쓰레 난희를 주무르는,

완 (N) 어차피 살아온 삶도 힘들었던, 그들에게, 길 위의 여행의 고단함은 아무것도 아니란 듯이.

4, 희자의 요양원, 낮.
희자, 퍼즐을 맞추는, 성재, 그 모습을 이쁘게 보며, 도와주고,
희자, 옆의 남자 환자에게 '여기다 둬요' 하며 훈수를 두면,
성재, '다른 남자한테 말 걸지 마' 하고,
희자, '네' 하고 성재 말 듣는,

5, 석균의 집 안, 낮.
석균, 돋보기 끼고, 인형들의 눈을 박는 부업을 하는,
정아, 라면 끓여 와, 테이블에 놓으며, '라면 먹으셔' 하고, 앉고, 석균, 일어나, 물을 가져와, 물 한 잔 따라 정아 주고, 라면 먹고, 정아, 웃으며, 라면 먹고,

6, 충남의 집 안, 낮.
충남, 공부하고, 영원, 대본을 외우는, 둘 다, 열심이다,

7, 연하의 집 안, 밤.
완, 책상에서 글을 쓰다, 한쪽 보면, 연하가 땀 흘리며 보조기 잡고 서려 하는, 그러다 힘든지, 보조기에 어깨로 기대는,

완 조금만 더.
연하 (다시, 보조기를 잡고 서려 하는, 땀이 비 오듯 하는, 다리엔 거의 힘이 없는)
완 (연하 보며) 하나, 둘, 셋..
연하 (너무 힘들어, 다시, 봉을 잡고 쉬는)
완 (옆으로 와, 연하를 도우며) 넷, 다섯, 여섯,
연하 (죽기 살기로 땀 흘리며, 버티고, 걸으려 하는)

8, 연하의 침대, 아침.
완, 연하가 일어나라고 깨우는, '완아, 아침이야, 아침', 완, 연하의 품을 파고

들며, '조금만 조금만' 하는, 연하, 완이가 귀여운지, 이마에 입을 맞추고 웃고, 창가 보는, 풀 샷으로 보여주는,

9. 난희의 집 안, 밤.
난희, 일우, 불 꺼놓고, 코믹 영화를 보며, 웃고, 좋은,

난 희 진짜 재밌네, 저거.. (그러다, 시계 보면, 열한 시가 다 돼가는) 어머머, 시간이 벌써 저렇게 됐네.
일 우 나 이거 다 보고 갈 거예요.
난 희 (어이없이 웃으며, 좋은) 뭘 다 봐.... 시간이 몇 신데?
일 우 (웃으며, 티브이를 보는) 그럼 십 분만 보고 갈게요.
난 희 으이그 쑥맥.
일 우 (모르고) 네?
난 희 몰라, 저거나 봐요. (하고, 다시 영화 보고 웃긴지 웃는)
일 우 (웃고)

씬 67. 도로, 낮.

쌍분, 사발이를 타고 가는,

씬 68. 강가, 비 오는 밤과 맑은 아침.

캠핑카, 세워져 있고, 사발이도 보이는,
비가 오고, 다시 새벽이 되면, 맑은,
캠핑카의 창문이 열리면, 쌍분, 석균 외, 모두 머리가 산발이 돼서, 칫솔을 물고, 바깥을 내다보는,

쌍 분 맨날 여행을 오기만 하면 비가 오고.. 이제 갰네.. 염병 지랄..
석 균 그럼 어머닌 다음엔 빠지셔.

쌍 분 너나 빠져, 이 미친놈아.

모 두 (깔깔대고 웃고)

씬 69. 바닷가, 낮.

쌍분 외, 모두 바닷가를 편하게 걸어가고 있는, 풍경을 보며, 프렌즈, 모두 앞서 가고,
쌍분, 완, 뒤처져 걸어가며,

완 할머니, 나 곧 책 나온다. 제목은 친애하는 나의 늙은 친구들.

쌍 분 책 다 쓴 게 뭐 대단한 일이야, 애나 배.

완 (웃고) 근데, 할머니, 인생을 한마디로 딱 정의하면 뭐라고 할 수 있을까?

쌍 분 별거 없지 뭐.

완 그럼 인생이 너무 슬프지 않나?

쌍 분 별 게 없는데, 슬플 건 또 뭐 있어? 별거 없는 인생 이만하면 괜찮다 그리 생각해야지. (하고, 완을 앞서, 가는)

완 (멈춰 서서, 앞서 가는 어른들을 짠하고 따뜻하게 보며, N) 구십 평생 살아온 인생이 별거 없다는 할머니 말씀, 어쩌면 그게 정답이리라. (맘 아파, 고개 숙이고, 다시 어른들을 보는) 별거 없는 인생에 남겨진 거라곤, 고작 이기적인 우리 자식들이 전부. 이건 아니다 싶었다. (그때, 다시 어른들을 보는데, 어른들이 저마다 재밌게 밝은 모습으로 노는, 어른들을 보는)

어른들, 모두, '어우, 바다 냄새', '바람 좋다', '조개 봐라' 하며, 즐거운, '이건 게네', 하며, 난희, 게를 잡아, 쌍분에게 디밀면, 쌍분, 놀라, '지랄해, 아주!' 하고, 난희의 등짝을 패고, 모두 '어머니 더 패', 하며 모두 즐거운, 완, 그들을 예쁘고도 짠하게 보고, 그때, 희자, '완아, 새 봐' 하고, 모두 새를 보는, 완, 고개 돌려 새를 보면, 가슴이 벅차오르는, 새를 보다, 웃는 소리에 고개 돌려 보면, 난희, 웃으며 '엄마' 하며 진흙을 쌍분의 얼굴에 바르고, 쌍분, '이걸 그냥!' 하며, 난희에게 진흙을 바르고, 장난치고, 웃고, 난희, 장난하며, 진흙을 희자에게 던지면, 성재, 몸으로 막고, 충남, 영원과 조개를 보며, 즐겁고,

*점프컷 》

영원, 난희에게 '너는 왜 그래?' 하며, 나무랄 것처럼 난희에게 다가가고, 난희, '뭘?' 하고 영원 보면, 영원, 얼른 진흙 묻은 손으로 난희의 얼굴을 훑고 도망치고, 충남을 사이에 두고 난희와 영원, 서로 잡으려고 빙빙 돌고,
성재, 충남에게 진흙을 던지고,

*점프컷 》

정아, 희자를 감싸고, 희자와 '하지 마, 하지 마' 하고,
석균, 쌍분 웃으며 아랑곳없이 정아와 희자에게 진흙을 던지고,
그렇게 즐겁게 노는, 프렌즈들 모습 보이고,

완 (어른들의 즐거운 모습을 보며, 짠해지면서도, 삶의 희망이 생기는, N) 나는 얼마나 어리석은가, 왜 나는 지금껏 그들이 끝없이 죽음을 향해 발걸음을 내딛는다고 생각했을까. 그들은, 다만, 자신들이 지난날 자신들의 삶을 열심히 살아온 것처럼, 어차피 첨에 왔던 그곳으로 돌아갈 수밖에 없는 거라면, 그 길도 초라하지 않게 가기 위해.. 지금 이 순간을.. 너무도 치열하고 당당하게 살아내고 있는데... (울컥하는, 감격스런, 눈가 붉어져 환하게 웃는)

그때, 프렌즈, '노을이다! 완아, 노을 봐!' 하는 소리 나고, 누구는 앉아서, 누구는 서서, 노을 예쁘게 보는,

완 (눈가 붉은 채, 웃으며, 노을 보고, 어른들 보는, N) 다만 소원이 있다면, 지금 이 순간이 좀 더 오래가길. 아무런 미련이 남지 않게, 조금 더 오래가길...

완, 눈가 붉어져, 환하게 웃으며, 그들에게 다가가는,
그런 프렌즈와 완의 모습에서, 엔딩.